U0470536

詩雨拈花录

上册

刘麟 ◎ 著

扫码视听

文化藝術出版社
Culture and Art Publishing House

刘 麟

中央民族乐团一级编剧、词作家、国务院有突出贡献专家。曾任中央民族乐团艺术创作室主任、中国音乐文学学会副主席。

其作品涉猎广泛，有数十部（首）作品获国家及省部级大奖。诸多作品被全国音乐院校列为高级声乐教材。由其编剧的歌剧《木兰》曾赴纽约林肯艺术中心为联合国成立60周年庆典演出并获得广泛赞誉。该剧还应邀赴维也纳国家歌剧院、克里姆林宫大剧院、圣彼得堡马林斯基剧院、日本东京新国立剧院、札幌音乐厅等世界著名艺术殿堂演出并获得殊荣。

曾参与诸多国家级大型艺术活动的策划、创作和文学脚本写作。

自　序

沐着诗的春雨，拈一朵小花，在她的笑颜上寻觅生命与美的真谛，恰似佛那只拈花的手，轻轻地把爱捧在光里。

她告诉我泥土的厚爱、阳光的温暖、风儿的情意，告诉我秋日的丰硕、冬雪的严酷、落叶的叹息，也告诉我与春相约、冲破冰封、破土萌发的勇气。

每一声呼吸都涌动着生命的真诚，每一声话语都发自心底，每一声诉说都如诗如歌，每一声足音都牵动心海潮汐……

她给我向往、给我感动、给我力量、给我启迪，催我去寻找歌的韵致、诗的空灵、境的新奇。

在花朵的绽放声中，我听到了"春风又绿江南岸"的秘密——革故鼎新、生命不息，于是便循着坎坎坷坷的诗行一路行吟，一路走去……

在帆影和鸟翅上寄寓情思，在生活的炉火中熔炼稚拙的诗句；在江河与时光的流逝中感受历史的厚重，在古老与现实、传统与现代之间摹写杨柳枝头萌发的新绿，在圣殿巍峨处体味站在巨人肩上的视野，在极目海天时感悟"芥子纳须弥"的大道至理，在五色土上感恩山川大地的厚爱，追寻祖国母亲顽强坚毅一往无前的足迹。

每当彷徨的时候，我就会想起那只拈花的手——在清静无尘的光里……

刘　麟
2021年仲秋于北京

总目录

上 册

歌诗篇 ……1

文论篇 ……213

下 册

歌剧篇 ……391

后记 ……693

附：创作生活写真 ……695

上册目录

歌诗篇 1

情思集 3
大海一样的深情 4
什刹海 心灵的恋歌 6
世界上什么最美丽 7
母亲河 8
放歌长江 10
走进春天 12
节日的礼花 13
祖国,我为你干杯 14
友谊的长城 15
美的魂魄 爱的结晶 16
憨憨的黄土娃 18
今天我们正年轻 19
节日的灯火 20

北京之夜 22
水的故事 23
梅花吟 24
兰花赋 25
竹枝歌 26
菊花辞 27
芭蕉泪 28
蝶之恋 29
乌江怨 30
香江的故事 31
我的澳门 32
遍插茱萸少一人 34
欢乐的海 35
卢沟晓月 36

樱桃熟了 ……38

刑场上的婚礼 ……39

风铃响了 ……40

和平之恋 ……42

烽火狼牙山 ……43

无声的春雨 ……44

明天 ……45

老师在绿荫中走 ……46

走过四季的太阳 ……47

乡愁 ……48

你是天使　你是英雄 ……50

守护春天 ……51

你没有离去 ……52

刮春风 ……54

一丛山茶花 ……56

彩云赋 ……57

行吟记 ……59

中国的春天 ……60

大江行 ……61

长城魂 ……62

西出阳关 ……63

尼勒克草原我的故乡 ……65

可可西里的故事 ……66

姑娘追 ……67

香格里拉 ……69

河西走廊　我的家 ……70

柴达木的春天 ……71

寻梦黄河湾 ……73

梦中的草原 ……74

土尔扈特美丽的姑娘 ……75

洒一路花儿香飘天外 ……76

采莲歌 ……78

水乡乌篷船 ……79

龙门石窟赞 ……80

潼关回望 ……81

田野铺开青纱帐 ……82

心中的玛瑙城 ……83

槐花海 ……84

闹花灯 ……86

湘西印象 ……87

瓷的都城 ……89

如梦如幻戴云山 90

担月亮 91

一曲桐城歌 92

贵州的笑声 94

侗寨琵琶歌 95

七彩三月街 97

壮锦谣 98

新翻杨柳枝 101

渔舟唱晚 102

桃花红　杏花白 104

《满江红》随想 106

文成公主 107

木兰从军 109

孟姜女 111

一个沉睡千百年的梦 114

昭君出塞 115

在这乍暖还寒时候 117

献给妈妈的茉莉花 119

牛郎织女 121

凤舞龙翔 122

相约清明上河时 124

寻找楼兰 126

烟火人间 129

一炉百年的火 130

爱心天使 132

幸福空间 133

长空雁叫 135

深情守望 137

烟火人间 139

六尺巷 140

情里　梦里 142

音诗汇 145

交响音诗《大地安魂曲》 146

交响合唱《中国梦随想》 154

合唱组曲《启明星》 181

叙事声乐套曲《木兰》 188

交响合唱组曲《魂系山河》 193

附录：音视频资料 207

文论篇 213

漫话竖箜篌 214

歌词创作札记 225

《幸福空间》随想曲——诗意"空间"的意识流 242

古弦筝筝　瀚墨情浓——漫话电视音乐艺术片《古弦瀚墨情》......246

《木兰》走向世界的脚步——关于中国歌剧《木兰》的联想 251

民族音乐沃土上的耕耘者——作曲家王志信其人 254

源头览胜　新潮逐浪——评金湘的民族合唱组歌《诗经五首》......266

献给故土的花束——关乃忠两首民族乐队作品观后……270

徜徉在那片诗的热土——读党永庵《热土集》漫笔 276

我对"新长安风"音乐文学部分的感受——"新长安风"音乐座谈会发言提纲 288

民族音乐的继承与创新——中央民族乐团"江山如此多娇"音乐会观后 293

鼓韵——听刘峪生鼓独奏组曲《季》漫笔 297

路在自己脚下——青年歌唱家陈俊华速写 303

听陈俊华演唱关峡交响幻想曲《霸王别姬》......308

评歌词《那就是我》......309

晓光歌诗作品的艺术特色 312

求索从未有穷期——舞台美术家苗培如写真 316

奉献者的收获——作曲家戴于吾印象 321

衣带渐宽终不悔——青年歌唱家董华印象 325

来自樱花之国的琴声——我国赴日留学生姜小青写真 329

毕节，神奇的土地 334

愿民族合唱艺术之树常青 339

雅俗有致　情境交融——1997年文化部春节电视晚会观后 348

美与韵的长卷——2002年文化部春节电视晚会随笔 353

我的点滴感想——国家京剧院《满江红》《柳荫记》观后 361

文姬故园的风——歌剧《蔡文姬》创作思考 363

千古绝响无觅处，乐天诗中听琵琶——白居易《琵琶行》音乐描摹小议 367

漫话《诗经·蒹葭》的艺术特色 369

西北采风散记 371

用戏剧情景再现"花儿"原始鲜活的生命力——歌剧《飞翔的花儿》的创作初衷 387

歌诗篇

情思集

我爱脚下的土地,更爱这片土地上的人们。
我爱,故我思;
我爱,故我歌……

大海一样的深情

月光洒在银色的沙滩上
海啊
翻卷着层层波浪
海风拨动着琴弦
伴随着我把歌儿唱
啊　台湾
富饶而美丽的宝岛
我日夜把你遥望
我怀着大海一样的深情
把台湾同胞常挂在心上

海鸥展开洁白的翅膀
飞吧
向着那东方飞翔
飞到宝岛台湾
飞到槟榔树上
啊　海鸥
我愿和你一起飞翔
盼望着祖国统一的时候
我们同把团圆的歌儿高唱

札记

　　1978年夏，我在福建东山岛深入生活期间，恰逢三艘台湾渔船来东山岛避风，便参与了对这些台湾渔民兄弟的接待。台胞们说是来避风，其实是来大陆寻亲，因为他们的祖辈都生长在大陆，他们的老家和故居就在这片让他们思念和熟悉的土地上。

　　登上台胞的渔船，我和当地接待组的朋友与台胞们一起喝着工夫茶，用闽南乡音谈天说地，述说彼此的生活。一样的黄皮肤、黑头发、黑眼睛，一样的乡音、乡情，一样的语言，一样的情感，在大陆和台湾还处在彼此隔绝的情况下，能有这样的相聚的确是一件很难得的事。

　　三天后，我们为台胞的渔船补充了柴油、淡水、粮食、蔬菜，送他们踏上归途。当地渔民为台湾渔民兄弟举行了渔家送别亲人最隆重的礼节——海上三送。

　　第一相送：我们送行的船队在前面引路，台胞的渔船跟在后边，船行一段路送行船队停下，台胞的船绕船而过，两边船舷相交，彼此互道珍重……待到第三相送的时候已经接近公海，台胞一位船长从舷窗中探出身体高声喊道："亲人们，等祖国统一的时候一定要到我们台湾家中来做客！"

　　海天茫茫，望着三艘如树叶一样渐渐漂远的台胞渔船，在那一刻，我深深体味到了"情深似海"的含意。蓦然，"大海一样的深情"几个字在脑海中浮现，于是，在苍茫海天之间便蕴生了这首情深意切的歌词。

　　关于这段生活的记录，在本书文论篇《歌词创作札记》中有较详尽的记述。

什刹海　心灵的恋歌
—— 合唱组歌《你好　北京》选曲

　　咙格儿哩格儿咙……

　　好一个什刹海
　　教人魂牵梦萦
　　最难忘四季里
　　槐花雨　荷花雾　杨柳风
　　清明时柳絮儿
　　悄悄无声推窗来
　　七月七葡萄架
　　缠缠绕绕挂青藤
　　荡起了鸭头船儿水上漂
　　染一身碧荷幽香故园情
　　在那知了儿唱热的夏天里
　　老槐树洒下的阴凉儿
　　浸透我香甜的梦

　　咙格儿哩格儿咙……

　　漫步在什刹海
　　情依波光浪影
　　最爱这湖岸边

四合院 青砖房 小胡同
抬眼望钟鼓楼
红墙绿瓦插云天
回眸看小巷深
烟袋斜街酒香浓
都说是银锭桥上观山美
哪知道山光尽在水色中
在那柳条儿染绿的晚风里
竹笛儿声声湖上飞
托起一轮明月东升

咙格儿哩格儿咙……

世界上什么最美丽

年轻的姑娘我来问问你
世界上什么最美丽
是那卷曲的头发
还是那鲜艳的外衣
是那迷人的笑脸
还是那甜言蜜语
啊
姑娘啊姑娘　年轻的姑娘

花儿虽美丽　经不起风雨

只有勤劳和智慧最美丽

只有纯洁的心灵最美丽

年轻的小伙子我来问问你

世界上什么最美丽

是那舒适的生活

还是那爱情的天地

是那香醇的美酒

还是那父母的荣誉

啊

小伙子啊小伙子　年轻的小伙子

创造生活　全靠自己

只有勤劳和智慧最美丽

只有纯洁的心灵最美丽

母亲河
——音乐艺术片《任弼时》主题歌

一片片桃花红

一片片梨花白

一片片的杜鹃花

万紫千红满山崖

今朝花烂漫

是谁送春来

母亲河滔滔流过来

流过大地

融进山脉

笑看大地百花开

一片片谷穗黄

一片片棉花白

一片片的青纱帐

唰啦啦啦迎风摆

今朝喜丰收

是谁送春来

母亲河滔滔流过来

流过田野

融进心田

笑看人间幸福来

札记

　　许多歌唱家都唱过《母亲河》这首歌，很多人以为这是一首赞美大河的歌。其实，这首歌是专为一位德高望重的领袖人物——我国开国元勋之一任弼时而作。

　　那年，北京电视台拍摄纪念任弼时的音乐专题片，邀请我为该片创作主题歌。1950年秋天，正当我们新生的中华人民共和国步入欣欣向荣、百花盛开的时节，任弼时同志却因彻夜工作、劳累过度倒在了10月的黎明。经过多方了解党史和任弼时同志的工作经历之后，我采访了年过九十高龄的任弼时夫人陈琮英和他的儿子任远远，并征求他们对主题歌写作的意见。交谈中，老人的一句话给了我很大启示，她说："在我们党内，弼时是最会做思想工作的，他待人和善亲切，大家都称他是'党内的母亲'。"老人的这番话一瞬间让我找到了歌曲写作的定位，要艺术化地塑造任弼时作为"党内母亲"的形象，就用母亲河作为载体，表现他用全部生命和心血哺育大地，迎来祖国的春天。当大地万紫千红、百花盛开的时候，他却悄然离去，含笑隐没在百花丛中……这是多么崇高的情怀！它正是我苦苦寻觅的任弼时精神最本质的东西。

在这首歌中，我没有写入任弼时的名字。因为母亲河的形象蕴意如此博大宽广，而任弼时就是我们心中母亲河一样的存在，离开了这部专题片它依然是任弼时精神的颂歌。这个想法得到了陈琮英老人和任弼时家人的赞同，歌曲录制完成后取得了非常好的反响。后来，当这部专题片收入国家档案馆珍藏之后，《母亲河》这首歌曲仍然在传唱，它以艺术形态呈现出来的生命力依然蓬勃鲜活地回荡在人们心中……

放歌长江

冰峰雪莲是你圣洁的花冠
高原"花儿"是你激荡的心弦
荆楚红梅缀在你七彩的衣襟
江南茉莉染香你入海的波澜
啊　放歌长江　诉说爱恋

你是文明的摇篮

哺育世代儿女

润开稻花丰年

源远流长不息奔腾

洒一路涛声　发出巨龙的呐喊

不周山讲着你东流的故事

秦时明月伴你纵览一统山川

唐宋诗词赞美你的岸柳江花

今朝儿女守护你的绿水青山

啊　放歌长江　诉说爱恋

你是力量的源泉

铺开丝绸玉带

挽起海北天南

波澜壮阔　不可阻拦

送一叶风帆　飞上梦的蓝天

札记

每个人看长江，都有不同的感受，用一首歌词抒写长江并写出它的神韵的确很难！我曾无数次从各个角度看长江，但每次看到的仅是一个局部，所以感受也不尽相同。我想，如果把心中诸多感受综合起来为长江画一幅写真的话，或许可以触摸到它的一些别样的风采。于是，我在心中铺开祖国广袤山川的地图，鸟瞰式地为长江写下了这样一首歌词。　第一段词，任思绪沿着长江的地理空间，从三江源头、青藏高原、荆楚大地、江淮平原等，一直到奔腾入海，赞美长江源远流长、勇往直前的风骨与对中华大地无私的奉献；第二段词则纵向从历史时空入手，从有关长江的远古传说、秦汉明月照耀的一统山川、唐宋以来的灿烂文明，一直到今朝儿女从它身上所汲取的无尽力量与不屈不挠的民族精神，诉说对长江的执着爱恋……心为情动，歌为心声。愿不尽长江载着我的歌飞翔，载着理想的风帆飞上中国梦的蓝天！

走进春天

走上朝霞染红的群山

我翻开春天的画卷

片片梨花飘雪

朵朵桃花吐艳

山外青山层层梯田

绿浪金波翻卷

啊

走进春天

风儿为我引路

走进春天

一路阳光相伴

走进春天

播下七彩的希望

走进春天

收获绚丽的明天

捧起一把油黑的泥土

我听见春天的呼唤

布谷啼鸣声声

小河流水潺潺

机声隆隆欢歌笑语

醉了返青的秧田

啊

走进春天

风儿为我引路

走进春天

一路阳光相伴

走进春天

播下七彩的希望

走进春天

收获绚丽的明天

节日的礼花

节日的礼花

在皎洁的夜空里开放

五彩缤纷

挥洒着幸福和欢畅

洒一片淡紫传递温馨的爱情

洒一片翠绿寄托心儿的向往
洒一片金黄诉说丰收的喜悦
洒一片殷红赞美岁月的辉煌

节日的礼花
在蔚蓝的夜空里开放
闪闪烁烁
装点着欢乐的时光
像颗颗银星辉映万家灯火
像炽热的火炬点燃云霞苍茫
像道道霓虹连接今天和未来
像美丽的凤凰载来祝福和吉祥

啊　礼花
你是祖国灿烂的笑容
你是山河多彩的盛装
你是中华富强的象征
你是生活绚丽的篇章

祖国，我为你干杯

太阳举起金色的酒杯
把灿烂的光芒送给你

月亮举起银色的酒杯

把温馨的亲情送给你

长城举起团结的酒杯

把民族自豪送给你

黄河举起热情的酒杯

把中华的赤诚奉献给你

啊　祖国

我为你干杯

祝愿你辉煌壮丽

飞向新世纪

友谊的长城

万里长城阳光灿烂

八达岭上迎来了明媚的春天

各国朋友欢聚一堂

欢乐的歌声激荡着群山

啊

手挽着手　肩并着肩

暴风雨不可阻拦

我们筑起友谊的长城

深深的情谊世代相传

万里长城鲜花开遍
八达岭上迎来了明媚的春天
各国朋友欢聚一堂
团结的歌声激荡着群山
啊
　手挽着手　肩并着肩
朋友们相互支援
我们筑起友谊的长城
深深的情谊世代相传

美的魂魄　爱的结晶

有一个美的梦幻
星河灿烂绵延五千年
有一幅美的画卷
纵横九百六十万里河山
凤舞龙翔　钟磬管弦
伴飞天神女洒落花雨漫天

关关雎鸠的爱恋
汨罗江上的龙船
黄鹤楼头的落霞
大江东去的波澜

在梦里　在枕边
几多萦绕　几多回旋
那是中华美的魂魄
融在我的血液里面

东海浪里的渔歌
天山激扬的鼓点
草原悠远的长调
边寨多情的口弦
在耳畔　在心间
几多痴迷　几多眷恋
那是祖辈爱的结晶
千秋万代不息流传

有一个心的夙愿
忠孝节义家国重如山
有一个爱的誓言
穿越烽火硝烟昂首天地间
斗转星移　雪雨风寒
乘鲲鹏展翅翱翔九天

憨憨的黄土娃

舀一瓢黄河水
和一块黄泥巴
做一个我
做一个你
再做一个他
都是黄土地上的土娃娃
噢　黄土娃
憨憨的黄土娃

改不了黄色的皮肤黑头发
忘不了十二生肖里属个啥
离不开琴棋书画诗酒茶
丢不下方块字写成的古文化

看不够龙灯高跷跑旱船
听不尽锣鼓咚咚小唢呐
吃不完团圆饺子家常面
听不够牵肠挂肚的乡土话

流不尽黄河水
和不完黄泥巴
他牵着我

我挂着你

你又念着他

都是黄河边上的土娃娃

噢　黄土娃

憨憨的黄土娃

今天我们正年轻

天空　猎猎春风

大地　郁郁葱葱

春天和花朵属于你我

今天我们正年轻

用歌声诉说爱情

用脚步丈量人生

发一个信息相约未来

在天地间画一幅最美的风景

让金色的瀚海荡起碧波

让苍茫的戈壁林涛奔涌

朝霞　喷薄升腾

云朵　火一样红

清晨和阳光属于你我

今天我们正年轻

用双手创造奇迹

用智慧照亮前程

放飞我们炽热的向往

心儿随春风自由地驰骋

在飞天的梦里漫步太空

在登月的路上追逐群星

当霜雪染白鬓发的时候

胸膛里依然回荡着激情

我们把青春珍藏在心中

生命就永远美丽年轻

节日的灯火

星光点燃了北京的笑容

灯火辉映着年轻的古城

像天上的街市

像水中的龙宫

多么美丽　多么澄澈　多么晶莹

古城　长桥　纵横

大路　车水　马龙

就像金波闪烁的银河

流着星光　流着月色　流着憧憬

啊

看那火树银花的十里长街

情侣们的步伐多么轻盈

融融夜色　悠悠钟声

在节日的灯火里诉说安宁

星光点燃了北京的笑容

灯火辉映着年轻的古城

像飞溅的钢花

像七彩的霓虹

多么热烈　多么辉煌　多么动情

每扇　楼房　窗口

睁大　惊奇　眼睛

就像座座闪光的蜂房

酿造甜蜜　酿造明天　酿造恢宏

啊

看那金水桥畔宽阔的广场

歌声如潮诉说欢乐和赤诚

漫天礼花　漫天云霞

在节日的夜空里挥洒升腾

北京之夜

微风把柳枝儿轻轻吹动
晚霞飘落在北海的水中
碧波荡漾
明月初升
悠扬的歌儿
把祖国的春天纵情赞颂
啊　北京
你的夜晚
到处都闪耀着理想和智慧的星

钟声在宁静的夜空传送
灯火映照着天安门的身影
金水玉带
红墙绿松
宽阔的广场
凝聚了多少壮志豪情
啊　北京
你的夜晚
到处都回荡着新时代的脚步声

啊　年轻的朋友
快拨动琴弦

年轻的朋友

快敞开歌喉

歌唱这生活的欢乐

歌唱这壮丽的前程

水的故事

密云水库的碧波深处，曾是山乡人难舍难离的热土……

山乡人爱北京

爱得热烈真诚

捧出了一池水哟

纯净得像水晶

那是庄稼汉坦荡的胸怀

那是女人家流泪的眼睛

舍掉了故园的老屋

舍掉了村边的水井

舍掉了成熟的果园

舍掉了开花的田垄

只为让心上的北京城

流水淙淙柳绿花红

山乡人爱北京

爱得热烈真诚

捧出了一池水哟

纯净得像水晶

那是庄稼汉无悔的奉献

那是山乡人无私的心灵

碧波里荡着青山

瀑布上挂着彩虹

水渠里流淌着爱恋

涛声里诉说着憧憬

喝一口清泉水甜透了心

莫忘记山乡人默默的一片情

梅花吟
（舒展如诉）

岭上梅花开

红云挂山崖

莫说冬寂寞

缕缕清香醉心怀

白雪压枝头

自有红颜在

挥手送得严冬去

含笑迎春来

岭上梅花开

红云挂山崖

欲折一枝梅

又怕春去不再来

风雨梅花落

丹心土里埋

催得绿浪满天涯

大地春如海

兰花赋
（高洁淡雅）

空谷兰花香

翩翩翠叶长

不与桃李争艳

但将真情化芬芳

雨来了　为我洗尽浮华

风来了　为我淡淡梳妆

挺绿叶捧出皎洁花冠

悬崖边默默守望

只为了那个春天的诺言

伴你直到地老天荒

空谷兰花香

翩翩翠叶长

花开不关风月

身居山野又何妨

轻舒展　淡泊宁静兰花指

云水间　揉碎寂寞时光

把根儿扎在黄土垄中

倚青山笑看斜阳

只为了那个春天的诺言

伴你直到地老天荒

竹枝歌
（川蜀山歌风）

一夜春雨来

催得竹林绿浪翻

新笋拔节哟

挺身破土一声喊

仰天挥剑

锋指斗牛河汉

抖落晨光

洒下笑声串串

竹叶摇　扬起万把绿剪刀

霞光里　裁出春色无边

笑迎清风来
扎根山野破石岩
宁折不弯哟
枝挺叶茂傲霜寒
虚怀劲节
挑起日出月落
脚踏青山
摇荡风云变幻
唱一曲　竹枝歌儿几多情
声声慢　醉了云雨巫山

菊花辞
（威严肃杀）

秋风起　落叶苍茫
霜天下　菊花昂首绽放
一团绛紫　一簇殷红
一丛洁白　一片金黄
朵朵团团似彩云
染得秋色胜春光
都说是秋深百花尽

你含笑抖落寒霜

伫立萧瑟秋光里

自向长天舞红装

秋风起　落叶苍茫

霜天下　菊花昂首绽放

几多潇洒　几多从容

几分豪迈　几分坦荡

冷雨袭来叶不落

抱定枝头吐芬芳

任寒风凄切蝉声残

你依然执着刚强

金风玉露等闲看

傲骨芳魂待重阳

芭蕉泪
（游子吟）

雨打芭蕉风满楼

夜半听雨三更后

叹梦如残叶

教泪雨湿透……

梦中事

终难留
又怎奈雨冷风骤

借来芭蕉千滴泪
权当故乡杏花酒
斟一杯忧思
饮一口乡愁
醉了心
白了头
这离情几时才休

摘下蕉叶做小舟
留得珠泪在上头
载去游子心
飘摇飞神州
故乡路
小村口
当是风舞杨柳

蝶之恋
梁祝——蝶翅上凄美的梦

情缱绻

同窗三载别书院
诉心曲
十八相送盟誓言
怎奈是
朝来疾雨晚来风
遍教咱鸳梦难圆

今世情缘未了
便寻了一双蝶翅
相伴花间
纵使是春尽花残
大不了结成一个茧
用缕缕连理丝儿
把你我紧缠
到那时
天地　方寸间
梦甜　心也甜

乌江怨

霸王虞姬——千古别离情

都说是
男儿有泪不轻弹

且听垓下

裂石穿云一声叹

只惊得

乌骓马儿悲鸣

嘶溜溜长啸九天

难　难　难

抛却了万里江山

欲哭无泪

别美人

楚歌起

却惹得英雄气短

抬望眼

乌江畔

芦花飞处残阳尽

只留得

三更梦　半边月　一腔怨……

香江的故事

有一条香江水波翻浪涌

流淌着一百年的思乡情

滚滚的涛声在急切呼唤

每一朵浪花都脚步匆匆

啊　回家　回家

莫要让我久等

啊　回家　回家

家乡的月儿正明

香江边有一座美丽的城

披一身紫荆花猎猎长风

那是我离别了太久的香港

那里有我期待团圆的弟兄

啊　回家　回家

莫要让我久等

啊　回家　回家

中华的春色正浓

札记

1997年香港回归，我在那里参加筹备香港回归祖国的庆典晚会，目睹了香港回到祖国怀抱的盛况。看着五星红旗飘扬在紫荆花盛开的香江畔，不禁潮思如涌，写下了这首《香江的故事》，用歌声记录下中华百年圆梦、实现祖国和民族统一的坚实足迹……

我的澳门

伶仃洋抖落昨夜的雨和风

濠江畔红莲绽放露珠儿晶莹

多少旧梦随风飘去

阳光下你变得如此美丽年轻

古炮台扬起　漫天欢笑

大三巴睁大喜悦的眼睛

祝福你　我的澳门

崭新的黎明　崭新的使命

激荡着雄狮起舞龙灯飞腾

澳氹大桥点燃串串明灯

南海上飘落一道七彩长虹

妈祖庙捧起袅袅香烟

葡京的灯火映照着不夜城

煮一盏咖啡　泡一杯香茗

让时光　在杯中回味交融

祝福你　我的澳门

看五星旗飘　春潮汹涌

正伴你扬帆飞向金色黎明

札记

　　1999年底，继香港回归之后澳门也终于回到了祖国的怀抱。当年12月20日夜，我参加筹备的澳门回归祖国庆典晚会盛况空前，澳门处处一片欢腾！大三巴牌坊在灯光照耀下流光溢彩，澳氹大桥像一条灯火长龙蜿蜒海空，葡京的灯火如痴如醉，漫天的焰花点燃着所有人的激情！

　　庆典晚会结束后，我回到酒店，望着窗外璀璨的灯火与伶仃洋上的海天星空，心中激情难抑，遂写下了这首充满喜悦之情与历史回顾思绪的小诗——《我的澳门》。如今再次读起它的时候，我仿佛依然能感到1999年那个夜晚伶仃洋上海风醉人的气息……

遍插茱萸少一人

漫山红叶铺彩云
又是重阳秋色深
登高望东南
海峡波涛牵梦魂
啊
茶一盏
酒一樽
洒向长天情无尽
香江濠江燕归来
遍插茱萸少一人

摘片红叶写书信
托与秋风寄亲人
霜重色愈浓
久别的思念比海深

啊

爱也真

情也真

一个中国不可分

日月潭边长城下

共唱中华一家亲

札记

1997年香港回归日我在香港,1999年澳门回归日我在澳门,能亲身经历并见证这两个中华民族历史上难忘的时刻并感受它的荣光是我人生中感到骄傲与自豪的幸事。每每想起它们,就会让我想起1977年在南海的波涛之上送别来大陆避风的台湾渔民兄弟时的情景,想起唐代诗人王维"遥知兄弟登高处,遍插茱萸少一人"的诗句。于是便有了"香江濠江燕归来,遍插茱萸少一人"憧憬台湾回归祖国怀抱的思绪,并在此基础上生发出以《遍插茱萸少一人》为题的歌词。

我把我作品中《香江的故事》《我的澳门》和《遍插茱萸少一人》三首歌视为心中企盼"中华民族统一的三部曲"。

欢乐的海

手牵着手一起走来

脚步踏着激扬的节拍

年轻的心热血澎湃

歌声汇成欢乐的海

这是青春的聚会

这是生命的舞台

让我们潇潇洒洒坦坦荡荡

把明天的大门推开

向未来　挥洒心中的爱

用阳光画出亮丽色彩

捧起白鸽诉说期待

放飞你我花样的情怀

笑脸绽开漫天礼花

歌声汇成欢乐的海

这是青春的聚会

这是生命的舞台

让我们快快乐乐自自在在

拥有这个飞翔的时代

向未来　挥洒心中的爱

用阳光画出亮丽色彩

卢沟晓月

晨风里月亮挂树梢

月光下一座卢沟桥

月色溶溶　风儿悄悄
这里的往事你可知道

那一年　硝烟在夜色中飘
村庄和田野在烈火中烧
枪声划破寂静的拂晓
强盗们举起带血的屠刀
啊
桥上的狮子仰天长啸
青纱帐卷起滚滚怒涛
我们用血肉筑起新的长城
保山河驱走豺狼虎豹
血可流　命可抛
挺胸膛　胆气豪
男儿弯弓射天狼
长风猎猎战旗飘

晨风里　月亮挂树梢
月光下一座卢沟桥
桥上的狮子记得那个血染的拂晓
昨天的故事永远忘不了……

樱桃熟了
—— 为小平同志百年诞辰写此

樱桃熟了

红艳艳挂在窗前

一位老人在树下细细察看

吹过庭院的风啊

请不要把樱桃摇落

因为他要用收获的喜悦

染红孩子们的笑脸

啊

樱桃熟了　樱桃熟了

几颗分给你

几颗分给他

还要留几颗樱桃挂在枝头

让鸟儿也来分享收获的甘甜

樱桃熟了

红艳艳挂在窗前

等待老人来摘下这果实串串

吹过庭院的风啊

可知道他在哪里

因为他和我们相约

去播种绿色的心愿

啊

他在哪里　他在哪里

他在南海边

他在大江畔

老人的脚步踏遍辽阔山川

播下了　绿色葱茏希望的春天

刑场上的婚礼
——献给共和国黎明前牺牲的先烈

黎明前的夜啊是这样的黑

清冷的风啊静静地吹

今天的太阳不再属于我们

心中滚动着无声的惊雷

望穿炼狱的铁窗

拭去战友惜别的泪

整一整衣襟走上刑场

挽着心爱的人与死神面对

这是天下最奇特的婚礼

残暴的敌人在我们脚下俯首列队

这是天下最壮丽的婚礼

青春的热血绽开殷红的花蕊

让启明星见证爱的执着

让爱情超越生死轮回

让魔鬼胆战心惊

让地狱在我们的笑声中焚毁

亲爱的人啊

我多想把你拥在怀里

斟一杯甘醇与你同醉

相伴的时刻也许太短太短

为理想与你同归我无怨无悔

我们的血将融在一起

生命的尽头有爱伴随……

啊

星熹微　月西坠

东方白　曙色飞

让划破长夜的枪声告诉未来

我们是谁

风铃响了
——丙戌正月初三夜梦得诗

风铃响了

惊破一帘幽梦

寒月如钩

牵起多少乡情

问风儿来自何方

是否见过她的身影

风铃响了

可是她的笑声

轩窗下　小园中

斑竹泪　湿帘栊

一件寒衣暖心

慈母针线情浓

风铃声声

惊破一帘幽梦

可是母亲

带来声声叮咛

问风儿来自何方

是否见过她的面容

风铃响了

可是她在祈祷

一缕香　一盏灯

倚窗望　寄寒星

声声平安祝福

让我泪眼蒙眬

和平之恋

和平是江上的白帆

依偎着故乡的港湾

和平是飞翔的风筝

把欢笑带给蓝天

和平是清晨的牛铃

摇醉了袅袅炊烟

和平是咿呀呀的水车

诉说着收获的甘甜

啊　和平　和平

我们世世代代把你深情呼唤

和平是弯弯的小路

在宁静的梦里伸延

和平是万家灯火

装点着夜色阑珊

和平是父亲的烟斗

点燃了古老的故事

和平是母亲的歌谣

环抱着婴儿的摇篮

啊　和平　和平

为了你的笑颜我愿把生命点燃

烽火狼牙山
——一曲民族魂魄的咏叹

狼牙山头弥漫着炮火硝烟
五位战士屹立在高山之巅
面对着漫山遍野的鬼子兵
枪膛里喷射出复仇的子弹
棋盘坨上英雄怒吼痛歼敌寇
莲花峰下刺刀闪亮浴血奋战
每个山坳都是敌人的坟墓
每块岩石都让侵略者胆寒

弹尽粮绝　悬崖路断
男儿无畏　生死等闲
再喊一声父老爹娘
再望一眼故乡山川
飞身跳下万丈悬崖
英雄的热血抛洒在天地之间

啊

长风呼啸　林涛翻卷
群山轰鸣把和平呼唤
牢记这鲜血染红的岁月
血写的历史不容改变

无声的春雨
——献给孔繁森

春雨淅淅沥沥
又想起亲亲的你
高原默默地捧起
格桑花染红的记忆
一片片草叶上
一瓣瓣花蕊里
都印着你的足迹
噢　春雨　无声的春雨
点点　滴滴
挂在阿爸干涸的嘴角上
点点　滴滴
洒在阿妈滚烫的心底

春雨淅淅沥沥
又想起亲亲的你
高原默默地捧起
哈达上洁白的记忆
崎岖的山路上
辽阔的牧场里
都留下你的足迹
噢　春雨　无声的春雨

点点　滴滴

挂在孩子梦中的笑脸上

点点　滴滴

融在牧民思念的泪花里

明天

明天啊明天

永远在向我们召唤

生活在明天将会更加美好

理想在明天一定能够实现

来来来来……

时光像江河在奔流

亲爱的朋友　快把那时间追赶

去学习　去锻炼　去工作　去实践

把我们青春的年华

献给祖国的明天

美好的明天

来来来来来……

明天啊明天

永远在向我们召唤

劳动在明天定会开花结果

智慧在明天定把奇迹创建

来来来来……

时光像骏马在飞奔

亲爱的朋友　快把时光追赶

去探索　去攻关　去奋斗　去登攀

把我们青春的年华

献给祖国的明天

美好的明天

来来来来……

老师在绿荫中走

当我走进校门的时候

老师轻轻拉着我的手

栽下一棵小桃树

在那教室的窗口

啊

桃花在阳光下盛开

绿叶在春风里点头

小桃树和我一起长大

伴我度过一个个冬夏春秋

当我离开母校的时候

老师紧紧拉着我的手

来到桃树的绿荫下

知心的话儿说不够

老师在深切地叮咛

我的心在轻轻地颤抖

岁月染白了他的双鬓

劳累把皱纹刻在他的额头

啊

当我们成为国家的栋梁

当那桃李芬芳的时候

亲爱的老师含着微笑

在绿荫中走　在绿荫中走……

走过四季的太阳

花儿悄悄开放

田野飘洒芳香

走过四季的太阳

给大地变换着新装

三月秧苗绿

五月麦穗黄

八月点燃红高粱

十月芦花白茫茫

啊　太阳　走过四季的太阳

画出我七彩的故乡

小河涓涓流淌

田野一片兴旺

走过四季的太阳

点燃了生命的乐章

燕子春来归

蜂儿采蜜忙

青蛙跳进荷花塘

蝈蝈唱醉了青纱帐

啊　太阳　走过四季的太阳

照着我生长的地方

乡愁

风儿掀动乡愁

山头的枫香树在向我招手

芦笙唤醒乡愁

声声激荡回响在心头

归来哟　胡不归

田里的谷米已悄悄长熟

听牛铃摇醉了夕阳

正是山寨炊烟飘香的时候
啊
　乡愁悠悠　悠悠乡愁
忘不了雷山脚下的铜鼓声声
忘不了清水江上破浪的龙舟
还有那爷爷吟唱的千年古歌
流淌着世代不息的血脉骨肉

　灯火点燃乡愁
妈妈还依在吊脚楼窗口
　月光牵动乡愁
风雨桥上谁在等候
　归来哟　胡不归
炽热的篝火映红了鼓楼
萤火虫撞响了琴弦
琵琶歌洒落一地相思红豆
啊
　乡愁悠悠　悠悠乡愁
忘不了飞歌嘹亮大歌如酒
忘不了侗锦灿烂蜡染隽秀
还有那漫山翠绿的生命之树
那是我心灵的图腾天长地久

你是天使　你是英雄
——献给疫情下的白衣天使

没有炮火硝烟　却要陷阵冲锋

没有刀光剑影　却要舍死忘生

挥挥手告别亲人

你毅然踏上无悔征程

披一身洁白战袍

于无声处挥洒烈火雷霆

啊

你是天使　你是英雄

你是将军　你是士兵

无私无畏　坦荡忠诚

救死扶伤　护卫生命

你用汗水和热血

在人心中画出绚丽彩虹

送走漫漫长夜　迎来破晓黎明

拂去恐惧彷徨　点燃希望憧憬

苦累时思念亲人

也曾有片刻似水柔情

听耳边警钟长鸣

唤醒心中神圣不变使命

啊

你是天使　你是英雄
你是将军　你是士兵
情在血里　爱在心中
家国安宁　一肩担承
当胜利来临时候
举一杯酒洒向万里长空

守护春天

梅花傲雪

划破料峭春寒

牡丹昂首

染香九州方圆

龙舟击水

仰天一声呐喊

呼唤春风

描画这满目绿水青山

好男儿笑倚昆仑

且将群山做船云为帆

乘一江春水东流

何惧前路风云变幻

长桥入海

跨越星河灿灿

火箭穿云

神舟嫦娥飞天

北斗巡航

四海一网相牵

丝路如带

今又是驼铃声声悠远

驾长龙挽起欧亚

咫尺天涯命运相连

抬望眼千山花开

春天的脚步谁能阻拦

啊
　　守护春天　心在呼唤
　　守护春天　热血铸剑
　　守护春天　大道无边
　　守护春天　爱满人间

你没有离去
——交响合唱《蓝天礼赞》选曲
献给我国第一位航母舰载机设计师——雷阳

你猝然倒下

枕着大海呜咽的波澜

你猝然倒下

倚着挚爱的雄鹰战舰

多希望你只是畅饮海风醉卧沙场

醒来时依然昂首凝眉挑灯看剑

哪知道你的生命已化作永恒

一颗心承载了太多家国祈愿

你没有离去

你没有离去

星空里还闪烁着你望穿天宇的目光

你没有离去

你没有离去

晨风中还飘动着你丝丝缕缕的挂牵

男儿壮志　巡天安澜

航空报国　倚天挥剑

你猝然倒下

枕着彻夜未眠的书案

你猝然倒下

伏在战舰破晓的甲板

多希望你只是倦了累了小憩片刻

醒来时依然劈波斩浪笑傲长天

哪知道你的魂魄已融进大海

执着地守护着这片神圣蔚蓝

你没有离去

你没有离去

蓝天上还轰鸣着你穿云破雾的呐喊

你没有离去

你没有离去

波涛间还回响着你铁骨铮铮的誓言

男儿壮志　巡天安澜

航空报国　倚天挥剑

刮春风
——一幅中国改革开放的音画

河套里

呼啦啦刮起了春风

咯嘣嘣一声

黄河开了冻

满河金浪　满河流凌

轰隆隆冲破了寒冬

撑船的哥哥

甩掉了旧棉袄

顺大河

忽悠悠飞上了浪峰

喊一声号子千山回应

土窑洞里的后生要破浪远行

黄河里

哗溜溜漂走了流凌

扑棱棱一声

两岸万紫千红

穿过九曲直下大海

轰隆隆一路奔腾

撑船的哥哥

扎紧了红腰带

顺大潮

忽悠悠扯起了帆篷

唱一曲黄土地上的信天游

会一会四面的浪头八面的风

札记

　　1987年春途经河套，黄河冰融的壮观景象和撼人心魄的开凌声给我留下了极为深刻的印象。春风猎猎，万物复苏，春天的脚步不可阻挡！

　　我久已想写一首改革开放题材的歌曲，但苦于没有找到恰当的切入点，所以一直没有落笔。大河开凌的壮阔景象让我一下找到了久久寻觅而不得的艺术形象，生活的馈赠让我欣喜若狂！黄河是中华民族的母亲河，黄河的解冻不正是中国走出"文革"的桎梏进入改革开放广阔天地的生动写照吗？

　　春到黄河，遍野春风，解冻的黄土地，漫山复苏的山花，河上破浪的风帆，还有从噩梦中醒来的人们和他们引吭高歌的信天游……这些黄土地特色的符号一个个在我脑海中跃动显现，让我激动不已！我想，只有用黄土地最富特色的语言和最具冲击力的象声词才能表达出这种动感和力量。于是"忽啦啦刮起春风""咯嘣嘣黄河开冻""轰隆隆冲破寒冬""忽悠悠飞上浪峰"等充满民歌风的语言一霎时涌上心头，汇成了这首绘声绘色、情景交融、颇具阳刚之气的《刮春风》。

一丛山茶花

一丛山茶花
开在山坡下
战士巡逻绕山走
捧来泉水浇灌它
啊　山茶花　美丽的花
祖国边疆把根扎
你像战士守边关
笑迎风雨更挺拔

一丛山茶花
开在山坡下
战士热血洒花上
化作漫天五彩霞
啊　山茶花　火红的花
你在战士胸前挂

红花朵朵开边疆

装点江山美如画

札记

  1979年，我曾踏上自卫反击战前线被血和火浸染、烧灼的土地。望着山坡上一座座墓碑，似看见长眠在这里的那些年轻战士们的身影，他们之中大多数人都正值十八九岁芳华之年，却为了国家和民族呐喊着冲向敌人，牺牲在炮火连天的战场……

  沿着他们生前巡逻的山路，走进他们战斗过的战壕、猫耳洞和哨所，寻觅他们的足迹。望着山坡上血一般殷红的山茶花，我仿佛看见了他们年轻的面容……

彩云赋
——献给国家税务工作者的歌

你从哪里来　美丽的云彩

你来自山川大地江河湖海

你往哪里去　多情的云彩

你化作潇潇春雨轻轻飘下来

铺开春的原野

描画春的风采

染绿田垄染绿山崖

捧出一个清新的世界

啊

生命因你而美丽

花朵因你而盛开

你从哪里来　美丽的云彩

你来自山川大地江河湖海

你往哪里去　多情的云彩

你化作潇潇春雨轻轻飘下来

涨满滔滔江河

诉说爱的情怀

朵朵浪花载着真诚

托起风帆奔向大海

啊

前程因你而坦荡

生活因你而激情澎湃

行吟记

把走过的路刻在心上;每座山、每条河都是爱的足迹……

中国的春天

一夜杏花雨
送春到江南
金灿灿的油菜花
缀满了运河湾
一阵杨柳风
送春过雄关
田野里的麦苗儿
铺开绿棋盘
啊
这是春天的中国
这是中国的春天
泥土下涌动着收获的渴望
人心里升腾着富强的期盼

点点芭蕉雨
送春到岭南
绿茵茵的甘蔗林
孕育着甘和甜
浩浩北国风
送春到草原
万马奔腾踏春潮
牧歌随风传

啊
这是春天的中国
这是中国的春天
好日月就像那盛开的太阳花
朝霞里扬起头笑得多灿烂

大江行

背一条纤绳拉大江西行
山路上闪过纤夫的身影
宽厚的肩膀撑起霓虹霞彩
赤裸的双脚踏平坎坷征程
一步一步牵动江潮起落
一步一步都是力的抗争

洒一路汗水披两岸长风
江面上荡起纤夫的歌声
追赶太阳索取失去的白昼
挽着晨星拖出金色的黎明
一步一步刻下岁月的艰辛
一步一步驮着严峻的人生

札记

　　我曾在大江边走进拖船的纤夫队伍，与他们一起喊着号子一步步负重西行。大江东流，波浪千重，西行的大船逆流而上，纤夫们背着纤绳一步步用生命之力拉着它们前行。沉重的纤绳背在肩上、勒进肉里，沉重的纤夫号子统一着大家的行动，吼喊之间每前进一步都是人与江流力量的抗争。拖船的路上有险滩、有激流，江岸边有石棱、有泥泞……踏上那段拉纤的路，在感受到生活艰辛的同时，我深深体味到逆流而上的滋味：不进则退，一路上你没有任何可以懒惰和懈怠的可能。只有一步步坚持、努力前行，才可能到达胜利的终点。平凡的生活中处处蕴涵着朴素的哲理，人生的道路又何尝不是这样，只有脚踏实地一步步前行，才能柳暗花明，看到我们追求的美好风景。

长城魂

　　萧瑟秋风冷

　　霜染枫林寒

　　望长城落日莽莽云烟

　　一抔土

　　一层砖

　　万里紧相连

　　挽沧海

　　携峰峦

　　柱起苍茫青天

问君可见长城魂

儿女血肉筑雄关

中华脊梁在

风雨越千年

札记

  我敬畏长城，看过许多不同历史年代留下的长城遗迹，到过长城入海的老龙头、山海关、居庸关、娘子关、雁门关、玉门关和嘉峪关。长城，就像一条龙的图腾盘旋飞腾在我的心海中，给我以信仰和豪情。它的身躯里有血肉、有风骨、有魂魄，默默无言地守护着中华大地万里山川。

  记得那是1987年秋季一个日落前的黄昏去敦煌、新疆采风途中，我在嘉峪关瓮城的城垛外看到了那块神奇的"定城砖"，在夕阳余晖映照下，它质朴无华的身躯穿越千百年时光，与戈壁瀚海、日月长风一道默默地守护着我们中华民族世世代代和平安宁的心愿。于是在采风途中夜晚的车灯下，我写下了这首膜拜长城的小诗。

西出阳关

莫要说春风不度玉门关

莫要说大漠孤烟锁楼兰

君不见英雄儿女结队来

西出阳关一声唤

铺开光秃秃的山
栽上绿茸茸的毯
围住黄澄澄的沙
荒滩献粮棉
你看那雪域村寨迎远客
山水似酒醉心田
你听那锣鼓敲得震天响
扭起秧歌一溜烟
唱一曲火辣辣的信天游
西出阳关
走进了锦绣江南

拓开平展展的路
连接万道川
架起高耸耸的桥
东西一线牵
你看那油龙滚滚惊天地
万里奔涌浪花翻
你看那科学城里腾彩云
托起巨龙飞九天
几回回梦里笑出了声
西出阳关
扑进了春光一片

尼勒克草原我的故乡

呔
尼勒克草原绿色的牧场
那里是我生长的地方
无论我走到天涯海角
忘不了阿吾勒洁白的毡房
啊
风吹草浪翻
花染马蹄香
遍地牛羊在我身边走
冬不拉琴声伴我来歌唱

呔
尼勒克草原美丽的牧场
那里是我可爱的故乡
无论我走到什么地方
忘不了草原上闪烁的星光
毡房炉火红
奶茶飘清香
小溪淙淙在我身边流
马铃声声在我梦中响
呔
尼勒克草原我的故乡

可可西里的故事
——献给守护可可西里的英雄索南达杰

在那遥远的可可西里

有一片寒冷的土地

那里没有飞鸟　没有人烟

只有藏羚羊跑过冰封的山脊

在那神秘的可可西里

有一片寂寞的土地

那里没有绿色　没有花朵

只有藏羚羊留下一串串足迹

有一天枪声划破了晨曦

高原上充满死亡的危机

小羚羊睁大恐慌的眼睛

看着妈妈倒在血泊里

啊

贪婪的枪口又指向了小羚羊

一位勇士向着枪口扑去

用生命保护了小羚羊

他的鲜血却染红了冰雪大地

在那遥远的可可西里

风儿讲着动人的传奇
每当黎明来临的时候
有一只小羚羊还在久久地寻觅

姑娘追

火红的骏马飞快地跑
火红的头巾在风中飘
姑娘把马鞭高高举
年轻的哈萨克快快逃
啊
姑娘在追　姑娘在追
鞭梢在风中呼啸
姑娘的马儿快似箭
让她追上可不得了
哈哈

缰绳松了帽子也歪了
小伙子好像是吓坏了
姑娘把马鞭轻轻摇
喊一声小伙你跑不掉
啊
姑娘在追　姑娘在追

鞭梢在风中呼啸
胆小你还来追姑娘
让我碰上不轻饶
哈哈

白蹄的骏马撒欢地跑
小伙子回头微微笑
镫里藏身抛来一朵花
羞得姑娘脸发烧
啊
姑娘在追　姑娘在追
鞭梢在风中呼啸
她的鞭儿举得高高
却打向了无辜的青草
哈哈

壶里的马奶酒滚烫了
新烤的羊肉飘香了
阿肯的冬不拉弹响了
一对对骏马回来了
啊
姑娘挥鞭　小伙求饶
高举的鞭子垂下了
深情的眼睛里映着火光

弹琴的阿肯笑弯了腰

哈哈……

札记

"克孜库瓦尔"（姑娘追）是哈萨克族青年定情时的风俗活动，小伙子向姑娘直白地表达爱意之后，姑娘用手中的皮鞭向小伙子表明自己的选择：如果她也喜欢他，那么在纵马追逐过程中姑娘的皮鞭会象征性地轻轻抽打几下或不会落下；如果小伙子得罪了姑娘，那么姑娘的皮鞭将会是无情的惩罚。

香格里拉

转经轮讲着你的神话
（香格里拉）
丝丝缕缕缠满了牵挂
玛尼堆凝望着你的身影
（香格里拉）
等瘦了多少个春秋冬夏
噢　香格里拉
你在那消逝的地平线
你在那雪山冰峰下
蓝色的月亮升起来
为你蒙上一缕雾的轻纱

问过了高原每朵野花

（香格里拉）

寻寻觅觅走遍了天涯

三江并流呼唤着你的名字

（香格里拉）

想你从红颜直到白发

噢　香格里拉

你活在古老的故事里

你站在巍巍青天下

高原的太阳升起来

为你披上一片金色彩霞

河西走廊　我的家

一条走廊千里长

祁连雪峰作屏障

东挽乌鞘岭上松

三危山头看敦煌

啊　河西走廊　我的家

如诗如梦如画廊

你看那

马踏飞燕追风赶月

飞天琵琶千古回响
我的陇原高天厚土
洒满古老的文明和辉煌

一条走廊千里长
雪雨风霜莽苍苍
春到草原花似锦
秋来陇上铺金黄
啊　河西走廊　我的家
如酒如歌醉心房
你看那
酒泉放飞七彩长虹
托起神舟银河逐浪
航天城不夜的灯火
点燃陇原腾飞的梦想

柴达木的春天

黄沙　古道　驼铃
穿越你千年的幻梦
盐湖　戈壁　胡杨
伴着你苍凉的身影
柴达木的春天在哪里

我呼你唤你一声声
曾记得爷爷牧马江河源
望不断格拉丹东冰雪峰
曾记得阿爸勘探青海路
走不尽大漠孤烟夕阳红
一年年紫蔺花儿原上开
那是咱柴达木人的不了情

朝霞　白云　彩虹
描画你崭新的笑容
钻塔　油井　新城
托起你倔强的身影
春色娇娆的柴达木
今天变得如此年轻
黄澄澄沙海捧出聚宝盆
红艳艳油田火炬照天明
白皑皑万丈盐桥连四方
绿茸茸枸杞园中药香浓
看春风呼啦啦漫过柴达木
铺展开七彩斑斓的好风景

寻梦黄河湾

走进陇原

寻梦黄河湾

枕着黄河母亲的手臂

梦回千年

蓝色的梦境里

飘过丹霞赤壁红山石林

古老的彩陶上

寻觅大河浪花沧桑变幻

啊

走进陇原

天地如画卷

荡开黄河三峡的碧波

撑船白云间

一曲花儿漫过来

就像那清凌凌的黄河水

润透我的心田

走进陇原

寻梦黄河湾

枕着黄河母亲的手臂

梦回千年

层叠的山岩上

凝望巨龙留下的足迹

神秘的石窟里

仰望大佛庄严神女飞天

啊

走进陇原

山水赛江南

看那芦花深处飞起

野鸭一串串

一曲花儿漫过来

浸满了黄河儿女心中的

幸福和甘甜

梦中的草原

天山　雪峰巍峨苍茫

草原　七色花海飘荡

马群　掠过金色的草浪

羊群　融进天边的霞光

勒勒车碾过的辙印上

祖先回家的路壮烈悠长

噢　我的巴音布鲁克

梦中的草原　圣洁的天堂

走进你炊烟袅袅的毡房

就依着阿妈温暖的胸腔

牧歌　奶酒一样甜香
河水　醉得九曲回肠
晨雾　拉开淡淡的纱幕
天鹅　飞落碧蓝的湖上
圣湖边摘一朵山丹花
心海里留下草原的芬芳
噢　我的巴音布鲁克
梦中的草原　圣洁的天堂
马头琴托起牧人的长调
回荡在太阳升起的地方

土尔扈特美丽的姑娘

高高的冰峰下面
雪水河在流淌
青青的河岸旁边
有一位好姑娘
多情的眼睛像星星
弯弯的嘴巴像月亮
河水亲吻她的长裙
天鹅起舞为她展翅飞翔

噢　姑娘

土尔扈特美丽的姑娘

你的目光刺穿我的心房

为了追寻你的踪影

我的枣红马迷失了回家的方向

绿色的牧场上面

有一座白毡房

洁白的毡房旁边

有一位好姑娘

甜甜的歌声暖人心

乌黑的头发辫子长

野花缀满她的衣襟

羊群像白云围在她的身旁

噢　姑娘

土尔扈特美丽的姑娘

你的歌声缠绕在我心上

为了追寻你的踪影

我的套马杆丢在了开花的牧场

洒一路花儿香飘天外

青海湖上飘云彩

天上的羊群下来
油菜花铺开黄金海
漫山遍野金浪澎湃

尕妹子俏来憨哥哥帅
七彩袖挽着个你来
拉金锁毡帽遮笑脸
悄悄把心事表白
跳起了安召索罗罗
尕花儿飞向天外

山村的新房好气派
凤凰在屋脊上落来
廊檐下石榴笑开口
花青果羞红双腮
新酿的青稞酒香了
醉透了咱的心怀

汽笛者声声震山崖
通天路漫过了云彩
吉祥的列车天上走
洒一路花儿香飘天外

采莲歌

满湖秋水绿如蓝
姐妹双双去采莲
小小莲船轻轻摇
飘在蓝天绿水间
哎
一桨荡进荷花丛
只闻歌声不见人

船儿划破水中天
惊飞野鸭一串串
片片荷叶水上漂
颗颗露珠光闪闪
哎
摘片荷叶头上戴
绿荫下面绽笑颜

早采菱角晚采莲
湖中洒下千滴汗
莲蓬圆圆放清香
菱角尖尖出水鲜
哎
采莲姑娘一片心

但愿香甜满人间

水乡乌篷船

穿过桃花雨
撩开杏花天
春风送我把家还
烟雨楼头燕归来
寻觅故乡旧容颜
啊　梦回江南　又见江南
童年的小桥边
还泊着外婆的乌篷船
咿咿呀呀　呀呀咿咿
诉不尽苦思念

捧起稻花香
摘朵并蒂莲
乡音绵绵话当年
小路还是青石板
小桥依旧水弯弯
啊　梦回江南　又见江南
水乡的故事里
还漂着外婆的乌篷船

悠悠荡荡　荡荡悠悠

依偎着杨柳岸

龙门石窟赞

九朝古都洛阳城

龙门石窟最闻名

两千洞天十万佛

倚山临水夺天工

佛祖讲真经

罗汉侧耳听

菩萨笑微微

天王多威猛

且倚石窟望斜阳

笑迎东西南北风

九朝古都洛阳城

龙门石窟最闻名

三千石碑写雄文

魏晋书法开新风

云朵壁上飘

莲花洞顶生

飞天衣带舞

奏乐如有声
一曲弦歌越千年
山山水水起回应

潼关回望

屹立潼关　回望云山
渭河滔滔　直上九天
金波银浪　激流翻卷
捧出了情和爱世代相传
啊
女娲补苍天　大禹治水患
神农尝百草　后稷开良田
有多少古老传说
埋进这渭河岸边的黄土地
催开了遍野春花
孕育文明五千年

屹立潼关　回望云山
渭河滔滔　直上九天
穿越时光　婉转回旋
滋润着八百里锦绣秦川
啊

遥望秦时月　笑倚汉时关

今朝好儿女　壮志安巨澜

铺展开千里河岸

画一幅壮阔的七彩画卷

让满河多情波涛

奔流在和谐天地间

田野铺开青纱帐

田野铺开青纱帐

苍苍茫茫

遮住了农家的篱笆墙

只听得蝈蝈儿唱了一曲丰收谣

唰啦啦醉倒了一片金黄

抬眼望小村庄

矗起了片片新楼房

回门的新嫁娘

找不见自家的女儿墙

唯有那廊檐下的红辣椒

还是旧时的模样

田野铺开青纱帐

苍苍茫茫

遮住了农家的篱笆墙

只听得小伙子唱了一曲丰收歌

悠悠扬扬传遍四面八方

伴着机声马达

回荡在金色的田野上

一垛垛黄金囤

压弯了丰饶的打谷场

好岁月就像那热腾腾的一杯酒

飘洒着火辣辣的芳香

心中的玛瑙城
——献给新生的阜新

万绿丛中

一座玛瑙城

郁郁葱葱

玲珑晶莹

是谁摇落了满天繁星

把闪光的宝石撒在你的怀中

一颗淡紫　一颗深黄

一颗翠绿　一颗殷红

神奇瑰丽巧夺天工

绽放着七彩的笑容

啊　玛瑙城

我心中的玛瑙城

踏上你流光溢彩的土地

像走进了一个神奇的梦境

北国雪野

一座玛瑙城

历尽沧桑

依然年轻

你那多情的高天厚土

孕育了中华第一条龙的图腾

摩崖石刻　古寺晚钟

铁马金戈　塞上秋风

如诗如画如诉如歌

讲述着古老的文明

啊　玛瑙城

我心中的玛瑙城

你点燃宝石般的万家灯火

迎接明天霞光灿烂的黎明

槐花海

三十里的南戴河

三十里的海

三十里的金沙滩

三十里的槐花开

我从树下过

清香扑满怀

滔滔大海潮

唤我踏浪来

哎　槐花海

花是相思海是爱

三十里海滩走一回

心儿丢在槐花海

三十里的南戴河

三十里的海

三十里的金沙滩

三十里的槐花开

风送槐花飞

飘飘一片白

染香大海潮

引我踏浪来

哎　槐花海

捧出深情捧出爱

喝一口香甜的槐花蜜

心儿醉在槐花海

闹花灯
——用民间"三赶七"句式描摹的民俗风景画卷

正月里

闹花灯

南庄北村

热气腾腾

锣鼓震天地

鞭炮响连声

一盏盏红灯笼

光闪闪喜盈盈

照见家家粮满囤

照见乡村好光景

大姐姐扎了一个梅花灯

迎来那瑞雪纷纷春意浓

小妹妹扎了一个鲤鱼灯

扑棱棱跳过龙门成了龙

小伙子粗中有细手儿巧

扎了一个八仙过海显神通

顶数爷爷奶奶主意好

扎了一个笑么呵的老寿星

棉花灯白生生

白菜灯绿莹莹

麦穗灯黄澄澄

老牛灯闹春耕

嘀嘀响的汽车灯

一溜烟的摩托灯

水库打鱼的轮船灯

亮晶晶的楼房灯

这个样的灯

那个样的灯

农家爱啥就扎个啥灯

再扎一个巨龙灯

龙灯闪闪放光明

咱是龙的故乡人

巨龙腾飞我飞腾

长城脚下龙抬头

龙尾一摆过洞庭

来年再上一层楼

花灯更比今日红

湘西印象

翡翠山　翡翠水

翡翠谷里白云飞

绿色雨丝挂发梢

伴我下翠微

边城古渡口

江风开心扉

晨雾迷蒙江面上

小船浪里飞

啊

撑船的人儿知是谁

青竹笠　绿蓑衣　小阿妹

小牧童　横牛背

手把竹笛悠悠吹

水车咿呀转日月

冬去春又回

江上风雨桥

小城酒旗飞

石板路旁沽酒来

未饮心已醉

啊

若问湘西啥最美

苞谷烧　香腊味　土家妹

瓷的都城

你和中国拥有同一个名字（China）

你像白玉一样晶莹无瑕（China）

戴云山的泥土

给了你生命和性灵

千年不熄的窑火

铸成你的绝代风华

啊　China　德化

你是瓷的都城

啊　德化　China

你是美的神话

屈斗宫的炉火在你心头燃烧

炽热的爱恋送进人间万户千家

你和中国拥有同一个名字（China）

你像白玉一样晶莹无瑕（China）

古老的船队

曾载你丝路远航

你的名字

传遍了海角天涯

啊　China　德化

你是瓷的都城

啊　德化　China

你是智慧的奇葩

何来观音含笑默默为你祝福

浐溪的激浪伴你点漫天彩霞

如梦如幻戴云山

如梦如幻戴云山

苍苍茫茫云海间

走进你的蝴蝶谷

多情古藤牵衣衫

彩蝶翩翩引路来

伴我饮山泉

桃仙溪上荡竹筏

一篙划破水中天

撑筏的姑娘笑声朗

摇落桃花水潺潺

啊　戴云山　梦中的山

扑进你的怀抱

就像依偎在母亲的身边

如诗如画戴云山

苍苍茫茫云海间

山后那片刺桫椤

坡上那丛红豆杉
悄悄向我讲述着
遥远的从前
岱仙瀑前云烟起
玉龙飞落千丈岩
吼声如雷出山来
满载山水情一片
啊　戴云山　画中的山
捧起你的流水
就像听见了亲人的呼唤

来吧　朋友　快扑进戴云山的怀抱
来吧　朋友　走进美的梦幻

担月亮

凤尾竹托起含羞的月亮
江水里跳荡着快乐的月亮
水桶里捞起湿漉漉的月亮
悠悠荡荡挂在田埂上
啊
担水的姑娘排成行
挑着一串圆圆的月亮

走进座座绿色的竹楼
傣家就有了圆圆的希望

象脚鼓唤醒初升的月亮
金铓锣敲圆了丰收的月亮
孔雀舞醉了银色的月亮
摇摇晃晃掉进瑞丽江
噢
担水的姑娘排成行
挑着一串圆圆的月亮
走进座座绿色的竹楼
傣家就有了圆圆的希望

一曲桐城歌

一条龙眠河
滚滚荡清波
一曲桐城歌
流在人心窝
它是春来秧田风
它是月夜摇篮歌
它是妹子悄悄话
它是阿哥心头火

妹和哥

歌声就是连心锁

啊

桐城歌　乡土的歌

歌中有你也有我

桐城歌　心灵的歌

歌中有苦也有乐

相依相伴难割舍

一条龙眠河

催开花万朵

一曲桐城歌

千人万人和

吴楚遗韵越千年

乡音如酒酿春色

醉了山水醉了风

引得神女从天落

槐荫下

黄梅一声动中国

啊

桐城歌　古老的歌

世代文明故事多

桐城歌　鲜活的歌

赞美今天好生活

龙眠潮涌浪蓬勃

札记

桐城文化底蕴深厚，"桐城歌"是当地的一种民歌形式。词中，第一个四句是引子，概述桐城歌在当地人民心中的位置。从"它是"到"歌声就是连心锁"保留了桐城歌在第四句尾部插入三个字之后再加一个强化句式的传统格式。副歌部分则采用桐城歌七字、五句式结构，展示了桐城歌基本的表现形式。

贵州的笑声

黄果树挥洒爽朗的笑声
牵落天上七彩霓虹
花溪水荡起碧波淙淙
一路笑得委婉动听
载着风雨桥畔的琵琶歌儿
激荡侗家拉妹欢笑的心灵
敲响石板街上的咚咚铜鼓
笑开布依姑娘的蜡染画屏
啊　笑声　贵州的笑声
那是各族儿女炽热的真情
啊　笑声　贵州的笑声
回荡在你我心中

雷公山摇落春雨的笑声
漫山梯田闪烁晶莹
赤水河笑得浪花翻腾
茅台酒歌醉人心胸
载着吊脚楼上悠扬的芦笙
掀动苗家山寨的笑语欢声
催开草海岸边百花的笑脸
摇响彝家花街赛马的铜铃
啊　笑声　贵州的笑声
那是各族儿女炽热的真情
啊　笑声　贵州的笑声
回荡在你我心中

侗寨琵琶歌

晚风吹过山岗
竹林在轻轻地摇晃
石板路上来了走寨的拉罕
琵琶歌儿像泉水
叮咚叮咚响

阿哥琵琶为谁弹

走向谁家木楼旁
妹家门前青竹翠
妹家火塘暖又亮
啊侬哟
请哥门前停一停
你弹琵琶拉妹唱

阿哥家水田谷穗黄
拉妹家楼后杉树壮
割下金谷酿米酒
砍下杉树盖新房
啊侬哟
丰收喜悦浓似酒
醉了侗家的心房

月亮高挂在天上
小溪在淙淙流淌
萤火虫像星星
落在拉妹肩头上
琵琶歌儿在花桥
轻轻飘荡

七彩三月街

哎——啊依哟嗬嘿
苍山的彩云飘下来
染红了一条三月街
洱海的浪花飞过来
陶醉了一条三月街
谁若在街头喊金花
一百个姑娘迎过来
手把荷包迎远客
丢一个谜语让你猜
哎
大理姑娘好人才
风花雪月头上戴
衣襟上蝴蝶展翅飞
闪亮的耳环花腰带
姐妹结伴街前走嘛
七彩的潮水涌过来

哎——啊依哟嗬嘿
火红的茶花开起来
香透了一条三月街
欢乐的歌声唱起来
点燃了一条三月街

谁若在街头喊阿鹏
满街的小伙停下来
弹起月琴迎远客
大理的城门为你开
哎
土产特产两边摆
天麻三七好药材
菌子蘑菇飘清香
泡一杯沱茶暖心怀
三月街上情意浓嘛
丰收的节日多欢快

壮锦谣

梭儿尖　线儿长
壮家阿妹织锦忙
巧手牵动七彩线嘛
深夜灯下做嫁妆
抽一缕金线织太阳
拈一丝银线织月亮
月亮晶莹太阳红
阿哥和阿妹配成双
彩线满含情和爱嘛

一梭一梭一丝一线
编织着姑娘心头甜蜜的向往

梭儿尖　线儿长
壮家阿妹织锦忙
歌声悠悠机声飞嘛
引得彩虹落壮乡
织出那铁龙穿山来
满载着幸福和希望
村村寨寨灯火明
映照壮家的红火塘
织锦的阿妹披新装嘛
欢欢喜喜羞羞答答
七彩的壮锦伴她去做新娘

新翻杨柳枝

"劝君莫唱前朝曲,且听新翻杨柳枝。"站在巨人肩上,获得一个高的起点;在传统的诗行中催发柳丝的新绿……

渔舟唱晚
——一首古老乐曲的回声

滔滔春江水
晚霞白鹭飞
竹篙一点浪花开
打鱼船儿归

橹儿轻轻摇
江风悠悠吹
捕鱼人儿笑微微
满舱鱼儿肥

猛抬头　只见那红日西坠
霎时间云影儿遮住了霞晖
刷啦啦雨丝儿洒满江天
淅沥沥搅乱了一江春水
扑棱棱百鸟儿回巢
忽啦啦帆影儿低垂
密匝匝风摆杨柳
轰隆隆几声惊雷
只吓得那芦苇叶儿不住地摇
乐得那小鸭儿嘎嘎嘎嘎嘎嘎地追
唯有那船头上的捕鱼人

他头戴着斗笠　身披着蓑衣
手把着竹篙　唱一曲渔歌
悠悠扬扬在那雨雾里飞

雨后浮云散
江风绕翠微
明月捧出碧玉杯
醉了春江水

札记

若想在现代歌诗写作中融入古典诗词平仄韵律的技巧，为古曲倚声填词不啻为一种有益的尝试。喜爱唱歌的朋友可以找对应乐曲的旋律听一听这首歌词的声律是否与音乐相和？能够使所填写的歌词与原始乐曲巧妙融为一体，不生涩、不倒字是一种功力。

在对应《渔舟唱晚》乐曲倚声填词的同时，我还对作品的整体结构进行了合理的扩展，在中间插入了一个对比乐段。这段词使用了传统曲艺"有人儿、有事儿、有趣儿"的写作方法，以长短句式的语言风格绘声绘色地展开了对江上"风雨骤至"情景的铺陈。其中象声词的堆叠使用使得这个段落充满了活力与灵动感，它既有古诗词长短句的韵致，又颇有曲艺鼓词自由律动的节奏趣味与结构之美。

桃花红　杏花白
——让古老民歌的种子开出今天的花朵

桃花来（你就）红来

杏花来（你就）白

漫山遍野向阳开

啊个呀呀呆

翻过那桃花岭来

蹚过那杏花海

憨憨的哥哥他看花来

啊个呀呀呆

花丛里小阿妹

摘一朵山花戴

女儿好风采

啊个呀呀呆

唱一曲开花调扔过崖

声声落在哥心怀

亲呀亲呀个呆呀个呆

开花调唱得心花花开

忘不了春来把树栽

待到桃杏满枝头

迎亲的锣鼓咚咚咚咚敲起来

咱把那新房山坡坡盖

桃花杏花窗前前开
亲呀亲呀个呆呀个呆

桃花来（你就）红来
杏花来（你就）白
漫山遍野向阳开
啊个呀呀呆

啊
一片片红雨飞
一阵阵暖风来
山乡春如海
啊个呀呀呆

札记

　　祖辈流传下来的民歌，是历史长河大浪淘沙之后留给我们的珍贵宝藏，它们是中华民族音乐文化中最璀璨的部分。《桃花红 杏花白》的写作，选取了山西左权民歌"开花调"中两种不同节奏的类型，把它们重新加以改造、组合，改变了传统开花调只有上下句结构的简单模式，也拓展了歌曲的表现空间。我以为，对传统民歌的改编，在结构改变的同时，更重要的是要把今天人们对新生活的期盼和喜悦的心声融进歌词的语言和节律之中，赋予传统民歌以现时代人的情感。这样，经过改造后的这首歌就不再是古老时代社会生活情景的再现和复制，而是具有今天鲜明的时代气息。"移步而不换形"，适度的改编使这首歌依然保留着浓郁的山西民歌风味。听起来，它还是那个左权乡村中独具风韵和特色的"开花调"。

《满江红》随想
——用歌声俗解岳武穆《满江红》

潇潇秋雨　漫漫雄关
抬望眼山河破碎遍地烽烟
忘不了母亲谆谆的叮咛
精忠报国牢记在心间
三十功名尘与土
驰骋疆场人不还
八千里路云和月
伴我纵马斩敌顽

朔风吹　霜满天
铁马冰河刀光寒
鼓角鸣　旌旗乱
血染征衣未下鞍
壮士驾长车
踏破贺兰山
身披大漠风
挥剑斩楼兰
高歌一曲《满江红》
仰天长啸　还我河山

札记

诗言志,词言情。我国古代的"词"是有音乐的,只因当时没有保留声音的技术手段,所以今天我们能见到的只有"词"文字形态的记载。例如《清平乐》《点绛唇》《西江月》《满江红》等,它们有着各自不同的结构、平仄、节奏的变化与独特的韵致美感。我们知道,每首著名诗词经典作品的背后几乎都有着一个动人的故事,每个诗人的代表作品也大多与他们的命运和经历有关。近代作曲者为古诗词谱曲大多是着眼于某个诗人的某一首作品,这样,就很难把作品的内涵和诗人的命运结合在一起,一曲听罢总给人以情犹未尽之感。因此,我便有了将古典诗人的代表作品与他们的命运结合创作一首作品的想法。我想,把岳飞《满江红》词和他的命运结合应该是个不错的选择。于是,我把《满江红》这首词中的词句加以解构,尝试在保留其最经典词句的同时,以世俗化的描摹在作品中糅进对诗人精神世界和悲剧命运的抒写,力求展现岳飞立马横枪、仰天长啸"还我河山"的雄姿和爱国主义情怀。

文成公主
——小昭寺绿度母女神的追思

告别了杨柳依依长安道
告别了浪叠千重灞陵桥
踏上这雪域高原青海路
只觉得大野芳菲云卷天高
车轮儿疾　马铃儿摇

旗幡儿飞　野花儿笑

都说是文成公主绝代风华

谁知我去国别家思绪滔滔

抛却了秋千架下的女儿梦幻

把一片真情托与那雪山雄鹰展翅九霄

满载着释迦佛像经典医药

满载着谷物种子锦缎珍宝

太阳和月亮伴着我远行

走进这圣洁天地雪山怀抱

布达拉山　雪融冰消

雅砻河水　翻卷波涛

都说是松赞干布英雄年少

可知我万里和亲澎湃心潮

捧起这玛尼堆前的洁白哈达

用一腔爱恋挽起了藏汉民族世代友好

札记

如果要遴选中国历代女性杰出人物的话，文成公主定会是其中最令人瞩目的一个。早在1300多年前，她作为大唐公主担负起赴吐蕃和亲的重任，为藏域带去了诗文、农书、医典、历法、佛经等文书典籍以及大唐的建筑、纺织、制陶、酿酒、造纸等先进生产技艺，使吐蕃的经济与社会文明得以长足发展，为汉藏民族和睦相处做出巨大贡献。

写这首歌的时候我正在为创作歌剧《文成公主》做资料准备，看着文成公主的事迹和故事传说，按捺不住内心的激动，便先行写下了这首独立的单曲。

一首歌的创作需要词曲作者默契配合，需要两人在艺术上相知相谐、灵犀相通。

歌词开篇我即以颇有点唐代诗词的语言风格给出了："长安道""灞陵桥""雪域高原""青海路"等几个具有地域特点的意象，在歌词中埋下了汉、藏两个不同地域音乐的种子，它们将会为作曲家音乐素材的选取提供依据。

而"车轮儿疾""马铃儿摇""旗幡儿飞""野花儿笑"则是我在词中为歌曲节奏变化埋下的动感与激情勃发的种子。语言跃动的节奏也将会为音乐的推进提供律动的依据，相信听过这首我与作曲家王志信合作歌曲的朋友，能从中感到我们合作时的那种默契。

木兰从军
——北朝《乐府》诗情的再演绎

唧唧复唧唧　木兰当户织
倚窗望明月　仰天长叹息
昨夜见军帖　边关军情急
军书十二卷　催我爹爹出征去
爹爹年衰迈　难耐北风寒
木兰无长兄　谁人去征战
怎么办　怎么办
难坏了姑娘花木兰
忽见墙上龙泉剑

胸中豪情逐浪翻

乔装男儿跨战马

替父从军走边关

但辞爷娘去　万里赴戎机

关山度若飞　寒光照铁衣

挥剑挽强弓　踏踏马蹄疾

将军百战多　碧血染旌旗

塞上烽烟平　战地黄花香

春风迎故人　木兰还故乡

开我东阁门　坐我西阁床

当窗理云鬓　对镜贴花黄

出门看伙伴　伙伴皆惊惶

同行十二年　不知木兰是女郎

千秋赞歌唱英雄

木兰从军美名扬

札记

　　木兰从军的故事最早见于南北朝时期的北朝乐府歌谣，它以质朴的语言、流畅而充满情感的叙事讲述了少女木兰替父从军的故事。诗中有木兰内心世界的流露，有万里赴戎机的艰辛，有百战疆场的慨叹，也有回归故里时的喜悦和重着女儿装时的惶惑。这首诗起伏跌宕、绘声绘色、感人至深，受到世代人们的喜爱。但《木兰诗》产生的年代距今已有1500多年了，为了更贴近现代人的欣赏习惯，我萌生了要把它改写成一首大型叙事歌的想法，让今天的人们在歌声中聆听木兰从军的故事——一个在中国人心海中回响了1500多年的中国故事。

  在改编的过程中，我把原诗中的精彩语句和使用现代语感改写的部分有机地糅合在一起，以强化木兰内心世界的描写，简化叙事过程，并根据音乐曲式变化和情感表达的需要安排作品的整体布局：既有娓娓如诉的抒情主人公的心声流露，又有大开大阖金戈铁马战争场面的恢宏描述；既有活泼谐谑的生活场景描摹，又有不着痕迹的客观历史评说。这首歌一经问世便受到声乐界人士的喜爱，并被收录入各大音乐院校的高级声乐教材。

孟姜女

正月里来是新春

家家户户点红灯

别人家夫妻团圆聚

孟姜女的丈夫去造长城

夏夜里银河飞流星

那是牛郎会织女点燃的红灯笼

孟姜女望长空泪眼雾蒙蒙

我与杞良哥何日得重逢

九月里来九重阳

菊花煮酒空相望

落叶飘　秋风凉

窗前月如霜

我给亲人做衣裳

线是相思针是情

针针线线密密缝

再把心口一丝热

絮进寒衣伴君行

大雪纷飞北风疾

孟姜女千里送寒衣

从秋走到年关过

不知丈夫在哪里

声声血泪声声唤

天也昏来地也暗

哭倒长城八百里

只见白骨漫青山

札记

《孟姜女》是我童年梦中的歌谣。无论是在江南水乡细雨如烟的石板小巷，还是在北国风雪弥漫时节的热炕头，它的旋律都曾像潺潺清泉一样，伴着二胡如怨如诉的琴声流淌在每个中国人的心中。"文革"过后，蓦然回首却发现身边的孩子们已几乎不知孟姜女是为何人，民歌中《孟姜女》一类经典作品也在流行的浪潮中难觅踪影。我想，此中固然有着诸多社会因素的影响，但现实是，产生于过去时代的民歌离现代人的生活越来越远了，由于社会结构的改变，我们的生活环境、人际关系、思想意识也都不尽相同了，特别是"文革"使传统文化遭受到了一定程度的摧残，在青年一代中产生与传统文化疏离的现象已是必然。

从专业音乐工作者的角度来看，随着时代的发展和我国声乐演唱水平的不断提高，歌手们也不再满足于音域只有一个八度、四句头式城市歌谣的演唱，他们也需要体例更大、难度更高、内涵更丰满的崭新的中国声乐作品。因此，站在传统巨人肩上，寻找一个高的起点，对优秀传统经典民歌在叙事体例、铺陈方法和表现手段等方面加以适度的改造和拓展也许是一个不错的选择。

经过认真的思考，我把《孟姜女》每段起承转合四句头的结构方式扩展到对歌曲的整体布局。

第一段，保持民歌原汁原味的风格不变，词不变，曲也不变，使人一听便认为它就是人们心中的那一曲《孟姜女》。

第二段，虽然歌词四句头的格式未变，但词中的情感与情景设计却做了改动。新的歌词中，抒情主人公把夜空中的流星想象成牛郎织女七夕相会手执的红灯笼，进而联想到牛郎织女一年尚能相会一次，而自己与丈夫相会却遥遥无期，不禁悲从中来，使歌曲获得了情感递进的内在推动力。

第三段，从歌曲整体结构来讲，处在全曲四段歌词起承转合中"转"的位置，是作品的黄金分割线。因此歌词在情景和语言色彩上必须要有明显的变化，以便为音乐的变化提供情感依据。在这里，我将歌词情境设置为在清冷的月光下，孟姜女为丈夫做寒衣意切情浓的场景。歌词的体量也从四句扩展到八句，用最质朴的语言抒发她心中炽烈的情感："线是相思针是情，针针线线密密缝，再把心口一丝热，絮进寒衣伴君行。"霜凝月色，素手抽针冷啊！在这里，孟姜女手中的针线也似乎都沾染上了月光的清冷，为音乐调式转换提供了依据。

第四段歌词则写的是：大雪漫天，狂风呼啸，哭倒长城，呼天抢地！在这里，我彻底改变了原民歌闺怨式的诉说语境，而是大开大阖，放声疾呼："声声血泪声声唤，天也昏来地也暗，哭倒长城八百里，只见白骨漫青山！"经过此番改造后的《孟姜女》不再是一首民谣式的都市小调，而变成了一曲情深意浓、大气磅礴的中国式咏叹调。

一个沉睡千百年的梦

  一个沉睡在黄土下的梦
  埋藏着千军万马的吼声
  拂去岁月的沧桑
  依然回荡着勇士的豪情
  噢　沉默的兵马俑
  秦时明月记得你的忠诚
  你是一支永不疲倦的阵列
  守卫着中华古老的文明

  一个沉睡了千百年的梦
  呼唤着历史遥远的回声
  穿过漫长的时光
  依然驾驭着战车在驰骋
  噢　沉默的兵马俑

高天厚土知道你的深情

你抖擞一身威武雄风

展示着中华不屈的心灵

札记

1979年，秦兵马俑发掘不久我即赶赴西安观瞻，俑坑中那一眼望不到边的兵马俑威武阵列令我震惊、激动！这些在黄土下沉睡了2000多年的兵马俑在重见天日之时，依然保持着雄风凛凛的英姿，背负着中华民族的追寻和向往，驾驭着战车，踏着永不疲倦的脚步，无声地呐喊着，不息前行！它们的目光仿佛望穿了千年时空，连接起过去、今天和未来。

我想，这就是中国的历史，这就是我们中华民族的魂魄和不屈不挠民族精神的生动写照。

霎时间，时光仿佛浓缩了，站在这个阵列之间，心中不禁涌起回眸即是岁月千年之感！于是，在回京的火车上便写下了这首跨越时空的歌——《一个沉睡千百年的梦》。

昭君出塞
—— 那个青冢传说中的奇女子

别家园

出雄关

昭君琵琶马上弹

女儿情
连胡汉
从此长城无烽烟

纵马塞上行
放眼敕勒川
绿草绕毡房
牛羊接蓝天

胡笳迎远客
长歌舞蹁跹
阿妈捧奶茶
暖在我心间

回首望中原
千里麦浪翻
炊烟夕阳里
黎民得平安

古来都说昭君怨
谁知红颜为江山
一支出塞曲
慷慨越千年

札记

歌词，具有音乐与文学双重属性。因此，在可能的条件下词作者应在歌词中埋下音乐的种子，以便于作曲家进行二度创作。

在《昭君出塞》这首词中我便特意埋下了一句具有音乐意象的种子——"昭君琵琶马上弹"。虽然只有寥寥七个字，但此中既特指了琵琶这种乐器，又包含着送亲马队嗒嗒的蹄声和回荡在塞外萧瑟天地间的弦索之音，琴声中飘荡着弹奏者的心曲和思绪……

正是受到这句歌词中音乐种子的启示，作曲家王志信在谱曲时几乎翻遍了著名的琵琶曲，几经斟酌后选中了《塞上曲》的音调作为这首歌曲的音乐主题，乐曲古意盎然却又颇具神采。接下来，词曲相谐，水到渠成，在歌曲 A 段之后，马蹄的动感节奏引入了欢快复沓式的 B 段，并一气呵成地将歌曲推向尾声。

写作需要技巧，更需要思索。某种特定情境下歌词也需要播种，而这粒种子则需要作家搜尽枯肠去寻觅，把它种在作曲家的旋律中，种在听众的心海里……

在这乍暖还寒时候
——读《漱玉词》感怀

谁说你的小舟载不动许多愁
你苍凉的目光阅尽雨疏风骤
伤春花落尽
悲秋黄昏后
更哪堪家国情仇

三更雨　五更风

悄把心事穿透

一寸柔肠千重忧

才下眉头　又上心头

啊

清泉照人寰

海棠花依旧

谁为你推开寂寞情怀

在这乍暖还寒时候

谁说你的身躯更比黄花瘦

你飞扬的思绪震烁万古千秋

生当作人杰

死亦为鬼雄

一句话尽显风流

怨东风　吹梦去

梦里故人牵手

醒来孤灯伴更漏

残梦恨短　相思太久

啊

清泉照人寰

长歌动九州

斟一杯花荫月影给你

在这乍暖还寒时候

札记

李清照——一位婉约派的女词人，在经历过人生的悲欢离合和命运的摧残之后，却写下了"生当作人杰，死亦为鬼雄"这样令七尺男儿闻之亦会赧颜的充满豪情的诗句。她的词中有情思缱绻，有相思离愁，有慷慨悲愤，有国恨家仇，还有她那"才下眉头，却上心头"无可奈何、丝丝缕缕的牵挂。婉约与沉雄同在，浪漫与理性并存，这是一颗多么敏感、多么博大的心！读她的词，心中总是五味杂陈、百感交集。我想为她写一首歌，于是便有了这首词——《在这乍暖还寒时候》。

献给妈妈的茉莉花

摘一朵茉莉花

献给你呀　亲爱的妈妈

还记得小时候你叫我小茉莉

把盛开的茉莉花插满我的头发

还记得你唱起茉莉花的歌谣

在我童年的梦里轻轻飞舞飘洒

啊　妈妈

无论我走到海角天涯

永远也忘不了

你唱的那支《茉莉花》

摘一朵茉莉花

送给你呀　亲爱的妈妈
如今我已有了自己的小茉莉
我用洁白的茉莉花装点她的头发
摇篮边我也唱起茉莉花的歌谣
才明白你的爱心多么无私博大
啊　妈妈
我为你献上节日的祝福
请收下这一朵
芳香的茉莉花

札记

　　我们都曾在母亲的怀抱里享受过母亲的抚爱，又都为人父母传承着对儿女一代的爱。《献给妈妈的茉莉花》是一首赞美母爱的歌曲。在这首作品中，我以茉莉花为载体，讲述了一个初为人母的年轻妈妈面对摇篮中的小宝贝，想起了母亲对自己的爱，在节日来临的时候，把一束圣洁的茉莉花献给妈妈，由衷地赞美世代传承的伟大母爱。

　　写作时我借用了民歌《茉莉花》第一句词的语言节奏和音调特点，把它作为一颗音乐的种子埋在词作之中，原歌词"好一朵茉莉花"与新创歌词"摘一朵茉莉花"如一双极度相似的姐妹花，引人联想。看到它，作曲家恐怕立即就会想到民歌《茉莉花》的音乐和律动。

　　我没有与作曲家交流，这首歌词谱曲之后，那充满江南韵味《茉莉花》身影的音调证明这颗音乐的种子埋藏成功了。

牛郎织女
——小时候听母亲讲的故事

一条银河挂蓝天
波涛滚滚卷巨澜
牛郎织女遥相望
天各一方苦思念
千年万年情未了
化作星辰永相伴

那一年
三月三
织女思凡到人间
青山下
遇牛郎
桃花为媒结百年
男耕女织度春秋
朝朝暮暮心相连

惊雷响
乌云翻
天兵天将下尘寰
逼织女
回瑶台

生生拆散好姻缘

放牛郎

声声唤

一双儿女担在肩

追寻亲人上天庭

滔滔银河把路拦

漫天星斗光闪闪

喜鹊展翅飞九天

鹊桥连起有情人

牛郎织女重相见

年年岁岁七月七

天上人间盼团圆

凤舞龙翔
——品读《中国四大名著》

一串串方块字神采飞扬

叙事言情凤舞龙翔

三国西游水浒红楼

融进我的血液流淌

赤壁旌旗锁大江

西天取经路漫长

拳打猛虎不平事
葬花女儿痛断肠
几多智慧浪漫
几多愤懑忧伤
才下眉头又挂心上

一串串方块字穿越时光
洋洋洒洒千古文章
三国西游水浒红楼
一卷在手心驰神往
铁马金戈魏蜀吴
降妖伏怪美猴王
英雄聚义梁山泊
雪掩红楼白茫茫
几多忠义真情
几番人间天上
魂牵梦绕世代传扬

札记

歌唱家万山红独辟蹊径将《水浒传》《红楼梦》《西游记》《三国演义》四部影视剧中的插曲组合成了一台音乐会，让人不由为这个创意喝彩！她诚挚地邀我为这台名为《中国四大名著》的音乐会撰写文稿并创作主题歌，我接下了这个邀约。

对我而言，创作这首主题歌是个极大的挑战，若要在一首短短的歌曲中容纳我国四大名著的主旨几乎是不可能实现的事情。但我想，应对万山红的独辟蹊径的思路，也只有独辟蹊径地找一个巧妙的切入点才能较为像点样子地交差。不求一鸣惊人，但求不要有太大的偏差。于是，我便从"中国名著""叙事特点""人物个性色彩""重大代表性事件"和每部名著各自的"艺术特色"等方面逐一筛选，甄选了几点这首歌中要用到的主要元素。第一，它们都是用中国文字、章回体叙事方法写成，龙飞凤舞、汪洋恣肆，充满中国智慧与浪漫情怀；第二，它们所讲述故事中的典型事件深入人心，无须赘言，只要稍加提点便可与人灵犀相通；第三，它们所赞美和宣扬的主旨，虽有悖于当时社会所谓正统观念，但都是中华民族千百年来所尊崇的家国情仇、忠贞大爱、追求理想、顽强不屈、抱打不平、义薄云天；第四，书中的每个代表人物无须指名道姓，只需一件事、一句话，他们的形象便会栩栩如生即刻浮现在眼前。

有了这几个原则，思路就变得顺畅了许多，于是便有了这首歌——《凤舞龙翔》。

相约清明上河时
——*如画城郭　未了乡情*

走进画卷
走进你的三月天
绿野柳烟翠色
沾湿我的眼帘
路上行人
仿佛邻家伙伴

乡音如酒
声声暖我心田
画楼上那声琵琶
可是你在诉说相思
唤我清明时节
放飞梦中纸鸢

走出画卷
走不出对你的挂牵
回眸长街短巷
寻觅故乡容颜
纤夫号子
声声回响心头
酒旗杏帘
邀来故人把酒言欢
弯弯的虹桥上
你我蓦然相遇
相约清明上河
踏歌汴水岸边

札记

很久以来我就想为《清明上河图》写一首歌，因为我喜欢它的人间烟火气，喜欢它描画出来的那些世俗生活场景。每当观看这幅画作时，画中的情境和我儿时记忆中的许多人和事时而重叠，时而交融，让我产生一种莫名的亲切感。我想，这大概就是优秀的艺术品可以流传于世的原因罢。

几次草稿被自己一次次否定，它们或以偏概全，或庞杂零乱，或局促拘束，都不是我感觉中清明上河的样子。后来多次凝望画家的巨作，城郭街市、通衢阡陌、脚店酒肆、楼堂馆驿、绸布医药、贩夫走卒、士农工商、五行八作，数千房舍人物、虹桥船舶看起来让人眼花缭乱、目不暇接。它们无一处不精彩，无一处可以被忽略，若从实处落笔肯定挂一漏万，注定会思绪如麻，剪不断理还乱。

此时我突然想起了"实则虚之"四个字，眼前顿时一片清明。我搜寻画面中与我记忆中重叠交融的感觉，让思绪在画里与画外流动。于是便写下了这首看似什么都没说透，但却时而会让人产生人在画外、心在画中，若即若离、惘然若失的感觉。在那一瞬间，我的思绪仿佛跨越千年时空，徜徉于清明上河的画里画外，与我的邻家伙伴用目光交流着彼此的心声……

寻找楼兰
——飘飞在黄沙瀚海里的梦

丝绸路上驼铃声声
我寻找心中的楼兰古城
走过戈壁漫漫
踏破沙海重重
眼前一棵古老的胡杨树
带我走进绿色的梦境

啊

巍峨的宫殿　金色的穹顶

绿茵如画　榴花正红

飞天起舞奏响丝竹管弦

楼兰姑娘的歌声悠扬动听

她迈开舞步摇响串串银铃

送我一片木简写下千年不变的真情

一阵狂风吹散了绿色的梦境

是谁夺去了我的楼兰古城

为什么还留下这片木简

让我为她痴迷为她心疼

我忧伤　我寻找　我苦苦地呼唤

只有那棵干枯的胡杨树

伴着黄沙漠漠夕阳红

札记

  赴西北采风考察途中，一片在楼兰古城出土的木简让我思绪联翩。它在茫茫瀚海中度过了 2000 多年风霜雪雨，残片犹存，但关于它的故事却早已飘散在茫茫时空之中无处寻觅……相传古时的楼兰曾是一个繁华的国度，它有着灿烂的文明，不知是因为沧海桑田世事变幻，还是因为人类对自然无度的索取使它最终消亡在漫漫黄沙瀚海之中。

  望着这片木简，我想象着当年楼兰繁华的景象，在华丽殿堂的音乐声中，一定有过一位美丽的楼兰姑娘跳着舞蹈，在如梦如幻的烟云中向世人展示着楼兰的盛世风华。也许这片木简就是她跨越千年时空留给今天人们的信息……但斯人已去，唯有木简依然，要想寻觅它的故事只有去问那漫漫黄沙中干枯的胡杨树和弥天风沙中的惨淡夕阳……楼兰的故事警示我们，珍爱自然，尊重自然，如果只知道向大自然索取，那么今天的楼兰可能就是我们的明天……

烟火人间

当现代人在生产和工作中感到需要文化介入的时候,我愿给概念和理性的表达插上诗的翅膀……

一炉百年的火
——全聚德之歌

一炉百年的火

铸成了全聚德

天下第一楼

美名遍中国

捧出清香捧出爱

情比炉火热

啊　全聚德

兴旺又蓬勃

亲人在这里相聚

朋友在这里欢乐

啊　全聚德

你那闪光的金匾

讲述着古老的传说

一炉百年的火

铸成了全聚德

天下第一楼

竖在人心窝

扎根北京连四海

五洲朋友多

啊　全聚德

兴旺又蓬勃
一把飘香的木柴
点燃甜美的生活
啊　全聚德
你那门前的大路
洒满了绚丽的春色

札记

　　朋友约我为全聚德写一首企业的歌，使我陷入辗转反侧、一筹莫展的困境。烤鸭入口味美，但"烤鸭"二字似乎难以入歌。可是作为全聚德的企业歌，不写烤鸭又怎能得到全聚德员工们的认可？！翻遍全聚德百年史话、苦苦寻觅无果，找不到一个恰当的切入点……

　　众里寻它千百度，当我走进全聚德前门老店，去采访烤鸭师傅的时候，那座百年没有熄灭过烟火的烤鸭炉却于不经意间点亮了我心头的灵感。望着烤炉上方那块一闪一闪辉映着火光的牌匾，我想，这可是一簇百年都不曾熄灭的火焰啊！它不正是全聚德人精神世界的生动写照吗？于是"一炉百年的火"的诗句跃然浮上心头，全聚德人用"一把飘香的木柴，点燃甜美的生活"的构想在心中悄然萌生（烤鸭皆使用清香的果木），有了这句"一炉百年的火"，便找到了歌曲理想的切入点，于是整首词几乎是一挥而就，这首通篇没有提及"烤鸭"二字的"烤鸭人之歌"得到了企业全体员工的认可和喜爱，并有幸获得了全国企业歌曲大赛的金奖。

爱心天使
——安贞医院之歌

（前奏音乐中融入心跳的固定节奏）

用微笑送走满天繁星
用汗水擦亮每个黎明
朝霞里写下我们的誓言
让每颗心都健康地跳动
啊
爱心天使
是我骄傲的名字
救死扶伤
是我神圣的使命
眼前虽然没有硝烟
生命的呼唤就是命令
拼搏在生死的疆场上
这是我们无悔的人生

用热血奉献爱的真诚
用心灵倾听心的回声
时刻牢记我们的誓言
让每颗心都快乐地跳动
啊

爱心天使

是我骄傲的名字

科学之光

指引前进的路程

向着未知世界的艰险

勇敢探索阔步前行

拼搏在生死的疆场上

这是我们壮丽的人生

札记

这是为安贞医院写的院歌，安贞医院是以治疗心血管疾病为重点的综合性医院。我叮嘱作曲家一定要在乐曲的前奏音乐中使用固定音型模拟心脏跳动的节奏，以彰显医院的特色。这里的"爱心"二字既特指"爱护心脏"的专业医务工作者，又巧妙含有赞美所有白衣天使仁爱之心的广泛意义。

幸福空间
——中国建筑之歌

给你一个幸福空间

它在绿荫下

它在白云端

给你一个幸福空间

它在你身旁

它在天涯远

热血男儿

脚手架上栉风沐雨

长桥霓虹

辉映万家灯火灿烂

啊

一个承诺重于泰山

相约携手跨越百年

中国建筑铸造辉煌

丰碑矗立天地之间

给你一个幸福空间

它在青山下

它在大海边

给你一个幸福空间

它在春风里

它在人心田

铺开蓝图

放眼五洲描画未来

挥洒汗水

敢把人间奇迹创建

啊

一个承诺重于泰山

相约携手跨越百年
中国建筑铸造辉煌
丰碑矗立天地之间

札记

建筑即构建空间——给人以幸福的空间，而空间又是多维的。这首作品则是架设在自然空间、建筑空间，企业员工之间、建设者与居住者之间、心灵与心灵之间的一泓空间意识流……（详见本书"文论篇"《〈幸福空间〉随想曲》一文）

长空雁叫
——长株潭经济开发区之歌

湘江水　波涟涟
浪花上飞起一行大雁
头雁高飞　瞻望前程
群雁展翅　追寻春的温暖
穿云破雾　搏击风雨
把一个信念高挂在蓝天
啊
长空雁叫　唤醒沉睡的村庄
雁叫长空　催得百花吐艳
花开时节　千年沧桑变幻

潇湘大地　今朝换了人间

湘江水　波涟涟
浪花上飞起一行大雁
深情凝望　大地母亲
向着太阳　许下爱的誓言
一个承诺　重于泰山
把人的尊严写上云端
啊
长空雁叫　呼唤春风化雨
雁叫长空　铺开神奇的画卷
莽莽荒原　平地崛起新城
笑看大地　今朝春满人间

札记

把一个信念高挂蓝天，把人的尊严写上云端……

用"一"字形雁阵与"人"字形雁阵的意象比拟开拓者与建设者们的信念和承诺是这首词作的点睛之笔。我们也可以把像雁阵那样穿云破雾、一往无前的艺术形象视为当代中国建设者精神世界的写照。

深情守望
——献给子午岭林区

云海茫茫　飘在子午岭上
林涛滚滚　在天地间轰鸣回响
护林人儿踏遍坎坷山路
洒一路汗水催得漫山春花绽放
从春夏走到秋冬
从红颜走到白发苍苍
岁岁年年无怨无悔
终生为你深情守望
啊
守望　守望
与你相伴情深意长
我多想倚在你的身旁
站成一棵青松　一杆白杨
用生命筑起绿色的屏障
让青山绿水洒满吉庆阳光

一条古道　刻在黄土塬上
载着忠诚　穿越千年岁月沧桑
护林人儿踏着飞雪长风
警惕的目光护卫着万顷碧波绿浪
密林中红色的故事

激荡着儿女炽热的胸膛

为了这片高天厚土

终生为你深情守望

啊

守望　守望

不息奉献地久天长

我多想倚在你的身旁

站成一株红枫　一丛丁香

用爱恋装扮绿色的山野

让黄土高原洒满吉庆阳光

札记

在甘肃庆阳子午岭林区，踏着距今2000多年的秦直道纵览子午岭的苍茫林海，我仿佛置身在一个绿色的海洋里。清风阵阵、林涛声声，我的心也随着林海的波动沉浮在绿色的波涛之间。在林场，我接触了许多可敬的林区守护者，无论是白发苍苍的老人，还是带有几分稚气的青年，他们都把自己的生命和这片林海紧紧联结在一起，而他们自己仿佛就是林中的一棵青松、一杆白杨，沐浴着岁岁年年的雨雪冰霜，执着地守望着子午岭的每一次日出月落，守望着它的春华秋实，守望着它的绿水青山，守望着它的鸟语花香，把生命的年轮镌刻在这片林海的阳光绿荫之间，镌刻在历经千年岁月的秦直道上……

烟火人间
——中国烹饪之歌

一片五色土

袅袅起炊烟

垒灶烤猪羊

铸鼎烹鱼鲜

精心调五味

巧手和米面

融酸辣　汇甜咸

滋唇舌　养心田

祖先拓开庖厨大道

天下百姓乐享丰年

一条丝绸路

破浪扬风帆

陶瓷盛美馔

摆开中华宴

盘上飞凤凰

钵里开牡丹

色也美　香也浓

形也真　味也鲜

煎炒烹炸神采飞扬

五洲朋友共享甘甜

人间烟火　烟火人间
中华烹饪　薪火相传
我们捧起千年火种
点燃飘香岁月甜美明天

六尺巷

桐城有条六尺巷
绿荫婆娑花树芬芳
青砖灰瓦质朴无华
鹅卵石路深邃幽长
吹过小巷的风啊
讲着动人的故事
把文明的风尚世代传扬
啊
六尺巷里走一回
礼让二字刻心上
邻里相处　何须逞强
送人鲜花　手有余香
退一步
海阔天高鹏程万里
让一步
花枝春满岁月吉祥

桐城有条六尺巷
两墙伫立默默相望
三百春秋风雨洗礼
小巷依然情深意长
无声守护着
先辈谆谆的嘱托
在天地间写下世代的辉煌
啊
六尺巷里走一回
礼让二字刻心上
真情如山　爱如阳光
拂去尘埃　襟怀坦荡
退一步
海阔天高鹏程万里
让一步
花枝春满岁月吉祥

札记

　　安徽桐城因文学方面的"桐城派"而闻名，桐城六尺巷的故事更为这座古城增添了几许人文色彩。康熙年间，礼部尚书张英家与吴氏在桐城隔了一条巷子比邻而居，吴家重建房屋欲占有这条巷路，两家人为此争执不下。张家人气愤之余给在京中做官的张英写了一封书信，要他出面处理此事。张英回信写了四句诗："千里来书只为墙，让他三尺又何妨？万里长城今犹在，不见当年秦始皇。"家人见信当即让地三尺，吴家见此情景亦让出三尺，遂在桐城留下了这条六尺小巷。从此礼让之举在桐城蔚然成风。我去桐城走过六尺巷，便写下了这首小词。

情里　梦里
——汤显祖国际戏剧节主题歌

一道彩虹　辉映东方天穹
血泪戏文　铺开情海幻梦
听那管弦儿悠悠　锣鼓儿咚咚
人心里　捧起一座牡丹亭
魂相牵　三生石畔结连理
生死路　隔不断爱深情浓
啊
情里梦里　雪雨霜风
戏里戏外　百态人生
人在梦中　梦在戏中
有情人儿活在百姓心中

一道彩虹　辉映东方天穹
血泪戏文　铺开情海幻梦
看那玉茗堂烛光　点燃了辰星
情思飞　挥墨仗剑扫不平
名利场　南柯黄粱终是空

且珍重　地老天荒未了情
　　啊
　　情里梦里　追寻憧憬
　　逐梦圆梦　祈盼清明
　　今朝梦圆　情归故里
　　临川旧梦融进霞光飞腾

札记

　　汤显祖的"临川四梦",即《紫钗记》《邯郸记》《南柯记》《牡丹亭》是我国文学史上杰出的作品,作为戏剧文本更是堪与西方戏剧大师莎士比亚的作品媲美。汤显祖以浪漫的梦幻剧情与神奇的剧诗叙事展示了对生命与世情的思考。他的戏文以情为魂,因情成梦,因梦成戏,游走于纷纭世间,虽流传四百余年依然光彩灿然,令人感动!

　　2019年,我应邀为汤显祖国际戏剧节写下这首主题歌词,仅以此向这位戏剧大师表示由衷的崇敬之情。

音诗汇

音乐文学是游走在音乐与文学边缘的学科。其中,按照音乐的思维与特有的形式结构汇成的诗意之河更加令人神往……

交响音诗

《大地安魂曲》

2008年5月12日,四川汶川发生8.0级大地震,震后第五天我即随文化部十人小分队赶到了汶川。在灾区的日日夜夜里我们目睹了无数的人间悲剧,一个个瞬间破碎的家庭,一个个骤然陨落的生命,一片片房屋和街道尽成废墟……我深深感到在大自然面前,人类是渺小的。但在看到灾难的同时,我也看到了中华民族的脊梁和团结、坚韧、顽强不屈的民族精神,以及一方有难八方支援的人间大爱。其间,更需要我们反思的是,在这场巨大的灾难中既有天灾又有人祸。

在汶川,小分队的每个人都在尽自己的全部能力争取多为灾区的人民做一点事情。而如何真实反映这场巨大的灾难,则是创作者义不容辞的责任。我想,面对在灾难中无辜逝去的生命和一个个伤痕累累的家庭,我们亟须从精神层面给他们以告慰和安抚,既为逝者也为生者,既为告别苦难与昨天,更为走向希望和明天。

我和作曲家关峡同时想到要写一部中国式的"安魂曲",两人一拍即合。因为,在此前我国还没有人写过这种"安魂曲"类的题材,我们要用真挚的歌诗表达对大自然的敬畏,洗涤心灵的苦难,用圣洁的乐思祭奠和安放逝者的灵魂。又因为这是一场大地带给人间的灾难,所以我把它命名为《大地安魂曲》。

第一乐章　仰望星空
（乐队与声乐的冥想曲）

仰望星空　仰望星空

星光灿烂　照耀苍穹

那是永恒慈爱的目光

那是天使圣洁的眼睛

多么崇高　多么纯净

多么博大　多么深情

抚慰着沉睡的大地

把希望和憧憬洒进人间的幻梦

仰望星空　仰望星空

群星为何　泪眼蒙眬

那是银河悲悯的浪花

那是天堂雨巷的街灯

多么深邃　多么忧伤

多么温和　多么宽容

伫立在茫茫的天宇

用无言的关怀温暖每一颗心灵

敬畏蓝天吧　敬畏星空

用虔诚点燃良知感悟生命

把短暂的生命汇入天地永恒

敬畏蓝天吧　敬畏星空

战栗的心儿在星光下悸动

让苦难和坎坷磨砺漫漫人生

第二乐章　天风地火

（乐队与声乐固定旋律音型为主的三部曲）

天上的风在呼啸

地下的火在燃烧

天地间腾起烈焰狂飙

天上乌云在翻卷

地下岩浆在咆哮

谁在天风地火中煎熬

地在动　山在摇

悬崖倾　路断桥

巨石飞　水倒流

堤岸决　浪滔滔

电闪雷鸣　风狂雨暴

江河喷涌　山呼海啸

田野扭曲　城镇倾倒

日月昏冥　黑暗笼罩

天上的风停歇了
地下的火熄灭了
天上的云散开了
地下的岩浆凝固了
天地间是死一样的寂寥
只有烟尘在暮色中缭绕……
谁在恐惧中无助地哭泣
谁在生死间沉浮呼叫
谁在炼狱中苦苦挣扎
谁在黑夜里默默祈祷

抖落尘埃　走出苦难
在天风与地火之间
抚平创伤　挺起脊梁
在废墟上重筑家园

感恩的生命啊
扬起你智慧的帆
在光与暗的边缘
在黑与白之间
沿着那条优美的曲线
让寻觅的船儿驶向安宁的港湾……

第三乐章　大爱无疆
（乐队与独唱、合唱的浪漫曲）

　　太阳　轻轻拨开浮云

　　把所有生命深情亲吻

　　大地　承受着阳光的爱抚

　　托起历尽苦难的灵魂

　　沐浴着阳光圣洁的洗礼

　　天地间回荡起一个声音

　　爱吧　相爱吧

　　浴火重生的灵魂

　　阳光暖哎

　　风儿就会变暖

　　暖风吹哎

　　醉得小河弯弯

　　河水流哎

　　染得山野青青

　　青山高哎

　　托起花儿的笑脸

　　花儿笑了哎

　　心儿就会变暖

　　心暖了哎

爱就充满人间

啊

一朵小花

捧出一份爱的希冀

一朵浪花

牵动一串爱的涟漪

一只小鸟

传送一曲爱的歌谣

一个苦难

痛在亿万人的心底

你牵着我　我牵着你

血脉相连　生死相依

你想着我　我念着你

水里火里　永在一起

分享幸福　人人拥有一份甘甜

因为有爱　生命才会如此美丽

大爱无疆　春风化雨

心手相连　把爱传递

爱在天涯　爱在心底

爱的世界　就在你我心里

第四乐章　天使之翼
（羌笛、管风琴、乐队、重唱与合唱的颂歌）

一支羌笛　悠悠吹响

笛声在山野间轻轻回荡

摇醒漫山沉睡的鸽子树

放飞千万只白鸽在云天里翱翔

翱翔　翱翔　展开天使的翅膀

用歌声抚慰大地的创伤

载着生命萌发的憧憬

载着藤蔓伸展的向往

载着等待救赎的灵魂

载着超越苦难的希望

翱翔　翱翔　展开天使的翅膀

飞向温暖的天堂

飞翔的天使　歌唱着崭新的希冀

崛起的家园　闪耀着和谐的光芒

善良的人啊　拥有幸福和荣耀

罪恶的灵魂　挂在耻辱柱上

当阳光点燃天地间所有的善良

当希望弥合心灵的痛苦和创伤

当陌生的目光交织成爱的罗网
我们就拥有一个美好的天堂

大地　生命
人间　天堂

交响合唱

《中国梦随想》

序曲 梦幻曲——中国梦
（卡农与复调——梦幻、空灵的回声）

啊

一个梦

一个我和你的梦

一个梦

一个家和国的梦

一个梦

一个爱深情长的梦

一个梦

一个不息追寻的梦

啊

一个梦

一个高天厚土的梦

一个梦

一个万众一心的梦

一个梦

一个渴望幸福的梦

一个梦

一个向往未来的梦

啊

一个梦

它在大江东去的潮头

一个梦

它在绵延万里的长城

一个梦

它在稻花飘香的田野

一个梦

它在万家灯火的夜空

啊

一个梦

它在金色的丝路遨游

它在蔚蓝的海底潜行

一个梦

它在茫茫太空起舞

它在九天揽月飞腾

一个梦

它在九百六十万山河升起

它在三百万蓝色国土奔涌

一个梦

它在巨龙崛起的东方

它在亿万人民心中

啊

一个梦

一个民族复兴的梦

一个梦

一个中华富强的梦

一个梦

一个美丽神奇的梦

一个梦

一个中国百年的梦

啊

中国梦

第一乐章　回想曲——百年梦回

（一）一八四零年的炮声

苍茫神州　雨冷风狂

岁月坎坷　道阻且长

百年寻梦　情系家国

百年奋起　逆风飞翔

（震撼、撕裂人心的炮声）

一八四零年的炮声回响

大海上

掀起了狂潮恶浪

海盗船的帆影像片片乌云

驰进我宁静的海港

隆隆的炮声啊

震动着笙歌曼舞的紫禁城

弥漫的硝烟啊

遮住了和平的阳光

铁蹄践踏主权

魔爪夺去宝藏

鸦片骗取白银

屠刀插在心上

巍峨挺立的长城啊

踏过强盗傲慢的脚步

凄风苦雨的大地啊

被魔鬼剖开了胸膛

积贫积弱的神州

在屈辱中泪光闪烁

天朝的尊严

在炮声中黯然神伤

啊

中华山河

岂容豺狼凶狂

亿万儿女

举起正义的刀枪

虎门炮台

腾起熊熊的烈焰

三元里怒涛

掀起复仇的巨浪

刘公岛上

英雄倚天挥剑

仰天一声长啸

强盗魂飞胆丧

难忘记

一八四零年的炮声回响

一声声

敲击着神州痛苦的心房

把苦难

铭刻在记忆的年轮

把屈辱

化作奋起自强的力量

望长空　挺胸膛

向东风　迎曙光

为了洗雪百年的耻辱

英雄儿女挺起脊梁

前赴后继　上下求索

昂首苍穹　诉说向往

（二）雄关漫道

A1

路迢迢　战马啸啸

征途险　风雨飘摇

大江流　卷起浪花千重

好儿女　何惧雄关漫道

跨过峥嵘岁月

蹚过激浪狂潮

穿越枪林弹雨

冒着炮火呼啸

中华民族到了最危险的时候

怒吼的黄河掀起奔涌的波涛

踏破云天九万里

热血铺平坎坷道

B

曾记否

辛亥革命的狂飙

席卷神州声震九霄

民主共和的吼声

化作战斗的号角

挽救民族危亡

摧毁封建王朝

曾记否

丧权辱国二十一条

五四青年奔走相告

赵家楼头的烈火

点燃民族觉醒的火炬

民主科学的曙光

在中华大地闪耀

曾记否

月色朦胧卢沟桥

那个七月血染的拂晓

桥头上的狮子

昂首仰天长啸

无边的青纱帐

举起复仇的枪刀

曾记否

一九四九云淡天高

天安门前欢声如潮

春风杨柳送暖

喜看东方破晓

一声惊雷告诉世界

中国人民站起来了

曾记否

改革开放滚滚春潮

春天的故事多么美妙

改革创新崛起

步伐不屈不挠

中国道路我们开拓

壮丽前程分外妖娆

A2

蓝天高　旗正飘飘

征途远　春色正好

大江流　激起浪花千重

好儿女　何惧雄关漫道

为了中华民族复兴的梦想

为了百年不息追寻的目标

踏破云天九万里

热血拓开阳关道

第二乐章　浪漫曲——海天筑梦
（山歌与异国风情的回旋曲——浪漫的抒情段落）

（一）高原天路

站在世界屋脊

极目眺望四方

为什么我的胸怀

变得这样坦荡宽广

拨开云雾轻纱

拥抱和暖阳光

雄鹰飞过的山崖上

雪莲花在圣洁地开放

捧起圣湖的浪花

轻轻洒在脸上

为什么我的眼睛

变得这样清澈明亮

抚摸玛尼经幢

祈祷幸福吉祥

拨亮圣坛的酥油灯

点燃高原升腾的梦想

啊

谁把哈达似的天路

铺上人间最高的山峰

谁把金色的列车

开到七彩祥云之上

谁用时代的圣火

点燃雪域盛开的格桑花

谁用多情的弦子

踏响高原热烈的锅庄

啊

依偎着母亲慈祥温暖的胸膛

紧挽着姐妹兄弟友爱的臂膀

高原儿女梦想的花朵

开放在离太阳最近的地方

（二）丝路花雨（回旋曲）

主部 A1

（蓝色海洋丝绸之路）

大海啊　翻卷着波澜

海水啊　丝绸一样地蓝

蓝色的丝绸之路哟

把中华和世界紧紧相连

浸透阳光的白帆

鼓荡着温暖的春风

在蓝色的丝绸路上

托起和平发展的航船

从北部湾到东南亚

从珠江口到恒河边

洒落花雨　播种爱恋

互信互惠　春满人间

第一插部

（铜鼓和加美兰竹制乐器突出东南亚音乐特色）

缀满鲜花的船队

拓开闪光的里程

洁白的海鸥啊

伴我破浪远行

大雁塔遥望着吴哥窟

太子城凝视着大皇宫

伊洛瓦底江呼唤梭罗河

菩提树寺庙掩映泰姬陵

竹琴悠悠　铜鼓咚咚

舞姿婆娑　杯光流影
传送信任和祝福
收获真诚与笑容
世代相亲的血脉
在胸中交融奔涌
啊
椰风海浪间
我们并肩踏浪击水
霞光彩云下
我们携手编织彩虹

主部 A2

（金色沙漠丝路）

列车啊　驰过大漠群山
车轮声　像驼铃回响在耳边
金色的丝绸之路哟
沐浴着新世纪阳光的温暖
满载真情的风儿
传递着彼此的思念
穿越时光和距离
把友谊的种子播进心田
从云贵川陕到中亚西亚
从河西走廊到罗马圣殿

洒落花雨　播种爱恋

互信互惠　春满人间

第二插部

（可使用7/8节奏，哈萨克、阿塞拜疆木卡姆风的音乐）

郁金香花开七彩斑斓

中亚大地春色一片

尊贵的朋友来自东方

聆听木卡姆激情的呼唤

悠长的鹰笛啊

讲述着昨天的情缘

热烈的铁鼓啊

唤醒朝霞似火的明天

和睦邻邦　姐妹兄弟

友好往来　相互支援

一条金色的丝绸之路

把我们紧紧相连

看啊　你看

雄鹰翱翔的蓝天上

阳光多么绚烂

火焰树热情的花朵

正在把朝霞点燃

主部 A3

（此处可以无词的主部音乐作为回旋曲的主部再现）

第三插部

（西亚地区、阿拉伯风格的音乐）

一千零一夜的故事还没讲完

遥远的东方已经不再遥远

传说中那条神奇的飞毯

在美丽的星空间传送着爱恋

阿拉丁手中的神灯啊

照亮了沙漠瀚海群山

金色的丝绸之路哟

从长城脚下飘来

洒落漫天花雨

把欧亚大陆紧紧相连

斟满香甜的葡萄美酒

拨响悠扬的桑图尔琴弦

欢迎朋友来自远方

让友谊的花朵盛开吐艳

主部 A4

（主部音乐再现，两段丝绸之路歌词的综合展示）

大海上　蓝色丝路扬帆

群山间　金色丝路伸延

彩霞漫天春光烂漫

把中华和世界紧紧相连

满载真情的风儿哟

传递着彼此的情感

穿越高山和大海

铺开一幅和谐的画卷

让历史踏上新的起点

在未来谱写最美诗篇

洒落花雨　播种爱恋

互信互惠　春满人间

（三）海天筑梦

（抒情、浪漫地）

敦煌飞天的飘带

拂过岁月沧桑

嫦娥奔月的故事

讲了千年时光

月宫里的桂花树
还在晚风里摇荡
那只捣药的玉兔
还在痴情地守望
啊　飞天
世代飞腾的梦想
今朝神舟嫦娥
乘风青云直上
啊　飞天
中华恢宏的乐章
让玉兔巡航的脚步
把月宫的回声踏响

哪吒闹海的传说
总是令人神往
每个孩子都想看看
海底神奇的龙王
龙宫里的珊瑚树
是否挂满了夜明珠
那支镇海的神针
是否还在海底闪光
啊　潜海
世代浪漫的梦想
今朝蛟龙探海

龙宫任我来往

啊　潜海

七千米深海回望

把中华的足迹

留在龙宫珍藏

啊

海天筑梦

壮志飞扬

中华崛起

不可阻挡

揽月可上九天

捉鳖可下五洋

看人间正道沧桑

海阔天高任我驰骋翱翔

（四）走向深蓝

（雄壮地）

（1）

走向深蓝　拥抱深蓝

九百六十万里壮丽山河

在深情地呼唤

走向深蓝　拥抱深蓝

三百万里蓝色国土

掀起滔滔巨澜

浪花飞溅的岛礁上

矗立着汉字斑驳的石碑

倔强的岩石上

铭刻着中华古老的纪年

蓝色的波涛下

沉睡着美丽的宋瓷青花

跳荡的浪花上

飘过爷爷捕鱼的船帆

这是祖先开拓的海疆

这是我们可爱的家园

用爱情犁开蓝色的波涛

播种和平的心愿

（2）

走向深蓝　拥抱深蓝

听海鸥悄悄诉说

大海深沉的眷恋

走向深蓝　拥抱深蓝

三百万里蓝色海洋

翻滚着血泪忧患

东海激荡的波涛

洗不尽甲午残阳的泪滴

朵朵跳荡的浪花

发出正义的呼唤

乌云上的海燕啊

衔来钓鱼岛愤懑的涛声

南来的大海风

诉说着黄岩岛的挂牵

海边挺拔的红棉树

挥动阳光染红的火炬

深情守望着蓝色国土

保卫着家国平安

啊

走向深蓝　拥抱深蓝

我们的舰队一往无前

走向深蓝　拥抱深蓝

驱走强盗　捍卫主权

走向深蓝　拥抱深蓝

为了母亲的睡梦安宁

走向深蓝　拥抱深蓝

让和平的阳光明媚灿烂

第三乐章　随想曲—青春梦幻

（一）漂泊的梦——献给城市的追梦者
（欢快、轻盈地，小快板）

（1）

每天清晨走在大街上

肩头披着城市第一缕霞光

穿过大街　走过小巷

汇入地铁站台的人海茫茫

匆匆忙忙的脚步

把心儿的回声踏响

让我相信自己

这里是我追逐梦想的地方

看那高路和长桥

有我洒下的汗水

看那耸立的楼房

有我竖起的栋梁

噢

为它喜悦　为它痴迷

为它自豪　为它荣光

望着天天长高的楼群

仿佛听到家乡竹林拔节的声响

（2）

每天晚上沉入梦乡

心儿回到我深深思念的村庄

我的姑娘　我的爹娘

正在小村路口翘首张望

老屋窗边的青藤

挂满紫色的相思

久别的堂屋门前

母亲烧饭的灶台炊烟飘香

梦中依稀醒来

不知身在何方

只有窗前的月光

照着枕边的相框

噢

身在他乡　情系故乡

人在漂泊　心怀梦想

追着梦的脚步飞翔

寻觅那一盏属于我的灯光

（二）向国旗敬礼

（舒展、清纯的童声领唱、重唱与合唱）

（1）

五星红旗

在霞光中冉冉升起

寒风吹绽孩子的笑脸

染红了山村的晨曦

一双双纯净的眼睛

仰望着旗帜上金色的星星

一颗颗希望的种子

悄悄埋藏在心底

每一个孩子

都有一个七彩的梦幻

每一颗心灵

都是一片梦想开花的土地

那条通向校园的山路

已变得不再坎坷崎岖

课堂里的灯光啊

变得像阳光一样绚丽

一条通往远方的路

送我们走向未来的天际

听啊　　你听啊

有一个声音在霞光中飞起

起来　　不愿做奴隶的人们

呼唤我们从田野上崛起

踏着家乡的泥土

肩负着亲人的希冀

把右手高高举过头顶

向国旗行一个庄严的敬礼

（2）

潇潇春雨

悄悄洒进干涸的土地

课堂琅琅的读书声

像雨滴点点润进心里

吹进窗口的风儿

轻轻翻开桌上的书本

一个个崭新的希望

萌生在燃烧的目光里

像鸟儿一样

在未来的天空飞翔

像小溪流水

汇入江河奔流不息

那支城里姐妹捎来的铅笔

正和我一同描画着春天

那声远方兄弟的祝福

激励我登上高高的山脊

让一轮崭新的太阳

照着山里的我远方的你

听啊　你听啊

有一个声音在霞光中飞起
起来　不愿做奴隶的人们
呼唤我们从田野上崛起
踏着家乡的泥土
肩负着亲人的希冀
把右手高高举过头顶
向国旗行一个庄严的敬礼

（三）青春闪光
（热烈地，现代节奏）

（1）
用青春画一抹亮丽的色彩
用生命唱一曲激情的摇摆
用热血去描述昨天的故事
用绿色把春天的模样剪裁
这是一片希望的天地
这是一个巨变的年代
这是梦想飞腾的时刻
这是属于我们的舞台
噢
青春闪光　青春闪光
青春的梦想千姿百态

在狂风激流中弄潮扬帆

在时代的进步中焕发光彩

（2）

莫要说八零九零成长太快

年轻的肩膀已能移山填海

莫要说游戏人生岁月无奈

我们用智慧踏进信息时代

这是我们花样的年华

这是我们浪漫的情怀

这是我们无悔的选择

这是天下最美的舞台

噢

青春闪光　青春闪光

青春的脚步坚定豪迈

在复兴的大道上继往开来

在时代的进步中焕发光彩

第四乐章　交响曲——复兴梦圆

（恢宏的交响——终曲）

向着蓝天　向着大海

中国　敞开胸怀

向着朝霞　向着太阳

中国　敞开胸怀

向着五洲　向着世界

中国　敞开胸怀

向着明天　向着未来

中国　敞开胸怀

啊

春风　春雨　春深似海

春野　春花　春山如黛

春阳　春晖　春满神州

春江　春水　春潮澎湃

这是祖国美丽的笑容

这是梦圆时分绚丽的神采

这是神州儿女不息的追求

这是中华民族百年的期待

啊

中国梦　家国爱

国运兴　民安泰

长空有情舞彩虹

凤舞龙翔云天外

中国梦　情未了
复兴路　阔步迈
长风破浪会有时
直挂云帆济沧海

啊
与春天同在
与梦想同在
与祖国同在
与人民同在

合唱组曲

《启明星》

——纪念中国革命先驱李大钊

一、启明星

朗诵：苦难的中国长夜难明，多少人在暗夜里寻觅救国救民的途径。1889年10月，中国共产主义运动先驱、中国最早的马克思主义传播者、中国共产党主要创始人之一李大钊诞生在渤海岸边的一个小村庄。从此，黑暗的中国大地上升起了一颗启明星……

混声合唱：

渤海浪潮涌

滦河水淙淙

海边河畔的小村庄

升起一颗启明星

他划破长夜黑暗

报道中华的黎明

他迎来十月的曙光

照亮民族的征程

他撞响真理的晨钟

呼唤雄狮觉醒

他点燃"五四"的火炬

指引奋起的民众

啊　启明星

灿烂的星

闪耀在茫茫的天穹

二、播种

朗诵： 李大钊是农民的儿子，他深深懂得革命也必须耕耘播种。看，长城内外、大河上下都有他播下的革命火种。

合唱：

燕山下　渤海岸

古城头　黄河边

他一路风尘播下火种

大河上下星火燎原

庄稼汉吐一口闷气

挖煤工挺直了腰杆

攥紧拳一声呐喊

挣断了千年的锁链

矿井里　麦田间

机车旁　讲台前
他宣讲马列播下火种
长城内外红星闪闪
汽笛声震醒了矿山
《国际歌》回荡在校园
肩并肩冲破黑暗
旧世界搅它个地覆天翻

三、春潮

朗诵：为了建立反帝反封建统一战线，李大钊代表中国共产党四跨长江、三赴上海、两下广州，多次与孙中山先生会晤，彻夜长谈，促成了第一次国共合作，推动了革命形势迅猛发展，中国大地上掀起了汹涌澎湃的春潮！

女声领唱与合唱：
风儿在吹　树儿在摇
珠江边两位巨人相会在一道
手儿相握　心儿相交
牵动一江春潮
啊
激流滚滚　巨浪滔滔
洗尽长夜的困惑

蓦回首
只见东方欲晓

波浪在涌　船儿在摇
珠江边两位巨人并肩远眺
旗正飘飘　马正啸啸
大地掀起春潮
啊
激流滚滚　奔腾呼啸
冲破腐朽的堤岸
望天边
曙光分外妖娆

四、家书

朗诵：1924年1月，李大钊准备率中国共产党代表团赴莫斯科参加共产国际第五次代表大会。临行前，他无法回家探望久别的亲人，便给妻子写去一封长信，语重心长地抒发了革命者的情怀。

男声独唱与合唱：
我就要去远方
却不能把你探望
临别时道一声珍重

托风儿拂去你肩头的冰霜

此去关山万里

为求革命理想

我只能留给你一缕思念一片衷肠

我就要去远方

却不能把儿女探望

我多想踏着晨露

去抚摸田里起伏的麦浪

此去关山万里

为求革命理想

我衷心期望你更加振作更加坚强

莫担心豺狼凶狂

苦岁月不会久长

试看未来的世界

必将是赤旗飘扬

五、就义

朗诵：1927年4月6日，奉系军阀张作霖勾结日本帝国主义，指挥数百名军警在北京抓捕了李大钊。在狱中，他受尽酷刑、宁死不屈，表现了一个共产党人的崇高气节和对中国革命事业的无限忠诚。

1927年4月28日，李大钊走上刑场，面对敌人的绞架，他从容坦荡、毫无惧色。临刑前，他慷慨陈词："我是一个共产主义者，你们可以绞杀我的生命，但共产主义是绞不死的，它必将在中国取得光辉的胜利！"

男声重唱与合唱：

戴镣走向刑场

血色脚印两行

踏破熹微曙色

任枪口对着胸膛

四月的风啊吹送你的信仰

唤醒亿万沉睡的心房

啊

铁肩担道义　妙手著文章

热血荐轩辕　擎天有脊梁

望穿铁窗电网

何惧酷刑死亡

屠刀颤抖失色

绞架战栗摇晃

你的目光啊划破漫天云雾

云开处红星赤旗飞扬

啊

铁肩担道义　妙手著文章

救国挽危亡　唯我共产党

六、丰碑

朗诵： 李大钊被敌人杀害了，人们不顾白色恐怖纷纷走上街头为他送葬。送葬的队伍前不见头，后不见尾，人们抬着花圈挽联冲破军警的封锁，走向香山脚下。

混声合唱：
一路白花　一路黑纱
泪眼里仿佛又看见他
一路呼唤　一路悲歌
人心里仍然想着他

撒一把纸钱哭向青天
喊一声英灵泪雨飘洒

松柏青　站山崖
傲霜雪　映彩霞
你把理想留在人间
却把丰碑埋在地下

叙事声乐套曲

《木兰》

一、织布谣
（宁静安详地）

夜深沉　晚风凉
窗前一片明月光
草虫儿叫　蛐蛐儿唱
布机声声秋夜长
织布哟　织布哟
木兰姑娘织布忙

灯花闪　灯影亮
风儿悄悄推开窗
月似银　照草堂
亲人都已入梦乡
织布哟　织布哟
给我爹娘御风霜

二、从军行
（心绪如潮）

边陲起烽烟

军情重如山

催我爹爹快出征

军书频频十二卷

爹爹年衰迈

难耐北风寒

木兰无长兄

谁人去征战

难坏了姑娘花木兰

忽见墙上龙泉剑

决心替父保关山

身着爹爹盔与甲

三尺宝剑腰下悬

乔装男儿见双亲

爹娘欲悲又喜欢

东市买骏马

西市买鞍鞯

南市买辔头

北市买长鞭

万里赴戎机

饮马黄河边

飞越黑山头
横枪走边关

三、思乡吟
（抒写心事）

朔风吹　月西坠
传来金柝声声碎
望长空　雁南飞
梦中依稀慈母泪
牵动游子心
夜夜不能寐
不能寐……
啊
思故乡　念亲人
但愿塞上花开时
天下骨肉重相会

四、鏖战令
（金戈铁马）

号角连天起

杀声阵阵急

金鼓震山川

寒光照铁衣

将军百战多

碧血染旌旗

（引入乐队金戈铁马的交响）

五、荣归赞
（广板）

塞上烽烟平

战地野花香

春风迎故人

木兰还故乡

开我东阁门

坐我西阁床

当窗理云鬓

对镜贴花黄

出门看伙伴

伙伴皆惊惶

同行十二载

不知木兰是女郎

千秋赞歌唱英雄
木兰从军美名扬

交响合唱组曲

《魂系山河》

一、神州惊梦

（强烈而震撼地）

狂潮激浪　冷雨寒江

天低云暗　黑雾茫茫

（炮声）

炮声中　神州惊梦

保河山　壮士紧握刀枪

怒看强盗帆影海上来

中华山河岂容强盗逞凶狂

（赞美、充满幻想地）

啊　东方

巨龙起舞的地方

啊　东方

炎黄儿女的故乡

啊　中华

五谷丰饶的大地

啊　中华

文明五千年辉煌

女娲补过的天上　云霞苍茫

夸父逐日的脚步　充满向往

嫦娥望乡的月宫　桂花飘香

飞天飘舞的衣带　闪烁星光

诗经吟唱的俚歌　爱深情长

离骚天问的遐想　神采飞扬

春江月夜的花影　醉了晚风

清明上河的人儿　熙熙攘攘

（音乐突转，暴烈而富于戏剧性地）

乌云遮住太阳

海上雨暴风狂

强盗贪婪的眼睛闪着邪恶的目光

一群粗暴的野兽闯进我美丽的家乡

像污浊的潮水

像狰狞的海浪

扑向开满鲜花的大地

用血和火写下罪恶疯狂

铁蹄践踏沃土

野蛮宰割善良

毒品戕害民众

罪恶的屠刀啊

滴落着殷殷血光

毁灭无辜生命

强占城镇海港

掠夺无尽珍宝

邪恶的烈火哟

毁灭了文明的殿堂

（悲慨而宏大地）

啊

山有殇　河有殇

巨龙有殇　情有殇

人有殇　家有殇

黎民有殇　国有殇

悲怆　泪水已不再流淌

屈辱　怒火烧灼着胸膛

大地　把伤痛埋进心底

山岳　挺起不屈的脊梁

（炮声再现）

炮声中　神州惊梦

保河山　壮士紧握刀枪

怒看强盗帆影海上来

中华山河岂容豺狼逞凶狂

二、将士殉国——关天培之歌

（悲怆地，灵歌风）

傲霜黄花开岭南

临风挺立倚雄关

虎门魂　今何在

炮台依旧花依然

山也呼　海也唤

壮士忠魂还故园

思念你

威风凛凛关将军

千秋屹立虎门山

（激烈行进地，快板）

狂潮涌　恶浪翻

敌舰船　来进犯

炮声隆隆枪声疾

弹雨横飞烈火燃

炮台倾　雄关险
炮炸裂　刀枪残
强盗蜂拥登海滩
军情紧急援兵断

（音乐突变，宽广而激烈地）
啊
仰天长啸
怒发冲冠
血染征袍斩敌顽
将军雄风
敌寇胆寒
剑光划破海云天
但将此身殉家国
何须马革裹尸还
死亦为鬼雄
魂魄守河山

（浪漫地）
啊　看啊　你看
烈火中那座雕像屹立山巅
怒目金刚高擎起中华的尊严
注视着大海的潮起潮落
浩气长存直冲霄汉

啊　看啊　你看

云天里飘来了红霞一片

那是将军的灵魂在春风中凯旋

牵挂着这片多情的土地

保佑她永远春光烂漫

三、浩气如虹——林则徐之歌

独唱与合唱：

（大气磅礴地，开始段为对林则徐的赞颂）

独立珠江口

脚踏黄沙洲

虎门销烟一声吼

威风震敌酋

开眼看世界

四海胸中收

横眉冷对滔天浪

挥手搏激流

浩气满乾坤

正义握在手

天下安危系一身

社稷在心头

开眼看世界

唤醒我神州

不畏强权展风骨

英名传千秋

（庄严神圣的祭神曲）

天苍苍　海茫茫

大海啊　掀起你汹涌的波浪

潮漫漫　波荡荡

海神啊　垂落你慈爱的目光

祝福你勤劳善良的子孙

获得幸福宁静和安康

愿那水中游荡的鱼儿

在纯净的水波里徜徉

天地明　日月光

海风啊　吹送着平安和吉祥

香烟飘　烛火亮

海神啊　挺起你威严的胸膛

保佑你期盼和平的儿女

守卫家乡和平的海港

把贻害中华山川的毒品

埋葬在滔滔大海汪洋

合唱：

（恢宏而坚定地）

啊

虎门咆哮　怒海滔滔

天风呼啸　激浪狂飙

销烟禁毒　何所畏惧

荼毒中华　绝不轻饶

销烟销烟　浩气如虹

销烟销烟　万民欢笑

正义吼声　响彻海天

众志成城　地动山摇

四、慷慨同仇

蓝色的大海汹涌澎湃

海盗的船队从波涛上驰来

流泪的海风啊

抹不掉一八四零年的记忆

飘飞的海盗旗

遮住了太阳的光彩

蓝色的狂潮

漫过苦难的黄土地

隆隆的炮声
把紫禁城闭锁的大门炸开

黑色鸦片让人醉生梦死
滚滚白银流进强盗的口袋
丧权辱国　割地赔款
浑浑噩噩的皇天后土
承受着无尽的人祸天灾
迷蒙中沉睡的巨人啊
快快从噩梦中醒来

啊
家国多难　繁华不再
中华崛起了警醒的一代
呕心沥血　不畏艰险
上下求索　同仇敌忾
睁开眼睛看世界
把四海风云揽进胸怀

我劝天公重抖擞
不拘一格降人才（龚自珍诗）
以夷制夷图强盛
西学东渐天地开
苟利国家生死以

岂因祸福避趋之（林则徐诗）
心随孔雀向东南（邓廷桢诗）
筑起轰天铜炮台

魂系山河雄风在
热血儿女补天来
位卑未敢忘忧国
革除封建扫阴霾

（波澜壮阔、号角式地）
看那长江大河翻卷着怒涛
听那仁人志士仰天长啸
看那虎门雄风英雄气概
听那万众一心愤怒咆哮
向着闯入家园的强盗
发出惊天动地的警号

五、三元里怒潮
（此处以一段纯器乐音乐展现）

六、圆明园沉思

（深沉、悲怆地）

血色夕阳

洒在悲怆的废墟上

断壁残垣

在无声中叹息惆怅

风儿告诉我

倾倒的石柱也有痛楚的梦

血染的记忆不能遗忘

啊

心仍在疼

情还在伤

埋进大地的泪水啊

催得年年春花绽放

（下段歌词结构虽与上段相同，音乐可转为充满想象地）

穿越时光

走进绚丽璀璨的画廊

魂萦梦牵

这珍藏文明的殿堂

风儿引着我

抚摸铜鼎瓷瓶书画长卷

只觉得漫天瀚墨飘香

啊

珠圆玉润

凤舞龙翔

闪烁着美妙绝伦的芳华

辉映日月

光耀东方

（音乐动感地继续伸延）

望不断

水榭轩馆亭台楼阁

看不够

花影竹径潋滟波光

走不尽

山光水色峰回路转

赏不完

春花秋月四季景象

啊

鬼斧神工万园之园

恰似海市瀛洲人间天上

（音乐突转，急促而暴烈地）

那一天

强盗们闯进这文明的殿堂

挥舞野蛮的刀枪烧杀掠抢

霎时间

人间变成炼狱

魔鬼毁灭天堂

铁蹄踏破圣坛

鲜血遍地流淌

砸碎了

陶俑玉雕宋瓷青花

撕毁了

碑帖字画锦绣华章

掠走了

丝绸金银珠宝珍玩

一把火啊

直烧得星月垂泪天地苍茫

这火光

照着强盗罪恶的灵魂

把它钉在耻辱柱上

这火光

穿越百年岁月

灼痛中华儿女的心房

这火光

呼唤流失远方的珍宝

快快回到久别的家园

这火光

警醒和平正义的心灵
把侵略者罪恶彻底埋葬

（开始乐段深沉再现）
血色夕阳
洒在悲怆的废墟上
断壁残垣
在无声中叹息惆怅
风儿告诉我
倾倒的石柱也有痛楚的梦
血染的记忆不能遗忘
啊
心仍在疼
情还在伤
埋进大地的记忆
催得年年春花绽放

附录：音视频资料

页码	作品
4	大海一样的深情
6	什刹海 心灵的恋歌
7	世界上什么最美丽
8	母亲河
12	走进春天

页码	作品
13	节日的礼花
14	祖国，我为你干杯
15	友谊的长城
18	憨憨的黄土娃
19	今天我们正年轻

页码	作品	页码	作品
22	北京之夜	35	欢乐的海
23	水的故事	36	卢沟晓月
24	梅花吟	38	樱桃熟了
25	兰花赋	42	和平之恋
28	芭蕉泪	43	烽火狼牙山
31	香江的故事	44	无声的春雨
34	遍插茱萸少一人	45	明天

页码	作品
50	你是天使　你是英雄
52	你没有离去
54	刮春风
56	一丛山茶花
57	彩云赋
60	中国的春天
65	尼勒克草原我的故乡

页码	作品
66	可可西里的故事
69	香格里拉
71	柴达木的春天
73	寻梦黄河湾
74	梦中的草原
75	土尔扈特美丽的姑娘
76	洒一路花儿香飘天外

页码	作品	页码	作品
78	采莲歌	92	一曲桐城歌
79	水乡乌篷船	94	贵州的笑声
82	田野铺开青纱帐	95	侗寨琵琶歌
83	心中的玛瑙城	97	七彩三月街
84	槐花海	98	壮锦谣
86	闹花灯	102	渔舟唱晚
90	如梦如幻戴云山	104	桃花红　杏花白

页码	作品
106	《满江红》随想
107	文成公主
109	木兰从军
111	孟姜女
114	一个沉睡千百年的梦
115	昭君出塞
119	献给妈妈的茉莉花

页码	作品
121	牛郎织女
122	凤舞龙翔
126	寻找楼兰
130	一炉百年的火
132	爱心天使
133	幸福空间
135	长空雁叫

页码	作品
140	六尺巷
142	情里 梦里
147	仰望星空
182	播种
184	家书

页码	作品
188	织布谣
189	从军行
190	思乡吟
190	鏖战令
191	荣归赞

文论篇

漫话竖箜篌

我曾由兰州出发,沿古丝绸之路西行采风。途中在敦煌居停期间,有幸在朋友的带领下,参观了莫高窟与乐舞有关的大部分洞窟,对魏晋隋唐以来壁画中的古典乐队组合做了一点考察。在许多壁画里,竖箜篌这件古老的乐器都占有着重要的位置。其中,著名的莫高窟第112窟唐代壁画《伎乐图》里,那个闻名遐迩的反弹琵琶乐伎右侧的第一件乐器就是竖箜篌。图中那弯如弓状的琴身、清晰可数的弦索,以及演奏者手的姿势和演奏时的形态,都使人看后如亲临千年之前盛唐时节歌舞升平的世界而神往不已。这件近代已经失传的古老乐器,引起我极大的兴趣,于是我便开始点点滴滴地收集一些有关竖箜篌的资料。

近年来,经我国音乐工作者的努力,新的竖箜篌已根据史料复原、改进、制作成功,并引起国际竖琴界的瞩目,这使得音乐界的朋友们感到由衷的喜悦。由此,也使我回忆起采风生活和平日读书时所零星记下来的一些有关竖箜篌的史料。将这些东西汇拢起来,可以或多或少地看出竖箜篌这件古老的乐器在我国盛衰流变情形之一斑。囿于本人所阅资料有限,所见所闻亦属浅陋,文中谬误之处恐在所难免,谨以此文就教于专家和读者们。

史籍中关于竖箜篌的记载

史书中,曾记载有两种类型的箜篌,即卧箜篌与竖箜篌。与竖箜篌相似的又有凤首箜篌。卧箜篌是产生于中原本土的琴瑟类乐器。"似瑟而小,七弦,用拨弹之,如琵琶。"(唐·杜佑《通典》)《风俗通义》记载其为汉时乐人侯调所制。对于卧箜篌,本文不作更多的论述。

竖箜篌也叫作"竖头箜篌"或"立箜篌",它是汉代从西域传入中原的。更进一步讲,它的发源地可以追溯到幼发拉底河与底格里斯河之间的美索不达米亚和古埃及,古希腊公元前6世纪的石雕中也有这种乐器的形状留存于世。传说最初这种乐器的发明由射箭而来。射箭时弓弦所发出的声响使人们受到启迪,后来逐渐在弓上增加弦的数量,成了原始的竖琴。

我国史籍中对竖箜篌的记载最早见于《隋书·音乐志》:"今曲项琵琶、竖头箜篌之徒,并出自西域,非华夏之旧器。"唐代杜佑所撰写的《通典》中也这样记载:"竖箜篌,胡乐也,汉灵帝好之,体曲而长,二十二弦,竖抱于怀中,用两手齐奏,俗谓之擘箜篌。"擘,为琴瑟的指法之一,即用大指抬弦。元代熊朋来所著《瑟谱》指法篇中曾这样解释"擘"字:"指法擘、托有二说,琴家以大指抬弦为擘,反之为托。"唐代诗人王建诗《宫词》中即有"十三初学擘箜篌"的诗句。在此处"擘"字也可以广义地理解为弹奏、演奏的意思。

又据《隋书·音乐志》及《旧唐书·音乐志》记载,隋唐时,由于西域音乐盛行,当时宫中的西域乐队组合形式就有七种之多。除了"康国乐"全由吹打乐器组成之外,其余像"天竺乐""龟兹乐""西凉乐""高昌乐""安国乐""疏勒乐"六种乐队的编制里都有竖箜篌存在,可见竖箜篌在当时是作为一种主要乐器在使用着。此外,在清商乐和燕乐的乐队编制中也都有竖箜篌，燕乐中还同时使用了大、小竖箜篌。我想，这大概是为了高低音声部的配合而这样精心安排的吧。

对于竖箜篌的形状和构造，史籍中亦有比较详细的记载。宋代孟元老撰写的《东京梦华录》里曾这样写道："箜篌高三尺许，形如半边木梳，黑漆镂花金装画，下有台座，张二十五弦，一人跪而交手擘之。"《明会典·大乐制度》中亦写道："梓木为身，阔五寸，厚六寸，直长四尺八寸……系二十弦。"各典籍中所记箜篌的弦数有所差异。我想，这就像今天每位演奏家所用的古筝弦数也有些差异一样，不尽相同。但有一点可以肯定的，就是箜篌是一种多弦的乐器。

竖箜篌家族中的凤首箜篌是晋代由天竺（今印度）传入中原的。《新唐书》中曾这样记下了它传入中原的途径和经历："雍羌亦遣其弟悉利移城主舒难陀献其国乐，至成都……有凤首箜篌二，其一长二尺，腹广七寸，凤首及项长二尺五寸，面饰虺皮，弦一十有四，项有轸，凤首外向，其一项有绦，轸有鼍首。"

《元史·志第二十二·礼乐五》中"宴乐之器"部分亦有如下记载："箜篌，制以木，阔腹，腹下施横木而回轸二十四，柱头及首并加凤喙。"

以上都是指凤首箜篌而言。综上所述，饰有凤首、凤喙，有轸等，是凤首箜篌的鲜明特征。不久前，有友人访东南亚五国归来，曾说缅甸至今还有一种叫作"弯琴"的乐器，听其描绘亦颇似上述古箜篌的流变。

纵观我国古代有据可查的史书、典籍，对于箜篌的外形、构造、制作材质、演奏姿态、演奏方法，以及应用的情况都有所记载，但一般史书都比较简略。作为音乐工作者，若想进一步了解箜篌这种古老的乐器在它全盛时期演奏时的盛况，以及生动而形象的描绘，就需要从文学作品中去一点一滴地寻觅了。

唐诗中关于竖箜篌的描述

我国古代的文学作品浩如烟海，以某个人的力量难以在短时间内得以纵览。那么，我们就来选取一条捷径，从一个局部来观照。唐代是我国历史上文学艺术较为兴盛的时期之一，作为唐代社会生活镜鉴的唐诗，为我们留下了大量描绘各种乐舞场面的诗篇。于是，我便试着从唐诗中去寻觅，几经努力，确实找到了不少精彩的篇章。虽然这样难免会有些偏颇与疏漏，但从中也可以管窥箜篌在当时乐队中及单独演奏时一些比较生动的状况。

关于箜篌外形、材质、构造与制作工艺的描述有如下几处。

李商隐《代赠》中有："虽同锦步障，独映钿箜篌。"

元稹《六年春遣怀八首》中有："今日闲窗拂尘土，残弦犹迸钿箜篌。""钿"指在木器或漆器上镶嵌玉石、贝壳等花纹和图案。"钿箜篌"就是镶嵌装饰得非常精美的箜篌。由此可见，当时箜篌的制作已经非常考究，乐器制作已经与工艺装饰紧密结合在一起了。

王仁裕《荆南席上咏胡琴妓二首》中有："红妆齐抱紫檀槽，一抹朱弦四十条。""紫檀槽"三字准确指明了箜篌的制作材料。紫檀至今仍为我国民族乐器制作的贵重材料，由此可见早在唐代制琴的用材选料就已经非常考究。"朱弦"即红色的琴弦，不知此处所指的红色琴弦与现代竖琴标识某固定音高的琴弦选用某种色彩的做法有无历史渊源，但关于"朱弦"的说法起码可以表明，当时除了乐器本身制作精细之外，甚至连琴弦的色彩也带有强烈的装饰性了。这里附带说一下，"朱弦四十条"的"四十"我以为系虚指，是描写弦数较多的一种夸张式的文学语言。史载箜篌二十三弦，亦有谓之"二十二弦""二十四弦""二十五弦"，或"十二弦""二十弦"的，没有"四十弦"之数。

李贺《李凭箜篌引》中有："吴丝蜀桐张高秋……二十三弦动紫皇。""吴丝"指江南吴地（今江浙一带）所产的优质蚕丝制成的丝弦。"蜀桐"则是指蜀中（今四川）所产专做乐器的桐木。至今，桐木仍是制作琴、筝、琵琶等乐器的优质材料。由此亦可看出当时箜篌制作用料的精良。

顾况《李供奉弹箜篌歌》中有："国府乐手弹箜篌，赤黄绦索金镨头。"这就更为精细地描绘出系有黄色丝绦流苏、镶有黄金镨头的箜篌名贵的程度。上述诗句描写的是箜篌国手在宫廷中为皇家和王公大臣们演奏时所使用的乐器，想来这样的描写并不夸张。

关于箜篌演奏姿势和演奏方法的描述

上面曾引用过王仁裕《荆南席上咏胡琴妓二首》中"红妆齐抱紫檀槽，一抹朱弦四十条"的诗句，其中，一个"抱"字，一个"抹"字，用得极为准确。"抱"字言明演奏箜篌时的姿势是抱琴于怀中；"抹"字则使演奏的形态跃然纸上，它仿佛使我们看到演奏者手指在琴弦上急速掠过时的生动情景。这与现代竖琴演奏时的划奏并无二致。读着这动人的诗句，我们是否会感到历史的时空似乎在这一瞬间缩短了呢？

顾况《李供奉弹箜篌歌》中又有"起坐可怜能抱撮，大指调弦中指拨"的描写。"抱撮"亦是指怀抱乐器的演奏姿态，而一个"可怜"更是描绘出了演奏者使人怜爱、楚楚动人的风姿。而"大指调弦中指拨"的调音手法，至今仍在古筝、竖琴等乐器的调音时使用。

王仁裕《荆南席上咏胡琴妓二首》中还有"玉纤挑落折冰声"和"二五指中句塞雁"的描写。前者，比喻演奏者挑弹琴弦所发出的似冰凌折断的清脆音响，"挑"字亦可视为箜篌弹奏的一种手法。后者虽很难从中看出指法究竟如何运用，但此句却可以清楚地表明当时箜篌的弹奏已是五指并用，说明早在1200多年以前的唐代，箜篌的演奏技法已经达到很高的艺术水平。

张祜的《楚州韦中丞箜篌》和《箜篌》中分别有"恰值满堂人欲醉，甲光才触一时醒"和"向月轻轮甲"等关于弹奏时运用手指甲的描写。"轮甲"可能指两个手指的"夹轮"，也可能是指三个手指或五个手指的"滚轮"，快速轮动的手指甲在运动中使人产生甲光闪烁的感觉，如此才能触动听众，使人从沉醉中醒来。

顾况《李供奉弹箜篌歌》中，对箜篌演奏时手腕的运用，有着非常精妙而在行的描写，如"腕头花落舞制裂""手头疾，腕头软，来来去去如风卷"等。其中"制裂"的"制"字可作"形态"讲。古汉语中"制"与"致"相通，"制裂"似可理解为"裂开的样子"。此处形容手腕演奏时的动作像花瓣裂开一样的美妙。后一句则形容手的动作之快、之灵活，在琴弦上来去往复地弹奏，似阵阵清风掠过。凡专门学习过乐器演奏的人，大概都能体会到，只有经过严格训练、具有高超技巧的演奏者，才能真正达到诗中所描绘的艺术境界。一个"腕头软"的"软"字，道出了行家里手的真知灼见。现代器乐演奏训练方法中，经常强调"放松"，它与诗中所说的"软"有着异曲同工之妙。在"手头疾"的快速演奏过程中，依然能具有"腕头软"的状态，说明演奏者是在一种轻松自如的状态下进行演奏的，看来，演奏乐器的奥妙之处，早在唐代就被中国的艺术家们掌握了。

顾况的这首诗中，还细致而传神地描绘出"左手低，右手举，易调移音天赐与"的箜篌演奏基本姿势。从上述诗句中，我们可以想象出演奏者将箜篌抱在怀中，左手在下，右手在上，两手交错拨响琴弦的样子，使人如临其境，如见其人。

关于箜篌艺术表现力的描述

张祜《楚州韦中丞箜篌》中"千重钩锁撼金铃，万颗真珠泻玉瓶。恰值满堂人欲醉，甲光才触一时醒"的诗句堪称是描写箜篌演奏的绝妙之笔。试想，当千条拴有金铃的钩锁一起摇撼起来，千万颗珍珠同时哗啦啦倾泻在玉石瓶中的时候，会发出何等清越而撼人心魄的声响！正当人们沉醉在这美妙的音响之中时，演奏者飞速轮转的指甲闪烁出来的光芒，却又突然把大家唤醒了——噢，这撼金泻玉的声响原来是箜篌弹奏出来的音乐！

李贺的诗作以涉想奇绝、善于运用形象思维和比兴手法而著称。他的《李凭箜篌引》曾这样描写箜篌的乐音："昆山玉碎凤凰叫，芙蓉泣露香兰笑。十二门前融冷光，二十三丝动紫皇。女娲炼石补天处，石破天惊逗秋雨。"在诗人听来，箜篌的声音像玉石碎裂般的清脆，像凤凰鸣叫般的柔和动听，像芙蓉花泣露般的幽咽，像兰花浅笑般的优雅。这乐声能融化长安十二座城门外肃杀的秋光，能够感动天上的玉皇，能使石破天惊，从女娲补过的天穹处洒落下潇潇的秋雨……诗人奇想，可谓惊世骇俗！

王仁裕《荆南席上咏胡琴妓二首》中还有这样的诗句："湘水凌波惭鼓瑟，秦楼明月罢吹箫。寒敲白玉声偏婉，暖逼黄莺语自娇……玉纤挑落折冰声，散入秋空韵转清。二五指中句塞雁，十三弦上啭春莺。"这是多么形象而美妙的比喻和赞美啊！在诗人笔下，箜篌的乐声使湘水上凌波的神女羞于鼓瑟，使秦楼歌舞的美女停止了吹箫。那乐声比敲击白玉的声音还要婉转，比黄莺鸟儿的叫声还要娇媚。演奏者的纤纤玉手每拨响一根琴弦，就好像冰凌落地般的清脆，飘散在秋日的晴空里。她用二指与五指的配合弹出了塞北雁鸣的呜咽，又在第十三弦上弹出了黄莺嘹亮的啼鸣声……这样对于音乐作品的精湛描写，在文学作品中也是并不多见的。

卢仝《楼上女儿曲》中也有着令人牵情的诗句："谁家女儿楼上头，指挥婢子挂帘钩。林花缭乱心之愁，卷却罗袖弹箜篌。箜篌历乱五六弦，罗袖掩面啼向天。"一个登楼遥望心绪缭乱的伤春女子，满腔愁怀无处抒发。当她拨响箜篌的琴弦时，犹如拨动了心弦上的忧思，禁不住罗袖掩面哭向青天！读过前面许多赞美的诗句之后，这一缕牵人情思的箜篌之音也就更加令人难以忘怀了。

岑参《冀州客舍酒酣贻王绮寄题南楼》中"南邻新酒熟，有女弹箜篌。醉后或狂歌，酒醒满离忧"的诗句描绘出箜篌乐声使人如痴如醉、怅然忧怀的感人艺术魅力。

元稹的《六年春遣怀八首》中"公无渡河音响绝，已隔前春去复秋。今日闲窗拂尘土，残弦犹迸钿箜篌"的描述，则更是艺术而夸张地表现了箜篌的艺术感染力。听过《公无渡河》的乐曲之后，隔了一个春夏的时光，那悲切的琴声依然如岁月的积尘般回响在作者耳边，残留在心头。这是何等感人的描述啊！

在诸多描写箜篌的唐诗中，我以为顾况的《李供奉弹箜篌歌》是最杰出的一首。它与白居易的《琵琶行》堪称描写古代器乐作品的姊妹篇，它们描写音乐的手法有着异曲同工之妙。诗中这样写道："珊瑚席，一声一声鸣锡锡；罗绮屏，一弦一弦如撼铃。急弹好，迟亦好；宜远听，宜近听……大弦似秋雁，联联度陇关；小弦似春燕，喃喃向人语……声清泠泠鸣索索，垂珠碎玉空中落……大弦长，小弦短，小弦紧快大弦缓。初调铮铮，似鸳鸯水上弄新声，入深似太清仙鹤游秘馆……往往从空入户来，瞥瞥随风落春草。草头只觉风吹入，风来草即随风立。草亦不知风来到，风亦不知声缓急。"多么惟妙惟肖的描写！请听，箜篌的声音在珊瑚席前锡锡鸣响，在罗绮屏前如金铃撼响。无论急、慢、远、近，听起来都那么相宜。大弦的低音好似秋雁飞过陇关，小弦的高音好似春燕在声声对人呢喃。那泠泠索索的乐声，像是从空中撒落下一片珍珠碎玉。大弦、小弦快慢有致，铮铮的乐声开始像鸳鸯在戏水，深入之后，又好像仙鹤飞入太清虚空去遨游仙境。乐声从空中飘飞入户，转瞬间又随风飘落在春天的草地上。草儿只觉得风吹过来，风吹草动，草随风立，草也不知道风来，风也不知乐声是快还是慢……世间的一切似乎都被笼罩在李供奉弹奏箜篌的乐声之中，出神入化，摄人魂魄。读到此处，我们怎能不为1000多年前唐代艺术家们所达到的炉火纯青的境界所深深感动呢？

关于箜篌演奏曲目的描述

元稹《六年春遣怀八首》中的"公无渡河音响绝"当指箜篌曲《公无渡河》。此曲相传为霍里子高妻丽玉所作。它叙述了一个酒狂的老人不听劝阻执意只身渡河，以致被汹涌波涛吞没，他的妻子在河边呼喊着丈夫的名字，最后也投河自尽的感人故事。

张祜《箜篌》诗中的"乱流公莫度，沉骨妪空嗥……不堪闻别引，沧海恨波涛"亦指此曲。这首乐曲又名《箜篌引》，诗中"闻别引"一句，亦似指此曲。

杨巨源《听李凭弹箜篌二首》中有："君王听乐梨园暖,翻到云门第几声。"《云门大卷》为周代六乐之一,相传为黄帝时所制。唐元结《元次山集》中有补乐歌十首,其中"云门二章"就是用的古乐名。诗中此处当指当时叫作《云门》的乐曲。

顾况《李供奉弹箜篌歌》中"弄调人间不识名,弹尽天下崛奇曲。胡曲汉曲声皆好,弹著曲髓曲肝脑"是说李供奉所弹的"崛奇之曲"人们都叫不上名字。进而言之,我们是否可以把这些"人间不识名"的乐曲,当作是这位演奏家自己创作的新曲呢!诗中"胡曲汉曲声皆好"的诗句,说明李供奉所演奏的曲目既有来自西域等地的"胡曲",也有中原地区作家创作的"汉曲"。由此,我们可以推想,在唐代箜篌的演奏曲目是比较丰富的。诗中虽没有提出某首具体曲名,但提供给了我们一个更为广阔的天地,留待专家们今后作更加深入的考证。

历经千年沧桑,箜篌这种古老的乐器在历史的长河中几经沉浮。近代文学作品中关于箜篌的最后一笔当见之于清末刘鹗(1857—1909)的小说《老残游记》第十回"骊龙双珠光照琴瑟,犀牛一角声叶箜篌"的描写。书中申子平深山访友遇虎,在山村中听与姑姐妹与黄龙子合奏了一曲充满杀伐之机的乐曲《杜桑引》。其中,与姑所演奏的乐器便是"像似弹棉花的弓,却安了无数的弦"的竖箜篌。书中描写"与姑将箜篌举起,苍苍凉凉,紧钩漫摘,连批带拂……铃声已止,箜篌丁东断续,与角声相合,如狂风吹沙屋瓦欲震……",又借黄龙子之口说:"凡箜篌所奏,无和平之音,多半凄清悲壮,其至急者,可令人泣下。"《老残游记》虽系小说,难免有所杜撰,但想来刘鹗似是听过、见过箜篌演奏的。否则,他恐怕很难凭空臆造出箜篌演奏时"紧钩漫摘,连批带拂"这些生动逼真的演奏技法和感人的艺术魅力来。如此看来，箜篌的失传亦有可能是近百余年来的事情。

　　如今，箜篌这种古老的乐器又获新生，带着它改革后双排弦，有弦柱、可吟揉、转调快捷方便等独具的特色，又从中国走向世界，在国际竖琴比赛中崭露头角。也许，古往今来人类的文化就是这样相互交流、相互融合的。衷心希望这件曾在我国音乐史上闪烁璀璨光芒的古老乐器，今后仍能一脉相传，发扬光大，重振新声，再现它在敦煌壁画中的神采。

歌词创作札记

2004年5月，安徽省音乐文学学会在黄山举行年会，我与词作家任志萍、宋小明及《词刊》主编虞文琴邀前往致贺。会议期间，词友们就当前歌词创作的状况发表了各自的见解，敞开心扉，相互切磋、交流创作心得，气氛非常融洽。主人盛情难却，我亦应命就自己在创作中的点滴感受做了一个即兴式的发言。但让我始料不及的是，前不久遇到虞文琴主编，其嘱我将在黄山的发言敷衍成文，令我顿时汗颜。因为，当时所言只是词友相聚，兴之所至，即席而谈的一些零散感受，没有什么可圈可点的理论，而且涉及的内容与例证多为自己的作品，所言所讲亦为自己的一孔之见。但文琴同志的邀约又实在难以推辞，我想，既要成文就权且把它当作一篇"创作札记"来如实地展示自己某些作品创作时的所思所想，留作日后创作生涯的记忆。这样，作为一篇个人创作心得的记录性文字，是对是错，是优是劣，大家都可以任意批评，不至于让谬种流传。

生活的赐予

古人常说要"读万卷书，行万里路"。前者指的是学习与继承，后者指的是生活的积累与见识，二者皆不能偏废。没有继承，没有学养和文采，自然不可以为文；而没有对生活的真实体验与感悟，则不可能写出有个性、有深度的作品。所以，古人又说"行万里路胜读万卷书"，以此说明生活对于创作者的重要。这些话虽然都是老生常谈，但确是至理名言。对此，我深有体会。在这里，我想谈一谈创作《大海一样的深情》（刘文金曲、靳玉竹演唱）这首作品时的一段生活经历。

1978年夏天，我在福建省东山岛深入生活。东山岛地处福建省东南部，与台湾隔海相望，是个风景美丽的天然港湾。

在东山岛，每天早上天刚蒙蒙亮，我就和渔民们一起坐上装满围网的渔船到海上去撒网。摇着船在海上兜一个几里长的圈子把网撒开以后回到岸边，大家再一道光着脚、喊着号子，扯着网两头的纲绳把网拉上沙滩。收网的时候，看着各种奇形怪状的鱼、螃蟹和琵琶虾等海中的生物在网里跳动，心里充满收获的喜悦。如今，每当回忆起那段生活，我仿佛仍然能闻见海风吹来的阵阵鱼腥味，仍能感到脚底板踏着清晨沙滩时的那种清凉和惬意。

在东山岛生活的日子里，发生了一件让我终生难忘的事情。一天早上，我正和渔民们一道在海边拉网，得知昨晚有三艘台湾渔船"避风"来到了东山岛。当时，海峡两岸处于隔绝状态，台胞的渔船敢于突破台湾当局的禁令来到大陆停靠，可谓是一个非常的"越轨"行为。作为北京来的客人，我有幸被邀请参加了这次对台湾渔民的接待。

我们一行人急忙赶往东山码头。那天天气格外的好，阳光下蓝天一碧如洗，海面上波光粼粼，白色的浪花一排排扑向海岸，发出巨大的声响，港湾里的机帆船连成一片，桅杆林立，随着海浪有节律地摇晃着。海岸边一排排相思树开满了黄色的花朵，在风中摇曳着，仿佛是一条绵长的、黄绿两种颜色相间的纱巾在大海边飘飞。山坡上，高高的凤凰树枝头，一簇簇红花开得像团团燃烧的火焰，远远望去显得分外耀眼。

当我远远看见海边码头停靠着的三艘台湾渔船的时候，心头不禁涌起难以抑制的冲动。一路上我都在想象着，这些生活在海峡彼岸的同胞们究竟会是什么样子？渐渐地，码头越来越近，舱面上的人影也越来越清晰，几位面色黧黑的渔家汉子迎上前来，紧紧地拉住我们的手，用地道的闽南方言叫着"乡亲，乡亲"……简短的称谓中充满着浓浓的乡情，让人禁不住心头热流涌动！众人执手相握，相互问候。环顾身边海峡两岸的渔民兄弟，一样黧黑的肤色、一样闽南的乡音、一样炽烈的情感，哪里还分得出什么彼此和你我！

东山岛鳞次栉比的新房、高架的灌溉渡槽和丰收在望的田园，使台湾渔民们非常感慨。受到大陆渔民兄弟盛情的接待更让他们感到格外的温暖。我们一起下到船舱里看他们生活、工作的环境，拿起床边翻得有些破旧了的歌曲集，唱几句他们喜爱的歌，又一起登上甲板围坐一起谈生活、谈家庭、谈希望祖国统一……一直到乡里来人催促去吃饭，大家还恋恋不舍、情犹未尽地说个不停。

当晚，月色撩人，我们又登上台胞的渔船，和他们一起在甲板上促膝而坐拉起家常。热情的主人端来了一套工夫茶的茶具。泡茶的女孩颇通茶道，先是一番"关羽巡礼"——手把茶壶在每一个小茶杯里轮番注入茶水，后是一番"周瑜点将"——把茶壶中剩余的汁液一点一点地滴进茶杯，直至把每只茶杯都倒得满满的。主人捧起茶杯，把它们依次送到每个人的手中，浓浓的茶香伴着声声夹带着闽南乡音的普通话，缭绕在人们的心头。我捧着那只小酒杯似的茶盅，细细地品尝着苦涩中带有微微甘甜回味的茶水，感到身边的人们仿佛把所有的情感都融在这小小的茶杯之中了。夜渐渐深了，海风带着丝丝凉意吹在脸上，海浪轻轻摇荡着船身，渔船有节律地晃动着，我的心也有些醉了……

欢乐的时刻总是觉得短暂,两天后台胞的渔船就要启程返回台湾了。东山岛的渔民兄弟为他们补足了淡水、柴油、药品、粮食和蔬菜,并特意为他们举行了渔家送别亲人时最隆重的礼节——海上"三送"。我亦有幸参加了这次带有浓郁感情色彩的送别活动。登上领航出港的交通船,望着身旁三艘即将穿越海峡波涛的渔船和船上的同胞,心中不禁升起缕缕惜别之情。

汽笛响了,在一片送别的话语声中,四艘船首尾相牵驰离了东山岛码头。船走了一段,我们的交通船在港外停泊下来,台胞的渔船绕着我们的船擦身而过,两船相交时,双方船上的人挥手致意,互相祝福,珍重道别,这是第一相送。

交通船加大马力超过台胞的渔船,继续在前边领航,这支小小的船队迤逦相伴行走了几海里之后,交通船第二次停下来,等待台胞三艘渔船驶过。船舷相错,双方再次相互道别的时候,我看见那位在船舱里掌舵的年轻船长在悄悄地用袖口擦眼睛,船舷旁站立的几位老船员眼中也是泪光盈盈地欲语无声。这是第二相送。

待到第三相送的时候,抬眼四顾,只见天水相接、一望无边。大海上波涛滚滚,涌浪起伏,苍苍茫茫,横无际涯。双方的船只第三次擦肩而过,人们高声地相互祝福,那位年轻的船长把半个身体探出舷窗,双手高举过头,高声呼喊着:"亲人们,再见了!等到祖国统一的那一天,欢迎你们到我台湾的家中来做客!"涛声和祝福声交融在一起,浪花和泪花交融在一起,那情景就像一幅定格的画面深印在我的脑海中,让我久久难以忘怀……

望着台胞的渔船渐渐远去,像三片孤零零的叶片飘摇在茫茫海天之间,我的心头不禁涌起莫名的愁绪。海是那样的浩瀚、博大,它时时让人类感到自己的渺小。但在这个时刻,我却突然感到心中无限惆怅的离情别绪似乎可以填满这苍苍茫茫的大海……海峡两岸中国人的亲情不就正像这海一样的深吗,这血浓于水的亲情是大海也隔不断的!在海天之间汹涌波涛上瞬间迸发的灵感,成为我后来写《大海一样的深情》这首词时的"髓"与"核"。在歌词中,虽然我把"三送"的场景变成为一位姑娘伫立沙滩隔海遥望的情境,但深深思念的情愫却浓浓地注入在每一句歌词中:

> 月光洒在银色的沙滩上 / 海啊 / 翻卷着层层波浪 / 海风拨动着琴弦 / 伴随着我把歌儿唱 / 啊 / 台湾 / 富饶而美丽的宝岛 / 我日夜把你遥望 / 我怀着大海一样的深情 / 把台湾同胞常挂在心上……

这是生活的赐予,是人生岁月中弥足珍贵的记忆。这段经历对我此后的艺术创作有着很大影响,多年以后,每当回忆起当时的情景,心头还都会产生一种情感的悸动和创作欲望的勃发。

血写的历史激愤的歌

说起生活的话题,还想谈谈我的另一个作品——《烽火狼牙山》(王志信曲、戴玉强演唱)的创作。20世纪60年代初,我曾在河北省易县生活了近一年,住在狼牙山下北娄山村抗日战争时期老妇救会会长刘玉楼老人家里。老人的丈夫也姓刘,当年是八路军的连长。老两口为人质朴、亲切,把我们当作自己的家人一样看待。闲暇时候,我们常在一起聊天,提起当年日本兵在这里烧杀抢掠的情景，老人就像在述说昨天发生的事，话语里充满了愤怒和仇恨。

在那段时间里，我曾跟随驮着行李的毛驴徒步走过狼牙山周围的许多乡村，曾在棋村的血井边，听妇女们声泪俱下地诉说日本兵把村里二三十口人杀害后填进井里的往事，曾见过那位在日本兵走后被乡亲们从井下死人堆里救出、幸存下来的大嫂，她额头上那道深深的刀疤让人看了触目惊心！我还曾沿着当年狼牙山五壮士与日寇周旋的足迹，登上狼牙山，在他们战斗过的阎王鼻子、小鬼脸、棋盘坨和莲花峰上流连，聆听他们的战友讲述五壮士与日本兵激战，直至弹尽粮绝跳下莲花峰悬崖，宁为玉碎、不为瓦全，惊心动魄、气壮山河的场面。

时隔40多年，至今我仍然清楚地记得五壮士纪念碑在蓝天夕阳里高耸，记得在莲花峰绝顶往下看的时候，那种让人眩晕、心悸的感觉，记得莲花峰上掠过耳边愤懑呼啸的猎猎山风……

几十年过去了，很多事情都随着时间的流逝而淡忘了，但在狼牙山区的生活却仍然时常会回到梦中。去年春天，当看到一则报道日本首相再次参拜靖国神社消息的时候，那段在狼牙山区生活的记忆蓦然涌上心头，让我久久不能平静。日军侵华所犯下的罪行是所有中国人心中的块垒，是我们民族胸中不吐不快的郁结。山河依旧，故人还在，侵略者用无数中国平民百姓的生命和鲜血写下的历史，却已一再地被日本右翼分子和当权者们在教科书中歪曲和篡改，并以强盗的逻辑觊觎我国的领海和国土。我强烈地感到要说些什么！一天清晨梦醒时分，叙事歌《烽火狼牙山》在我心中油然而生：

狼牙山头弥漫着炮火硝烟 / 五位战士屹立在高山之巅 / 面

> 对着漫山遍野的鬼子兵／枪膛里喷射出复仇的子弹……

我要让巍巍青山、滔滔易水为证，再现当年，重温历史，以五壮士挥洒在天地之间的浩然正气，告诉所有的人：

> 牢记这鲜血染红的岁月／血写的历史不容改变

这段生活在我心中无声地沉积了40多年。如果没有让心为之激愤的契机，它也许不会突然迸发。但契机来了，牵动情感的事情发生了，就会催生出一个具有真情实感的作品。我想，这也许就是生活给予创作者的启迪。

站在巨人肩上，寻找一个高的起点

近年来，声乐界出现了美声、民族、通俗三种称谓。许多民族唱法的歌手，已习惯于将自己的定位放在与西方美声唱法和通俗唱法三足鼎立中的一方。而为民族唱法歌手所创作的声乐作品也已形成了一种几乎固定的模式，作品的内容和题材也相对比较单一和狭窄。这种思维方式把民族声乐局限在一个狭小的空间之中。在这里，我们姑且不谈上述区分方式是否科学，但就传统的"民族声乐"而言，应该说我们的视野还不够开阔，思想也还趋于保守。其实我国传统民族声乐的涵盖面很广，它涉及各地的民歌、戏曲和曲艺等多种艺术门类，从内容来讲还涉及我国文学中的诗、词、曲、赋等许多艺术样式。其实古代许多的诗词原本都是可唱的歌，这是一个浩瀚的艺术宝库。我们从中可以继承、学习的东西很多，天地非常广阔。人们常说："传统是一位巨人。站在巨人的肩上，将可能获得一个高的起点。"于是，我便产生了一个依托我国传统艺术宝库中群众耳熟能详的资源，站在巨人肩上寻找高的起点，拓开一条创作民族声乐系列作品的路。起步伊始，我便告诫自己要从点滴做起，精心选材，尽量使自己涉猎的范围广一些，力争创作出既具有中华民族传统血脉，与传统连接，而又贴近今天人们审美习惯的艺术作品。

首先，我从自己最熟悉的领域——民歌入手，选取家喻户晓的民歌《孟姜女》作为起步的突破点。《孟姜女》这首民歌堪称我国传统民歌艺术宝库中的精品。恐怕谁也说不清，究竟从什么时候开始就有了这支歌谣。它曾和着胡琴如诉如泣的琴声回荡在江南水乡的街巷里，缠绕在北国农家老祖母的针线上，飞翔在摇篮中孩子们的梦呓中。它就像一条闪光的溪水，从久远的历史时空、从一代代中国人的心灵深处潺潺流过。

然而，如今由于各种传媒中大量流行文化的影响，部分音乐作品的受众，特别是青年人，不再满足于像《孟姜女》一类传统歌谣那种缠绵哀怨的情调与平缓舒展的节奏了。他们以异乎寻常的热情，向外部世界寻求着日益变化的、让感官受到强烈刺激甚至另类的东西。一些专业歌唱家们也因为《孟姜女》一类的民歌不能充分展示自己的演唱技巧，而悄悄从自己的节目单中取消了它的位置。这些颇有些残酷的现实告诫我们：适者生存，传统也不应当是一成不变的，它也要在不断创新和发展中展现新的风采，以适合于现代人不断变化着的审美情趣。

在这里，我们不妨剖析一下《孟姜女》这首古老的民歌：它是一首典型的城市小调，具有温柔敦厚、幽怨缠绵的情致，在一个八度多一点的音域中，以起、承、转、合四个简洁的乐句编织起严谨完整的音乐结构。歌词则以四季景色起兴，顿拖呜咽、娓娓道来，诉说着抒情主人公孟姜女对远在千里之外修筑长城的丈夫的思念。也许是因为它的旋律太过于完美，情致太过于缠绵，在形形色色的人海中沉浮得太久的缘故，这首民歌蒙上了浓重的世俗色彩。从中我们更多感受到的是孟姜女闺怨式的无奈与叹息，它失去了民间传说中那个孟姜女不惧暴政，不畏艰险，千里寻夫，以一腔悲慨之气感天动地、哭倒长城八百里的豪气；失去了那个被人们千古传诵的奇女子与命运抗争、百折不挠的棱角。

1992年春天，在随一个电视剧组京郊拍戏的空隙中，我在招待所的木板床上写出了这首歌的歌词。为了使熟悉传统民歌《孟姜女》的听众在心理上认同对这首民歌的改造，我保留了原民歌分节歌式的结构和以春、夏、秋、冬作为每段歌起始句的比兴手法。歌曲的第一段完整地保留着原民歌的面貌：

正月里来是新春／家家户户点红灯／别人家夫妻团圆聚／孟姜女的丈夫去造长城

但从第二段开始，我便脱开原民歌的窠臼，根据音乐的节奏骨架，以触景生情的手法来描画抒情主人公的心理活动：

夏夜里银河飞流星／那是牛郎会织女点燃的红灯笼／孟姜女望长空泪眼雾蒙蒙／我与杞良哥何日得重逢

寂寞深闺，静夜无眠，仰望长空见银河星座，不由想起牛郎织女，想起他们一年一度的相会，继而想起自己杳无音讯的丈夫，几度春秋，相见无期，怎不令人悲从中来！这样的演绎既符合于人物的内心世界，也符合于生活中的特定情境，既是在写景，也是在抒情，只有符合情理才不会显得生硬。

歌曲的第三段应是作品的黄金分割线，在这个位置，歌词应该为音乐色彩与调性的变化提供合理的依据与动力。所以，在这个段落中，我设计了孟姜女在秋夜月下为丈夫做寒衣的场景，以凄凉、肃杀的客观环境描摹与抒情主人公内心情感的律动来推动音乐的进行：

> 九月里来九重阳 / 菊花煮酒空相望 / 落叶飘 / 秋风凉 / 窗前月如霜 / 我给亲人做衣裳 / 线是相思针是情 / 针针线线密密缝 / 再把心口一丝热 / 絮进寒衣伴君行

寒风、冷月、飘飞的落叶与孟姜女心中蕴藏着的炽热思念形成强烈的反差。这就为作曲家在音乐的调性与调式的转换上提供了感情的依托。此外，在第三、第四两个段落，我改变了歌词的语言节奏，将原民歌的结构加以扩展，并以民歌鱼咬尾式自由转韵的方法来强化作品的民间色彩，将歌词的韵脚从"江阳"转为"中东"，继而转为"一七"，最后落在开口母音"言前"辙上。第四段是作品的高潮部分，歌词则以飘飞的雪花、劲疾的北风和风雪中艰难跋涉的脚步营造出充满动感与激情的画面：

> 大雪纷飞北风疾 / 孟姜女千里送寒衣 / 从秋走到年关过 / 不知丈夫在哪里 / 声声血泪声声唤 / 天也昏来地也暗 / 哭倒长城八百里 / 只见白骨漫青山

幸运的是作曲家王志信与我配合默契，他以戏曲板腔体紧打慢唱的手法出色地强化了这个段落音乐的戏剧性和张力，乐队连续十六分音符旋风般地急速进行，与人声呼天抢地般的拖腔结合在一起，将抒情主人公的情感一波一波地推向高潮。

经过改编后的《孟姜女》不再是一曲民间小调式的歌谣，它更像是一幕戏曲的核心唱段或西方歌剧中的咏叹调，在充分发挥声乐演唱技巧的同时，更注重揭示与表达人物内心的情感世界。后来，这首作品受到许多歌手喜爱，被列入音乐院校的声乐教材，并成为民族声乐比赛参赛曲目。这说明古老的民歌可以焕发出新的生命力，站在巨人肩上继承、发展传统的探索天地广阔、大有可为。

此后，我又根据北朝乐府《木兰诗》创作了歌曲《木兰从军》；根据岳飞《满江红》的诗意，创作了歌曲《满江红随想》；根据民间故事创作了歌曲《牛郎织女》；根据古筝曲《渔舟唱晚》的音乐结构创作了歌曲《渔舟唱晚》；根据琵琶《塞上曲》的旋律与意境创作了歌曲《昭君出塞》；根据山西民歌《开花调》的意趣和语言风格创作了歌曲《桃花红　杏花白》；根据楼兰古城出土的汉代木简创作了歌曲《寻找楼兰》……纵览不同时代文学艺术宝库中风格迥异、色彩斑斓的名篇佳作，为我学习、认识传统开启了一扇扇发人遐思的大门，让我感受到或阳刚、或阴柔、或悲慨、或缠绵的多种情愫。沉浸其间，如赏珠玉、如饮甘泉。汉乐府的简洁质朴，唐诗宋词的绮丽风采，古曲雅乐的高远意境，民间故事的叙事情理，民歌俚曲的生动语言，说唱曲艺的写景状物、描摹铺陈等，都使我受益良多。可以说，在这个创作系列设想的曲目中，每首词作都有所依托，都有我的探索和想法。

譬如创作歌曲《渔舟唱晚》的动机是我喜欢与它同名的古筝曲。它的旋律有着中国式超凡脱俗的美感和太极图般圆转的韵致。每当听到这支乐曲，就会让我想起王维、柳宗元的诗，想起"明月松间照，清泉石上流"和"独钓寒江雪"的意境，想起宋代的文人画，想起王希孟的《千里江山图》……我想，如果给这段旋律填上词，再加以扩展，应该能成为一首被人们喜爱的好歌。当然，给这类传统经典乐曲填词，对于一个词作者来讲是一次挑战，它是对我们倚声填词能力的考验。我一遍又一遍地吟唱着乐曲的旋律，努力使歌词的语言风格贴近乐曲空灵悠远的意境，使每个字的平仄抑扬符合于旋律的起伏律动，力争做到自然、平和、不拗口、不倒字，经过反复的咀嚼、苦吟，终于写出了歌曲的 A 段：

滔滔春江水，晚霞白鹭飞，竹篙一点浪花开，打鱼船儿归。橹儿轻轻摇，江风悠悠吹，捕鱼人儿笑微微，满舱鱼儿肥。啊，啊啊，满舱鱼儿肥。

作曲家对这段旋律的扩展和变化使得词与曲的结合显得更加自然妥帖，让人感觉这段旋律好像原本就是为这段词而写的。

歌曲 B 段的写作方法则得益于京韵大鼓名段"风雨归舟"的意象和语言风格的启示，以及对说唱艺术"有人、有事儿、有趣儿"铺陈叙事方法的学习。在这个对比段落，我设计了一场突然骤至的"暮雨"，以及与此有关的自然景物、人和事，用一连串形象化的象声词叠置营造出灵动的艺术氛围：

> 猛抬头／只见那红日西坠／霎时间云影儿遮住了霞晖／唰啦啦雨丝儿洒满江天／淅沥沥搅乱了一江春水／扑棱棱百鸟儿回巢／忽啦啦帆影儿低垂／密匝匝风摆杨柳／轰隆隆几声惊雷／只吓得那芦苇叶儿不住地摇／乐得那小鸭儿嘎嘎嘎嘎嘎嘎地追／唯有那船头上的捕鱼人／他头戴着斗笠／身披着蓑衣／手把着竹篙／唱一曲渔歌／悠悠扬扬在那雨雾里飞

词中充盈着有景、有情、有声、有色、有人儿、有事儿、有趣儿的曲艺风格。

此后，歌曲的 A 段再现，仍以为乐曲音乐主题填词的方式，用淡远的意境描画月出江上、暮色初降的情景，与开始段遥相呼应：

> 雨后浮云散／江风绕翠微／明月捧出碧玉杯／醉了春江水

听过这首歌的朋友大都很喜欢它，究其原因除了《渔舟唱晚》乐曲本身优美的旋律之外，还因为它具有中国式典雅的情致与诗一样的韵律、画一般的意境。我想，这也正是中国民族声乐作品所应具有的品格之一。

珍爱传统　深入开掘

我爱中国传统的文学艺术，面对它们，心中充满崇敬与向往的同时，时常感到自己精神的苍白与贫瘠。但我并不气馁，我愿怀着对它的虔诚，做一个在中华文学艺术之路上踽踽而行的朝拜者。我想，既然要站在巨人肩上获得高的起点，就不应把它仅当作光环装点自己，更不应把它当作猎奇的手段浅尝辄止，而应在传统的基础上深入学习、深入开掘，真正做到推陈出新。

北朝乐府中的《木兰诗》是我非常喜爱的一部佳作，每当读起这首长诗，心中就会生发出许多联想。诚如友人所戏言的，我心中有个"木兰情结"。我曾根据这个题材创作过三部不同规模、不同视角、不同风格色彩的作品。第一部是20世纪80年代初为女声独唱与大型民族乐队创作的声乐叙事套曲《木兰》（王志信、赵咏山作曲，靳玉竹演唱），作品共分为"织布谣""从军行""鏖战令""思乡吟""荣归赞"五个段落，将人声与乐队交织在一起，用歌谣体的叙事方法形象地展现木兰女扮男装替父从军的故事。大型民族乐队的介入使得这部声乐作品具有较强的器乐化的品格，深得业内人士好评。遗憾的是囿于当时历史条件的限制，这部作品仅在电台录了音，却没能登上舞台公演。我的第二部同类题材的作品是独唱歌曲《木兰从军》。在这首歌曲中，我将叙事套曲《木兰》加以浓缩，在一首歌里完整地讲述了木兰从军的故事。由于作曲家出色的诠释，这首歌也取得了非常好的艺术效果，受到许多演唱者的喜爱。这首歌曾屡屡在各种类型的声乐大赛中出现，并被列入高等艺术院校的声乐教材。第三部同题材的作品是时隔20年后应作曲家关峡之邀，创作于2004年的歌剧《木兰》。在20年的时间跨度中不断地关注同一个题材，可以说是思之愈久，爱之弥深。在这部作品中，我将《木兰诗》中的诸多元素分解开来，以序幕、一、二、三、四幕与终曲合唱的戏剧结构方法重新加以组合，在音乐中注入强烈的戏剧因素，以诗化的语言与情境描写,深入揭示人物的内心活动和情感世界,深入挖掘这首古典名作的人民性和深邃的思想内涵,表达中国人民自古以来就厌恶战争、向往和平的美好心愿,颂扬木兰英勇无畏、驰骋疆场的英雄气概和她淡泊利禄、无意功名的平民意识。在对这部作品再度进行深入细致的分析之后,我发现北朝乐府《木兰诗》对于木兰"别家""从军"和"荣归"的过程都有着非常详尽、绘声绘色的描写,但对十年艰苦卓绝的战场生活却只用了"将军百战死,壮士十年归"寥寥几字一带而过。一首描写战争的诗,却不正面直书战争;塑造一位巾帼英雄,却不着笔墨去描绘她如何在刀光剑影中纵横驰骋。这样的表现手法让我不得不赞叹先人的智慧与良苦用心。作者不事张扬、不着笔墨的地方,正如我国传统绘画中的"留白"。而这令人遐思无限的"空白"之处犹如象外之意、弦外之音,恰恰为我的再度创作提供了广阔的想象空间和自由驰骋的天地。在欣赏木兰横枪跃马、浴血征战英雄气概的同时,我们还可以想象,在十余年漫长的时光里,作为一个女人,她在血雨腥风的战场上还必然会遇到许许多多常人难以想象的困难:她会负伤,会流血,会在战争的间隙想念亲人、思念故乡。而作为一个正值青春年华的姑娘,她心中也会萌生对异性的爱,会憧憬与渴望人类共有的爱情。是战争残酷地扭曲了人性,让她在生理和心理上承受着双重的重压。而这充满矛盾与冲突的情感世界,正是让作者充分展示木兰最具人性化的侧面和她作为一个千古传颂的巾帼英雄最能引起人们心灵共鸣、最能打动人心之处。

  基于上述认识,我在《木兰》中综合了歌剧长于表现戏剧性矛盾冲突与音乐长于抒情的特质,强化了对战争的描述和对木兰在十年征战中内心情感世界的揭示。如在第二幕中安排了以合唱与乐队为主体的段落"战场四季":"春之花"——以残雪下刚刚开放的花朵即被践踏凋零的意象,表现美好被邪恶摧毁，鞭挞战争的残酷；"夏之雨"——以雨滴如泪般的哭诉，哀叹一位牧羊女孩的不幸遭遇，诉说人在战争中的无奈与悲哀；"秋之路"——以瑟瑟秋风、滚滚烟尘和不知尽头在哪里的战争之路，控诉连绵不断的战争带给人们深深的痛苦与创伤；"冬之战"——在春、夏、秋三节诗化的意象式表述和对战争的反思之后，我在这一节中引入戏剧因素，铺展开一场决战决胜的正义之战。由于篇幅的关系，在这里暂将这部分略过。

在"战场四季"之后，我特意设计了一个木兰负伤晕倒后的"梦幻"场面，让木兰在梦中回归女儿本色，吐露被压抑在内心深处十年、想讲却又讲不出口的话。对和平生活的期待、对美好爱情的渴望、英雄肝胆、女儿情怀，都在梦幻中淋漓尽致地挥洒！大段歌剧式的情感咏叹展示出一位巾帼英雄真实感人的心路历程。

对北朝乐府《木兰诗》思想内涵深入开掘的过程，使我深深体味到千百年来中国老百姓对战争的憎恶、对和平安定生活的渴盼。诗中花了大量笔墨描写"木兰当户织"的恬美生活和"旦辞爷娘去"的恋恋不舍；描写"万里赴戎机"的艰辛和木兰战后还乡"爷娘闻女来"的喜悦之情；更以精彩的笔触细腻地描写木兰"开我东阁门，坐我西阁床，脱我战时袍，着我旧时裳，当窗理云鬓，对镜贴花黄"时的女儿情怀，却唯独把对战争残酷的描述压缩到寥寥几个字，爱憎何等分明！我理解，这就是中国平民百姓的战争观，对和平的渴望与赞美才是天下黎民百姓真实美好的心声。于是，我把《木兰》的终曲合唱定名为"和平颂"，以充满崇敬的、类似马太福音般的圣咏式语言呼唤和平、呼唤正义、呼唤良知，诉说着人类共同的心愿：

热爱太阳的人必将获得温暖／因为光明的火种早已埋藏在他的心间／热爱月亮的人必将获得安宁／因为蓝色的月光抚慰着他的梦幻／热爱他人的人必将获得幸福／因为别人的爱也环绕在他的身边／热爱和平的人必将赢得胜利／因为正义之剑定会把战争的魔爪斩断／啊／和平之神光辉灿烂／把幸福和安宁洒向人间／让世界变成爱的天堂／让所有的人心儿相连／没有战火／没有硝烟／没有暴力／没有凶残／没有流血／没有死亡／没有贫困／没有饥寒／让和平的阳光温暖每一个生命／让正义的呼唤在天地之间激荡飞旋

就让这段《和平颂》作为这篇创作札记的结语吧。以上所述只是我的一己之得、一孔之见，谨以此文就教于词界的朋友。

2005 年 4 月写于北京

《幸福空间》随想曲

——诗意"空间"的意识流

5月初,接到青年歌唱家王圆圆的电话,邀我为她参与文艺辅导的企业写歌。出于多年的友谊和彼此的信任,我没有详问细节便爽快地接受了邀请。

几天之后,当要和企业有关领导见面的时候,我才知道要为之写歌的企业竟是大名鼎鼎的中国建筑集团(以下简称"中建")。顿时,我感到肩头压上了一副千斤重担!要通过一首歌曲为中建这样一个知识精英荟萃、屡建奇迹、曾创下深圳速度、名扬海内外的世界500强企业写歌谈何容易!这是一件难度极高且极难准确把握其精髓的事。接下这个任务无异于面对一篇要求严酷的"命题作文",而且这篇"作文"还必须要经得起千百位精英考官一遍遍反复的审视、诵读和吟唱!此刻的心情唯有"忐忑"二字可以表达。然而人生重诺,君子守德。既然无法后退,唯有静下心来认真思考、谨慎前行了。

人常说:"音乐是流动的建筑,建筑是凝固的音乐。"我想,用音乐来表现实施建筑的人,也应该是有着多方面的可能性。而能否准确地选取一个艺术形象,以灵动、巧妙的构思来表现中建的企业精神、展示中建人的内心世界,则成为作品能否成功的关键。感谢中建陈莹女士的大力支持,她及时给我送来了大量有关中建的文字资料和一大批极具视觉冲击力的图片,给予我莫大的帮助和启迪。那几天,我把自己关在书房里,终日流连在一行行令人血脉偾张的文字和中建人用智慧和汗水在天地间筑起的一座座丰碑之间。大量鲜活的讯息使我逐渐清晰地了解了中建的企业精神之所在，大大缩短了我深入中建人内心世界的路程，使我得以一步步延展开创作的思路。

深夜，咀嚼和反刍着白天看过的资料和图片，回想起在世贸三期87层如同从云端俯瞰般遥望北京城夜色的情景，我不知不觉在电脑键盘上敲击出"建筑"和"空间"两个词语。凝视屏幕上这两个略显坚硬而富于哲思的词语，我陷入了对于空间的联想。飞扬的、理性与感性的意识交织在一起，在广袤的空间中无序流淌……我想，从远古到现代，人类一直都在以各种手段和方法寻求、营造着生存的空间，并在对空间不断追寻的过程中，书写着人类的发展史和文明史。从洞穴、地窝子、窑洞、茅舍、木屋、瓦房直到现代城市耸入云端的摩天大楼，一次次空间方式的改变，记录着社会的进步、文明的发展。科学家们用相对论和多维概念探索、拓展已知和未知的空间，诗人们用浪漫的想象描画、赞美艺术的空间，帝王们用修建宫殿和陵墓占有今生与来世的空间，而世世代代的黎民百姓们，则一直在渴盼着能够拥有一片属于自己维持生存的空间。这是一片让人们维系生命尊严的空间，是一片让心灵能够得以安歇的空间。拥有一片属于自己的空间，就等于拥有了一份幸福。于是，我在电脑屏幕上"空间"两个字的前面加上了一个"幸福"的前缀词。望着屏幕上这个由心灵深处意识流组合而成的词组，突然，一阵狂喜涌上心头！我想，也许真的是福至心灵，让我从纷纭的思绪中找到了这个以建筑、营造幸福空间为己任的企业——中建企业精神最本质的髓核。从这里起步，我将会步步深入地贴近中建人的心灵，而不致偏离作品的主题。

随着"幸福空间"开启的这道光亮，我的脑海中瞬间浮现出古今中外无数圣贤哲人关于"空间"的名言，而其中最具人民性的当数诗圣杜甫"安得广厦千万间，大庇天下寒士俱欢颜"的诗句。我想，这也正是中建人的灵魂、精神和追求之所在，中建正是在以"建筑万千广厦"为己任的追求中，三十年如一日坚忍不拔地壮大、发展着。

不知不觉间，我已经在用中建人的眼睛来看世界，用中建人的情感来讲述这个关于自己、企业和"空间"的故事：

> 给你一个幸福空间／它在绿荫下／它在白云端／给你一个幸福空间／它在你身旁／它在天涯远／热血男儿／脚手架上栉风沐雨／长桥霓虹／辉映万家灯火灿烂……给你一个幸福空间／它在青山下／它在大海边／给你一个幸福空间／它在春风里／它在人心田／铺开蓝图／放眼五洲描画未来／挥洒汗水／敢把人间奇迹创建

是啊，30年来，中建已经给予社会太多的精彩，太多的奉献！中建人营造的一个个幸福空间远在天涯、近在身边，如春风拂面，沁人心脾。中建人坚韧顽强、胸怀博大、睿智创新的身影也深印在社会各界人们的心间。

推窗远眺，夜色阑珊，遥望万家灯火，闪烁的光影中，我似乎看见中建遍及五洲四海的标志性建筑：上海环球金融中心、深圳国贸中心、酒泉卫星发射基地、广州白云机场、鸟巢、水立方，还有大亚湾核电站、伊拉克新辛迪亚大坝、美国亚历山大汉密尔顿大桥、香港迪斯尼乐园、迪拜棕榈岛……它们如一座座丰碑，矗立在世界各地。

我的思绪跳出单纯的建筑空间，向理性和精神的空间继续延伸：从中建与外部客户之间长年恪守承诺、诚信互惠、共谋发展的愿景中，从中建内部各个领域、各个部门、各个层面、上下左右、方方面面人际关系的和睦相处中，我强烈地感受到中建人所营造的空间早已远远超越了建筑、工程、商业等物质层面。它已经拓展成一种多维的、和谐的、创新的、共赢的精神财富，发展成一种先进的企业文化。而这种文化的力量，这种多维的、宽容的空间，才是中建能不断发展壮大、源源不竭的动力之所在。

为此，我以复沓的格式写下了歌曲的副歌：

一个承诺重于泰山 / 相约携手跨越百年 / 中国建筑铸造辉煌 / 丰碑矗立天地之间

诚然，面对中建人在世界各地所创建的一座座丰碑，任何赞美的语言都会显得黯然失色。一首歌曲即使再用心凝练，它的容量也太过渺小！尽管如此，我仍愿作为一个歌者，怀着真诚与祝福把《幸福空间》的歌声献给光荣的中建，献给可敬的中建人！

2020 年秋写于北京

古弦筝筝　瀚墨情浓

——漫话电视音乐艺术片《古弦瀚墨情》

当代的中国正处在一个重大变革的历史时期，开放的思维模式使得全社会的政治、经济生活充满了活力。与此同时，社会也在呼唤着无愧于时代的文学艺术精品的出现。当前，作为现代传播媒介的电视荧屏，可谓是纵观古今、横览中外。迪斯科、摇滚、通俗歌曲、相声、小品、影星、歌星，铺天盖地而来，令人目不暇接。虽然其中不乏新人佳作，但静静反思一下，就会感到其间具有我们民族传统的审美意趣和深厚内涵的作品是太少、太少了！

世界上一切伟大的文学艺术作品，都是根植于自己民族传统的土壤之中的。"温故而知新"，历史上，人类文化每向前发展一步，都是伴随着向后一步的探寻。正如14世纪至16世纪文艺复兴之追摹希腊，20世纪现代艺术之崇尚原始艺术的野性与浑朴一样，中国当代艺术的发展，自然也离不开对我们民族文化中优秀传统深层意蕴的认识与借鉴。

前不久，看到中央电视台播出的，由王宪生、李东鸽策划执导的专题艺术片《古弦瀚墨情》，使我感到分外的欣喜。该片的编导者，以七首筝曲作为骨架，将古典诗词、名家书法与绘画作品穿插其间，充分运用电视手段，把视觉与听觉艺术巧妙地统一在同一个浓缩的空间之中，营造出意境深邃、格调高雅、清新隽永的艺术氛围。片中那充满中国文化气息的蕴涵，那融情造境、精雕细刻的情景设计和摄像镜头细致、巧妙的调度安排，与琴、诗、书、画的弦韵墨趣之间所流荡着的气韵，浑然升华成一种东方式的美感，使人沉浸其间，感受着中华民族古老文明的广博与深厚。

众所周知，我国传统的文学艺术在几千年的传承、发展、演变中形成了彼此相通的审美观念和内在统一的个性。它们追求作品的意境、气韵，讲究作品的风骨和神形，注重表现形式上的含蓄、委婉、和谐与简约。无论是音乐，还是文学、美术、舞蹈，各种体裁与流派的艺术概莫能外。

我想，《古弦瀚墨情》一片的编导正是基于这样一种对于中国文化深层蕴涵的认识和思考，才选择了把琴、诗、书、画四种门类的艺术编织在一起来共塑境界、抒发情怀的。在这里，我们不妨稍稍回顾一下上述四种艺术同一性的美学特征。

中国的书法与绘画是点与线的艺术。书法中，篆书、隶书、楷书铁画银钩、力能扛鼎的力感；行书、草书如公孙大娘舞剑器一般挥洒自如、变幻无穷的飘逸感，充分展示出中国人心中对于线的理解与诠释。中国的绘画则以笔、墨和纸所创造出来的，用以表现质感、运动感和空间感的多种线条形式，和皴、擦、点、染等多种技法表述着线的奇妙和魅力。

中国传统音乐的思维方式也是线状的，它重视感情的表现与中和，以抑扬顿挫的线状旋律作为主体，在音响的世界里奏鸣着人们心中性灵与情感的波澜。

中国的诗歌与音乐和绘画在审美方面同一性的特征可以说俯拾皆是。所谓诗歌者，歌吟之诗也。"妇孺皆吟白（居易）诗""有井水处皆歌柳（永）词"的记载正说明了诗与歌密不可分的程度。至于"诗中有画，画中有诗"的理论，则更是被历代文艺家们视为世代恪守的信条。

因此，上述四种艺术形式的结合，有着必然的同一性。这也正是《古弦瀚墨情》一片之所以能够成功的契合点。

《古弦瀚墨情》的编导追求艺术的精美与和谐。作为一个观众，我透过荧屏感到了他们严肃认真、精益求精的创作态度。从片中每首筝曲题材的选取，每幅字画的风格意趣，以至每个镜头的运用，每个道具的设置，我都感受到他们良苦的用心。一曲高洁典雅的《梅花三弄》配以书画大家尹瘦石的书法，宗其香的墨梅，赵豫的瓶梅，王成喜的红梅，在古筝、二胡与箫的奏鸣声中铺展开动人的意境……古人尝谓："梅为花之最清，琴为声之最清，以最清之声写最清之物，宜其有凌霜傲雪之韵也。"梅的品格、梅的节操，在铮铮淙淙的琴声中流淌，在墨气淋漓的宣纸上飘香。

　　《古弦瀚墨情》一片镜头的运用精巧、流畅，随着镜头的变换，使人感到仿佛走进了中国文化艺术五彩斑斓的世界。置身屏幕之前，好像一位友人对你铺展开一幅幅精美的画卷。秦岭云的"高山流水图"气度超凡脱俗，画中云气氤氲，山色空蒙，飞瀑流泉，集山水秀色；沈鹏草书的李白诗《望庐山瀑布》则如云飞霞落，舒卷纵横，酣畅奔放，汇天地豪情。诗情、画意、墨趣伴着古筝如行云流水般的五声音阶琶音，把"巍巍乎，若泰山；洋洋乎，若江海"高山流水的意境抒发到了极致。

　　广东岭南派筝曲《出水莲》，洋溢着南国音乐特有的情调，流荡在"荷塘红莲图"与周敦颐的《爱莲说》"出淤泥而不染，濯清涟而不妖"的理想境界里。音乐幽雅淡远的格调与红莲图中大片虚白的运用相映成趣，体现着我国传统艺术追求虚静，"虚实相生""抟虚成实"的空灵意境。

　　特别值得令人称道的是该片的美术设计。七首乐曲分别采用了七个不同的场景，一曲一景，构思巧妙，各具特色。《昭君出塞》的舞台背景帷幔低垂，参差错落，视角多变，于淡雅中透出古朴。环绕于演奏家身后的是一组汉代风格的石雕人像，拙朴、粗犷，具有很强的装饰性。

昭君颦眉远眺、于驼峰上怀抱琵琶，以及昭君与呼韩邪单于形影相伴的画作适时穿插其间，恰如其分地烘托出乐曲的时代背景和人物所处环境的艺术氛围。《苏武牧羊》一曲的衬景则采用漆雕草书条幅李陵《答苏武书》作为背景，精工细做的漆制条屏充满了浓郁的文化气息，屏上书法洋洋洒洒、遒劲有力，辅以文中李陵为苏武鸣不平、掷地有声的铿锵语句，一腔愤懑之情顿时溢于言表。背景的漆雕书法，以及画外音的朗诵，与乐曲悲慨、沉雄的意境相得益彰，感人至深。

　　《古弦瀚墨情》一片的编导者不仅努力从中国古老的文学艺术中寻求美的真谛，而且非常注重对现代表现技法和美学意蕴的追求。撼人心魄的双筝协奏曲《沧海赋》使我们看到了根植于中国民族文化土壤中所衍生出来的文艺作品巨大的艺术魅力和常见常新的无限生命力。作曲家刘文金所创作的这首乐曲，以超凡的气度、绚丽的色彩，表现了大海博大的胸怀和它令人无法抗拒的力量，充满了动感和美的韵律。双筝独奏部分大量不谐和增减和弦琶音的运用与乐队协奏交相辉映，造成一种神秘的音响色彩，令人产生无尽的联想，用古老的秦筝奏出富有现代音乐色彩的乐思，并用以表现中国人对自然和宇宙的认识。这是历史与未来的交融，是新与旧的撞击，是在历史交汇点上产生的顿悟。著名国画大师何海霞先生根据该曲的意境欣然作画，以深湛的艺术功力描绘了大海气象万千的壮阔景象；穆青先生亦为曲名挥毫题字。此外，文艺界前辈姚雪垠、程十发、周思聪等也都欣然命笔为该片题词作画。由此足可见这些前辈艺术家对此片所寄予的厚爱。

　　《古弦瀚墨情》一片的剪接和镜头的切换也是非常细致精巧的。该片采用的是先期录音，后期录像合成的制作方法。这对于一部专门表现器乐演奏的音乐专题片来讲无疑具有相当大的难度。但从剪辑后的片子来看，音乐的进行与乐队演奏的图像切换准确，乐器形象的选择与音乐总体构思吻合，画面的切入与音乐情绪分寸的把握恰如其分，编导者的艺术功力由此可见一斑。

尤其值得一提的是青年古筝演奏家李莹出色的演奏，她的技巧纯熟，对乐曲内在的蕴涵有自己独到的理解。七首不同风格、流派的筝曲被她表现得玲珑剔透、情浓意酣，具有颇为强烈的感染力。

我欣赏《古弦瀚墨情》编导者们的胸怀、才气和胆识，愿我们的艺术家中间多些有识之士，创造出更多的艺术精品。愿中华传统文化艺术之树常青！

《木兰》走向世界的脚步

——关于中国歌剧《木兰》的联想

歌剧艺术起源于16世纪巴洛克时期意大利的佛罗伦萨，此后逐渐发展到欧洲各国。在奥地利音乐艺术的历史上也曾产生过诸如海顿、莫扎特、舒伯特、约翰·施特劳斯以及虽出生在德国但长期生活在这里的贝多芬等著名作曲家。这些伟大的作曲家在这片土地上留下了许多让全人类为之骄傲的艺术珍品，其中包括许多著名的歌剧。这些人类艺术宝库中的瑰宝闪烁着绮丽的光彩，令人向往。

经历了几个世纪的时光，歌剧艺术的影响逐渐波及全世界。近一个世纪以来，在欧洲歌剧舞台上也出现了来自中国的黑头发、黄皮肤的艺术家。为了学习歌剧艺术，他们漂洋过海、孜孜以求，付出了大量的智慧与辛劳。特别是近几十年，有越来越多年轻的中国艺术家登上了欧洲歌剧艺术的殿堂。他们被黄河、长江的流水滋润的美妙歌喉，他们勤奋、刻苦的学习态度，他们对西方歌剧艺术出色的理解与诠释，都得到了歌剧发祥地的艺术家和广大观众的认可与尊重，他们还一次次获得国际比赛的金奖。

今天，在曾经成功演出过《费加罗的婚礼》《唐璜》《后宫诱逃》和《魔笛》等著名歌剧的维也纳国家歌剧院，来自东方的中国歌剧《木兰》即将在这里隆重上演。这是东西方音乐文化相互融合、相互交汇的一个美妙时刻。

中国歌剧艺术的起步虽晚，但有着千年历史的中国戏曲的优良传统却给了它以丰厚的滋养。在中国，戏剧艺术的完整形态早在宋、元时期就已颇具规模，勾栏瓦肆中表演的杂剧距今已有八九百年的历史。直至今天，中国各地依然有300多个品种的各类戏曲在人民群众中间广泛流传、演出着，依然具有鲜活的生命力。中国传统的戏曲讲究"唱、念、做、打"结合，具有"生、旦、净、丑"等多个行当典型化的人物。他们以高度凝练的、程式化的表演方式在虚拟的空间中完成故事的演绎。欧洲的歌剧与中国的戏曲虽然在艺术审美、表演形式等方面存在着巨大的差异，但从整体来看，作为综合性表演艺术，它们却又有着许多相似或相近的地方。欧洲歌剧交响化的艺术思维与演唱者唯美的声音追求等许多优长之处令许多中国艺术家为之沉醉。于是，在继承中国戏曲艺术优良传统的同时，一代代中国艺术家们在向欧洲歌剧艺术学习的道路上锲而不舍、脚步坚实地进行着创建具有中国特色新歌剧艺术的卓有成效的实践。经历了近百年的求索和努力，中国的歌剧艺术已经初具规模，并拥有了一些令观众喜爱的剧目。2008年，中国歌剧《木兰》在素有"世界歌剧中心"之称的维也纳国家歌剧院演出。这是这部歌剧继2005年在美国纽约林肯艺术中心成功上演，并获得广泛赞誉之后在国际舞台上的又一次展示。

歌剧《木兰》取材于中国1500多年前北朝乐府中的《木兰诗》。它讲述了年轻美丽的姑娘木兰女扮男装替父从军，在疆场苦战十年的动人故事，充满了传奇色彩。中国歌剧《木兰》以独特的视角、哲理化的思维、创新的意识，为这个古老的故事注入了新的内涵。作品在不悖离"木兰从军"的故事传统叙事方法的同时，从人性的角度入手，合理而深入地开掘木兰作为一个女人、一个有着正常情爱追求的年轻姑娘的内心世界，展示出一个弱势女子乔装打扮、生活在血与火的战争和男人世界中的无奈与艰辛。战争扭曲了她生命正常的形态，扭曲了她女性的心灵。她的人生诉求无法实现，她的内心痛楚无处倾诉！只有在深夜无人时刻或在睡梦中，她才能对着月亮吐露自己内心深处对美好爱情的渴望，诉说在铁血征战的逆境中对故乡与亲人的思念。歌剧《木兰》真实而形象地表达了中国人民自古以来厌恶战争、渴望和平与幸福生活的心声，成为一部具有厚重历史感，闪烁着理性光辉、呼唤人性与和平的作品。今天，我们把这部来自东方的中国歌剧献给曾经孕育了欧洲歌剧辉煌的维也纳国家歌剧院，把我们的歌声、我们的情感留存在这座歌剧艺术的圣殿之中，并希望通过这部作品的演出架起东西方歌剧艺术交流的桥梁。

歌剧《木兰》于2004年11月在北京保利国际剧院首演，获得了巨大的成功。传媒界对其广为赞誉，称这部作品极具震撼力和感染力，是一部创作理念和艺术呈现方式都具有革命性改变的新颖的舞台艺术作品，具有引人入胜、扣人心弦、发人深省的情节设置，大气磅礴、激情洋溢、深情动人的音乐和新鲜而又新奇、幻美而又震撼的舞台呈现样式。该作品在观众中产生了极为强烈的反响，演出过程中响起几十次的掌声、欢呼声，在颇具艺术感染力的谢幕仪式后，全场观众仍迟迟不肯离去……

歌剧《木兰》采用戏剧与交响乐队同处一个诗意空间的舞台表现形式，对歌剧舞台艺术的表演形式进行了一次有益的探索和创新，为观众展现了一种崭新的艺术表演与审美方式，随意赋形、不拘一格，使歌剧艺术在"听觉""视觉"上给人以双重美的感受。

民族音乐沃土上的耕耘者

——作曲家王志信其人

在甘南的拉卜楞寺，我曾见过那些磕长头的朝觐者。他们抱着对神明许下的心愿，从千里万里之外，一步一个头，一直磕到自己心中的圣地。那份虔诚、那份由衷的信念，使所有目睹的人都不禁怦然为之心动。我想，以此来譬喻作曲家王志信对于音乐的执着，恐怕并不过分。志信对音乐有着一种近乎宗教式的虔诚，在这个音响与灵魂交融的天地里，他苦苦地求索着，寻觅着自己人生和艺术的坐标。只要有了音乐他就快乐，只要有了音乐他就可以抛掉一切烦恼，进入忘我的创作境界。

志信是我的挚友，又是与我多年合作的伙伴。我欣赏他豁达乐观、幽默开朗的性格，喜欢他无论何时何地都能自我排遣、直面人生的生活态度。即使在逆境中，他也没有失去过幽默乐天的秉性。人常说"幽默是一种机智的表现"，志信亦时常以他的幽默来化解生活中的许多僵局，似乎世上从来没有让他感到为难和尴尬的事情。什么地方只要有了他，就会多一份热闹、多一份欢乐，所以大家都喜欢他。但我最欣赏他的，还是他那份勃勃才气，他那由衷发自内心、清新流畅、充满生命力的旋律，以及他在艺术上不断进取、刻苦钻研、坚韧不拔的劲头。

志信为人敦厚笃诚。他生得手小、脚小，不耐行旅之劳。在他看来，过一条窄窄的水沟便像是飞越天堑，过一座独木小桥亦像是登在了万丈深渊之上，战战兢兢，步步如履薄冰。每逢登山行路，对他来讲即是一件苦不堪言的痛事。然而，一当伫立水滨河畔，他则会顿时变得喜气洋洋，灵性大发，满口的俏皮话让人听了笑破肚皮。此时的他，写起作品也是才思敏捷，得心应手，下笔如有神。所以，他不喜山而偏爱水。古人尝谓"仁者乐山，智者乐水"，若依此说来，志信似应属于智者之列。生活中的王志信也确实如此，他以智者的敏感，选定了自己生活和事业的领域——在中国民族音乐广阔的大海里扬起一叶属于自己的风帆。

了解志信的人都知道，他是个民歌篓子，若和他谈起我国北方地区的民歌，他就会滔滔不绝、如数家珍般地向你唱个不停。人们羡慕他超乎常人的音乐记忆力，惊异他对民族音乐语言熟悉的程度，佩服他在创作过程中对民间音乐最细微传神之处的运用和把握。可有谁知道，他为此曾付出了多少辛劳？从艺30多年以来，为了采集原汁原味的民歌和民间音乐，他几乎走遍了全国的乡村、山野。在冀东农家的土炕上，他曾与民间的老艺人同寝共枕，度过了无数个难忘的日日夜夜；在江淮大地阴雨绵绵的乡间泥路上，他曾自己背着行囊，一步一滑地走了十几个小时，住在与鼠群为伍的祠堂里，度过了令人胆战心惊的难眠之夜；在东海渔港的船舱里、甲板上，他曾强忍着晕船的痛苦，记录渔民们的起篷号子；在草原牧民的帐篷里，他曾偎着牧羊犬驱走冬夜的寒冷，聆听老阿肯弹唱的歌谣……记得有一次，我们一起到北疆哈萨克牧区去采风，正当走得又饥又渴的时候，遇到了一位牧民。主人盛情地端来了马奶酒，一向不喝酒的志信也许是太渴了，三碗马奶酒下肚，不一会儿就红头涨脸地晕倒在地上不知所以了。主人是一位能弹一手好冬不拉的歌手，见来了远方的客人，即兴唱起了一首又一首的哈萨克民歌。我想，这一回志信可是损失太大了，错过了这样一个采风的好机会。可谁也没想到，第二天一大早，他却给我唱了一首新写的歌，歌中最精彩的部分恰恰就是那位牧民歌手在他酒醉时唱的那些牧歌中最让人情牵魂绕的地方。令我惊异的是，他竟然把那位牧民歌手唱每首歌之前叙述性引子的节奏，融汇、变化成了一段动人的旋律。那韵味、那情致，让人久久不能忘怀。直至今天听到这支歌，我仍会回想起在草原毡房中度过的那段美好的时光。事后，我曾问他："那天你不是醉得不省人事吗？怎么会记得那位牧民歌手所唱的歌？"他说："当时我确实醉得很厉害，后来发生了些什么事我都不知道了。心里也翻江倒海似的，难受得直想吐。我只是听见有音乐在响，整个人像是随着音乐的旋律飘了起来，朦胧中，我又仿佛走进了一个音乐厅，听管弦乐队在为一位歌手伴奏，我甚至还觉得像是有一段什么乐器的复调在与那歌声呼应，歌声里刮着风，飘荡着草原上野花和青草的气息……第二天早上，天还不亮，我醒了。望着毡房顶上圆圆的天窗里闪烁的星星，心里依然涌动着那段梦一样的旋律，黑暗里，我拿出笔，在手掌心里写下了这段音乐……"从此，我对这位伙伴就更加刮目相看了！他对音乐的那份敏感，那份执着，确实非同寻常。即使在他酒醉的时候，什么都不知道、什么都忘却了，但音乐依然能唤起他内心潜在的知觉，燃烧起他灵感的火花。佛家讲"觉悟"，积"觉"而后方可为"悟"。志信在音乐方面的悟性，正是他多年来勤奋、耕耘、积累的结果，是他在长期实践中一点一滴地从我国民间音乐的文化沃土里汲取营养、充实自己的结果。用他的话来讲就是："创作好比煮菜烧肉，没有好的佐料煨进去，哪里会有好的味道。"

志信的音乐启蒙教育是在母亲的怀抱中听京剧。刚刚会说话的他，就已经会咿咿呀呀地唱上几句"我正在城楼观山景，耳听得城外乱纷纷"了。父母惊异他的聪慧，但他们万万没有想到，他们抱着自己的儿子所听的那些戏文，竟然在他幼小的心灵中播下了音乐的种子，成了他一生将要从事的音乐艺术的启蒙。

小学三年级，他用省下的早点钱买了一支竹笛，没过几天，课间的教室里就响起了《歌唱二郎山》的笛声，从此，音乐成了他最喜爱的课余活动。有一天他早起上学，路过一家商店，收音机中忽然传来一段异常动听的音乐，他被那段音乐深深地打动，呆呆地站在商店门前听得入了迷，整个人好像被施了魔法一样沉溺在音乐声中，并在不知不觉间悄悄流下了眼泪。他忘记了一切，忘记了自己正在去上学的路上……等音乐悄然结束之后，他才听到学校的上课钟声已在远方响起，他急忙向学校跑去，当跑进教室时才想起今天是期中算术考试的日子，而他由于迟到而差点被取消考试资格。

多年以后，他才知道，那支害得他差一点不及格的乐曲，原来就是俄国作曲家柴可夫斯基的第六交响乐《悲怆》。每当他回忆起第一次听《悲怆》时的情景，仍然忘不了自己当时那种心灵的震颤和心醉神迷的情景。甚至连他自己都奇怪，为什么当时自己会有那么丰富的想象。从那时起，他开始感受到音乐的力量，并且幻想着有朝一日自己也能写出那样的震撼人心的乐曲。这一次偶然的契机，竟成了他后来决心投身音乐事业最早的一次冲动，那时的王志信还只不过是个八九岁的少年。

进入中学以后，不知从什么时候开始，他拥有了一副男中音的歌喉。在一次音乐课上，老师教唱苏联歌曲《莫斯科郊外的晚上》的时候，在一群叽叽喳喳的女孩子尖锐的歌声中，发现了这个嗓音好、乐感好，唱起歌来又十分投入的男孩子，于是决定让他在全校的联欢晚会上唱这支歌，并且担任校合唱团的领唱。此后，他越来越迷恋音乐，用所有省下的零用钱买音乐书籍和乐谱。上高中时，业余时间除了参加少年广播合唱团、中学生合唱团之外，还在学校自己组织合唱团，并担任指挥，立志将来为音乐事业奋斗。

1958 年，志信终于实现了他的理想，考入了中央歌舞团，开始编织他玫瑰色的艺术之梦。在歌舞团，他学习声乐、钢琴、视唱练耳、和声，以及我国各地的民歌等音乐课程。幸运的是，他得到了前辈音乐家李焕之先生的亲自教诲，使他打下了坚实的音乐理论知识基础，并大大地拓展了他的艺术视野。在众多的青年演员中，焕之先生似乎格外垂青于这个勤奋好学、聪颖机灵的学生。每一次志信把他的作品交给焕之先生批改，也都能得到这位音乐家认真而细致的帮助，从中得到教益。所以，每当回忆起在焕之先生身边学习的时光，志信都会动情地说，正是由于李焕之先生循循善诱的教导，才使得他走上了民族音乐创作的艺术之路。

生活对于志信这一代人总是那么严酷而苛刻，痛苦的时候似乎总是比欢乐的日子要多得多。一场史无前例的"文革"无情地摧毁了他的艺术梦，夺走了他宝贵的十年光阴。

当志信终于能够拿起笔来想认真地写一点东西的时候，他才蓦然感到自己已经不再年轻。临近不惑之年的他，发现本应在而立之年做的事情，却仍然还没有完成。经历了多年的生活磨难和艺术实践之后，志信深切地感到在自己的创作中缺乏系统的理性脉络，他渴望着能有一个再次深造与学习的机会。1983 年，机会终于来了，志信进入了中央音乐学院的干部进修班，幸运地被分在杜鸣心教授的班上学习。在学习的过程中，他如饥似渴地吸吮着一切有益于自己的知识，用理性的智齿咀嚼着感性世界中的体味，把多年实践中的积累放进理论的思索中反刍。这是一次性灵与理念的反刍，是一次把草转化为奶的质的飞跃。随着思想和艺术上的不断进取，志信的创作在 20 世纪 80 年代中期以后进入了一个旺盛的青春期。他的一部部作品相继问世：声乐组曲《金色的田野》《哈萨克组曲》《燕岭音诗》《南戴河抒情》，民族合唱《闹花灯》《春天里的呼唤》《喜上眉梢》《幸福的日子扎下根》，叙事套曲《木兰》，五乐章民族交响合唱《启明星》，古筝协奏曲《昭君出塞》，民族管弦乐曲《思想起》，以及一大批独唱歌曲和电视音乐艺术片的音乐创作……志信所写的这些音乐作品或质朴清纯、隽永秀丽，或风格浓郁、乡土韵味十足，或浑厚沉雄、蕴涵深邃，充满了蓬勃的生命力，依然迸发着青春光彩。

近些年的中国歌坛，纷纭繁复，像个五光十色的万花筒。志信清醒地意识到这个处于动荡、变更中的现实，及时地调整了自己的方位。他执着于民族音乐创作的初衷丝毫也没有改变。他积蓄着、思考着，把自己的全部热情和心血都扑在了他的创作活动上。正当民族声乐作品处于寂寥冷落、很少有人问津的时候，忽然间，在"五洲杯"全国青年歌手电视大奖赛的曲目中冒出了个改编后的《兰花花》，原本一首短小的歌谣体民歌，硬是被他发展、改编成为一曲颇具戏剧性冲突的艺术歌曲。一个敢爱、敢恨、有血有肉、活生生的兰花花，随着起伏跌宕、大喜大悲的歌声，以崭新的面貌重现在民族声乐的舞台上。纯朴、悠长的信天游旋律与夸张、律动的现代节奏巧妙地融合在一起，生动地展示出兰花花对自由与幸福的渴望；摇板式的紧打慢唱的抒情唱段，如泣如诉，柔肠百转，诉说着兰花花内心世界的焦虑，迸发出她与封建旧礼教决裂时勇敢的呼喊。当信天游旋律在一个全新的调性上重新出现的时候，兰花花丰满感人的艺术形象已经随着音乐的延伸升华到一个理想的境界。作者对民间音乐熟悉的程度，对民歌音乐语言深层内涵的理解，使听者无不由衷地发出赞叹。可以说，《兰花花》的创作改编，为当前民族声乐作品的创作打开了一条新的思路，进行了一次成功的尝试。

时隔不久，在武汉举行的一次全国性重大声乐比赛中，又有一曲新编民歌《孟姜女》脱颖而出，引人瞩目。志信在原民歌音乐的基础上，大胆突破四句头式的旋法，以抒情主人公感情的发展作为音乐发展的脉络，对歌曲进行了重新的结构与布局，把悲凉的向往、无奈的思念、凄楚的哭诉与悲愤的呼号等多重感情波澜交织在一起，一改原民歌温柔敦厚、缠绵悱恻的情调，重新塑造出了一个情真意浓、抢地呼天、哭倒长城八百里的孟姜女的音乐形象。歌曲中流淌着的江南民歌动人情愫与戏曲板腔体节奏融合在一起，大大地拓展了作品的内在容量。发展以后的旋律与原曲调不似而又似之，充盈着浓郁悲剧色彩。充分声乐化了的音区布局为歌唱家提供了发挥演唱技巧的余地，更是得到了众多歌唱家的一致赞赏。人们纷纷打探作者的姓名，多方索取这首作品。于是，原本在民族声乐界就已经颇有些名气的王志信，通过《兰花花》与《孟姜女》的创作，更加令人信服地展示了他深厚的民族音乐功底。

志信写出的音乐总是那么清新、流畅，那么隽永、秀丽，充盈着浓郁的民族风格和民间音乐的韵致。近年来，他创作的独唱歌曲《七律·送瘟神》《槐花海》《送给妈妈的茉莉花》，以及《田野铺开了青纱帐》《兰花花》《孟姜女》等，都可以称之为民族声乐作品中的上乘之作。这些作品体现着他对民族声乐艺术审美意识的追求、对民族音乐由衷的挚爱，体现着他成熟的艺术技巧和艺术风格。

也许，命运注定他要在寂寞中生存，在困境中开创自己的人生之路。多年来，他以一个艺术家的执着，默默地耕耘着、播种着。不知是心灵的知觉在驱使，还是感悟到行业的呼唤，他在本来就不那么景气的合唱艺术中，偏偏选择了民族合唱这个冷僻的角落，并把它当作自己艺术生存的空间和毕生事业之所在。

众所周知，我国汉族地区本没有多声部合唱的传统。合唱这种艺术形式从西方传入我国之后，经历了半个多世纪时光的艰难跋涉，才终于被我国广大人民群众接受。但创作具有我国民族风格的合唱，特别是民歌合唱，仍然是一个难度很大的课题。其间，民族发声方法个性与共性的统一，群体演唱中色彩性运腔的应用，民族音乐风格的把握，合唱中民族调式和声的运用，以及民族合唱审美体系的理论建设等诸多课题都需从头开始做起。早在20世纪50年代，前辈艺术家李焕之、唐荣枚等即在中央歌舞团创建了我国第一支民族风格的合唱队，进行了大胆的探索与尝试。作为该队的成员之一，志信深深了解创业的艰辛和前辈艺术家弘扬民族合唱艺术的心愿。经过30多年的实践和积累，如今，作为中央民族乐团合唱队艺术指导兼指挥的王志信，已经接过前辈艺术家的接力棒，在这条他认定的道路上义无反顾地走了下去。他深知，创作是实现自己艺术理想最根本的环节，于是，在一次次总结经验的基础上，写出了大量的民族合唱作品。由于他深厚的民族音乐根底，他的一些作品往往被人们当成民歌去使用，如他所写的电视音乐《中国风》中的某些章节，创作的部分与传统民歌浑然一体，简直令人真假难辨，一点没有斧凿的痕迹。而他所写的合唱曲《喜庆丰收》，也曾在云南举行的中国艺术节上，被当作民歌用于开幕式的结束曲唱得红红火火，仿佛这歌原本就没有作者。每谈及此，他只是无奈地笑一笑，似乎是说："那作品已经属于社会，既为身外之物，也就与我无关了。"

志信的民族合唱作品题材广泛、形式多样、风格浓郁，具有强烈的艺术感染力。他努力使自己的作品不落窠臼，保持自己作品独立的艺术品格。在创作的过程中，他一次又一次地推翻已经写好的方案，否定自己，他经常这样要求自己："如果别人都能写成这样，还要我来做什么？"这似乎有些骄矜之气的话语，恰恰表现出一个艺术家求新、求真，努力开掘进取，创造自己艺术风格的信心和胆识。所以，每每听到志信新的作品，我总能从中感到属于他的那种特有气质。他就像一个行进在荒野中的独行者，朝着自己认定的目标，在前人没有走过的路上跋涉着，他身后的每一个脚印上都沾满了探求的汗水和思索的痕迹。

他创作的合唱曲《闹花灯》，是首届全国农村歌曲征集获奖作品中唯一的一首合唱作品。这首以河北皮影调音乐为基调的合唱，洋溢着浓郁的民间气息和生动、活泼的生活情趣，听来使人仿佛置身于河北农村欢腾、热烈的节日氛围之中。歌中融汇了皮影音乐的板式结构和运腔特点，完全以中国式的思维方法和审美意趣铺展开一幅民俗风情的音响画卷。为了渲染出北方农村灯节时分火爆、粗犷的场面与热烈、喜庆的气氛，在作品的开始部分他就精心选用了皮影戏中"三赶七"三三、四四、五五、六六、七七层层递加的句式节奏，造成了一浪高过一浪的音乐布局，充满了朴实、亲切的乡土气息。这一段歌词的节奏是这样的：

正月里　　闹花灯

南庄北村　　热气腾腾

锣鼓震天地　　鞭炮响连声

一盏盏红灯笼　　光闪闪喜盈盈

照见家家粮满囤　　照见乡村好光景

与之水乳交融的音乐则抑扬顿挫，引人入胜。或甩腔拖腔、婉转流畅，或对仗相应、趣味盎然，听者无不为之拍案称是。戏曲音乐蓬勃的生命力与合唱艺术起伏跌宕的强烈对比交融在一起，把民族合唱艺术的感染力表现得异常生动而感人。

志信对合唱各声部不同声音与色彩的运用更是得心应手，合唱队的音色在他手中，就好似一块画家的调色板。在《闹花灯》中，他把合唱队四个声部的音色人格化，塑造出了老人、青年、大嫂子、小姑娘等不同年龄、不同性格、不同心理状态的人物群像。既具有鲜明的音色对比和戏曲音乐的盎然情趣，又具有合唱声部群体出现时和谐、浓重的力度感。那种洋溢于歌曲中由衷的欢乐之情，那种火爆热烈的民间风情画式的绚丽色彩，都充分展现了民族合唱艺术丰富的表现力和一般传统合唱所无法替代的位置。

　　如果说《闹花灯》的写作借鉴了戏曲音乐的手法的话，那么合唱曲《喜上眉梢》则更多地融汇了东北民间吹打乐和民歌的因素。除了旋律具有原始民歌的韵味以外，志信在合唱语言民族化方面也有着自己的追求。简洁的民族调式和声完全从属于泼辣、奔放的民歌式的旋律进行，声部间音色与力度的对比，以及民间对歌式的乐句安排，使得这首合唱作品充满了浓郁的生活气息和民间色彩。伴奏乐队中吹打乐器的使用与歌词中"小唢呐嘀嘀嗒嗒，吹落了漫天雪花；长喇叭呜里哇啦，催开了窗前的梅花。喜鹊儿展翅膀，飞上了树杈杈，喜上眉梢笑声飘洒"的民歌语言风格相映成趣，在流荡的旋律之间铺展开一幅生动、活泼的民情风俗画卷。令人听来倍感亲切、自然，在质朴中透出生动，在平易中显示出作者驾驭民族音乐作品的艺术功力。

　　志信所写的合唱组曲《启明星》，是一部五乐章的歌唱李大钊同志的史诗般的赞歌。作品第五乐章"丰碑"是一部英雄的葬礼进行曲，它生动地再现了当年在白色恐怖下，北京人民为李大钊同志送葬时的感人情景。音乐悲怆、愤懑，充盈着一种不可压抑的力量和内在的动感。每听到这一乐章，在我的眼前就会浮现出德国女画家珂勒惠支的不朽名作

《哀悼李卜克内西》，使我想起画中环绕在烈士身旁垂首致哀、掩面而泣的人们，想起那个在母亲怀抱中惊痛的孩子和那只老工人抚摸烈士遗体充满柔情的手……志信选择了李大钊同志家乡戏曲中的"大悲调"作为这一乐章音乐的基调，用女声弱声悠长、悲凉的哭诉引入了"一路白花，一路黑纱，泪眼里仿佛又看见他"的歌声。歌中所表达出来的浓浓的情愫与深深的思念之情，通过缓缓行进式的律动节奏，营造出一个极为感人的艺术氛围。接着，男高音声部以提高一个小三度的模进乐句，再次唱出了"一路呼唤，一路悲歌，人心里仍然想着他"极富感情色彩的乐段。继之，混声的四声部合唱像滚滚的波涛，冲决感情的堤岸，一浪高过一浪，汹涌澎湃地回响起来，把这个乐章回旋曲的主部音乐主题发展成为一曲可以惊天地、泣鬼神的庄严、圣洁的挽歌。此后，第一插部抢地呼天式的悲慨音调和第二插部宽广辉煌、充满幻想色彩的旋律与主部音乐交相辉映，升华成为对李大钊同志"你把理想留在人间，却把丰碑埋在地下"光辉人格与崇高精神世界的辉煌颂歌。

像天上的星座一样，人间社会中的芸芸众生都在各自寻求着自己的位置，但人们的价值观却又是千差万别的。有人崇尚权力，有人崇尚金钱，志信却是一个大大咧咧只要有活干、有曲子写就高兴、就知足的乐天派。在繁忙的创作工作之余，他还担任着中央民族乐团合唱队指挥和艺术指导的工作。近年来，由他作曲、指挥的许多民歌合唱作品、民族管弦乐曲和独唱歌曲已经录制成磁带和激光唱片在国内外发行，在中国台湾和中国香港，以及新加坡和东南亚等地区广泛流传，并多次获全国性奖励。

由于志信创作的大量声乐作品的影响和他对声乐演唱技艺的谙熟，特别是他独特的解释音乐作品的能力和艺术处理手法，许多歌唱家和著名的歌手都纷纷登门向他求教，以期得到他的帮助和点拨。他的家里经常是宾朋满座，歌声不绝于耳。这些"分外"的事情虽然占去了他不少时间，但他从不嫌麻烦，只要是为了音乐，为了追求艺术的完美，他都会倾尽自己全部力量去帮助别人。在他的帮助和指导下，很多歌手取得了长足的进步，并在全国的一些重大的声乐比赛中获奖。朋友们和他开玩笑说："志信，中央电视台、中央广播电台经常有你的作品播出，全国性的许多重大评奖活动经常请你做评委，还有这么多人向你求教，人生一世，你还有什么可求呢？"对于这一切，志信却看得很淡很淡，他欣赏老子清静无为的学说，并常常谈起《易经》中"盈则亏，满则溢"的道理，以及中国道家哲学中"大音希声、大象无形"的美学原则和"有容乃大，无欲则刚"之类的为人之道。无论别人如何评价，别人对他说些什么，他都会一支笔、一张纸、一支烟，永远、永远地写下去。

　　志信就像一个辛勤的农夫，他年年岁岁、朝朝暮暮每日不停息地劳作着，在民族音乐的沃土的垄沟里耕耘着、播种着。他说："我既然属马，自然就得负重，就得前进，如果不能当一匹善于奔驰的千里马，就做一匹走马也好，我总得在自己认定的这条路上不停地往前走，因为只有前进，我才知道自己还在活着，才能够寻找到自己存在的价值。"

源头览胜　新潮逐浪

——评金湘的民族合唱组歌《诗经五首》

第二届北京合唱节期间，我欣喜地听到中央民族乐团合唱队演唱了作曲家金湘创作的民族交响合唱组歌《诗经五首》，深感这是一部无论审美观念还是创作技法都取得新进展的佳作。

《诗经》作为我国音乐文学的光辉起点和现实主义传统的源头，千百年来在我们民族的文明史上闪烁着不朽的光辉。它朴素、纯情，特别是"国风"中的一些篇章，有许多人的自然感情的流露，更像一个天然去雕饰的山野女子。金湘正是把握住《诗经》这个审美上的基点，用他的音乐为我们铺展开了一幅幅悠远、古拙的意象。

男子汉式的阳刚之气

金湘的这部《诗经五首》，以五首《诗经》中的作品为基本依据，从多种侧面摄取了我们民族和人民中间充满力量、热情与壮美的瞬间，编织成为一部具有男子汉式阳刚之气的音诗。他的音乐在深沉中有一种粗犷豪放的气质——那种经过艰难跋涉后阅世甚深的艺术家的苍劲与成熟。在近阶段听到的古典题材音乐作品中，《诗经五首》可称作是独辟蹊径，以阳刚取胜。

《诗经五首》第一段"天作"的开始部分，以乐队号角式庄严的低音进行，推动着男低音声部的持续低音，与女声高音区的大二度音程融合在一起，渲染出空旷而高远的意境，使人感到仿佛是进入了混沌初开时迷蒙的山川。人类对天的崇敬，对巍峨山川的景仰，被升华成为一种带有神秘色彩的壮美，占据着硕大的时空，在听众的精神与心理上造成一种宏大磅礴、迫人敬畏的气势。它使我们联想到"天作高山"的壮观景象，提示了人类对大自然依存的天人关系的本质，产生了巨大的艺术感染力。

《诗经五首》的第三段"采薇"，则以男中音独唱与男低音声部的齐唱，苍凉悲壮地倾诉了一群终年疲于征战的军士有家不能归的怨恨。合唱以极浓的感情色彩描绘的"昔我往矣，杨柳依依。今我来思，雨雪霏霏"的景象，使得这群男子汉的悲愤疾呼具有悲壮的阳刚之美。人常说"男儿有泪不轻弹"，这种男儿内心郁结的怨愤，有着非凡的力度。金湘的音乐中蕴含着这种内在的动力，切分音不平静的律动，把军士们的怨之深、愤之切表现得极为动人。

在《诗经五首》的第五段"良耜"中，吹管乐器与种类繁多的打击乐音响层层递进，以蓬勃的活力扩展着。合唱各个声部交错插入，此起彼伏。小勾锣脆亮的击打与男声带有原始野性的吼喊融为一体，描绘出一个热烈奔放的祭祀场面。它使人想到北方农村的社火、迎神会，充满了民间音乐生动、质朴的气息和粗犷、豪爽、泼辣的性格。

综上所述，由古代人类对天的崇拜、敬畏所展示出来的自然界的巨大力量，与由怨愤而激发出的男子汉式的悲壮情愫，以及带有民间色彩、粗犷、奔放的祭祀场面的描绘，从不同的侧面体现了一种充满阳刚之气的壮美。它正是我们民族精神中不容忽视的、最感人的部分。这样的选择与作曲家的审美观念有着密切的联系，而这种审美观念的形成，又是作曲家对于民族精神、民族文化的内涵做了深层的剖析之后的结果。

对民族精神与现代技法的求索

金湘在这部《诗经五首》里，把民族精神深层的内涵与现代人的审美意识结合在一起，大胆追求一种民族而又现代的形式美。他根据作品的内容与乐曲的实际需要，采用了多种作曲技法，其中既有欧洲传统的19世纪浪漫派手法，又有现代偶然音乐的手法、点描法以及双重调性的使用。横向旋律线条的交织，以民族调式为骨架的和声语言等，摆脱了以往僵化、单一的审美观念和千篇一律的创作技法，使民族合唱艺术跨入现代艺术的行列。

金湘对于现代作曲技法的运用颇有个性。他的粗犷、豪放的气质时时显现在他的音乐中。在"采薇"的前奏乐段里所运用的偶然音乐手法，给人留下深刻的印象：一声沉闷的大锣撞击着寒冷的空间，在埙如泣如诉的低音与竹笛尖厉的高音区音色对比中，弦乐刺耳的泛音与角螺呜咽般的长鸣，弓杆击打琴筒细碎的敲击声，伴随着密集的鼓点、编钟的击打声，消融在大锣碎金似的余韵里，渲染出一派壮阔迷蒙，然而又是躁动不安的情绪，预示了主人公悲剧色彩的命运。散板式的节奏、即兴式的演奏，用现代人的思维方式组合在一起，显示出民族乐队特有的魅力，获得了感人的艺术效果。这种对于音响力度的表现方法，我想可以称之为东方音乐的交响性。

《诗经五首》中对打击乐的使用，多处采用了点描的方法。三角铁脆亮的闪现、排鼓突发性的急奏、云锣叮咚的琶音、编钟辉煌的声响，在空间中的不同方位错落奏鸣。持续不断的低音和旋律则好像是一条流淌、游动的线，把一颗颗闪光的珠贝有机地串在一起。一种神秘之感不禁在这闪烁不定的音响的迷宫中油然而生。

第五段"良耜"是《诗经五首》的高潮,当合唱与乐队的全奏、打击乐的轰鸣以最强的力度出现之后,作曲家只留下一把二胡柔美的旋律,伴着一对男女声双重调性的二重唱。两个调性相去甚远的旋律交错着、缠绕着,以各自鲜明的个性伸延着,形成了一种温馨、安宁的幸福感,就像两朵不同色彩的鲜花,由于有了对方,才更加显出自身的美丽而互相映衬着。

这种在热烈狂放的情绪中的突然宁静,形成了类似国画中留白的魅力。作为时间艺术的音乐,在这短暂的宁静中,却以它的空间感产生了动人的艺术效果,使人们的审美意识超越了纯感官上的享受阶段,进入感情共鸣的境界之中。

金湘还非常注重对民族乐队与人声丰富多彩音色的挖掘与使用。在他的配器中音色的运用已成为重要的表现手段。例如,"葛生"的引子,由低音管、尺八、埙和箫在不同的音区,用非常接近的音色演奏。几个相同节奏的五度上行音程,形成了一个琥珀色的链条。女中音柔和的音色在这组木管乐器稍暗的音色中悄悄插入,使得这琥珀色的音响之链闪射出金子般的光泽。这段精彩的配器留给人们最深刻的印象就是音色的高度融和。

金湘在这部《诗经五首》创作中,所进行的民族精神与现代创作技法结合的实践,对于我国民族音乐的发展具有积极的意义。应该看到,《诗经五首》的产生是开放型的思维方式进入当前音乐界的结果。我国的民族文化、民族精神与现代多种创作技法的结合,是一种文化形态上的远亲繁殖。新生的、具有无限生命力的艺术思潮正逐浪而来,让我们敞开胸怀去拥抱它们!

献给故土的花束

——关乃忠两首民族乐队作品观后

1986年1月,在北京音乐厅重新开业的演出中,中央民族乐团民族乐队上演了新任香港音乐总监、作曲家关乃忠的两首新作——第三钢琴协奏曲《英雄》和民族乐队组曲《拉萨行》。正值隆冬季节,作曲家远道自港归来,以炽热的情怀向曾经养育过他、留有他生活印迹的故土,献上了一束艳丽的花朵。

我怀着喜悦的心情应邀参加音乐会,聆听了这两首充盈着作曲家探索精神和洋溢着他的才气与灵感的作品,心情也随着作曲家奔涌的乐思而激荡、沉浮……

对历史与人生的思考

中华民族古老的历史,曾经历过无数次血与火的洗礼,演出过无数次令人荡气回肠的悲剧。我们的先人总是一次次地战胜苦难、战胜命运,从悲剧中走出来,创造着中华民族新的历史,寻求着理想、希望,追求着光明。关乃忠的第三钢琴协奏曲《英雄》,正是这样一部充满思辨精神与悲剧气质的音诗。作曲家以抗金名将岳飞悲剧性的命运作为背景和依托,后人为岳飞《满江红》词配曲的歌曲音乐作为素材,编织成这部闪耀着悲剧之美与理想之光的乐曲。大家知道,任何艺术作品都会带有艺术家自身的感情色彩,表达着他们个性化的好恶与爱恋。关乃忠在这部协奏曲中毫无例外地融入了自己对历史和人生的思考，其中也寄寓着他对十年"文革"动乱生活的感受。虽然，那段被扭曲了的历史在他的心头也曾留下过伤痕，但他并没有沉湎于伤痕流血的痛楚之中，而是把个人悲愤的回顾融进我们民族的历史，站在历史的高度去剖析苦难，去表现英雄崇高的精神世界，并从中得出令人鼓舞的结论。

在这首四乐章的作品中，由《满江红》主题发展演变而来的几个音乐形象，从不同侧面、不同层次，刻画了作曲家理想中的英雄。第一乐章庄严威武的引子，首先奏出了英雄的主题音调：震撼人心的大锣悲怆地敲响，在冷峻的空气中扩展着，弦乐与钢琴交相咏叹着英雄"仰天长啸、壮怀激烈"的情怀。乐队的布鲁斯节奏沉重地叹息着，为钢琴宣叙调般的旋律罩上了一层圣洁的光辉。作曲家笔下的英雄是被人格化的，他不是祭坛上的神明，而是人间的英雄。他虽有着精忠报国的赤诚，但又有着忠孝不能两全的憾恨。第二乐章钢琴托卡塔乐段之后出现的《满江红》主题逆行倒影的旋律，温馨、恬美，满含柔情。这种柔情的流露，使得英雄的身上有着鲜明的平民气质，使它更具人民性。

此后的赋格乐段，则以乐队各声部错落显现呼应的《满江红》主题，表现了英雄与战士、英雄与群众之间情感的交融，它好像是英雄的精神在将士们心中的回响，此起彼伏，激动着听众的心。

但岳飞的命运毕竟是悲剧性的，面对破碎的山河与未曾洗雪的亡国之耻，英雄的心灵所感受到的，是深切的绞肠滴血般的痛楚。正因为他对国土、对社稷、对百姓爱得太深，这种痛楚也就更加令人难以忍受。第三乐章展开以后，钢琴、定音鼓振聋发聩的敲击与低音弦乐涩重的低音和鸣，无情地撞击着英雄滴血的心灵。怪异的、不规律的打击乐强音，鞭子似的呼啸着、抽打着英雄不屈的灵魂。渐渐变弱、隐去的敲击声象征着死神远去的脚步,它终于无情地夺走了英雄的生命。此后,钢琴不协和的和声弹奏出《满江红》主题,象征英雄精神在苦难中的复活。继而,钢琴辉煌的音响与乐队充满希望与力量的快板进入第四乐章,汇成了不可阻遏的浪潮,掀起正义与理想的波涛,在历史的大河中滔滔奔流。

在这首作品中,作曲家深刻地揭示了英雄的悲剧所产生的精神力量和它推动历史前进的作用。千百年来,正是这些人间的英雄们和人民同命运、共哀乐,创造着我们民族的历史。而英雄人生的价值,也终将在历史上得到公正的评价,闪烁着真善美的光辉。

对形与神的探索

思想是无穷无尽的,对艺术的追寻也是无穷无尽的。不断地探索新的形式,用以表现自己对世界的感受,是艺术家的天职。这种对新的艺术形式的探索,又往往与艺术家对事物本质深刻的理解有着密切的关联。关乃忠的民族乐队组曲《拉萨行》,在音乐艺术以形写神方面做了一次成功的尝试。在这首组曲里,他用音乐向听众展示了他所看到的西藏地区人民生活中不同侧面的印象,以及由此浓缩、提炼而得出的对于藏族人民共同心声的理解。作曲家没有采用大量的藏族民歌素材,没有以对西藏地区民间音乐的模拟做一些肤浅的、音乐风格形似的追求。他通过"布达拉宫""雅鲁藏布江""天葬"和"打鬼"四个精心选取的场景,对藏族人民中间人与神、人与自然、人与民族风俗、人与民族文化的关系,进行了生动、形象而又触及本质的描绘,表现出一种超然的神韵。

隆隆的闷雷似的鼓声,伴着寺院大法号的轰鸣,拉开了第一乐章"布达拉宫"的序幕。随着那神秘、奇妙而带有阴森气氛的乐声,我们仿佛步入了布达拉宫洞开的大门,在一座座殿堂和幽深曲折的回廊中肃穆地穿行。庄严的神像在酥油灯的光影里宁静地望着人间的芸芸众生,缭绕的烟雾飘浮在近乎凝滞的空气中。管乐器冷涩的和声、低音声部缓慢地进行,勾勒出一片阴暗浓重的色调。忽而,串钟透明、清脆的划奏与弦乐高音区细密的颤音,犹如一线阳光透过某一扇窗缝,在这幽暗的迷宫中闪烁……作曲家借用了印象派的表现手法,对布达拉宫阴冷的色调、神秘的气氛和光线的变化进行了细致入微的渲染。宗教活动是藏族人民精神生活的一个重要侧面,对神的崇敬和畏惧,是人神关系的概括。作曲家循着这个心理印迹,通过对布达拉宫景象的描绘,准确地表达了人与神之间的距离感。

组曲的第二乐章"雅鲁藏布江"则采用了欧洲19世纪浪漫派的写作手法,用音乐描画出一幅色调温暖的图画,与第一乐章冷峻的基调形成强烈的对比。古筝五声音阶的琶音,引进乐队民歌风的旋律,它带着雪山母亲的爱恋和柔情,汇成一江缓缓流淌的春水,使人仿佛感到高原春日的气息。舒展的音乐主题,在各个声部多层次地发展、交织,犹如条条小河欢跳着汇入雅鲁藏布江的怀抱。温柔、动情的旋律,真挚地表现了人与大自然的关系。

作曲家采用先锋派手法写成的第三乐章"天葬"是一幅具有浓郁西藏特色的风俗画。它揭示了民族的风俗对于人们心理的影响和藏族人民对生与死的理解。乐曲中,对为死者叫魂声音的模拟和天葬师吟诵经文的呢喃声,都蕴含着独特的人情味。急促的鼓声使人联想到天葬台上惊心动魄的天葬场面,袅袅的烟云、箭一般飞落的兀鹰,都在音色对比与乐队浓烈的音乐气氛中得到生动的展现。

第四乐章"打鬼",则是作曲家选取的另一色彩鲜明的场景。"打鬼"是藏族人民生活中与生产劳动密切相关的、带有宗教色彩的文艺活动。它寄托着人们驱除病魔、灾害，祈求丰收的美好愿望。在这里，更多地表现出人的意志，带有更为浓重的人的感情色彩。在这个乐章里，作曲家采用通俗的手法，将一个极精练、简洁的主题，在几个声部以不同的调性同时呈现，描绘四方赶来参加"打鬼"的熙熙攘攘的人流和热烈的群众性舞蹈场面。诸多种类的打击乐器，以其个性鲜明的色彩，展现出民族乐队丰富的音色变化。

这首民族乐队组曲的意义在于，作者在一个较深的层次，揭示出藏族人民的宗教、文化、艺术、风俗和民族特点，是作曲家脱离对事物本身躯壳自然主义的描绘，是寻求事物的本质及其内在美感的艺术实践。歌德曾这样描写理想的艺术家："他们洞察到事物的深处，又能洞察到自己心情的深处，因而在作品中能创造出不仅是轻易地只产生肤浅效果的东西，而且是能和自然竞赛，具有在精神上是完整有机体的东西，并且赋予他的艺术作品以一种内容和一种形式，使它显得既是自然的，又是超自然的。"这首组曲所体现出来的原始的、粗犷而带些野性的美，就具有这种既是自然的，又是超自然的形态，它迫使人们屏住呼吸去领略那带有阳刚之气的乐之神韵。我想，这也许正是关乃忠这首作品成功的诀窍吧。

一点联想

熟悉关乃忠的人，都了解他在学习欧洲传统作曲技法方面有着颇深的造诣和功力。出乎人们的意料，在他移居香港六年后的今天，在首都音乐舞台上竟出现了他的两首大型民族乐队作品，而且在作品的思想深度、民族乐队的配器、作曲技法等方面都有着出色的突破。在今天中国内地部分人热衷于追求国外及中国港台地区流行音乐的某些东西的情况下，关乃忠这两首民族乐队作品的演出，可以说是香港音乐界对中华传统音乐文化的反馈。它所展示的前景，远比作品上演的本身更加令人深思。

我们中华民族传统的文化就好像一个旋转的圆盘。它有着强烈的向心力，凝聚着天下炎黄子孙共同的理想和愿望。我们生活在国内，好像处在圆盘的中心，似乎感觉不到它旋转的速度和向心力。然而，一旦离开这个位置，马上就会感到它旋转的引力。离得越远，越感到它旋转的速度，越感到它强大的向心力。那么，处在圆心位置的我们，在丢弃了闭关锁国的眼罩之后，在发展我们民族传统文化的宏观角度上，是否也应像圆心之外的同胞们一样，经常保持这种清醒的认识呢？

徜徉在那片诗的热土

——读党永庵《热土集》漫笔

我与永庵本人并不熟识，工作上也很少来往，但他的词名，我是久已熟悉的，对他的很多作品也是熟悉的。所以，当人们提到他的名字的时候，我总感到是在说一位熟识的朋友。近日，收到他的词作《热土集》，捧读之后，觉得我们似乎本来就相识。又因为我也是始学音乐，而后才走上音乐文学这条路的，所以我对于他的一些多乐章词作在内在音乐律动上的安排颇有感受，于是便写下了现在的这篇小文。尽管也许说得不着边际，搔不到痒处，称不起为一篇像样的书评，但无论如何，它总是我读永庵词作后的一点心得和感知。我就姑且把它当作以文会友的一块铺路石吧。

一个从事创作的人，必得于事有所感、有所思、有所悟，才能写出深刻动人的作品。所谓的"有所感"即指作者以超乎于常人的敏锐直觉，所反映出来的对于客观世界的感受与认知。所谓"有所思"，是说在生活认知的基础上对事物表象的思索、咀嚼与反刍。所谓"有所悟"则是说在感受、思索之后所产生的顿悟与理性的升华。而具备了这些之后，还需要作者具有与之相应的表现手段，将自己的思想化为语言与诗的艺术。本文将就这几个方面粗略地谈一谈我读永庵《热土集》后的感受。

诗有诗品，词有词格。诗词品格的高下，因了作者的人品、生活经历和艺术素养而各自不同。

我喜欢永庵的词作，因为它有着清新、隽永的格调，有着浓浓的诗的蕴涵，有着源自传统却又别于传统、颇具艺术功力的语言技巧。

我喜欢永庵的词作，因为它多是从生活的常青树上采撷的果实，果实上沾满了他辛勤劳作的汗水。读过他的词集，透过一行行的诗句，我仿佛看到橘乡姑娘丰收的背篓、壮乡枝头红红的荔枝、北部湾畔的橄榄树、茶乡醉人的新绿；看到矿井下闪烁的矿灯、铜矿中美丽的孔雀石和油田广袤的原野上一排排的采油树；品尝着临潼的石榴、贺兰山的枸杞；跟着他歌诗中漫游的脚步，去沐浴乌兰木伦河的缕缕寒风，聆听大漠瀚海的声声驼铃和鸟岛上啾啾的鸥鸟啼鸣；走进他笔下描绘的世界，去参加草原牧民沸腾的赛马和陇原山乡热烈酣畅的花儿会……

我喜欢永庵的词作，因为他笔下的生活是真实的，所以他的感受也是真实的，具有一种令人信服的感染力。譬如，在《不老的河》这首作品中，他曾这样描述自己心目中对饱经沧桑的黄河的认识：

我从黄河岸边走过／寻觅那往昔的传说／从昆仑到大海／朔风中传来一阵阵苦涩／啊，苍老的河，坎坷的河／聆听你悲苦的故事／我只有献上如火的沉默

是的，黄河是苍老的。只有在黄河岸边生活过，对黄河有着真情实感的人，才能拥有这样真实的生活感受。黄河是苍老的，因为它已经流过了千年、万年，它为我们这个民族和人民所付出的已经太多太多，而人们给予它的大多是戕害。那些历经千年、万年不堪忍受的重负怎能使它不感到疲惫，不变得苍老呢？我自幼生长在黄河岸边的齐鲁大地，多年来又走过黄河沿岸的不少地方，我曾见过黄河枯水季节淤塞、龟裂的河床，涉过河中心那窄窄的、弯弯的而又浑浊的黄水。那时黄河给人的感受的确是苍老的、苦涩的，就像一个饱经沧桑的老人，沉重地喘息着流过它眷恋着的大地。

然而黄河又是不老的，当我们看到壶口瀑布奔流、咆哮的时候，当我们看到黄河冰融、一泻千里不可阻挡的雄浑气势的时候，当我们聆听着河上的船夫们用沙哑的嗓门吼着船工号子在惊涛骇浪里沉浮、搏击的时候，又有谁能说它不是一条年轻的河、一条不老的河呢？永庵在这首词的前后两段中看似信手拈来的"苍老的河"与"不老的河"的意象，就融注着他深沉的思索与情感，这是他在多年生活的积累中提炼出来的真实情感，他的这些诗句是根植于生活在沃土之中的有本之木。

我喜欢永庵的词作，因为他的作品中有着生动的形象语言，准确的比拟和诗情画意般的意境。在《祝福你，我的港湾》一词中，他把海港的昨天、今天和明天做了这样的描述：

我的港湾，请别诉说昨天／昨天是一根寂寞的桅杆／打鱼人推着破船下海／渔船在团团冷雾中蹒跚／我的港湾，请别陶醉今天／今天是一叶抖翅的白帆／织网人迎着霞光歌唱／鸥鸟把阵阵笑声洒向天边／我的港湾，请你拥抱明天／明天是一艘五彩的大船／航行者披着春风闹海／留给世界一个缀满珍珠的画卷

在他笔下，海港的昨天是一根寂寞的桅杆，今天是一叶抖翅的白帆，明天是一艘五彩的大船。桅杆、白帆、大船都是海港特有的景色，而永庵却分别赋予它们不同的感情色彩，并由此引发出"请别诉说昨天""请别陶醉今天""请你拥抱明天"的感叹。正如同王国维先生在他的《人间词话》中所说的"一切景语皆情语"的审美论述一样，当我们读到这些诗句的时候，怎能不对作者形象而准确的语言运用而喝彩，又怎能不为词中所精心营造的意境所感动呢？

像这样充满感情色彩的形象化语言在永庵的作品中随处可见，譬如在《欢乐的小河》中，他眼里的小河像有着鲜活的生命似的"摇头摆尾好快活"，还能够"笑出满脸酒窝窝"；在《昆仑音画》中描述赛马的场面时，他写道"毡房睁大了眼睛""云杉踮起了脚跟"；在《驼铃声声》中，他心中的"月亮是甜的，像梦一样醇香""太阳是咸的，像汗水一样芬芳"。所有的景物全带着作者浓重的感情色彩，带着人们熟悉的生活气息扑面而来，给人以强烈的感染。在《崖畔上飘香》一词中，他对矿工黑小伙新媳妇的描述则更是别具匠心、巧妙异常。他不写新媳妇的外貌，不写她的眼睛如何美、头发如何黑、身段如何婀娜多姿，也不写她的衣服、她的装饰、她的音容笑貌，而只是通过对她为丈夫所做的饭菜的精到、细致的描写，从人们意想不到的角度入手，活灵活现地写出了她的美好、她的巧手、她的心灵。请看永庵笔下的描述：

> 意中人，新媳妇儿／做下的饭菜爱煞人儿／你看那，菜搅团，绿格茵茵儿，饸饹面，颤格筋筋儿／黄亮亮的是粉皮儿／荷叶酥饼带枣泥儿／糊油包子核桃仁儿／虾米榨菜调馄饨儿／捏下的枣角甜丝丝儿／烷下的干烙香喷喷儿／炸下的油糕圆墩墩儿／卤下的猪蹄儿油津津儿／更有那——新酿的米酒盛满两盅盅儿／单等那井下归来的心上人儿

真是一首有色、有香、有味外加有情、有义、有爱的词！词中虽未写人，却处处有人，虽无言情，却处处融情，这样的表现手法可谓是棋高一着了。诚如严沧浪所言"羚羊挂角，无迹可求……言有尽而意无穷"。试问，当人们听了对这样一位巧手媳妇儿的描写之后，有谁会不为之动容、

不为之动情？假如我们有幸能吃上一顿这样丰盛精美的饭菜，又有谁会不夸奖这位矿工的新媳妇，不为这位矿工黑小伙感到由衷的幸福和骄傲呢？

永庵使形象化语言产生撼人心灵的力量、发人深思之处，还表现在他对夸张与对比的使用上。古人尝谓"尺蠖之屈，以求信也""一张一弛，文武之道"，永庵的词作深谙此中之道。他所写的大合唱《黑色的阳光》中《塞上的风》一段里有这样一段精彩的词句：

塞上的风哟好厉害／飞沙走石扑面来／吹得黄牛翻跟头／茅棚草舍沙里埋／月亮见它黄下脸／太阳见它也发呆／吹得天昏地也暗／冰刀霜剑横着来／哎呀呀／一年四季逞霸道／塞上的风呀好厉害

真正是飞沙走石、冰刀霜剑、天昏地暗、日月无光，极尽夸张、大肆渲染，把塞上风的肆虐、狂暴写到了极致。但在歌词的第二段中，他却笔锋一转，以鲜明的对比，写出了人的伟力、风沙的无奈。他写道：

塞上的风呀好厉害／咱矿工和它摆擂台／井架向着风沙笑／洞口朝着风沙开／煤山迎着风沙长／楼房顶着风沙盖／煤车长啸千里走／大摇大摆任去来／哎呀呀／煤矿工人一声吼／塞上的风呀也变乖

唯因有了第一段词对风沙肆虐、狂暴的夸张描述做铺垫，歌词才有了内在的张力，也正因为这个原因，第二段歌词才会与之产生强烈的对比。这样，矿山建设者们人定胜天的豪迈之情也就显得更加富于光彩。

我喜欢永庵的词作，因为他的歌词在明白如话的同时还有着浓浓的诗意、浓浓的情愫。从某种意义上来讲，歌是时间的艺术，所以歌词必须得在转瞬即逝的音乐流动的有限时空里让人听懂。这就决定了作为音乐文学样式的歌词必须少一些朦胧，多一些简洁，少一些晦涩，多一些明快。但要做到既明白如话而又富于诗意可就不是一件容易的事情了。永庵的许多词作就很好地使二者结合在一起，读来令人回味。在《野菊花的梦》这首词中，他这样写道：

> 金色的野菊花／微笑在山坡下／她有一个缤纷的梦／拍打着翅膀飞向天涯／风呀，吻吻她吧／雨呀，吻吻她吧／她也许，会长成一朵绚丽的早霞

在这首词里，野菊花作为审美的主体，是一个娇嫩的、富于幻想的艺术形象。生活中的野菊花自身并不具备飞翔的条件和能力，但在作者笔下，她却拥有着梦想，她的梦能够飞翔，而且可以"拍打着翅膀"尽情地飞。人类也是这样，我们每个人在青春时代都会有各种各样的梦，但客观现实却并不是每个人都能实现自己的青春梦，所以永庵写下了"她也许，会长成一朵绚丽的早霞"。既然"也许会"，那么也就存在着"也许不会"的可能性。来自外界的干扰随时有可能使青春稚嫩的梦归于夭折。因此，作者真挚而恳切地发出了"风呀，吻吻她吧／雨呀，吻吻她吧"的呼吁。我们是否也可以把它理解为作者对那些处于青春迷惘中的少男少女们的一份殷殷关切之情呢？第二段词的感情色彩就更加鲜明了。作者写道：

> 带露的野菊花／盛开在月光下／她有一支苦涩的歌／刚要出唇却又咽下／风呀，不要碰她／雨呀，不要碰她／请让她，在

凋谢前留下一句话……

一支苦涩的歌,一颗令人难以吞咽的苦果,揭示出作者在第一段歌词中所表现出的忧虑并不是多余的,它终于变成了残酷的现实。但作者仍然怀着一颗真诚的爱心,请求"风呀,不要碰她／雨呀,不要碰她",让她"在凋谢前留下一句话"。浓浓的诗情饱含着浓浓的爱意,盎然洋溢于诗行之间,那样清新、隽永,那样令人回味,让人久久难以忘怀……

我喜欢永庵的词作,因为它不是无源之水、无本之木。在文学表达形式上,它借鉴传统却不泥古,它用新鲜的语言形式表情达意,却又带有着传统的印迹。在他的《落叶之歌》《不熄的红烛》等词中,都明显地借鉴了宋词小令中词语组合的韵味和格式。例如,"落叶,落叶,飘落在金秋时节／归雁长鸣,芦荻似雪／黄花如此艳丽,秋月这般皎洁",从中我们可以清晰地看到作者对古典诗词借鉴的痕迹,遣词用语颇有古风。但与此同时,他又有意识地在其间注入了现代人习惯的口语方式。"落叶"一句原本可写作"落叶,落叶,飘落金秋时节",永庵于"飘落"一词的后边加了一个"在"字,便有了一种现代人语言的随意感。虽然只增加了一个字,但这一字之差却从语言节奏上打破了与宋词长短句相似的面貌,使得这首词读起来具有了一种区别于古诗词的感觉。又比如《红烛》一词中所写的"红烛,红烛,我心上的红烛／你把一滴滴殷红的喜泪／献给含情的明眸／明眸,明眸,闪烁在我心灵深处……"兼有古今诗词韵味的词句,都带有着对传统借鉴的痕迹。"明眸"句鱼咬尾式的重复,更带有宋元小令的风格色彩,使人在欣赏这首作品的时候,感受到中国语言的传承性,感受到现代歌词在语言节奏、韵味上区别于古诗词的律动感。《红烛》一词的末尾两句"啊,我愿化作一只紫燕,为人间呼唤开花的岁月"却又一笔荡开，完全使用现代歌词惯用的语言方式，使整首歌词具有了现代感，读来意趣盎然，令人回味。

在对待传统与外来艺术形式借鉴的问题上，毛泽东同志曾有过很精辟的论述，他指出："有这个借鉴和没有这个借鉴是不同的，这里有文野之分、粗细之分、高低之分、快慢之分……但是继承和借鉴决不可以变成替代自己的创造，这是决不可以替代的……"永庵在借鉴传统的时候，便有着自己的创造，有着他自己的语言风格和审美的意趣。

在《热土集》中的"山河回声"部分里，还收有永庵十二部大型合唱、声乐套曲和组歌的歌词。非常值得一提的是，永庵对大型声乐作品结构的把握与驾驭能力。乍说起来，这似乎应该属于"诗外的功夫"。因为从某种意义上来讲，它应该属于作曲家的工作范畴，但是对于一名专业从事音乐文学创作的人来说，对音乐规律深入的了解也应该是分内的职责。因为歌词作品音乐文学的属性，决定了它必须与音乐结合，依托于音乐，并服从于音乐的规律。因此，词作家对大型声乐作品音乐结构的熟稔和对各个段落音乐形象的把握就是一个非常重要的课题了。永庵的这些作品令人信服地表现出他具备了把握与驾驭此类大型作品的功力。在他的许多大型声乐作品中，歌词的本身便具备了内在的、适宜与音乐结合的强弱快慢、抑扬顿挫、热烈欢腾、舒展优美等多重性格。此外，在各个段落开掘意境的入手角度，视点的选择，语言风格与音乐风格相一致等诸多方面也都有着细致而妥帖的处理和安排。

在这里，我想仅选他这十二部大型合唱作品中的一部——《昆仑音画》来谈一下自己的感受。《昆仑音画》是一部具有八个段落的大型合唱组歌，从结构来看可谓庞大，从内容上来看也颇为丰富多彩。它写了博格达雪峰下的天池、哈萨克草原上的赛马、祁连山下的陇原花儿会、青海湖的鸟岛、丝路沙漠中的驼队、贺兰山下枸杞的丰收时节、八百里秦川的豪情，以及作者内心对西北高原深深的眷恋之情。可谓是有景、有事、有人、有物、有趣、有情。入手的角度有广角式的鸟瞰，有风情式的白描，有民歌式的叙述，有焦点式的特写，有抒情式的赞美，有内心情感的抒发与升华，高低错落，异峰突起，安排得令人目不暇接。未闻歌声响起，仅从组歌歌词的字里行间，便可使人领略到作者的一片匠心。从歌词的音乐品格来看，永庵把这部组歌的八个段落也都安排得非常精彩而富于特色。第一曲"天池的回声"是一段带有神奇色彩的合唱，"回声"本身的浪漫色彩就为合唱技巧的发挥提供了一个非常宽广的天地，歌词开始部分的虚词把人引入天池畔幽谷深涧之间，回声在山间回荡，拉开了整个组歌极富诗情画意的序幕。而歌词进入之后的语言节奏也非常易于谱写带有回声的音乐，我们可以把它叫作带有音乐性、易于插上音乐翅膀的歌词语言。譬如："醒来了，博格达峰，微笑了，博格达峰"三字、四字的短句式，只占有一两个音节的时间，为回声的伸延留下了充分的余地。

第二曲"赛马"是一个可以使人立刻感受到鲜明音乐形象的段落，"马在飞奔，雨在飞奔，霞在飞奔，雾在飞奔，看那欢腾的草原上，驰骋着哈萨克赛马人"的四字俳句式节奏与"飞奔，飞奔，巴图尔，佳克森"的呼喊式节奏交织叠加在一起，犹如千钧雷霆，恰似狂风卷地，呼啸而来，撼人心魄，具有强烈的音乐性。

如果说"赛马"与第一段"回声"的神奇梦幻的音乐形象形成了强烈反差的话，那么，它与接下来的第三曲"花儿会"的对比，则更多是风格与色彩上的差别。青海花儿带有浓重乡土色彩的语言特色，使这首男女对唱的歌曲像一幅乡村风俗画卷似的展现在我们面前。七字句前四后三与前三后四音节结构的节奏变化和特色虚词的运用，更是带有着鲜明的青海花儿的特点，听来使人倍感亲切：

洮河流水浪花儿翻 / 流下祁连（者）到陇原 / 陇原上有个花儿会 / 打盘古唱到今天……

歌中民间比兴手法的运用更是带着泥土的芳香，引人遐思：

鸽子飞了（者）鹰没飞 / 鹰飞时铃铛响哩 / 身子回了（者）心没回 / 回心时咋这样想哩 / 你把我心疼（者）我把你爱 / 一心要看一趟你来 / 你把我心疼（者）我把你爱 / 比翼鸟展翅飞来……

读到此，听到此，我想恐怕很少有人会不为之所动。

组歌的第四曲"鸟岛之春"是一支恬美、轻盈、流荡着大自然气息的音画式歌曲。它的歌词是这样的：

春雨，捧着珍珠来了 / 春风，舞着彩裙来了 / 青海湖从酣睡中醒了 / 鸟岛在春光下笑了……鹰在盘旋，雁在鸣叫，天鹅在舞蹈 / 鸥在啄食，鹤在戏水，水鸟在筑巢 / 醉了，醉了，每一块岩石 / 醉了，醉了，每一棵小草 / 为了把那首失落的歌儿寻找 / 请赠我一片嫩绿的羽毛

好一个"赠我一片嫩绿的羽毛"，盎然诗情，拳拳诗意，尽在这一片嫩绿色的鸟羽之上，让人们乘着它随风飘飞在鸟岛的自由天地之间。这段歌词语言节奏流畅、富于变化，却又有内在的节律可循，据此谱出的乐曲自然也就会生动流畅而充满活力了。

在这支充满生命律动节奏的作品之后，作者安排了深沉、坚韧而富于力度的第五曲——"驼铃声声"。请听这壮美而苍凉的歌：

> 叮叮当当，叮叮当当……驼队在瀚海上行进／驼铃声声，悲壮而苍凉……你白天驮一轮太阳／你晚上驮一轮月亮／月亮是甜的，像梦境一样醇香／太阳是咸的，像汗水一样芬芳……

对景物的描写带有着作者心中浓浓的情愫，具有强烈的感染力。如果把这首歌所处的位置比作整个组歌结构的黄金分割线的话，那么，这首歌词便起着承前启后的作用。它既与前一段"鸟岛之春"轻盈的节奏形成鲜明的对比，又为后边抒情段落的出现做好了铺垫，它本身沉雄的力度感使得这部组歌具有深厚的内在底蕴。

第六曲"枸杞红了"则以充满诗情画意的抒情节奏，生动地描摹出枸杞之乡的生活情景：

> 枸杞红了，枸杞红了／一颗一颗像是那红玛瑙／回回家的女子来把枸杞采／身挎藤篮喜上眉梢梢……贺兰山的云呀贺兰山的雾／女子的心思你可知道／知道，知道／云也知道，雾也知道／收获的日子到了／女子的相思熟了……

这带有浓郁乡土色彩的抒情诗句，具有独特的艺术魅力，音乐舒展明快的节奏感也非常自然地流荡在歌词的字里行间。

第七段"秦川圆舞曲"是专为三拍子圆舞曲而写的歌词，它是壮阔而带有些哲理内涵的终曲出现之前轻松、舒展的缓冲乐段。歌中唱道：

> 风也豪爽，雨也豪爽 / 天也宽广，地也宽广 / 泾河亲吻着五彩的田野 / 渭水升起了矫健的帆樯……

就在这千古流淌的泾渭之间，铺展开了作者挚爱的故乡——八百里秦川的崭新风貌。四字式的语言分节，非常适宜圆舞曲三拍子节奏的谱写。更为主要的是，歌词描绘的意象的本身就充满了动感，有着能够谱写成圆舞曲节奏的可塑性。

第八段终曲"高原之恋"以"背负着耻辱才会沮丧 / 丢掉了爱情才会惆怅 / 消失了地平线才会迷茫 / 悲凉和彷徨属于秋日的残霜"这样富含哲理的诗句和宽广壮阔的内在节奏感，托出了作者对西北高原浓稠得难以化解的爱恋情结，唱出了"我的歌，挥洒着亮晶晶的春雨 / 我的梦，收获着金灿灿的诗行 / 春雨献给苦恋的故土 / 诗行化作五彩的画廊"的心曲。而结束句"啊，看那辽阔的地平线上，正升起一轮火红的太阳"更是气势磅礴、一泻千里，为整个组歌的结尾画上了一个沉甸甸的感叹号。我并没有听过这部组歌的音乐和演唱，但只是从对这部组歌歌词结构与布局的分析，便得出了上述与音乐相关联的感受，由此我们可以看出永庵创作、驾驭此类大型声乐作品的功力，看出他在此中所花费的心血和精力。

由于手头只拿到永庵作品中的《热土集》，所以只能拉拉杂杂写下这么一点感受，所谈之处亦很难做到准确无误，因之，也就更谈不上评价永庵歌词创作活动的全貌。所言所论亦多属管窥之见，很可能仅见一斑，以偏概全，尚请作者及专家们批评指正。

1995年9月23日写于北京

我对"新长安风"音乐文学部分的感受

——"新长安风"音乐座谈会发言提纲

似乎与世界园艺博览会有缘——1999年我曾参与了在昆明举办的第一届世界园艺博览会的策划，并为之创作了此届昆明世博会会歌《永恒的家园》的歌词，以诠释世博会"人与自然"的主题。此次来西安再次参观世博园，发现西安世博园更具特色，规模更加宏大，加以西安特定的浓郁文化氛围，令人倍感亲切与感动！

对西安这片土地我久怀敬意，情有独钟。这里的高天厚土、这里的每一处历史与人文景观都令人景仰，令人每到一处都感到需要脱帽致敬，甚至对一块砖瓦都须顶礼膜拜！

这里又是一片充满创新精神的土地，它让我想起"西安鼓乐""长安乐舞"和以石鲁、赵望云为代表的"长安画派"，以及陈忠实、贾平凹的小说……回想当年兵马俑刚刚发掘出土时，我就曾来西安参观，曾写下《一个沉睡千年的梦》的歌诗，表达了我对这片高天厚土的深挚敬意，现不揣冒昧抄录如下：

一个沉睡在黄土下的梦／埋藏着千军万马的吼声／拂去岁月的沧桑／依然回荡着勇士的豪情／噢／沉默的兵马俑／秦时明月记得你的忠诚／你是一支永不疲倦的阵列／守卫着中华古老的文明

>一个埋藏了千百年的梦／呼唤着历史遥远的回声／穿过漫长的时光／依然驾驭着战车驰骋／噢，沉默的兵马俑／高天厚土知道你的深情／你抖擞一身威武雄风／展示着中华不屈的心灵

读"新长安风"作品，如品佳酿，如饮甘醇。从音乐文学角度来看，其在"传统与创新""古典与时尚"的结合方面做出了可喜的尝试，迈出了坚实的步伐。

"汲源头之水""植有本之木"，"新长安风"音乐创作是在继承传统的基础上创新。只有站在历史与传统巨人的肩上，我们才可以获得一个高的起点。从音乐文学角度来讲，5000年的中华文明为我们留下了太多宝贵的财富。从《诗经》、《楚辞》、汉赋到唐诗、宋词、元明散曲杂剧，再到"五四新诗""学堂乐歌"，可继承、镜鉴的东西也是太多太多！

但受经济转型期社会心理形态的影响，近年来的音乐创作的水平良莠不齐，浮躁之风盛行。一些"伪传统"的所谓"创新"之作时常惑人耳目、扰人视听。有些人在没有弄懂什么是传统的时候，就急于标新立异，在没有弄明白什么是古典的时候，就要搞所谓新古典主义。在音乐文学方面甚至出现许多令人啼笑皆非甚至"文理不通"的现象。

从"新长安风"作品中，我感受到了创作者对传统与历史的尊重，感到了踏踏实实继承传统的艺术实践。例如，从《送你一个长安》中，我感受到历史的博大深远，与这片高天厚土上的文化的积淀；从《祓禊谣》中，我感到了几千年来流传至今的临水祈祷祭典的民风民俗，听到了《诗经》四言诗歌节律复沓的足音：

> 祓禊祓禊，杨柳依依，
> 沐之灞水，风乎东隅。
> 祓禊祓禊，流觞水曲，
> 惠风和畅，把酒索句……

在接下来的语言节奏变化中，作品又使我们感到了七言的美感与长短句节奏的契合：

> 坐看东南紫云起，
> 咏而归，情自怡……

人常说，歌词最好写，但真正写好歌词就不容易了。

我们曾经历过把社论式的语言当歌词的时候，也看过、听过无数违背艺术规律的歌词，今天来读这首《祓禊谣》倍感清新！作者具有把握中国诗歌的节律美与中国语言音韵美的深厚功力与学养，在极小的篇幅中浓缩并展示了中国诗歌"从四言、七言进而到长短句"的节律之美，非常巧妙地在语言上形成四、四、七、三、三的节奏，在平稳中有律动，在律动中再求变化的动感节奏格局。既是对传统的提炼，也是经过了对传统咀嚼与反刍后的创新与升华。读来、听来不仅是不泥古、不陈旧，反而感到清新、灵动之风，充满了动感。我感到"新长安风"创作团队创作态度严谨、踏实，他们汲中国诗歌源头之活水，植当代中国音乐文化有本之木，让我从心底为之起敬！

在"新长安风"创作中，中国文化传统元素的巧妙植入使作品具有理性、智慧的光辉与空灵、幽远的意境。

创作者将中国传统文化中对于"禅""理"与"智慧""因果"的诠释，巧妙地植入到作品之中，增加了作品在文化上的厚重感和此次西安世界园艺博览会浓郁的中国文化色彩。面对同样的"花草树木""山水园林"，不同的民族会有不同的感受。"新长安风"的创作，寻找到一个非常中国化的切入点和非常巧妙的视角，展示了本届世博会的中国特色。作曲家为星云大师偈语谱写的一曲《巧智慧心》可以说是此中的"神来之笔"。偈语以中国禅宗的智慧语言，充分阐明了中华民族对自然、对客观世界的认知与看法：

我看花，花自缤纷／我看树，树自婆娑／我览境，境自去来／我观心，心自如如／一花一草都有生命／一山一水都有生机／一人一事都有道理／一举一动都有果因

作品借此非常贴切地表达了中国人心中对人与自然关系的质朴诠释。眼中之花，心中之境，览境观心，更须尊重自然。花草皆有生命，山水皆有生机，人类若违背大自然的规律，自有因果报应。而这又是多么深刻的哲思妙理啊！

"新长安风"的创作，借世博会这个面向世界的平台，向世界表明中国人民自古以来尊重自然的认知，对提升民族形象、弘扬真理、保护人类生存环境具有积极的意义。

反映当前时代，面向世界的2011年西安世界园艺博览会的"新长安风"音乐创作，具有鲜明的中国艺术审美特征：它具有浓郁的秦川音乐地域特色和线性化巧妙流动的音乐旋律，具有无可替代的唯一性。《祓禊谣》的音乐旋律线性起伏的巧妙变化令人赞叹，令人想起张旭、怀素

的草书，公孙大娘舞剑器，想起吴道子笔下人物飘飞的衣带……音乐围绕着小字一组降b的上行乐句旋律如随风飘舞的衣带，一波三折；下行的旋律如上行乐句在水中的倒影，于二者相映相称的同时又有着微妙的变化，回旋、萦绕充满中国式旋律线性流动的美感。更为令人感佩的是，作者以中国艺术审美的原则为魂，巧妙融汇西方作曲技法于其间，羚羊挂角，不着痕迹。三拍子节奏的使用，又给这段旋律注入了鲜明的时代感与新鲜感，让人在感受传统审美的同时，体验现代因素的介入，质朴的旋律听起来既古典又时尚，既有传统又有创新。

最后，请允许我以几句小诗来结束我的发言：

> 长安花开，清风徐来／醇香如酒，醉人心怀／世博盛会，笑览五洲／新风送爽，荡涤尘埃／聆清音，心存一叶一菩提／调宫商，珍重一花一世界

2011年5月31日写于古长安

民族音乐的继承与创新

——中央民族乐团"江山如此多娇"音乐会观后

> 黄钟大吕,金声玉振,弘扬民族音乐风采;
> 丝竹管弦,八音和鸣,奏响中华盛世乐章。

2010年8月30日晚,中央民族乐团"江山如此多娇"音乐会在国家大剧院戏剧馆以气势磅礴而又颇富中国文化蕴涵的一副对联拉开了该团在文化部"2010国家艺术院团优秀剧目展演"活动中系列演出的序幕。据悉,萃集了该团近年来出访世界各国精彩民乐作品的"金色回响"音乐会和另一场名为"茉莉花"的民歌演唱会也将在此期间相继上演。

2010年恰逢中央民族乐团建团50周年,从某种意义上来讲,这场音乐会既是对乐团当前实力的总体检阅,也是对乐团半个世纪以来所走过历程的历史性回顾。从中我们可以看到该团在继承中华民族优秀音乐传统的基础上不断改革、创新、发展所获得的可喜成绩。

我国的民族音乐源远流长,对于音乐的社会功能与审美取向,我们中华民族有着自己独特的认识。早在2000多年前,孔子就曾说过"移风易俗莫善于乐",非常明确地阐明了音乐的社会功能。而古老的音乐典籍《乐记》中关于"唯乐不可以为伪"的论述则更加深入地表达了音乐艺术所必须遵循的、要着力表现人类内心"真善美"情感的原则。这些传统中国美学思想中的精粹闪烁着夺目的理性的光辉,直至今天对于我们依然有着非常的指导意义。

令人感到可喜的是，中央民族乐团在此次展演中所推出的这台"江山如此多娇"音乐会，通过深深根植于我国音乐文化沃土中的传统民族器乐演奏，展示了一批以传统民间音乐元素作为依据所创作的接近现代人审美观念、具有时代气息的佳品新作。中央民族乐团以民族乐队丰富的音色对比、鲜明的个性展示与色彩多变的配器组合出色地表达了对伟大祖国壮丽山河的赞美，反映了人民的心声，倾诉着生活在这片土地上的各族儿女对祖国母亲深挚的爱恋。整台音乐会就像一幅水墨淋漓的音响画卷，在丝帛般的时空中徐徐展开。以飞扬的情思、潇洒的笔墨或工细，或写意，或浓彩，或淡墨，泅蕴出烟花三月的大江、光影斑驳的二泉、台湾少数民族人民的风土人情、内蒙古草原上疾驰的马群、天山脚下绚丽的花朵、凌霜的秋菊、傲雪的红梅，以及中国人民犹如天下黄河般不畏任何艰险的民族精神与波澜壮阔、一往无前的豪情。

音乐会上，古老的编钟、编磬穿越历史时空，金声玉振，敲击出激扬恢宏的音响；叮咚的琵琶、箜篌、阮咸轻拢慢捻，似小河流水潺潺淙淙；悠扬的竹笛、洞箫、唢呐、胡琴则急管繁弦，如骤雨疾风般飘忽来去、顿挫抑扬，听来美不胜收，真是丝、木、匏、竹、金、石、土、革八音和鸣，尽显中华民族音乐文化的动人风采。

譬如刘文金作曲的合唱与乐队《我的祖国》分别采用了半个世纪以来流传在我国广大人民群众中的同名歌曲《我的祖国》与河北民间乐曲《淘金令》的音乐元素，二者一动一静、相映生辉。它们交织在一起，生动地铺展开一幅既宽广恢宏又热烈激情的生活情景。当二胡声部以柔美的音色奏出久久回荡在人们心灵深处的"一条大河波浪宽，风吹稻花香两岸……"旋律的时候，听者无不为之荡气回肠、怦然心动！唢呐吹奏的

《淘金令》火爆欢腾的旋律，则令人想起乡村的社火、飞旋的龙灯和沸腾的人潮，生动而传神地表达了亿万人民群众生活在社会主义祖国的欢乐心情和节日期间发自内心深处的欢欣与喜悦。合唱部分人声与语言的介入则更加强化与升华了这首乐曲感人的情愫。随着"这是强大的祖国，是我生长的地方"歌词的流动与伸延，听众心中的自豪感不禁油然而生，与作品所表达的爱国主义情愫产生强烈的共鸣。这首乐曲无论从作者的编配手法还是乐队演奏水平来讲，都堪称是近年来民族乐队新创作中的上品佳作之一。

李滨扬作曲的《天下黄河》也给人留下了深刻的印象。这首作品的音乐取材于两首产生在黄河岸边脍炙人口的山西民歌，作者以民族器乐的现代组合方式，将纯粹来自民间的传统音乐语言编创成为一曲气势磅礴、撼天动地、一往无前的中华民族精神的时代浩歌。在乐队弦乐与弹拨乐音乐织体起伏律动节奏的伴和下，歌手高宝利以原生态方式演唱的《泪蛋蛋抛在沙蒿蒿林》深沉地诉说着往昔的历史、漫长的苦难、心灵的无助与无奈……而一层层推进的《天下黄河九十九道弯》的旋律则在乐队声部不断变奏、重现、叠加的同时渐渐变得犹如黄河滚滚的波涛般汹涌澎湃、一泻千里，将乐曲推向全曲的高潮。乐队全奏的轰鸣、合唱人声的吼喊、中国鼓石破天惊般的敲击交织在一起，汇成激荡人心的宏大声浪，在剧场上空久久不能平息。观众则以雷鸣般的掌声回报艺术家们对这首乐曲出色的演绎，身居其间，我深深被那一刻的情景感动！

从民间音乐的土壤中汲取营养，把原生态的乡土文化通过自己创造性的劳动，转化成反映当今时代精神的艺术作品。这是中央民族乐团的艺术家们多年来倾心从事的事业，也是乐团不断前进的动力。从音乐会的每一首作品中，我们几乎都可以看出中央民族乐团的艺术家们对中国民族音乐继承与创新的思考，看到他们在探索的路上一步步走过的足迹：对古老的箜篌乐器形制的挖掘与改良和以改良后的箜篌演绎经典古曲的尝试；把蒙古族民族乐器马头琴融入大型民族乐队的出色创意；将民族乐器二胡与西洋乐器大提琴并列，展示二者音色对比与各自表现力的探索；以京胡领奏、以京剧传统曲牌的板式发展、变奏，并将其作为民族风格浓郁新作品的演绎……这些都展现着中国民乐人对继承与创新的思考。中央民族乐团的艺术家在继承与创新的路上勇于探索，身体力行，取得了可喜的成绩。

愿中央民族乐团"百尺竿头，更进一步"，愿我们的民族音乐之花更加绚丽、多姿。

2010 年 8 月 31 日写于北京

鼓韵

——听刘峪生鼓独奏组曲《季》漫笔

鼓，是我国最古老的乐器之一。早在远古时代就已经有着许许多多关于鼓的传说。在古籍《帝王世纪》中即有"黄帝杀夔，以其皮制鼓"的说法，在《礼记》中也有着"土鼓……伊耆氏之乐也"的记载。这就是说，早在公元前2000多年的时候，我国就已经有用陶土制作的鼓了。而在我国古代的文学作品中，关于鼓的描述就更是多不胜数了。无论是《诗经》中"窈窕淑女，钟鼓乐之"的质朴真情，还是《秦王破阵乐》"擂大鼓，声震百里"的雄壮威猛，也无论是"淮海生云暮惨淡，广陵城头鼕鼓暗"（唐·韦应物《鼕鼓行》）的苍凉悲慨，"尝闻画鼓动欢情，及送离人恨鼓声"（唐·李郢《画鼓》）的缠绵悱恻，还是"咚咚傩鼓饯流年，烛焰动金船"（宋·陆游《朝中措》）的欢乐明快，都说明了鼓这种乐器丰富的表现力和强烈的艺术感染力。

多年来我曾接触过我国民间许多有关鼓的艺术表演形式，譬如胶东的鼓子秧歌、陕北的安塞腰鼓、山西的威风锣鼓，还有潮州锣鼓、西安鼓乐、浙东锣鼓、十番锣鼓，等等。这些生动活泼的表演形式都曾以它们各自的艺术魅力使我感到振奋，给我艺术上的启迪与滋养，我深深地喜爱它们。但令人惋惜的是，纵观近年来的民族音乐作品，由作曲家专门为鼓而写的作品真可谓是少而又少。也许，这是因为从现代作曲技巧角度来看，鼓这种乐器的表现手段过于单一，而作曲家们又都愿意使用更为丰富、更易于表达自己乐思的手段的缘故吧。专门为鼓去写一部作品，无论从哪方面来讲恐怕都是一件令人感到为难或者可以说是费力不讨好的事情。但最近听了任施杰实业有限公司制作出版,由中央民族乐团刘峪生作曲、朱啸林演奏的四乐章鼓独奏组曲《季》,使我豁然开朗,耳目为之一新。在这部作品中作曲家奇巧的艺术构思、独辟蹊径的音乐思维方式,以及对鼓演奏技法与艺术表现力的挖掘与创新,都令人感到由衷的赞叹与折服。

在我国古代的文艺理论中,审美的一个重要原则是"意境"。正如王国维先生在《人间词话》一书中开宗明义第一句话所言,"词以境界为最上,有境界则自成高格",《季》的创作者刘峪生是深谙此中之精义的,他以传统的审美意趣和超越传统的表现技法,用大色块强烈对比的写意式手法,为我们铺展开一幅由音响的浓彩淡墨泼洒而成的水墨画卷,把我们引进一重重各不相同的艺术境界之中。在作者笔下,忽而是海上春潮汹涌澎湃,忽而是春雨淅沥润物无声,忽而是落叶飘零、秋风瑟瑟,忽而又是琼林雪野、玉洁冰清,令人听来欲罢不能。

这部名为《季》的组曲,由"春潮""听雨""落叶""冰灯"四个乐章组成。它以鼓的节奏和韵致来描绘四季之中最具代表性的生活场景,使听众在千变万化的鼓的律动里走进对大自然四季景色的回忆之中,去品味生命的价值,去思索美与生活的哲理。

第一乐章"春潮"是一个三段体式的乐章。A段开始,作者即以大鼓的长轮、由疏而密的节奏变化、强弱相间的力度对比与古筝弦柱后部不谐和琶音的交织,来摹写海上春潮波涛涌动的情景。它博大、浩渺,展示着春天蓬勃的生命力。在大鼓沉雷似的音响背景上,排鼓突兀爆发的密集音列与吊镲碎金裂玉般的炸响,又好像是拍岸的惊涛声震天宇、穿云碎石,在撼人心魄的力度变化之中充盈着雄浑的阳刚之气和自然的野性之美。在鼓声阵阵减弱的浪潮之中,古筝在同音上连续奏出了串串渐弱的下滑音型，像渐渐远去的潮汐，使 A 段音乐渐渐趋于平缓。

继而，一支曲笛悠长的旋律又把 B 段的音乐淡淡引进，以大鼓、排鼓、木鱼、铙与南梆子的巧妙音响组合作为背景，切入了一个活泼轻盈的抒情乐段。竹笛与筝跃动的、充满江南水乡情调的旋律与叮叮咚咚的打击乐声相互呼应、交织，传递着春天温馨而动人的气息。它似春阳，似和风，似种子萌发时的躁动，似人们心头激荡着的春天的情愫。大鼓的演奏则把手掌击打鼓膜不同部位、揉压、手指弹奏、四指滚轮等多种技法结合在一起，以丰富变幻的音色与节奏，主宰、推动着整个音乐的进行……当 A 段音乐主题再度出现的时候，那种春潮汹涌的气势和涌动的生命的活力则变得更加宏大而深邃。刘峪生在这部作品中创造出一种浑然天成的艺术意境，他把表面看来枯燥单一的打击乐散乱的音响，编织、汇聚成整体的意象，表现出一种中国传统式的对于力的诠释与描绘，使惊雷之势发于无声之处，使细微毫发之音能寓得大天地、大境界。老子尝谓："大音希声，大象无形。"所以，只有超然于具体物象之外，才能得大自在，才能达到艺术的至善至美的境界。

如果说第一乐章"春潮"是作者对于生命力哲理性思考的话，那么，在第二乐章"听雨"中所着意描绘的则是人在自然世界中的感悟与遐想。一个"听"字道出了人在曲中的位置，它是自然界的雨声在人的心灵与情感中的共鸣与回声。

刘峪生对民族乐器特色的把握有着异于常人的敏感和独到之处，这与他自幼即研习多种民族乐器有着密切的关系。他对于各种乐器音域、音色的了解亦颇为精到。什么乐器的某一段音区有着这种乐器最丰富的表现力，他都如数家珍。正因为这样，他所写的民族乐队作品的配器听起来就总是那么恰到好处，那么余韵无穷。朋友们开玩笑的时候曾戏谑地把他称作"鬼才"。因为在他的作品中经常会出现一些出人意料的新招数、新点子和新的编排组合,令人拍案叫绝,我们从他的这部作品之中便可对他的这种才能有所领略。

第二乐章伊始,他便采用板鼓鼓键轻轻击打鼓面的音色,生动而逼真地模拟出房檐滴水的特殊音响效果。滴滴洒落的鼓声有节律地与大小木鱼、大小钢片琴、铙、小镲等相应相和,惟妙惟肖地渲染出如诗如画的情境,加以扬琴与阮咸颗粒性鲜明的节奏音型的陪衬,一支洞箫简洁的五声音阶旋律柔和静谧地飘飞在那丝丝缕缕、点点滴滴的音阶之间,听来颇有"随风潜入夜,润物细无声"的感觉,使人陶醉,使人回味……

突然,一声大锣的震响引来了倏忽而至的疾风暴雨,它好似天河奔泻,如注如倾。那是何等壮丽、何等惊心动魄的雨声的交响啊!初次听这部作品的时候,那声势浩大而又摄人心魄的逼真音响效果,甚至使我误以为是真正下雨时的实况录音,事后我才知道,原来那雨声不过是一袋黄豆骤然倾倒在鼓面上所产生的音响。鬼才的精灵之气由此可见一斑。暴雨过去,淅淅沥沥的雨滴依然在轻轻飘落,它落在人们的心头,牵动着绵绵不绝的情思;它生生不息滋润着万物的爱之情愫,引发人们心中对真善美的向往。在大鼓的演奏中,作者把印度鼓、象脚鼓、手鼓等多种乐器的演奏技法融合在一起,并通过揉、压、弹、击、滑、抹等演奏技法改变鼓的音高与音色,使鼓的表现力得到了极大的丰富和发展。

一声陶埙悲凉鸣咽的长音,拉开了第三乐章"落叶"的帷幕。铁刷敲击大鼓皮膜沙沙的声响,和着古琴朴拙的音韵,把我的思绪带进了深秋清冷的季节。我心中不禁想起了宋代词人范仲淹"碧云天,黄叶地,秋色连波,波上寒烟翠……酒入愁肠,化作相思泪"的词句。曲中所传达出来的悲凉韵致让人听来不由得会生出"满目萧然,感极而悲者矣"的心情。在我国古诗词中，悲秋抒怀类作品可谓是数不胜数，但此类题材的音乐作品保存下来的却为数不多，至于打击乐作品恐怕就更是罕见了。而刘峪生却偏偏选取了这样一个冷僻的命题，采用出人意料的艺术手法，铺展开他自己心中的音乐天地。由此我们可以想见他标新立异的艺术想象力。听着铁刷在大鼓皮膜上时而紧促，时而舒缓擦划，古琴抹弦时的滑动声与铁刷沙沙洒下的袅袅余音交融在一起，透着清冷肃杀的气息和凄婉苍凉的美感，恰如静安先生"一切景语皆情语"所言，"落叶"这一乐章所给予我们的绝不仅仅是它的标题所昭示的景色的表象，通过乐曲所描绘的景象，我们可以真切地感受到蕴含在作者内心深处浓浓的情结。古人尝曰"人生不如意十有八九"，情感的失落、心灵的孤独往往会出现在每个人的生活之中。当我们静静聆听着这鼓之音韵的时候，有谁能不沉浸在它充盈着淡淡愁绪的节律之中呢？乐声传递着人生旅途上失落时的悲哀和无奈，诉说着愁肠寂寥的思绪，拨动着人们心弦的共鸣……

撼人心魄的鼓声伴着唢呐充满田野气息的音乐，把我们带进第四乐章"冰灯"所讴歌的欢腾热烈的北国大地。它载着北国人节庆时候的喜悦，载着东北风一样爽朗的欢笑，讲述着中国老百姓熟悉的故事。在这一乐章中，作者着意突出了民间音乐的风格和传统演奏技法的展现，把东北二人转的音乐色彩与浙东锣鼓的表现手段巧妙融合在一起，渲染出一幅北国农家的风俗画卷。在大鼓、排鼓与十面锣、小锣、小镲咚咚锵锵的节奏型推动之下，两支唢呐以相差八度的音区和鸣着、缠绕着、应答着，就像是田野上的农夫们大嗓门的对话那样酣畅、那样淋漓，又像是乡里之间婆姨们在亲亲热热地拉家常，表达着收获的喜悦和彼此间真诚的祝福。

忽而，锣鼓音乐戛然中断，耳边出现了一个嘀嘀嗒嗒的节奏动机，它清晰地向人们传递着一种新鲜而生动的感觉。我费了好大力气也没听出那究竟是什么乐器在演奏，那充满了动感、富于节律的音响确实让我立即联想起在漫天飞雪中一盏盏五光十色的冰灯转动时的情景，真可谓是绘声绘色、惟妙惟肖。后来，演奏者们告诉我，原来那也是"鬼才"先生突发奇想的招数——把一个电动娃娃放在大鼓的鼓面上滚动所产生的特殊音响效果。我想，无论招数如何新奇，技法如何变化，它依然没有超出我们传统审美观念的范畴，因为它仍是鼓本身在响、在奏鸣啊！

乐曲进入了第四乐章的再现部，我的思绪随着音乐在飘飞，聆听着主导全曲的鼓之韵律，我感到自己好像忽然悟出了点什么东西，体悟到作者良苦的用心。因为我也曾与北国的乡里人一起生活过，了解他们那豪爽而又旷达的性格，他们的为人就好像矗立在冰天雪地里用大刀阔斧雕琢出来的冰灯一样，那么见棱见角，那么晶莹剔透。而他们的待人接物却又是那么豁达开朗，那么古道热肠。刘峪生选取了"冰灯"这一特定的艺术形象来作为《季》这部作品第四乐章的载体显然有着他匠心独运之处：除了使整个作品的最后部分具有一个欢腾、红火、热闹的音乐基调之外，他更想刻意表现的是人的创造力，是人在与风雪严寒抗争时对生命和美的感受，是对晶莹纯洁而又充满人情味的理想境界的赞美与追寻。

近年来，民族器乐作品的创作并不是非常活跃，而标新立异具有开创性的作品就更是为数不多了。我以为，刘峪生的鼓乐组曲《季》可以称得上是一部富有新意的佳作。民族音乐的创作需要更多的有识之士以他们的远见卓识去开蔚然之新风，创作出更多的好作品来。

1994 年 5 月写于北京

路在自己脚下

——青年歌唱家陈俊华速写

她像一颗蒲公英的种子，张开小伞，飘飞着，坚韧地寻找着生根的土地；她像一阵快乐的风，刮到哪里都带着一片欢笑和青春的活力；她像一个永远也长不大的孩子，对人总是带着一腔率真、一缕纯情；她把一切都融在歌里，笑也是歌，泪也是歌，苦也是歌，爱也是歌……

这是小华最初留给我的印象。

最近，听到她演唱的一些新作品之后，我感到在她那清纯的外表下边，似乎还有着许多深沉的思考，有着几许与她的清纯不太相称的成熟，有着非常细腻的艺术感觉和对音乐敏锐的反应与理解。她演唱的新歌《无声的春雨》，尤其使我对她的良好的潜质和艺术禀赋有了一重更加深入的了解。

《无声的春雨》是我与作曲家王志信合作的一首歌曲，它是我近期作品中比较满意和喜欢的一首歌。在这首歌里，我没有采用对孔繁森其人其事概念化、标语口号式的赞美与颂扬，而是以浓浓的情愫、充满诗意的手法，把孔繁森像润物无声的春雨将无私的爱恋播洒在广大人民群众心灵深处的动人事迹做了艺术化的升华，表达了藏族人民对他的敬仰与深切的思念之情，是一首感情幅度相当大、演唱起来有着较大难度的歌曲。可以说，这首作品之所以获得业界良好的口碑和得以广泛流传，与陈俊华对作品深层内涵准确而恰当的把握与诠释有着密不可分的关系。听过她演唱这支歌的人都说，在陈俊华充满感情色彩的歌声里，没有矫情，没有技巧的炫耀，没有扭捏作态的修饰。她把全部的感情都融注在对歌曲意境的创造之中，她的歌声具有把理念化的内容变成鲜活的、生动感人艺术形象的魅力。

　　我以为，作为一个歌唱演员，能从对单纯技巧和外在表演形式的追求中解脱出来，而致力于用心灵和思想去表现艺术的内涵与深层底蕴，是陈俊华走向成熟的标志。但要想真正做到这一点实在是很不容易的，特别在她这样的年岁，在许多与她同龄的歌手们还都在致力于追求浮华的表演形式的时候，她的这份成熟就显得更加可贵。

　　有一次，小华曾这样对我说："一个歌唱演员要有过很多经历、有过许多伤痛和挫折才能唱好歌。从某种意义上来讲，经历和痛苦都是人生的财富。"起初，我惊讶于小小年纪的她竟能讲出这样一番颇有些沧桑感的话。心想，这也许是她"少年不识愁滋味，为赋新词强说愁"的故作深沉罢！但后来了解了她的一些经历，我才知道，这番话确实是她在生活中体悟出来的真实感受。

　　陈俊华出生在汉江边一个贫瘠的小县城，也许是汉江给了她水一样的灵性，也许是从事戏曲艺术的父母给了她最初艺术上的启蒙，10岁那年，她考入了陕西省艺术学校学习汉剧。从此，她便开始徜徉在这个古老的剧种所保留下来的深厚的艺术之中。刀马旦的武功与身段、青衣的唱功与念白是她每日晨昏必修的功课，小小的年纪便饱尝了艺术艰辛的滋味。13岁，还没毕业，她便被借到县剧团参加了汉剧《白娘子》等五部大戏的演出。于是，她从县城红到了地区，又从地区红到了省城。作为主要演员，她还获得了省文化局的嘉奖，并得到了1000元的奖金。在那个时候，一个13岁的孩子拥有1000元钱可不是一个小数目。但她把这些钱全部都分给了与她每日朝夕相处的兄弟姐妹，并给全团每人买了一套练功服，剧团里人人都说小华好，得奖还没忘了大家。

　　为了培养"小荷才露尖尖角"的小华，剧团专程把她送到武汉戏校，师从著名汉剧艺术家陈伯华。在这位老艺术家身旁，小华又学习了《双下山》《柜中缘》等汉剧传统剧目，唱念做打、水袖身段十八般武艺练了个遍，可以说是受益匪浅。后来，在一个偶然机会里，戏校的一位老师发现了她良好的声音素质，教她唱了一支湖北民歌《龙船调》，获得了一致的好评。于是，她又一发不可收地唱起了歌，唱起歌来往往达到可以忘记一切的境地。那一年，听说西安音乐学院招生，她匆匆跑去报考。因为时间已过，她又什么证件都没有，所以连名也没有报上。但凭着一股韧劲，她壮起胆子请负责报名的老师听她唱了一支歌，歌还没唱完便感动了招考的老师，竟破例允许她报名参加了考试。在陈俊华的记忆里，这是她第一次靠自己的意志实现了自我价值，也是她走出家乡的山沟沟，第一次见到钢琴。但这一次的尝试终因剧团不肯放她离开而未能如愿，因而这也是她在人生的路上第一次尝到的失意的滋味。

　　第二年她再次报考西安音乐学院，并被破格录取。但又因为同时报考的部队文工团提前录取了她，于是她又一次失去进入音乐学院的机会，成了一名穿军装的文艺兵，开始了她的歌唱艺术生涯。当她坐着军车来到荒凉而杳无人烟的戈壁滩上，并得知这里就是部队所在地时，她哭了，而且哭得非常伤心。毕竟，一个十几岁女孩子理想中编织的玫瑰色的梦与严酷的现实相差太远了！但很快地，她就止住了哭声，因为她在歌声里找到了安慰，在一次次为战士们演唱的过程中，她感到了极大的快乐。从此，她的歌声传遍了兰州军区各个部队的营房和哨所，受到了战士们的热烈欢迎。在1984年、1987年两次全军文艺会演中，她的独唱获得了多项奖励，并荣立了一次二等功、一次三等功。

后来，部队又送她到北京东方歌舞团学习，被歌唱家王昆看中。于是，她成了东方歌舞团第一名签约的合同演员，开始在北京的舞台上崭露头角。在东方歌舞团，这个多元文化荟萃的苑地里，她像一棵饥渴的小苗，尽情地吸吮着艺术的雨露。她学习歌唱技巧，学习东南亚各国的舞蹈，学习各国音乐的风格特色，很快便成了一名优秀的能唱能跳、独具风采的歌唱演员。

1988年是陈俊华幸运的一年，在第三届五洲杯全国电视歌手大奖赛激烈的角逐中，她连连过关斩将，夺得了业余组第二名的好成绩。带着胜利的喜悦，她又随东方歌舞团赴美国十几个城市演出，她的歌声在大洋彼岸同样受到了热烈的欢迎。从美国归来，她马上又去了革命圣地延安。也许是由于在异国他乡对祖国的思念，也许是延安老区人民艰苦奋斗的精神对她的感召，那片古老的黄土地深深地感动着她，使她回到北京后心中仍然久久地牵念着那片土地上的一切，促使她在音乐艺术片《好大的风中》充满激情地演唱了《走西口》。

1990年，总政歌剧团排演歌剧《白毛女》，陈俊华又因为得益于当年学习戏曲表演的基本功和她清亮的歌喉，在强手如云的竞争中被选中，担任了喜儿这一角色。她兴奋地说，在离开戏曲舞台多年之后，终于又有机会过了一把戏瘾。

此后，陈俊华不断地参加中央电视台举办的历年春节联欢会和各种大型文艺晚会，并参与拍摄了音乐艺术片《想延安》《丰收的土地上》和《中国风》（第二、三集）。她演唱的云南民歌《小河淌水》、山西民歌《泪蛋蛋》和古曲《钗头凤》拍成MTV，得到各界广泛的好评。其中《小河淌水》在中国音乐电视大赛中获奖，并被选入"中国民歌经典"。如今，陈俊华的名字已经被越来越多的观众熟悉。

陈俊华是幸运的，在她青春的艺术之树上已开出了鲜艳的花朵。天道酬勤，有几多耕耘，就会有几多收获。她取得的每个成绩，都与她的勤奋和努力分不开，她走过的每个驿站、每个足迹上都洒满了辛勤的汗水，通向成功的道路在她自己的脚下。前些天见到她，她刚刚从台湾演出归来，人显得略有些疲倦。但一谈起她心爱的歌唱，她就又变得神采飞扬了。今年，她除了要随团去澳门访问演出和准备参加文化部的春节晚会之外，还准备拍摄几首歌曲的MTV。当谈到这篇专访的时候，她对我说："请转告关心和爱护我的听众朋友，我一定不辜负大家的厚爱，努力唱出更多的好歌。"

听陈俊华演唱关峡交响幻想曲《霸王别姬》

陈俊华的歌声从交响乐队铿锵澎湃的声浪中飞起,萦纡牵结、敦拖呜咽、顿挫抑扬而又举重若轻,把极富情感的一段中国戏曲旋律演绎得那样缠绵悱恻、牵人情怀!可谓字字珠玑、句句传情。歌声中传递着月光的清冷、晚风的肃杀和面临生死离别时的无奈,让人无法不为之动容。她的演唱让我不由地想起《太和正音谱》中关于歌唱艺术境界的描述:"唱若游云之飞太空,上下无碍、悠悠扬扬,出其自然……"更可贵的是,她在继承传统戏曲演唱方法的基础上,又恰到好处地融入了现代声乐的发声技巧,使得声音圆润、通透而明亮,与交响乐队的音响相融相契,表现出一种幽雅的、东方式的艺术美感。

评歌词《那就是我》

近些年来，以思乡为题材的歌词作品为数众多，但仔细看一下，诸多同类作品中，有新意者寥寥无几。大多数作品不外是千篇一律的景色描写，外加本无真情却故作有情的枯涩抒发，读来令人兴味索然，能谱成歌曲脍炙人口的就更不多见了。晓光的词作《那就是我》却颇有些清丽脱俗，读来使人耳目一新。虽然这首歌词中也写到了某些同类作品中所描述的景色，但是晓光却能巧妙地把握住作品抒情主人公内心深挚的思乡之情，融情于景，纵横铺陈，使得"一切景语皆情语"，把景色的描绘升华成含情的境界，使作品具有深切感人的艺术魅力。

诗贵自然。只有自然的真情流露才具有引人入情的力量。《那就是我》的歌词第一段，以流畅的笔触顺着小河的流水和河边吱吱作响的水磨，展开了"噢，妈妈，如果有一朵浪花向你微笑，那就是我"的设问与回答。看似平白如话的语言，却有着诗的内涵，感情的线条也极为顺畅自然。这种设问与回答的巧妙使用，不仅决定了作品整个结构的骨架与风格，也把抒情主人公的思想和灵魂融入了词中所描写的所有景色。"那就是我"四个字是全词的点睛之笔，它用人的性灵和感情点活了无生命的景物。正是"有我之境，以我观物，故物我皆著我之色彩"（王国维《人间词话》）。抒情主人公的情思跃然纸上，给人以极大回味的余地。

歌词的第二段，作者以抒情诗的笔调，为读者描绘出一幅淡墨的田园诗画。炊烟、小路上的牛车、林中飘洒的竹笛声，于清淡的色泽之中寄以真情。主人公心中的乡情融在清幽的笛声中，缭绕在炊烟间，洒落在小路上。景致是淡淡的，而乡情却是浓浓的。古人云："作诗无古今，唯造平淡难。"晓光的这首词正是"似淡而实美"、以淡见浓的一首佳作。

作为歌词，应当充分考虑到与音乐结合这一重要因素。这是由于歌词本身的属性所决定，也是一首歌词能否成为一首好歌的先决条件。这就需要词作者在作品的布局等方面从音乐的角度去考虑。歌词《那就是我》共分为四段，如果按照逐段加强感情色彩的老套路，则仍不免落于平庸。作者在这首词的第三段，精心设计了一个"风帆"的艺术形象，它鼓满长风，破浪而来，急切地扑向故乡的怀抱。这里是作品的黄金分割线，是感情的饱和点，这就为音乐高潮选择了恰当的位置。风帆律动的内在节奏形成动感，为音乐的飞翔和高潮的形成提供了形象的依据。

作品的第四段，作者胸中起伏的波澜变得更加蕴蓄，以月夜水中青山的倒影和远方飘来的山歌，创造出了一个朦胧的意境，景色似乎更淡远了，而情思却更深沉了。它萦绕、充塞于天地之间，带着夜的沉静……所谓淡淡的乡愁，恐怕就是如此了，颇有些"才下眉头，却上心头"的意味。

作者采用类似电影蒙太奇的手法，利用时空的跳跃、交错和不同场景的重叠，为我们描绘了一组色彩斑斓的风情画。这些画面将抒情主人公的感情色彩交织在一起，织成一张情思的网，网罗住读者心中的乡情。

《那就是我》的歌词语言清新，明白如话，又采用了复沓的手法。复沓的运用，把歌词内容的主旨和音乐形式的需要紧密地统一起来，使得文学更富于音乐性。

另外，这首词短小、精练，每段只有四句，但在短短的篇幅里，作者所塑造的艺术形象却又是集中的。它不落动辄数十行外加副歌的老套路，形式上也给人以清新之感。

其实，这些艺术手法，我国古代早已有之，《诗经》和魏晋南北朝乐府民歌中感人之作俯拾皆是，只不过当前词界一些人未充分重视它们罢了。晓光的艺术实践，说明他是个乐于此道的有心人。愿我们歌词作者队伍中更多地出现一些这样的有心人吧！

1984年秋写于北京

晓光歌诗作品的艺术特色

晓光是我非常欣赏的词作家，喜欢的原因是他的作品中诗意的种子与融入他的歌诗作品中我国传统诗词的美感，以及他观察和表现生活的视野、胸怀与格局。

景语情语　境外之象

晓光的歌诗作品中既有传统的因子，又具现代诗清新、旷达、空灵、思绪跳跃的特色，让人听时赏心、读来悦目。

20世纪80年代初，晓光的《那就是我》是我最喜欢的一首歌，它让我想到朦胧诗的意境，想到舒婷的《祖国啊，我亲爱的祖国》中那种对祖国、对故土、对亲人浓得难以化解的情愫。它又让我想到《诗经·蒹葭》那种朦胧的意境，没有一句概念化的语言，整首歌诗以"景语"式的"情语"表达了普天下中华儿女对祖国、对故乡炽热的情怀。

歌中用小河、水磨、浪花、炊烟、小路、牛车、竹笛、渔火、沙滩、海螺、风帆、明月、青山、倒影、山歌等诸多的意象构成不同色彩的情境。王国维先生在《人间词话》中曾说："一切景语皆情语。"中国诗词追求意象与情境，表达意象与情境的目的则在于对情感的表达。意象与情境的营造是需要技巧与手段的，每个时代杰出的诗人、词家都在用熔铸着自己情感的语言描摹着属于自己的时代，以致中国歌诗的发展史就是一部充满诗意的中国历史。所有有成就的诗人、词家都是在继承与发展中留下自己在中国文学史上独特的、属于自己的印迹。

《那就是我》中"如果"一词的设置就像一个灵动的词眼，"如果有一朵浪花向你飞来，如果有一支竹笛向你吹响……那就是我"，巧妙地把审美主体放在亦真亦幻、亦虚亦实之间，不仅拓展了情感空间，而且让人在感受朦胧意象的同时拓展了审美的空间；表达了普天下中华儿女人人皆可以感知到的心灵最深处的乡愁——对故乡和亲人剪不断理还乱的情感与爱恋……

传统诗词三字与四、五、六字结合的语感与节奏不着痕迹地表现出中国诗词的美感，"我思念，故乡的小河"让人想起"杨柳岸，晓风残月"还有"浪淘尽，千古风流人物"这种根植于传统诗词长短句式的语感，在自由中的美感与节律。唐人司空图曾在《诗品》中提到一个诗的美学命题，即"景外之景、象外之象"。在这里，我姑且把它叫作"诗的多重审美"，如晓光作品《在希望的田野上》中"一片冬麦，一片高粱，十里荷塘，十里果香"四句词。我们在每一句中都可以找出它的三层内涵：1. 词的本义；2. 词的景外之景；3. 词的象外之象。例如：一片冬麦是景，景外之景则是自然联想中的色彩——白雪与绿色的麦苗，它的象外之象则是蓬勃的生机与萌发的力量；一片高粱是景，景外之景是高粱火红的颜色与摇动叶片的风声，它的象外之象是动感与收获；十里荷塘是景，景外之景是碧水、红莲，象外之象则是生活的宁静与安详；十里果香是景，景外之景是绚丽、多姿的色彩，象外之象则是丰硕与生活的甜美……四句词写出了春华、秋实、水色、山光，景外之景，象外之象，妙趣横生，如蓝田日暖、良玉生烟。

返虚入浑　积健为雄

这也是司空图在《诗品》中提出的一个美学命题。晓光在大型歌舞《复兴之路》中的《曙色》中这样写道：

一页页历史翻过，前浪远去后浪更蓬勃／一座座火山爆发，天崩地裂君王美梦破／一顶顶皇冠落地，斗转星移世事有新说……风吹过，雨打过，铁蹄践踏过／火烧过，刀砍过，列强分割过／抚摸着伤痕昂起头／吞咽下屈辱心如火／走过长夜，走过坎坷，走进曙色……

他以如椽之笔雄劲苍凉地描画出了1840年鸦片战争之后我国一代代革命者为民族崛起而做出的不懈努力，堪称返虚入浑、积健为雄的神来之笔。

大巧若拙　抱朴求真

晓光在歌曲《江山》中这样写道：

老百姓是地，老百姓是天，老百姓是共产党永远的挂念／
老百姓是山，老百姓是海，老百姓是共产党生命的源泉……

明白如话的词句，大巧若拙，平白如诉，天然去雕饰，却道出了当代社会最朴素的哲理。看似不显语言功力，却在最平实之处异峰突起，彰显出作者抱朴求真的艺术追求。它在人们口头语言习惯中不着痕迹地使用了"五、五、七、五"字的句式，使得口头语言的大白话有了诗的节奏和韵律，这是一种诗的至高境界。

我喜欢晓光充满智慧与灵性的歌词，也喜欢他对歌词写作技法的探索与追求。

求索从未有穷期

——舞台美术家苗培如写真

如果让一个美术家用感性和色彩为自己画一幅准确的写真画的话,恐怕大多数人会感到力不从心。因为,他们把自己性灵中最美好的部分和对缤纷色彩的憧憬大多给予了身外的世界,能留给自己的已经不多了——这也许是舞台美术家苗培如很少向人谈起自己的缘故。

初识苗培如,他给人的印象除了真诚、谦和的艺术家气质之外,更多了几许儒雅和书卷气。虽然已过知天命之年,但看上去他却比自己的实际年龄要年轻许多。苗培如属于他同龄人之中那种想通过拼命学习和工作来不断完善自己的人。因为他们这一代人大学毕业的时候正处于那场史无前例的浩劫,他们一生中最美好的青春岁月几乎都在无谓的动荡中失去了,所以多年来,他一直在用超乎寻常人工作负荷的勤奋和努力,去弥补失去的时光,把一台台令人难以忘怀的美好艺术空间搬上舞台,用他的艺术和睿智把自己对生活的认识和向往留给这个时代,留给那些不同年龄、不同爱好、不同价值取向的人们。

把艺术视作生命

当第五届中国艺术节开幕式晚会"百花赞"的舞台演出完毕即将拆台的时候,它的设计师苗培如像个孩子似的哭了,他哭得那么真诚,那么伤心。有道是"男儿有泪不轻弹",在他的泪水里,我体会到人们常说的"至情至性"四个字和所谓"性情中人"的含义。他无奈地说:"虽然我明明知道,没有一个舞台是可以永远保留下来的。但当你亲手把自己花了那么多心血和汗水营造起来的艺术品给毁掉的时候,又怎么能无动于衷呢?"

也许人世间的美好与失落就是在这样无情地轮回着。苗培如所选择的职业,注定了他要在自己的艺术生命中不断地、一个又一个地创造着、实现着、完善着他追求的美,继而又无奈地一个个失去它们。

但是,看过他创造的那些撼人心灵的艺术品的人们,也许会把他所创造的那些辉煌、空灵而又意境深邃的舞台空间在心底记一辈子。正如他设计的儿童剧《十二个月》《神镐》的舞台曾在一代少年人的心里留下了神奇、瑰丽、梦幻般的诗意一样,他设计的第五届中国艺术节开幕式"百花赞"的舞台,也在20世纪舞台美术史上写下了色彩浓重的一笔。

1986年,苗培如在苏联新西伯利亚"红色火炬剧院"完成了话剧《一个死者对生者的访问》的设计、制景工作,获得该国文化界的好评。总导演列兹尼科夫说:"这部戏既体现了中国的民族艺术传统,又有创新,它使苏联人民了解中国的现实和中国戏剧事业的发展,是苏联人民文化生活中一个不寻常的事件。"在准备启程回国的时候,他向苏联同行们说了这样一句话:"作为一次异地创作,我觉得我已经把生命的一部分留在了这里……"从中,我们可以感受到他那敏感的、富于感情色彩的艺术家气质和他对于自己衷心热爱的艺术事业的珍视。他是第一个应邀赴苏联和新加坡等国家担任舞美设计并获得广泛赞誉的中国舞台美术家。

艺术创作中的理念

中国的文学艺术中，历来把"意象""意境"视为最高的美学准则，诚如王国维所言："有境界则自成高格。"

苗培如的舞台美术设计非常注重"意象"与"意境"的创造。他把"创造与戏剧主体同步的舞台美术语言"融入戏剧的整体之中，精心营造与戏剧同一的意境，以形写意，让形式服从于表意。与此同时，在他的作品里，格外注重戏剧艺术中作为主体的人的意识与感受。这种艺术思维中的理念，始终贯穿在他诸多的创作实践之中。他要求自己的舞美设计都要作为不说台词的"角色"参与戏剧的演出。

话剧《原野》的舞美设计便是一例。他把原野上的黑林子作为与戏剧同步的舞台主体形象，以撼人心灵的舞台意境，赋予它足以引起观众多重联想的含义。他绘出的黑林子，原始、荒蛮、阴森、恐怖。张牙舞爪、形象怪诞的树杈盘根错节地布满舞台，只在深远处的天幕上留下了极狭窄的一线天空的亮丽光影，让人们在感到压抑、窒息的同时，在内心深处还留存着一丝憧憬与希望。黑林子这个舞台上的多重意象，对于象征黑暗恶势力的焦母来说，代表着残忍与愚昧；对于身怀着两代世仇的仇虎来说，象征着对黑暗与命运的抗争；对于金子来说，象征着悲苦的命运和心灵深处对未来的向往。看过这部戏的人都深深感到，同一个舞台美术景观，在不同场次中造成不同的意象，给人以不同的感受，它已经成为这部戏中不可或缺的一个"角色"。它对整部戏中多重人物性格的展示和整个戏剧的艺术氛围的塑造都起到了至关重要的作用。正如著名舞台美术家阿庇亚所说的："不要去创造森林的幻觉，而应去创造处于森林气氛中人的幻觉。"

苗培如认为，一个好的舞台美术家，还应该是一个戏剧家。只有站在戏剧家的高度进行创作，才能达到艺术的至高境界。

作品中的智慧与性灵

一个真正艺术家的作品，总是闪烁着使人为之惊叹的智慧与性灵之光。苗培如的舞美设计就是这样。他常常采取虚实结合，以虚为主的浪漫主义手法，一景多侧面，一景多用，令人感到变幻莫测、目眩神迷，体现一位艺术家的睿智与聪慧。在幻觉与真相、现实与写意之间，展现他非凡的想象力。

譬如，在儿童剧《十二个月》的舞台设计中，他以浪漫主义的思维方式舒展开创作的自由度。以六根三棱柱作为舞台的主体造型，制造了一个虚拟的艺术空间，并分别使用银箔、金箔和嵌条来装饰柱子的三个棱面。利用三个不同棱面色彩的变化，分别表现冬季和春季的森林以及金碧辉煌的皇宫。三棱柱瞬间的转动，就可以迅速变换出一个新的场景，给观众难以想象的意外惊喜。以银箔制成的六棵雪松装扮的人幕，作为舞台上一道活动的、人格化的风景线，在不间断剧情的情况下，快速变换场景，使得整场戏剧的节奏更加紧凑与明快。此外，旋转上升的写意式的火焰、自动开合的花丛、拟人化的太阳、小白兔举着的月亮、雪花装饰的台框等童话式艺术处理，使得整个舞台具有一种神奇、魔幻般的感人魅力。没有非凡的艺术想象力，没有一颗像孩子一样纯真的童心，是很难创造出这样充满才气、闪烁着艺术家个性和智慧光彩的作品的。

大型电视晚会中舞美设计的诗意追求与美学意蕴

近年来,苗培如参与了许多大型电视文艺晚会的舞台美术设计,如"亚运前夜"、克莱德曼演奏会、"三国演义"专题晚会以及从1993年以来连续举办五届的文化部春节电视晚会等。他善于采用鲜明的视觉形象为晚会概括出富有哲理意蕴的意象,使之与晚会的诗情内涵相结合;根据节目的不同内涵,巧妙使用画龙点睛式的细节勾勒,结晶出完美的舞台艺术空间,提高晚会的美学层次。

他设计的第五届中国艺术节开幕式晚会"百花赞"的舞台,被多家报社的记者誉为"20世纪末最辉煌的舞台"。"百花赞"的舞台宽30余米,纵深达70余米,在满场郁郁葱葱绿色仿真植物的环抱之中,铺展开四层高低错落的表演区。八根可转动并可喷放焰火的盘龙玉柱与70多米宽的形象逼真的长城大画幕遥相辉映,显示着中国传统文化艺术的深邃内涵和恢宏气势。舞台前区宽24米的灯光喷泉,在七色彩灯的照耀下闪烁着玲珑剔透的光影,时而升腾,时而低回,飞珠溅玉,流光溢彩,令人惊叹,久久回味。甚至有人说"百花赞"的舞美是这场晚会的"主角",这种说法虽然稍感夸张,但它从某种程度上说明了人们对苗培如这台"百花赞"舞美设计的钟爱之情。

苗培如是一个苦行的求索者,为了心爱的艺术,为了实现自己追求的目标,他无怨无悔。他说:"人的一生就是追求,我的人生就在不断追求的过程之中。"

奉献者的收获

——作曲家戴于吾印象

在现实生活中,一个人耕耘与收获的比例,大体来讲是一致的,俗话说"有几多耕耘,便有几多收获"。但对于作曲家戴于吾来讲,这句话却是一个例外。因为他在30多年的编辑生涯中,为发现、推荐别人的作品付出了太多太多的时间与精力,而留给自己播种与收获的时间却是少而又少。在他的艺术生命中,对待他人与对待自己的比例,是一个倾斜的不等式。

1959年,戴于吾以优异的成绩毕业于中央音乐学院作曲系。当时,他曾这样说过:"我喜欢音乐,因为它能表达我的思想、我的情感。我用火一样的热情对待人生,也用同样的态度从事艺术。我希望通过我的音乐,给人们的工作增添一点力量,给人们的心灵增添一点美好,给人们的生活增添一些温馨。"然而,正当他风华初露、充满创作激情的时候,却被分配去当了一名编辑,而且一干就是35年! 35年,12770多个日夜,他几乎都是在孜孜不倦地"为他人作嫁衣裳"中度过的。作为一个颇有才能的作曲家,甘愿舍弃自己宝贵的艺术青春,去全心全意地执着于编选、推荐他人的作品,这是要有一点奉献精神的。今天,如果我们回过头来粗略地浏览一下他参与编选的作品,就不难看出他35年以来所付出的劳动与艰辛! 仅仅是1959年至1966年期间,他参加编辑的《歌曲》和《音乐创作》月刊,就有80多期。这其中推出了几多作品、几多新人,如今恐怕都难以计数了。在纪念《歌曲》创刊30周年的座谈会上,著名作曲家施光南就曾动情地谈及自己当年与戴于吾在创作上的交往，以及他对青年作者的帮助与支持。

1972年，戴于吾到人民音乐出版社工作以后，又先后担任了《聂耳全集》（作品卷）、《冼星海合唱曲选》、《黄河大合唱》、《长征组歌》、《毛泽东诗词合唱五首》等乐谱的责任编辑，并参加了《中华大家唱（卡拉OK）曲库》这一大型音乐作品集的编选工作。当我们审视这些巨大、精细而浩繁的劳作的时候，有谁能不对它的编辑者充满了由衷的敬意呢？

戴于吾深深挚爱我国丰富的传统民歌与民族、民间音乐。他在学生时代创作并发表的艺术歌曲《上河里划下来一只船》粗犷豪放，具有强烈的西部民歌风格。但可能是因为他出生于苏南水乡的缘故，他的音乐以清新、委婉见长。每逢有人谈到戴于吾那许多动听而富于个性的声乐作品时，他总是谦逊地说："我远不是那种才华横溢、文思泉涌的人。我是把别人喝茶、聊天的工夫都用来做事的。白天我要做许多编辑方面的事情，只有到了晚上或是节假日，才是我能伏案写作的时刻。我的许多作品都是这样一点一点挤出来的：先是旋律的胚胎，然后是发展，再找时间写出和声织体与钢琴伴奏部分……时间对我来说真是太宝贵了！"当我们欣赏他那一首首利用"业余"时间写出来的作品时，就会从他的音乐中感到他内心深处那充盈着爱与美的真实情感。他时常不无调侃地说，自己是一个"业余的作曲家"，但是，他的每一首作品的质量都无可置疑地展现了他出色的创作才华和深厚的艺术功力。在《春雨沙沙》《铃兰》和《蒲公英在秋风中微笑》组成的合唱套曲《素描三首》中，他以隽永的情致、清新的意境和鲜明的音乐形象，编织出一幅幅感人的音响画卷。他那精巧细腻的旋律和清新而充满活力的乐思，传递着人们心中最纯真、最美好的情感。从他用人声模拟春雨沙沙洒落的音响律动和钢琴织体错落有致的变化里，我们可以感受到大自然朦胧、神秘而宜人的气息；从静静的天籁声中，我们又似乎能够听到大森林里铃兰花叮咚震响的奇妙语言；从轻盈起伏的旋律和复三拍悠扬的节奏中，我们似乎可以看到蒲公英在秋风中飘飞的形象……他用一颗纯净的爱美之心，营造出至善至美的意境，令人听后久久不能忘怀。难怪这组作品在海外乐坛演出时，得到音乐界的一致好评，并受到听众的喜爱与欢迎。

也许是由于对纯洁、美好理想的向往与追求，戴于吾更偏向和喜爱儿童歌曲的创作，他所创作的儿童歌曲都有着活泼健康的主题、明朗清新的基调、蓬勃向上的生命力和纯朴率真的情致。在长期的创作实践中，他的儿童歌曲创作逐渐形成了自己独特的艺术风格，例如旋律的清纯、动听，和声色彩的澄澈、透明，曲式结构的简洁、严谨，以及用钢琴伴奏的音乐织体参与艺术形象的塑造等。这些都展示着一个作曲家成熟的风采与鲜明的个性。他的作品集《童声合唱曲20首》《小伙伴的歌——少年儿童歌曲60首》以及童话寓言歌曲盒带《刺猬背瓜》中，用音乐所塑造出来的"坐井观天的小青蛙""自作聪明的小毛驴""骄傲自满的小白兔""踏实进取的小乌龟"和"用刺背瓜的小刺猬"等形象一个个都可信而又可亲，牵人情怀，使人难忘。他谱写的中、小学语文课本中的古诗词歌曲，十分注重旋律内在的民族气质，具有可听、可唱、易学、易记的特点，这些都是他送给孩子们的礼物。

在音乐创作之余，他偶尔还有感而发地写一些音乐辅导文章、随笔和杂文。他颂扬美好的事物，鞭挞丑恶的思想和行为，用鲜明的语言和观点表达自己对于音乐生活与社会时尚的态度。例如，《名家皆从无名来》《伯乐识马与"马"投"伯乐"》《以"赫德莱堡的丑剧"为戒》等，都深切地表现了他的艺术观和审美理想，抒发着一个艺术家的爱憎与好恶。30多年来，戴于吾勤奋地工作着，他像一只春蚕，不断地吐着丝、做着茧，为他人输送着温暖。与此同时，他用自己的执着和真诚编织着一个个美丽的艺术之梦，把它送给孩子们，送给一切追求真善美的人们……

1994年7月写于北京

衣带渐宽终不悔

——青年歌唱家董华印象

1995年岁末,在北京海淀剧院举行了董华的独唱音乐会。虽然这只是一个音乐学院学生的毕业音乐会,但它的举办却引起了北京民族声乐界的众多专家和声乐艺术工作者的广泛关注,音乐会的现场几乎成了民族声乐界的一次大聚会。演出中高潮迭起,观众反响之热烈大大超出了人们的意料。

在音乐会上,董华成功地演唱了我国传统民歌、创作歌曲、外国艺术歌曲,以及中外歌剧选曲和咏叹调。一副举重若轻的大家风度,充分展现了她娴熟的演唱技巧和良好的艺术禀赋。她演唱的传统民歌韵味纯正、风格鲜明,一曲《兰花花》牵人情怀,歌声中充满了黄土高原浓郁的乡土气息;而《太湖美》秀丽、柔媚的运腔则使人沉浸在江南水乡的诗情画意之中。她演唱的大型叙事歌曲《木兰从军》起伏跌宕、刚柔并济,纤巧处似微风拂柳情浓意酣,阳刚处若金戈铁马撼人心魄。她演唱的外国艺术歌曲与歌剧选段则气息贯通,声音共鸣运用得体,作品风格把握准确,听来让人感到游刃有余、训练有素。她演唱的创作歌曲,激情勃发、声情兼备,具有强烈的艺术感染力……我以为,董华的成功与某些靠一两首歌曲偶然走红的歌星有着本质的区别。把她比作我国民族声乐界冉冉升起的一颗新星,是个毫不夸张的评价,因为她确实已经具备了作为一个歌唱家所应有的实力和素养。

董华出生在陕西一个教师家庭里。几千年厚重的文化积淀,滋养了高天厚土的黄土地，在这里，有着仰韶文化与龙山文化的遗存，有着渭水河造就的八百里秦川，有着周文王威仪天下的镐京故地，有着始皇帝千年无声、于黄土垄中默默守卫着中华古老文明的秦兵马俑，有着唐皇、杨妃"春寒赐浴华清池"的骊山行宫……也许是渭河的流水里含有了太多的文化与性灵，喝着它长大的姑娘们，也大都出落得智慧而聪明。董华，这个生长在渭水之滨的小姑娘，便硬是凭着一腔执着、一股韧劲，唱着黄土地上的信天游，闯入了歌坛，并终于得以在群星璀璨的音乐界崭露芳华。不了解董华的人以为她"天生一副好嗓子，得来全不费功夫"，但实际上，董华的从艺之路走得非常艰难。如果了解她十多年以来为了心爱的歌唱艺术所付出的艰辛和她的生活经历，人们或许会对她今天的成功更多一重理解。

如果一个人从小娃娃的时候就开始执着于某一件事情，直到成年仍然痴心不改，这就足以使人为之感动。董华4岁的时候，就已经开始展露她的音乐天赋，她每天抱着收音机听呀、唱呀，自己学会了不少歌曲。她的嗓门大，声音也甜，每天早上八点钟，她都会像个职业歌手一样，搬着个小板凳，站到自家的阳台上去练歌，一年四季，风雨不误。时间长了，邻居们一听到她开始唱歌，就知道该去上班了。大家都说咱们这里有个"小闹钟"，有了她不会误了上班。

董华的学习之路走得很难、很难，过早地步入社会，使她在小小的年龄就饱尝了生活的滋味。14岁那年，为了能实现自己的歌唱梦，她就离开父母，考入了解放军某野战部队的一个文艺宣传队，经历了许多十几岁的孩子所难以承受的磨炼，终年随部队跋山涉水，到野战军所属的各个连队和哨所、驻地去演出。战士们心疼和喜爱这个瘦瘦的、有着一副金嗓子的小姑娘，大家都亲切地把她叫作"军营里的百灵鸟"。越是艰苦的环境,越是能使人奋进,四年的军旅生活使董华受益匪浅,在她的性格中无形地注入了一股顽强求索和百折不挠的韧性。

退伍后,董华考入陕西省歌舞剧院,担任独唱演员。她曾经主演过歌剧《兰花花》,参加过许多重大的演出活动,在省里多次获奖。从表面看,董华的艺术追求得到了一个比较完满的结果,她应该知足了,但爱看书的她却从平时喜爱的书籍中感到世界是那么大,而自己的知识是那样贫乏。于是她决心要换一个活法,她要靠自己的努力去考大学,去充实自己,去寻找一个更加广阔的天地。

对董华来讲,大学专业课的考试也许并不是那么可怕,但只有小学文化基础的她,要想通过全国大学统考这一关却是谈何容易!但她仍然义无反顾地走上了这条充满艰辛的路。她买齐了一切需要用的书,开始了艰难的自学,经过了六个年头、两千多个日夜寒来暑往的苦苦自学,1991年她终于如愿以偿地考进中国音乐学院,成了我国高等音乐学府中的一名大学生,而这一切又是需要多么大的决心和毅力啊!

人与人之间是有缘分的,早在十多年前,当董华还在部队文艺宣传队的时候,就曾经向金铁霖老师学习过三个多月。恐怕连金老师也没有想到,这个当年的小女兵,如今竟成了他的得意门生,并在我国歌坛上群芳争艳的春光中一展风采,令人为之瞩目。

为了筹备自己的独唱音乐会,董华一个人跑前跑后地忙了几个月。熟悉她的人都看得出来她瘦多了,但为了自己心爱的歌唱艺术,她却感到无限的欣慰。"衣带渐宽终不悔,为伊消得人憔悴",这就是董华,这就是她成功的奥秘。

最近,又听到董华演唱了一首非常感人的新作品——《和平之恋》,我感到董华确实开始成熟了。她已经超越了单纯追求演唱中声音完美的阶段，进入了用声音塑造艺术形象和表现作品思想内涵的境界。她的歌声把人类对于和平的向往与赞美，表达得异常质朴而富于感染力，于恬淡、悠远之中蕴含着浓浓的诗一般的情愫，流淌着人们心中的最美好、最纯真的感情：

> 和平是江上的白帆，依偎着故乡的港湾／和平是飞翔的风筝，把欢笑带给蓝天／和平是父亲的烟斗，燃烧着古老的故事／和平是母亲的歌谣，环抱着婴儿的摇篮／啊，和平！你是我们心中永恒的爱恋……

最近，她演唱的这支歌正作为中央电视台的"每周一歌"在播放，歌声表达着人类共同的心声和对真善美至高理想的呼唤。祝愿董华乘着歌声的翅膀，在艺术的天穹里更高地飞翔！

来自樱花之国的琴声

——我国赴日留学生姜小青写真

（广播特写）

随着我国改革开放的不断深化，许多青年学生纷纷出国求学。他们或奔赴欧美大陆，或东渡扶桑留学深造，用自己的艺术实践，谱写着一部20世纪末叶中外文化交流史。在今天这个时间里，我们向大家介绍一位在樱花之国——日本留学的中国姑娘姜小青。

记得第一次见到姜小青，是八年前在中央音乐学院举办的一场音乐会上。她挥洒自如、游刃有余的古筝演奏技巧和对乐曲独到的理解与处理，给我留下了深刻的印象。恰巧，她的父母和我坐在一起，于是我们便熟识了。这一对科学家与音乐家结成的夫妻对女儿的教育自然是在缜密的逻辑思维之外又融进了几许艺术家的浪漫气质。

许久以来，在我的印象中姜小青永远是舞台上那个文文静静而又充满灵气与才华的小姑娘……前几年，听说她出国留学去了，初始还有些惦念，时间一长也就渐渐地淡忘了。

不久前，一位日本朋友来华到我家中做客，非常郑重地送给我一张题名为《辉弦》的激光唱盘。望着这位日本友人近乎虔诚的目光，我深深感到他对这张唱片的珍视和喜爱之情，便急忙把它放入唱机中，于是我小小的书斋里便弥漫开了古筝铮铮淙淙的乐声和尺八悠长如诉的旋律……

（播出乐曲《星河》，乐声渐渐压低为背景音乐）

这是一首叫作《星河》的乐曲，古筝与尺八精巧的对奏和浓郁的东瀛音乐风格，把我引入乘着古老的竹筏，横渡茫茫银河，徜徉于群星灿烂的天宇之中的想象空间。那潇洒蕴藉而又起伏跌宕的节律所荡起的叮叮咚咚的琴声，使我仿佛感到闪烁在眼前的灿灿星河、身旁的涟涟波光与清冷的气息。我想，这一定是出自一位日本民间音乐大师的演奏，便沉浸在那犹如行云流水般的乐声中，静静地聆听着……渐渐地，在那日本音乐韵味十足的乐曲里，好像浮现出一个我非常熟悉的影子。从演奏者那疾徐有致、强弱收放洋洋洒洒的气度，我几乎断定这就是她——那个音乐会上文静而又充满灵气的小姑娘。只不过在她绝佳的音乐感觉和纯熟的技巧之外又平添了许多成熟的韵味和大家风范。我急忙拿过唱片的封套，只见上面赫然写着姜小青的名字。啊，果真是她！没想到短短几年时间里，她竟然走进了日本民间音乐的深层并取得了日本音乐界的认同。与她共同合作演奏这首乐曲的宫崎青亩先生，是日本著名的尺八演奏家，在日本音乐界能够和他合作也当是一种殊荣了。

打开封套的扉页，是日本作曲家坂本龙一先生所写的序言，这位饮誉世界乐坛的音乐家特意为姜小青的独奏专辑撰写序言，更可以看出日本音乐界对这位年轻中国演奏家的尊重与赞美。他写道："中国文化的精髓在于音乐，这是一种身负历史、超越时代的技艺。姜小青演奏的古筝放射出强烈的个性，她在传统之中注入了现代音乐的精华。它既是古典又超越古典，既是新曲又具有古典的回声。在她的音乐里，你可以听到今日东京、纽约等世界都市中传统音乐所表现出的最好的音乐范例……"

（《星河》音乐渐收）

正是基于对姜小青的这种认识和评价，坂本龙一先生特意邀请这位中国姑娘参加了由他作曲并获得七项奥斯卡大奖的影片《末代皇帝》的配乐演奏。而通过与坂本龙一先生的合作，姜小青的艺术视野更上了一个新的台阶。1987年,在纽约的巡回演出中,坂本龙一先生用钢琴与姜小青用古筝即兴演奏的二重奏,更是在大洋彼岸引起了强烈反响。

听众朋友,接下来就请大家欣赏姜小青改编并演奏的影片《末代皇帝》的音乐主题。

(播出《末代皇帝》音乐主题)

从姜小青父母那里我了解到,她赴日留学的想法完全由于一个非常偶然的契机。1983年夏天,年已71岁高龄的日本音乐家岸边成雄先生来华,就日本正仓院乐器的起源和唐代音乐的历史研究进行文化交流。当时,正在中央音乐学院读书的姜小青也参加了这次讲学活动。岸边成雄先生讲述了自唐代以来中国音乐文化对日本的影响,历数了奈良正仓院中所珍藏的18类、75件唐代由中国传到日本的乐器,并特别说明,时至今日,许多乐器的演奏方法还完整地保留在日本古老的歌舞艺术里。岸边成雄先生的一席话深深地打动了姜小青,使她萌生出将来一定要去日本追溯中国古老音乐文化印迹的想法。她这样想,也这样努力着,并终于在1986年踏上了东渡日本的行程。

为此,姜小青在艺术上做了充分准备,为能对中日两国传统音乐文化进行认真的比较,她先后师从项斯华、张燕、范上娥、刘维珊、曹正、尹其颖等我国古筝名家,深入地研习了中国古筝各个流派的艺术特色。无论是山东派、河南派、武林派,还是潮州派、客家派的代表曲目,她都细细加以品味,寻找它们的精髓。

下面,请大家欣赏一首姜小青演奏的客家派筝曲《出水莲》。她以客家派古朴清秀的演奏风格、清淡典雅的情趣,描绘了莲花出水时清新秀丽的风骨。

(播出《出水莲》)

接下来，再请大家欣赏姜小青演奏的古曲《海青拿天鹅》。这是一首根据元代流传下来的同名琵琶曲编写的古筝曲。它描绘了我国北方民族的狩猎生活。姜小青以她娴熟的勾、挑、剔、抹、劈、按、揉、滑、颤等演奏技法，生动地表现出海青与天鹅在空中飞翔、搏斗的情景，栩栩如生，趣味无穷。

（播出《海青拿天鹅》）

身居樱花之国的姜小青，却独独偏爱《梅花三弄》这首咏颂梅花的古曲。这或许是因为梅花是中国的象征，或许是因为梅花傲雪迎春的风骨与她身处异国人群之中的孤寂心情有所契合。这古色古香的旋律中流荡着梅花的芳香和美的韵致。

（播出《梅花三弄》，音乐渐弱，转为背景音乐）

听着这古朴、清越的琴声，我不禁想起姜小青的父母给我读过的她的一封来信："亲爱的爸爸、妈妈：在国内的时候，对国家的荣辱我是不太察觉的。但当来到异国他乡，各国人聚在一起，就不是个人之间的竞争，而是国家之间的比赛了……中国人能在异国做出成绩，不但要为国争光，也要为国家树起形象。但那是多么难啊！因为你要比别人多付出几倍的力气。不管祖国多么贫困，它终归是我们的家乡啊！为国争光的口号我不会喊，但我要做一个优秀的中国人……"

听众朋友，我想，听到这一番女儿写给父母的由衷之言，恐怕每个人都会为之动容。这是一个留学异国的游子发自肺腑的一片至诚，是姜小青胸中跳荡着的一颗中国心。

（播出古筝曲《梅花三弄》）

朋友们，近年来国外的通俗音乐不断涌入我国，并形成了一股迅猛的潮流。与此同时，我国的民族音乐也在悄悄走出国门，踏进世界广阔的天地，这是一个多么奇妙的反差啊！我国一些杰出的音乐人才走出国门，用他们的艺术实践证明中国的音乐文化同样可以在世界乐坛取得它应有的位置，姜小青就是其中的一个。日本音乐产业株式会社出版了她的激光唱片《辉弦》之后，她这样回答记者："在我的这张唱片里，中国古典音乐和新的东西各占一半，今后，我准备用普通的古筝向世界音乐挑战，并且打算创造出这种音乐。"朋友们，听过姜小青这一番话，相信您一定也会为她的这种情怀感到鼓舞和振奋。

好，下面我们再一起欣赏姜小青创作并演奏的一首现代古筝曲《辉弦》的第一章。她邀请了中国古典音乐、日本邦乐，以及爵士乐、摇滚乐、西洋音乐和现代音乐的许多演奏家与她共同演奏这首乐曲。一曲我国东北民歌的旋律在乐曲中占据着重要位置，洋溢着浓郁的中国气息。它凝聚着一个身处异国的中国女孩炽烈的思乡之情。听，辉煌的琴弦拨响了！它正回荡着，飞越大海，向着中华大地吐露着一个海外儿女心系家国的拳拳游子之情。

（播出《辉弦》）

听众朋友，广播特写《来自樱花之国的琴声》——介绍我国赴日留学生姜小青就播送到这里。朋友们，再见！

1992年8月17日写于北京

毕节，神奇的土地

百里杜鹃

朋友，你可见过被人们称之为"花中西子"的杜鹃？可见过千树万树、团团簇簇，如漫天霞彩般染红群山的杜鹃？

在贵州西北的毕节地区，有一片绵延130多平方公里、举世罕见的原始杜鹃林带，人们把它叫作天然的"百里杜鹃"花园。我们不妨想象一下，每年春来花开时节，当七彩缤纷的杜鹃花密密匝匝地开满130多平方公里山川原野的时候，该是何等恢宏、何等令人赞叹的天下奇观！

说起杜鹃花，不禁想起古人的诗句："杜鹃啼候恰开花，血染花枝艳妒霞，万紫千红总逊他。"此诗读来已是令人骋怀，若当真走进这绵延百里的杜鹃花海，身在万花丛中，将又会是怎样一种情景呢？

暮春时节，正是杜鹃花开的时候。若是此刻来到毕节赏花，当是与花有缘。你看，山山岭岭起伏蜿蜒，变成了花的世界。层林尽染，高低冥迷，置身其间，令人感到如梦如幻。

看，那白杜鹃堆云叠雪，银装素裹，冰清玉洁；紫杜鹃虬曲盘折，含蓄深沉，笑傲青山；红杜鹃如火如荼，灿若云霞，热烈奔放；粉杜鹃温柔妩媚，娇俏俊雅，秀丽清淡；更有那花色杂生的彩色杜鹃林，五彩缤纷，绚丽多姿，争妍斗艳。

漫步林中，繁花连枝，遮天蔽日。流连树下，纷纷扬扬的花瓣落在肩头发梢，朵朵片片让人意惹情牵。回眸林中，落英缤纷铺满小径，七彩花路堆红积翠，令人不忍踏足其间……

我想，杜鹃花是有灵性的，不然的话，何以会这样把美推到了极致，何以会创造出这样一片色彩斑斓的世界让天地为之惊叹？！

草海四季

草海，是毕节地区独特的高原熔岩湖，它像一面波光粼粼的明镜，镶嵌在海拔2100多米的贵州高原上，被人们称为"高原明珠"。

草海，又像一位娇羞少女，一年四季时时不断地改变着模样，浓妆淡抹，惹人爱怜。

春到高原，风儿吹得草海醉了。它像一只翠玉琢成的酒杯，捧出春的芬芳，捧出海土下一叶叶嫩绿鹅黄。草海用百花绚丽的色彩，点染着山野的娇艳，环抱着宁静恬美的村庄。你看，那农家的篱笆墙旁边，桃花、杏花开了，李花、梨花开了，杜鹃和迎春也开了！还有田野里星罗棋布、团团簇簇不知名的野花，手挽着手，用一片万紫千红铺开了漫山遍野的斑斓！忽而，远方飘来一支牧歌，它掠过草梢，亲吻着野花，摇落花瓣上晶莹的露珠，拨动着人们的心弦！

夏日的草海，绿色愈加浓了，它绿得那么深沉，那么执着。那绿色，就像一团团难以化解的情思，铺满山野，染绿海水，扑进眼帘，一直融进你的心底。那绿色，好像要把它无穷无尽的力量深深注入每一个走进它怀抱的生命之中。朋友，倘若你漫步其间，那么，每一片绿叶，每一棵小草，都会用它们的绿色，坦坦荡荡地伴你一路同行。此刻的草海，又像一杯香醇的碧螺春，把淡淡馨香、浓浓情愫在不经意之间悄悄润进你的脑海之中，让心头时时泛起丝丝缕缕的回味与甘甜。

登山远眺，极目四野，湖面上银光闪闪、波涛万顷，湖岸上碧色连天、绿色葱茏。这银色与绿色的交响是如此的和谐，伴着夏日微风掀起的层层涟漪悄然进行着无声的对话……

秋到草海，金风送爽。大地成熟了，捧出片片橙红与金黄。那红了的是秋风点染的丛林，黄了的是阳光催熟了的田畴。而秋阳下的海面，则显得更加宁静，更加澄澈。间或，飞起几只水鸟，它们飞旋着，洒下一串悦耳的鸣叫，又落到一片已变得色彩斑驳的草丛之中。我想，那片草丛里一定有它的巢，有它的情侣和可爱的小宝宝。

秋天的黄昏，是草海最美的时候。将要落山的夕阳仿佛不愿意离开草海，它要在这个时刻释放出全部的情感，在水天之间投下炽热的爱恋。于是，天空、海水、湖岸都被阳光映得一片殷红，山野和村寨也都被镀上了一重金色的光环。此情此景，怎能不令人流连忘返？

寒风呼啸，飘飞的冬雪渐渐覆盖了山峦、原野和海滩，天地间变得一片洁白，草海的冬天降临了。且莫以为冬日的草海会感到寂寞，随着珍奇的黑颈鹤和上百种鸟儿的来临，此刻的草海依然是生机勃勃。从北方飞来的大雁和鹭鸶、野鸭、长尾雉等水鸟们，成双结对地在海滩上的枯草丛中忙忙碌碌地筑巢，在这片充满浓情蜜意的土地上安家。

黑颈鹤是年年飞临草海的珍禽，它美丽的体态、漂亮的羽毛，特别是它脖颈中那一环高贵的黑色，都使它显得格外高雅、与众不同。昂首鹤唳，仰望万里长天，盘旋飞舞，似仙女般潇洒飘逸。黑颈鹤的到来，又为草海平添了几多风韵。

黎明与黄昏，是草海最喧腾的时候。鸟儿们的叫声此起彼伏，汇成美妙的交响乐，莺声鹤鸣，声声悦耳，把草海叫得一片欢腾。

草海有情，它用丰美的水草和食物养育着来自天南海北的鸟儿；草海有爱，它敞开温柔的胸膛庇护着鸟儿们繁衍生息。

愿草海永远恬静和谐，愿草海永远美好安宁，愿鸟儿们永远拥有这片自由的天堂。

织金洞寻幽

被誉为"地下天宫"和"洞中之王"的织金洞，是毕节地区又一个国家级的名胜景观。它是一座恢宏壮丽、气势磅礴的旅游洞天，以独有的洞穴堆积与结晶形态和最佳岩溶资源吸引着无数海内外的游客。

织金洞纵深蜿蜒12公里，总面积达70多万平方米。拥有着11个大厅、47个洞室。其中有一个叫作"地下广场"的岩洞就有300米长、170米宽、50米高。洞中40多种堆积形态，集中了各种类别的溶洞。有幸置身于这样一个宏伟的地下宫殿，该是多么惬意的事情！

走进织金洞，不禁令人目眩神迷。这里道路纵横交错，怪峰奇石林立，间歇水塘起落，暗河流水湍急，更有清澈见底的地下湖泊错落其间，游人倒映水中，恍然间，不知身在何地。

放眼四顾，长长的石幔、石钟乳从洞顶垂落，一座座石笋、石柱拔地而起。这些历经几十万年时光堆积而成的结晶体，以千变万化的各种形态和色彩，向世人展现着织金洞的雄伟和绮丽。徜徉其间，怎能不浮想联翩？人类最古老的印迹也不能和它的阅历相比。这里每一根矮小的钟乳石都可能是修炼了几万年的老人，它们每一毫米的增长都记录着时光老人的足迹。

你看,那"地下塔林"雄浑伟岸,"铁山云雾"缥缈神奇,"百尺垂帘"喷薄而下,"灵霄宝殿"威严神秘,还有"普贤骑象""广寒宫""银雨树""卷曲石"……真可谓是鬼斧神工,巧作天成,一步一景,步移景换。

惊世骇俗的喀斯特岩洞,撼人心魄的岩石雕塑,织金洞以举世罕见的风貌展示着中华大地的壮美。它像一颗璀璨的明珠闪耀在贵州高原,依偎着毕节神奇的土地。

愿民族合唱艺术之树常青

合唱作为一种外来的艺术形式，自20世纪二三十年代传入我国以来，已经逐渐融入了我国人民的社会生活和艺术生活，成为我国音乐事业的一个不可或缺的组成部分。但提到民族合唱这个概念，则是新中国成立后50年代初的事情了。那么何谓民族合唱呢？我想，在这里还应把它分为广义的和狭义的两种理解。从广义的角度来讲，一切中国作曲家创作的，反映中国人思想情感的合唱作品，都应将其称为民族合唱作品。这其中亦包括采用西洋传统作曲法创作，并采用西洋发声方法演唱的合唱作品。从狭义的角度来看，我这里所说的民族合唱则是指借鉴西洋四声部合唱的组合方式，以中国民族发声方法为基础，演唱以中国古典歌曲、民歌、戏曲、曲艺等音乐素材为依据，并对其加以改编或二度创作的合唱作品。其中也包括作曲家创作的，具有浓郁中国民族风格的和地域音乐色彩的合唱作品。

中央民族乐团合唱队就是这样一支以演唱中国民族合唱作品为特色的、具有浓郁民族风格的合唱队。她是我国民族合唱艺术园地中一丛色彩艳丽的花朵，是一支散发着泥土芳香与中国传统艺术美感的艺苑奇葩。本文所谈到的一些观点，就是对这支合唱队近半个世纪以来的民族合唱艺术创作与实践的一些体会。

首先，让我们简单回顾一下这支民族合唱队的历史。20世纪50年代初期，作为当时中央歌舞团领导成员的著名音乐家李焕之与声乐教育家唐荣枚从俄罗斯"小白桦合唱团""鄂木斯克合唱团"等民间合唱团的成功实践中，萌生了要创建一支中国民族合唱团的设想。于是在他们的大力倡导下，在老一辈艺术家王方亮、张树楠等人的参与下，创建了至今仍然令人难以忘怀的我国第一支民歌合唱队——陕北民歌合唱队。这是一支以陕北民间发声方法演唱陕北民歌的女声合唱队，演员完全来自民间，没有经过任何西洋发声法的训练。他们所演唱的《三十里铺》《兰花花》等陕北民歌合唱质朴无华、风格浓郁、情真意切、感人至深，曾在我国音乐舞台上风靡一时，倾倒了无数中外听众，给人们留下了深刻的印象。

1956年，为了参加在莫斯科举办的第六届世界青年联欢节合唱比赛，当时的中央歌舞团在陕北民歌合唱队的基础上，补充、吸收了部分男女声合唱队员，组成了一支四声部的混声民歌合唱队。与陕北民歌合唱队相比，这支合唱队成员的成分开始改变，注入了新的因素，它不再是由纯粹的民间歌手组成。与此同时，合唱队的演唱形式和组合方式也改变了，它由比较单纯的女声二声部合唱变成男女声四声部的混声合唱，演唱的曲目也由单一的演唱陕北民间歌曲发展到以演唱北方语系地域色彩的民歌作为主体。此时，这支合唱队经历了它在艺术上从民间合唱到专业混声合唱的蜕变。

在莫斯科，他们演唱了以东北民歌改编的《瞧情郎》、云南民歌改编的《茶山谣》以及古典琴歌改编的《苏武》等合唱作品，获得了极大成功，并夺得了这届合唱比赛的金奖。1960年，合唱队与部分乐队从中央歌舞团分离出来，组建成为今天的中央民族乐团，在艺术上获得了更大的自由，拥有了更加广阔的天地。专业乐团的艺术建制，深入民间采风学习，从民间音乐中汲取营养的做法，以及团内专业作家针对这支合唱队的艺术特色为其量身创作的民族合唱作品，都为这支合唱队风格特色的确立与拓展起到了决定性的作用。从此，中央民族乐团合唱队逐渐地在艺术上获得了长足的进步，形成了自己个性鲜明的演唱风格。

1964年排演音乐舞蹈史诗《东方红》的时候，中央民族乐团合唱队担任了其中全部民族风格合唱作品的演唱，像《农友歌》《八月桂花遍地开》《南泥湾》《丰收歌》等都是当时有特色的3号合唱队拿手的曲目，给人们留下了难忘的美好回忆。

艺术贵在个性，富于个性的艺术才会具有旺盛而蓬勃的生命力。中央民族乐团合唱队正是选择了这样一条追求个性的艺术道路。他们的演唱除了要具备一般合唱队都应具有的和谐与平衡之外，还有着极强的探索性和试验性，这就给合唱队的艺术建设带来较大的难度。

在这里，我想从审美的角度来谈一谈民族合唱与西方圣咏式合唱，也包括与我国其他合唱形式的差异。一般来讲，中国艺术传统的审美意识里更多的是"线性思维"，音乐、美术、书法概莫能外。譬如美术，唐代吴道子的人物画中衣饰的线描被誉为"吴带当风"，这里充满了对线的动感的赞美；再譬如，书法中的草书亦曾被描绘成公孙大娘舞剑器时充满空灵感的线的流动。中国音乐的审美同样也是以线性的旋律进行作为主体的，旋律横向律动中所产生的无穷无尽的变化所造成的美感，是中国老百姓在聆听音乐时最为喜闻乐见的美的表现形态。这就与西方人的审美意识有着极大的差异。西方人的绘画讲究立体的所谓焦点透视，讲究明暗与色彩的对比，讲究质感；西方的音乐亦是强调纵向的立体化思维，这些也都体现在他们的乐队的交响性、圣咏式合唱纵向的和声结构之中。因此，虽然中国的民族合唱借鉴了西方合唱的声部组合形式，但它在审美的意义上却与西方合唱有着很大的不同。换言之，就是无论在演唱还是在作品的创作方面，我们都不能以西方合唱的审美观念作为准绳来衡量和要求中国的民族合唱。

其一，从发声的角度来看，一般的混声合唱大多以美声唱法为基础，这种唱法泛音多，人声的四个声部易于融合，因而合唱整体感与和谐性强，因为它来自西方，更适合于西方人纵向的立体式的审美意识。我们民族合唱的发声，女高音与男高音声部是以民族唱法作为主体，男女低音声部则在保持声音谐和与厚重感的基础上向高音声部靠拢，一部分女中音更是采用了接近于第二女高音的音色在演唱。无论在声音的共鸣、位置，还是咬字、吐词、运腔等各个方面，都强调追求民族的韵味、民族的美感。这种发声方法的组合，更适合于表现线性的旋律美和展现民族合唱的风格特色。这样，如果我们单纯用西方合唱的审美标准来审视中国的民族合唱，必然会忽视了我们民族合唱中最生动、最具有生命力的部分。

其二，是运腔和地域性音乐与语言特色把握的问题。大家知道，运腔是民族声乐中非常重要的组成部分，离开了运腔，中国的民族声乐就失去了灵魂。我国古代声乐理论对于声腔方面的许多理论在这方面都有精辟的论述。而戏曲、曲艺、民歌音乐与语言的地域色彩则更是民族声乐须臾不可离开的因素，很难设想假若陕北民歌《兰花花》、河北民歌《茉莉花》等离开了地域的语言、音乐与民歌的运腔之后会是个什么样子。而民族合唱演唱时的运腔较之民间歌手个体式、自由度较大的演唱方式又有所不同，它需要一个声部十几个甚至二十几个人都统一在同样规范化的运腔之中，使用同样地域色彩的语言和音乐风格。这就对民族合唱队成员的民族音乐素质提出了更高的要求，因而，民族合唱的训练有着更大的难度。

其三，民族合唱演唱的风格特色决定了民族合唱作品的创作也应适合于民族合唱的审美要求。它在借鉴西方合唱立体式纵向音乐思维的同时，更要保持线性的旋律美，通过线性的旋律展现民族的运腔特色、地域性的语言、音乐风格等。在上述二者之间，我以为就民族合唱来讲，后者比前者还要重要。我们不能用一种习惯了的审美定式来审视两种不同审美范畴的艺术。这就好比我们不能用西方圣咏式合唱的概念来衡量俄罗斯"小白桦"合唱团演唱的作品，说它演唱的二声部女声合唱缺乏交响性，缺乏纵向音乐思维一样。因为它们是不同类别，具有不同审美概念的姊妹艺术。它们之间只有风格特色的差异，而无高低贵贱的分野。"小白桦"成功的艺术实践，恰恰说明"越是民族的才越是世界的"这条真理。

多年来，中央民族乐团合唱队一直在为实现上述目标的道路上不断地努力着。为了实现这个目标，一些老合唱队员曾在极端困难的情况下，到全国各省市、地区深入民间采风学习。当时还没有录音机，他们就通过口传心授的方法，向民间艺人一句句地学，用笔一句句地记谱，经过多年的学习，积累了大量的生动、鲜活而富于生命力的第一手民间音乐资料，用自己的青春和艺术实践，为这支合唱队的艺术建设做出了贡献。直至今天，乐团的合唱队员虽然不断地在更新，但新队员通过民间音乐课向老队员学习民间音乐的传统，却已经成为这支合唱队保持自己风格、特色的一条行之有效的经验。以著名音乐家李焕之为代表的一批作家，更是通过自己的创作来推动这支民族合唱队在艺术上的发展。他们带有探索性的创作活动体现着这支合唱队的艺术方向与宗旨，展现了这支民族合唱队艺术风格与特色的规划，是合唱队艺术建设的蓝图，他们为这支独具风采的民族合唱队的存在与发展做出了巨大的贡献。

从20世纪50年代初期到今天，经过半个多世纪的不断探索和顽强的艺术实践，中央民族乐团合唱队的朋友们深深感到，虽然在今天的情况下民族合唱还是一个艰难的事业，虽然在他们选择艺术个性化的道路上有着比其他合唱队更多一重的挑战，但民族合唱事业仍然天地广阔、大有作为。因为我们有中华民族五千年的悠久历史和古老文明这个取之不尽、用之不竭的源泉，有根植于人民中间、让中国老百姓喜闻乐见的文化艺术背景。尽管我们需要做的事情很多，我们要走的路还很长，但在这个广阔的舞台上，我们却可以用自己的声音唱出中国老百姓喜闻乐见的歌。

为此，中央民族乐团合唱队采取了把手伸向传统，伸向民间，伸向我国丰富多彩的戏曲、曲艺，伸向反映今天时代的民族风格新作品创作的做法，走出了一条属于自己的、独具特色的艺术道路。

第一，从祖国五千年古老的文化传统中汲取营养。

中央民族乐团合唱队演唱的曲目非常广泛，其中，从我国古老文化传统中取材的作品占有相当的比重。大家知道，在留存下来的我国传统声乐作品中，古老的琴歌是历史较悠久的部分。古典琴歌追求悠远淡静的美学理念，歌词颇具文学性的高雅意趣，具有较高层次的审美价值，是我国传统声乐艺术中的瑰宝。乐团组织合唱队员向古琴演奏专家学习，并改编创作了古典琴歌合唱《苏武》、《胡笳吟》（《胡笳十八拍》）等，取得了可喜的成绩。此外，他们还演唱了根据我国第一部音乐文学总集《诗经》中的选篇谱写的交响合唱组曲《诗经五首》《伐檀》《关雎》，以及为唐诗、宋词中的名篇谱写的合唱曲《阳关三叠》《千里共婵娟》《子夜吴歌》等。通过对这些我国优秀传统音乐文化的学习，通过对古典琴歌演唱接近于古琴演奏时吟揉弹抹独特韵致的品味，对中国文学艺术的源头《诗经》意象的追溯，对唐诗、宋词经典作品韵律与境的探求，中央民族乐团合唱队演唱作品的文化底蕴变得逐渐深厚起来，致使中国台湾、中国香港、新加坡等地的唱片公司一再邀请他们录制唱片，并专门邀请他们为自己作曲家创作的佛教题材合唱作品担任演唱，取得了很好的效果。他们演唱的根据电视剧《红楼梦》中黛玉"葬花词"音乐编写的合唱《葬花吟》，声音和谐，吐词清晰，意境幽远，真切感人，较好地展现出这支合唱队鲜明的风格、独特的韵致，以及诠释中国古典音乐作品的艺术功力。

第二，从我国各地丰富的民歌和民间音乐中汲取营养。

多年深入民间采风学习的积累，以及在青年合唱队员中民间歌曲与民间音乐课程的设置，增强了合唱队员的整体民间音乐素质，所以这支合唱队在演唱一些地域音乐色彩浓郁的合唱作品时，显得活灵活现、游刃有余。在合唱训练中，确立地域性风格韵味较强的民歌的运腔方法，是一个不可或缺的内容。训练过程中，他们对方言的语言特点、咬字、吐词、归韵的特殊性，都进行细致的分析研究，力求做到演唱时传神、对风格把握准确。例如他们演唱的以河北民歌改编的合唱《茉莉花》就融进了极浓的冀东民歌的韵味，并统一采取了地道的冀东民歌运腔手法，一个个极富特色的擞音、一句句回味悠长的甩腔，体现在由一个个合唱队员组成的整齐划一的声部齐唱之中，让人听来具有极浓的乡土气息与质朴的民间音乐韵味。此外，他们演唱的《兰花花》采用了陕北信天游的咬字吐词与真假声结合的发声技法；他们演唱的《下四川》采用了青海"花儿"的发声与运腔方法；他们演唱的男声合唱《澧水船夫号子》采用了湖南方言和号子的演唱风格；他们演唱的女声合唱《采花》则又采用了四川方言，展现出四川民歌轻巧、灵秀的风格韵味……目前，可以说在我国的专业合唱队中，还没有任何一支合唱队在这方面能像他们一样，对中国传统民歌进行过这样深入细致的分析与研究，并将其纳入合唱艺术表演的实践之中。

第三，从风采各异、品种众多的各地戏曲、曲艺中汲取营养。

众所周知，戏曲与曲艺是我国民族音乐中发展最完备、最具艺术特色的部分。中央民族乐团合唱队在向戏曲、曲艺学习借鉴的过程中，做了大量的深入而细致的工作。除了专门的采风活动之外，他们在到各地巡回演出的空隙里也抓紧时间向当地的民间艺术学习，他们也曾采取请戏曲、曲艺方面的专家到团授课的方法进行更加深入的学习。以上所说的多方面的学习是基础，是演员素养的积累，而由团内作家有目的地为合唱队创作的作品才是学习与借鉴姊妹艺术的具体体现。例如，他们演唱的根据河南地方戏曲二夹弦编写的合唱《春到中原》，就在女声声部的演唱中采用了胸声与假声转换使用的特殊技法，取得了令人满意的艺术效果。又如，他们演唱的根据河北皮影调音乐改编的合唱《闹花灯》，吸收了皮影调音乐中"三赶七"的音乐结构方式，歌词句式由三字三字、四字四字、五字五字、六字六字直到七字七字为止。与此相应地，音乐的节奏也就引出无数奇巧的变化，使得整个合唱起伏跌宕，意趣盎然。河北冀东方言的语言韵致，皮影调音乐萦纡牵结、缠绕往复的运腔，以及特殊装饰音、擞音、甩腔的运用，使得他们的演唱展现出极强的可塑性和质朴亲切的感人艺术魅力。

第四，以民族风格浓郁的新创作展现时代的风貌，使民族合唱事业汇入今天人民群众的文化生活。

多年来，中央民族乐团合唱队在努力地寻求着民族合唱艺术发展的多种途径，他们既要继承传统，在古典歌曲、各地民歌、戏曲和曲艺中拓展自己的艺术天地，创立自己的艺术风格、特色，又要不脱离时代，唱出时代的强音,把自己的艺术活动汇入今天人民的文化生活之中。为此,他们还创作、演出了大量的歌颂新时代、歌唱主旋律的民族风格浓郁的合唱作品,如歌唱革命先辈李大钊的合唱组歌《启明星》,歌唱改革开放大好形势与当前社会主义新生活的合唱作品《春天的呼唤》《母亲河》《红云》《闹花灯》等。他们演唱的颂扬爱国主义、英雄主义精神的叙事合唱《木兰从军》,再次展现了他们在继承传统与勇于创新相结合方面所做出的探索与努力。叙事,是我国广大人民群众熟悉与喜爱的艺术表现手段,它符合中国老百姓喜欢听故事的艺术审美心理,是民间文学和曲艺艺术中常用的手法,但以叙事手法编织而成的合唱作品却为数不多。叙事合唱《木兰从军》则根据北朝乐府中的《木兰诗》,重新剪裁编织成适合于声乐艺术表达的歌词语言,在音乐上吸取中原地区民歌与戏曲的音调,借鉴戏曲板腔体的结构方式,以领唱与合唱第一人称与第三人称交相映衬的艺术手段,向大家讲述了一个巾帼女英雄木兰替父从军卫国杀敌的动人故事。这首作品既大气磅礴又亲切感人,受到了广大群众的热烈欢迎,取得了良好的艺术效果。

今天,作为群众性、自娱性的合唱活动,愈来愈受到大家的喜爱,但以欣赏性与商演性质为目的专业艺术合唱团体却仍然是个寂寞的事业。中央民族乐团合唱队当然也不例外。回首这支民族合唱队走过的路程,可以说既有艰辛和坎坷,也有喜悦和甘甜。如今,乘着改革开放的春风,乐团领导与创作人员又为这支合唱队的发展做出了新的规划。我们欣喜地看到,民族合唱艺术之树至今依然具有蓬勃的生命力,它的枝头仍在绽开着新的花苞,结出新的果实。让我们衷心祝愿民族合唱艺术之树常青!

1998年7月写于北京

雅俗有致　情境交融

——1997年文化部春节电视晚会观后

近几年，电视晚会越来越多，但看来总有千篇一律之感。一说起晚会，就不外乎是歌伴舞、舞伴歌、相声、小品加解说。搞晚会的人感到无奈，看晚会的人感到乏味，晚会已由前些年的火爆转入低谷。

牛年新岁伊始，大年初一，看了1997年文化部春节电视晚会"七彩虹"，顿感耳目一新。它精美、高雅，以高品位的艺术给人以美的愉悦，是近年来难得的一台令人赏心悦目的好节目。

雅与俗的结合

千百年来，人们对艺术作品的评价，多从雅与俗两个角度入手。雅者追求韵致，追求格调，追求艺术的品位，久而久之终成文人雅士阶层所有的专利，虽为阳春白雪，但曲高和寡，从之者寥寥。俗者追求通俗易解，追求谐谑，追求情趣，追求市井气息，久而久之难免形成良莠并存的状况，有些东西则流于媚俗。雅俗二者很难集于一身，雅俗共赏的佳作更是凤毛麟角。但唯有雅俗兼而有之的作品，才能拥有绝大多数的观众和欣赏者，这是所有从事艺术工作的人所公认的道理。人尝说"雅为俗中之雅方为大雅，俗为雅中之俗方为大俗"，这种大雅与大俗的契合，才是艺术家们所追求的至高境界。

1997年文化部春节电视晚会"七彩虹"的编导者，于雅俗之间选取了一个极佳的入手角度，铺展开一片崭新的天地，创出了新意。他们选取了中国传统文化中最具代表性的四大雅品"梅、竹、兰、松"作为整个晚会四个篇章的载体。这四种载体既有美的形态，又有很深的内在蕴涵，可谓是雅到了极致。但编创人员却别具匠心地为它们设置了一个完全民俗化的序"百子闹春"。以民间年画中童真、童趣的形象，组成了"连年有余""吉祥如意"等民俗风情画面，使序幕中"民俗"的情境与四个主要篇章中"雅"的意味相融，二者谐和而又相映成趣，取得了非常完美的艺术效果。

晚会的第一篇"梅——春满九州"中，有一组叫作《东西南北处处春》的民歌组唱，编导者选取了我国各地、各民族具有代表性的13首民歌，让歌手们在雅致、精美的梅花丛中，展现出一幅幅载歌载舞的民俗风情画卷。以雅的景致作为背景展示俗的意蕴，雅中有俗，俗中有雅，使这组民歌具有极强的可视性、鲜活的生命力和较高的艺术品位，生动而形象地展现了祖国处处充满春光的大好景象。这是近年来各类晚会里同类民歌联唱中少有的精彩之笔，是雅俗兼备的极佳范例。

又譬如在第二篇"竹——华夏风采"里，编导者把我国古老雅乐中的琴箫合奏与民间俗艺杂技"柔术三人滚杯"结合在一起，组成了一个珠联璧合的艺术统一体：竹林旁的空地上，竹影婆娑，云烟袅袅，两位女演奏家轻拢慢捻，缓吹低奏，乐声悠扬，一派儒雅情致；竹林前的池水中，碧波涟涟，荷叶片片，莲花怒放，三个女孩子以令人难以想象的杂技功夫，在池水中一片硕大荷叶的叶片上，表演着民俗中的绝技柔术，令人看后叹为观止。在这个篇章里，民间俗艺的表演透着典雅、精美的意趣，古典雅乐的音韵伴合着杂技表演张弛有致的节律，大雅与大俗契合，共同塑造出绝美的艺术境界。仅由此一斑，我们即可看出1997年文化部春节电视晚会"七彩虹"集雅俗为一体，展示高雅、精美、高水准艺术作品的风格特色。

情与境的交融

在我国传统的美学观念中，对意境的要求是很高的。王国维先生曾在论词的格调时说："词以境界为上，有境界，则自成高格。"但近年来的一些电视晚会，却多是采取在同一个固定的场景中展现诸多不同内涵、不同形式艺术作品的做法。无论是舞台美术、灯光，甚而连一些歌舞节目都处于陪衬的地位。它们唯一使人感受到的是一种同一的、人为制造的气氛。很少看到有哪台晚会专意设置与作品相关联的特定的意境，更谈不上情与境的结合。1997年文化部春节晚会"七彩虹"虽然是一台以舞台艺术为主体的电视晚会，但编导者却调动了音乐、舞蹈、舞美、灯光等多种手段，共同参与融情造境与艺术形象的塑造，取得了令人赏心悦目的视觉效果。在一般晚会中处于从属地位的舞美与灯光，成了文化部春节电视晚会中不可或缺的重要组成部分。从晚会整体布局的四个大篇章"梅、竹、兰、松"的意境创造，到各篇中每个小板块、小节目意境的安排，都恰如其分地调动舞台美术、灯光和各种艺术手段共同参与，形成了几乎每个节目都在特定意境中展现的"情境交融式"独特艺术风格。

第一篇中的《梅颂》是一个令人赏心悦目、集歌乐舞为一体的综合节目。精美的镜头画面，透过主持人推开的垂花门，悄悄把观众带进了一个晶莹剔透的冰雪世界。雪花轻轻飘洒，一片灼灼盛开的梅林充满视野，梅花与飞雪红白相映，恰似一幅传统国画中的红梅白雪图。随着悠扬的乐声，舞台上五座洁白的冰峰缓缓转动，幻化成五位弹琵琶少女风姿绰约的倩影。透过这组画面，镜头又移向漫天飞雪中一组梅花的群舞，在婆娑舞姿的环抱中，梅林深处飞出了歌者曼妙的歌声："不羡罗锦恋素妆，落下瑶池傲雪霜，万里东风第一枝，含笑人间报吉祥……"白雪与红花相映，轻歌与曼舞相合，美景与真情相融，编织出一幅情与境交相辉映的感人画面。

在"七彩虹"晚会的其他篇章里，这样的例子还有许多许多。譬如晚会的第三篇"兰——群芳竞妍"中几个小板块的处理，也同样情境相融、精彩纷呈。编导者以"假面舞会"的形式展示了一组外国歌剧与艺术歌曲；以梨园小舞台的环境烘托出京剧各种流派新人风采的《梨园新声》；以欧美风格的圆形廊柱与喷泉、流水的台阶、水池等风光推出了展示世界各国歌曲、乐曲的《异国风情》；以俄罗斯辽阔的田野与白桦林为背景展示了一组我国人民熟悉的苏联歌曲《白桦树下》……看后都使人感到美不胜收，如身临其境，不由自主地随着演员们的歌舞，神游在美好的艺术情境之中。

其他，如"松——叶茂根深"一篇中新创作的《青松赞》《家乡茶正浓》等作品也都是情境交融的佳作。其中编导者为歌曲《家乡茶正浓》设置的意境就像是一幅淡雅的乡村生活风俗画，抒发着普天下炎黄儿女的思乡之情。舞台上一轮夸张了的圆月高挂中天，月下芭蕉树旁的竹桌上，一壶新泡的香茶在如水般清澈的夜色里飘散着诱人的香气。竹桌边，一位中年女子捧茶凝思；舞台后部的高台上，几个女孩子手捧香茶翩翩起舞，舞姿映在明月之中，与望月抒怀的歌者唱出的"海风啊，请你停一停，给亲人捎句话，就说家乡茶正浓"相映成趣，歌声与情景融成一体，余韵绵绵，牵人情怀。置身于此情此景之中，不禁使人交口赞叹编导者的独具匠心和他们融情造境的艺术功力。

1997年文化部春节电视晚会"七彩虹"发人深思的东西很多，它多侧面地展现了当前我国精神文明建设所取得的成就，展示出一种导向，一种追求，一种创造艺术精品的意识。愿文化部每年一度的春节电视晚会越办越好，愿电视屏幕上出现更多像"七彩虹"一样绚丽多彩的电视晚会。

1997年2月写于北京

美与韵的长卷

——2002年文化部春节电视晚会随笔

没有浮华,没有刻意的张扬,没有喧嚣,没有急功近利的烦躁;像一幅精美的艺术长卷在不经意之间缓缓舒展开来,一帧一帧,一幅一幅,忽而是俚风民俗、乡音绵绵,忽而是异国情致、五彩缤纷,忽而是小桥流水、明月清风似的宁静澄澈,忽而又是铁板铜琶、黄钟大吕般的恢宏;名家新秀、中外古今、琴韵诗情、心语歌吟,观众的思绪随着镜头疾许有致、起伏跌宕的节奏变化,在充满美的遐想与动人情韵的意境中流连……这是一年一度文化部春节电视晚会给我的总体感受。沉浸其间,深深感受到它所遵循的"荟萃名家与精品,奉献艺术与美好"的宗旨和编创者们为此所做出的巨大努力。

在21世纪的今天,电视作为一种现代时尚的传媒手段,于无形中给荧屏上各种类型的文艺形式几乎无一例外地赋予了时尚的色彩,并以其令人无法抵御的力量影响着现代人的生活和思维方式。它像一面多棱镜,折射着五光十色的形态和诱惑,以俗文化的视角观照世界,以快节奏、迅捷多变和丰富多彩的表现手段走进千家万户,成为现代社会生活中不可或缺的文化现象。而各种类型、大大小小的文艺晚会都无可回避地体现出电视文化的基因和特色。

但在众多的电视晚会之中,一年一度的文化部春节电视晚会却是独具特色,表现出独特的文化品格。它在对时尚汲取与交融的同时,执着地反映与体现着舞台艺术自身深沉的反思和高雅文化对时尚的某种疏离。这种自省式的思索与追求突出地表现在历年文化部春节电视晚会追求精美、继承传统、致力于创新的艺术实践中。本文仅就2002年文化部春节电视文艺晚会"春晖"（以下简称"春晖"）谈一点自己的观感。

追求精美

一般的电视晚会，多是以一个或几个固定的场景作为整场晚会所有节目共同的演出环境。这种做法的结果是让一个个不同情境、不同内容的作品去适应同一的、共性化的环境，很难做到张扬艺术作品的个性、实现个性化作品艺术意境的营造。因此，尽管它们使用了多种令人眼花缭乱的声光电等技术手段进行所谓的包装，但其结果仍然使人感到雷同、似曾相识，难以打造艺术精品。而文化部春节电视晚会则充分利用录播的优势，以丰富的舞台场景、灯光、服饰与道具的变化，巧妙地为每一个或每一组内容相近的作品竭力营造个性化的生存环境与艺术氛围，力争以较完美的视觉手段向观众传达舞台艺术作品的性灵与神韵。

在"春晖"中，我们看到了很多这样精美而令人难以忘怀的段落。例如"五洲金曲"一篇中，歌曲《遥远》的情境设计就是一个很好的例子：火红色枫林环抱着的林间空地上，几排粗放排列的桦木栏杆把观众视线的焦点引向舞台纵深处，斑驳的阳光透过树梢洒在林间小路上。台阶旁、草地上铺满了金黄色的落叶，到处是秋的色彩。一位身着俄罗斯民族服装的青年坐在未加雕琢的木椅上深情地凝望着远方……展现在观众面前的，仿佛是一首幽静的田园诗，又好像是一幅俄国画家笔下美丽的风景画。

看着这动人的景象，观众似乎可以感受到林间吹来的微风，闻到落叶和草儿的芳香，甚至可以感到歌者脉搏的跳荡。三角琴和巴扬演奏的前奏音乐，很自然地把观众带进了歌曲的规定意境。演唱者悠远深情的歌声响起来了，声声牵动着观众的共鸣。美的情境、美的音乐、美的歌声共同融汇成一个精美的作品。

又譬如"江河大地"一篇中，有一首叫《台湾雪》的歌曲。歌中讲述了一位老人，身在无雪的台湾，心儿却深深怀念着黄河岸边飘雪的故乡。大年夜，他站在阳台上，把撕碎的纸片抛向空中。朦胧泪眼中，老人仿佛看到了故乡飘飞的雪花和久别的亲人……为恰如其分地烘托歌曲中这位台湾老人炽热的思乡情怀，编创者精心设计了这样的情境：蓝色调的、清冷的光波中，漫天飘飞的雪花悄然洒落。飞雪中矗立着一个冷峻的金字塔形金属框架，框架下一群身披白纱的姑娘在寒风中高低错落地静静伫立，她们举起手臂仰望夜空，纷纷扬扬的雪花洒落在她们的肩头、发梢……蓝光、白雪、白色的纱巾与坚硬、冷峻的金属材质把寒冷、压抑的感觉无声地传递给观众。客观环境强烈的冷色调与歌者内心炽热的、火一样的情感形成强烈的反差，为歌者心中的激情做了很好的铺垫。音乐响起来了，韧性的旋律节拍中回荡着抒情主人公澎湃的心潮。缓缓移动的镜头随着歌者内心情感的抒发变换着节奏。音乐渐趋激动，歌声也渐渐由诉说变为呐喊，当情感的闸门终于被冲破的时候，特写镜头推向歌者泪水盈盈的双眼，拍下了泪水夺眶而出的瞬间，把歌的韵致和情的律动推向高潮，这情感的激流超越时空，升华为一种精神，凝聚起所有中华儿女的心愿，表达着海峡两岸中国人共同的祈盼，催人泪下，动人心弦！这就是艺术精品所产生的精神力量。

像这样的场景和情境的设计在"春晖"中可以说俯拾皆是。例如："五洲金曲"一篇中，几首外国音乐作品的背景，以镂空铁艺做成的写意式楼房门窗以及大理石栏杆和人体雕塑等西方特色建筑，营造出具有异国风情的典型环境。置身其间，演员的内心情感和外化的形体表演就有了依托。而在"古韵新声"中，则使用一扇扇我国古典建筑雕花窗棂的重叠摆放作为传统曲艺唱段的表演背景，看来古色古香，幽雅宜人，具有浓郁的民族风格。一篇篇细细看来，几乎每个节目都像一幅精美的图画，它们或像色彩浓重的油画，或像清淡秀雅的水粉画，或像意蕴深远的水墨画，浓妆淡抹各具风采，令人神往。

这种以情造境，因境生情，追求精美，追求品位的做法，使文化部春节晚会形成了自己独特的风格特色。经过十年的不断实践，这种风格特色愈益成熟，已成为每年春节时候千家万户翘首期待的文化景观。

致力创新

人类的文化艺术是在对传统的继承与不断创新中得到发展的。没有继承就没有发展，没有创新就意味着失去艺术的生命。"春晖"在继承传统、致力于艺术的创新方面也做出了积极而有意义的尝试与探索。在"古韵新声"一篇中，有一段传统昆曲《长生殿》的唱段。编创者以创新的理念对这个传统唱段的音乐和艺术表现形式进行了极富新意的改造。

众所周知，昆曲有着近500年的历史，是我国现存的最古老的剧种。它对很多剧种的形成都有着重要的影响，被称为"百戏之师"。它的唱腔婉约妩媚、秀丽悠远；它的戏文格律严谨，有着很强的文学性。昆曲堪称我国传统戏曲中具有代表性的剧种之一，但囿于诸多历史的因素，昆曲艺术已渐趋式微。如今，它在审美理念、戏剧节奏以及表现手段等方面与现代观众的距离也越来越远。虽然联合国教科文组织已明确把昆曲列为重点保护的人类非物质文化遗产,但要使昆曲走出困境,仍需要寻找为它注入新鲜生命力的方法和途径。在"春晖"中,我们高兴地看到编创者独具匠心地将昆曲的唱腔与钢琴和西洋弦乐队巧妙地融合在一起,创造出了前所未有的艺术样式,看起来令人感到耳目一新。当"向东风解释春愁,沉香亭畔同倚栏杆……"的唱腔,伴着钢琴华丽的织体、滚动的琶音,与弦乐队舒展的和声背景交织在一起,回响在观众耳边的时候,一种东方式的美感,一种东方艺术崭新的、特立独行的意蕴盎然而出。它既有着昆曲音乐优雅沉静、一唱三叹的美感,又有着贴近现代人审美意趣的音乐形态。与此同时,电视画面相继叠映出演唱者凤冠霞帔、仪态万方的神采、钢琴键盘上演奏家跳动的手指,以及小提琴琴弓在琴弦上舒缓滑过的镜头。那种美感确是难以用语言来表述的。编创者使用嫁接式的组合方法,在我国传统昆曲音乐的旋律中注入了现代音乐鲜活律动的因子,使得这段古老的昆曲于典雅之中更增添了几许亮丽,一股明朗清新的气息扑面而来。观众可以明显地感到:它的旋律和灵魂是民族的、传统的,但它的表现形式却融合了新的、现代的艺术手段,令人听起来颇具时代感。它是古老与新生融汇勾兑出的艺术佳酿,是传统与现代的碰撞迸发出来的灵感火花,是创新的思维方式给予我们的心灵启迪。

在"古韵新声"里,以管弦乐队伴奏的评弹《寄扬州韩绰判官》(唐·杜牧诗)也是一首中西合璧、融传统意蕴与时代感为一体的佳作。大家知道,苏州评弹作为古老弹词的一支,是一个有着数百年历史的古老曲种。它柔美抑扬的旋律与软语如珠、绵绵不绝的语言特色令人心仪。传统的苏州评弹一般是演唱者怀抱琵琶轻捻浅唱,几件弦索乐器为之伴奏,以叙事讲史而见长,带有浓重的市井文化色彩。其音乐品格多为小家碧玉式的清丽与婉约。而这首为杜牧诗谱曲的评弹，由于管弦乐队的介入，使得作品的艺术表现力得到了较大幅度的扩展。极富江南特色的音乐旋律，经管弦乐队的演绎变得宽广舒展、色彩斑斓，在以叙事见长的同时，更增加了抒情的意蕴。评弹轻盈的间奏音乐，通过弦乐与木管组音色各异的多种乐器演奏，变得柔和、优雅，充满了诗情画意。琵琶铮铮淙淙的拨弹在管弦乐队丰富的音响烘托下则显得更加俏丽而生动。电视画面突出评弹表演形式的特色，以"犹抱琵琶半遮面，轻拢慢捻皆有情"的演唱者为主体，辅以几组手执团扇或坐或立侧耳聆听的仕女作为陪衬，形成动静相映的画面。蓝绿色调的背景光营造出宁静、安适的氛围。一幅"青山隐隐水迢迢，二十四桥明月夜"的美景，随着唱腔的起伏跌宕跃然浮现在观众的思绪之中。清音缭绕、余韵绵绵，令人一曲难忘……

此外，"春晖"在杂技节目的意境塑造方面也进行了比较成功的尝试。例如，男子双人技巧"合力"是一个展示高难技艺的杂技节目，在传统的此类节目表演中，主要表现的是"技巧"与"难度"，以惊险取胜；但"春晖"的编创者在这个节目的拍摄过程中，于刻意展示惊险、技巧等因素的同时，还特别注重挖掘男性演员在肌肉、形体与力度方面的美感，以特殊的、具有个性的意境引导观众更多关注"美"带给心灵的感受，把意识提高到审美的层次上来。在这里，灯光和特技镜头的运用，对意境和演员形体美的塑造起到了至关重要的作用……音乐声中，迷蒙变幻的光效营造出空灵而深远的舞台空间，两个男子从混沌初开的光影中走来，暗蓝色的轮廓光和侧逆光清晰地勾勒出他们发达的肌肉和强健的体魄，形成极强的雕塑感，他们举手投足都使人感叹：人体原来是这样美！刹那间，仿佛是米开朗琪罗手下鬼斧神工的大卫走下圣坛，有了鲜活的生命。不同机位镜头的变化、多层次画面的叠映与表演的节奏同步，在律动中给人以高雅、圣洁的审美愉悦。原本属于俗文化的杂技在"春晖"的荧屏上，在光与影合成的意境中，完成了从世俗走向高雅的里程。这种大俗与大雅交融，正是"春晖"的编创者所致力追求的创新的艺术境界。

"春晖"在传统艺术的继承、创新与改造方面迈出的步伐坚实而令人信服。编创者在新作品的创作方面，更是竭尽才思、苦心孤诣地求新、求变。在这台晚会中，新创作的作品占了三分之一。观看这些新作品使人感到扑面而来的时代气息和当代中国人民昂扬振奋的豪迈情怀，例如：器乐曲《腾飞》（唐建平曲）与《春风吟》（李沧桑曲）中跳动着新民乐充满时代精神与鲜活生命力的脉搏；京剧《中华词联》（李延年词，尹晓东曲）以宋词词牌串联而成，颇有新意；谭晶演唱的歌曲《台湾雪》（刘永昌词，孙厚存曲）和毛阿敏演唱的歌曲《我的恋曲》（宋小明词，徐沛东曲）都情真意浓、格调高雅，有着较高的艺术水准，给人留下深刻的印象；特别是晚会尾声的交响合唱《节日的礼花》（刘麟词，金湘曲）更是大气磅礴、激情澎湃，是近年来少见的一首大型交响合唱作品。作曲家以深厚的艺术功力展示了交响合唱恢宏的气势。在乐队轰鸣的音乐声中，六位男女高低音声部独唱演员的演唱与合唱交相辉映，以昂扬的精神风貌，赞美着社会主义祖国节日之夜礼花绽放、万众欢腾的动人景象。

当然，像任何一台电视晚会一样，"春晖"也还存在着一些不尽如人意的地方。如"九州欢歌"一篇中，几首民歌的联唱，选材不够精彩，编配也感到稍欠新意，致使几位很有潜质的歌坛新人没有充分发挥，她们的艺术才能也没能得到很好的展示。作为观众期望值很高、一年一度推出新人、新作品的文化部春节电视晚会，这些失误不能不令人为之感到遗憾。另外，个别演员演唱水平欠佳，个别节目所占篇幅过长，与整台晚会不够谐调，令人感到有些拖沓。但总体来看"春晖"仍是一台有着很强思想性、观赏性和很高艺术水准的电视晚会。它处处闪耀着编创者的深沉的思索与思想的火花，是舞台艺术电视化的成功实践。

像年年盼望着春天到来一样，我殷切地期待着来年的文化部春节电视晚会。

2002年3月写于北京

我的点滴感想

——国家京剧院《满江红》《柳荫记》观后

低俗文化产品是当前社会中某些人物欲横流、心灵空虚的产物,我们摒弃庸俗、低俗、媚俗文化的同时,还应努力倡导具有艺术生命力的优秀作品。中国的文化离不开我们古老的文化的传统,离不开传统文化中那些历经千百年时光而经久不衰、动人心弦的精粹。京剧,就是这些文化精粹中极具代表性的艺术门类。

昨晚去看了国家京剧院演出的《满江红》与《柳荫记》,我深感这些可敬的艺术家在当前社会纷繁复杂的文化环境中,坚持继承传统、发展传统所付出的努力和他们为发展京剧艺术所做出的贡献。

美是有层次的,它亦有高低与文野之分。而人类的审美是需要培养的,观众也是需要培养和引导的,因为它反映着一个民族文化发展和进步的程度。说起欣赏京剧,许多人都会记起小时候我们是如何走进在胡琴伴奏下的那些优美的唱段的。我们在父辈人闭目击节、悠悠然聆听京剧经典唱段的过程中渐渐被熏陶,被培养起分辨真善美的能力。今天,尽管时代不同了,但培养一代代华夏儿女的文化审美能力依然需要有一个恰当的传承途径。

多年来,人们对于京剧艺术的认知存在着一个很大的误区,即所谓"京剧的节奏太慢"。这句话常常挂在许多人的口上,似乎一个"慢"字成了阻碍人们深入欣赏京剧艺术的拦路虎。在时空中,慢与快是相对的,为什么我们可以容忍某些影视作品中那些夸张的慢镜头,却不愿去理解和体会京剧艺术已发展得非常完美的程式化的美感呢？京剧艺术正是利用这些程式把人们现实中的生活形态去粗取精、提炼加工和升华的结果。在京剧表演的一招一式中都显露出这种表演程式所反映出的精致、细腻与高雅！它虽与现实生活有所区别，但恰恰是这个审美的距离，艺术而写意式地映射出我们中国人内敛、深沉的情感世界。能否学会品味这种精致、细腻与高雅，正是一个人文化品位高低的象征，它与学历、地位、财富等因素没有必然关系。如果我们学会能按照京剧唱腔的板眼去击节聆听，如果我们的心灵能和着胡琴和锣鼓点所展示的戏剧节奏起伏跌宕，能随着板鼓或如急雨、或如惊雷的节奏感受大锣、小锣、铙钹的音响与演员表演举手投足间如影随形般的契合，那么还有谁会说"京剧的节奏太慢"呢？！

　　于魁智、李胜素等演员出色的表演和他们精湛的艺术功力令人感佩！他们对人物内心世界的深入开掘与举手投足间所展现出的艺术魅力代表了当前中国京剧的水平。

2010年8月6日写于北京

文姬故园的风

——歌剧《蔡文姬》创作思考

歌剧《蔡文姬》公演了！欣喜之余，心中更多想到的却是对这部戏创作过程的回顾与思考。从 2014 年春夏之交到 2017 年冬，我一直沉浸在这部戏的创作、修改之中。从收集资料、研读史书、聆听琴歌、品味咀嚼《胡笳十八拍》、赴河南杞县（古陈留）圉镇文姬故里探访……一直到这部戏的排练、研讨、修改和上演，历时三年有余。

此剧之前，已有过许多关于蔡文姬的文艺作品，其中有不少电影、电视、话剧、戏曲等多种艺术门类的佳作。但我始终认为，只有歌剧才是最适合表现这个题材的艺术形式。因为它拥有音乐的载体、歌诗的魂魄，丝竹的韵致、鼓乐的节拍；它拥有汉代歌舞的恢宏大气、服饰的绚丽辉煌；还有蔡文姬大起大落、充满悲剧色彩的人生命运和极具音乐性的《胡笳十八拍》……作为音乐的戏剧，歌剧拥有诸多表现上述艺术形态的最佳手段。

回想 2014 年那个炎热夏日的中午，站在圉镇文姬故里那口历经千年沧桑的文姬井旁，望着布满道道车辙的黄土乡路和蔡家故园里生机犹存、绿荫浓郁的林木，我感到时光仿佛被浓缩了！蔡文姬好像与自己离得很近，故园里似乎还飘荡着她生命的气息。似乎前一个瞬间她还曾在这口井边的树荫下啜饮着刚刚汲起的井水，而拂过我耳畔的那缕清风也似乎刚刚掠过她的发梢……于是，我决心要写出一个让自己可以用心灵触碰、感知到的蔡文姬。

每个作者对作品中的历史人物都有着自己独特的认知与诠释。青年时代，我在首都剧场看过郭沫若先生的话剧《蔡文姬》，至今难以忘怀！郭老曾说写那部戏是为曹操翻案，他的创作主旨非常明确。剧中除蔡文姬之外，更多的笔墨在于写曹操，通过写曹操改变蔡文姬命运的行为和过程，把人们心目中舞台上的那个白脸的奸雄塑造成一个睿智旷达的政治家。

而我写歌剧《蔡文姬》则是想通过《胡笳十八拍》和《悲愤诗》的诉说，用音乐的手段展示蔡文姬的命运，通过与她生命有密切关联的两个男人——左贤王和董祀，表现两个隐伏其间的主题。

其一，与左贤王：从被迫劫掳匈奴到夫妻间相契相知，经历了十二年时光的磨合，他们最终完成了汉匈两个民族灵与肉的融合，这是几千年来中华民族大家庭逐渐形成的真实写照。

其二，与董祀：从青梅竹马的同窗情谊到穷尽一生的不离不弃，他们有着共同的追求、共同的志趣，自觉地担当起守护中华民族历史与文化的神圣使命。

上述二者都是关乎中华民族生存、发展的大命题，蔡文姬的《胡笳十八拍》诗中充塞于天地间的情感给创作留下了任思想自由驰骋的巨大空间，使我得以把剧中人物的行为和心理活动放在这个广袤的空间里去展现，并让它们成为鲜活的艺术形象，成为历史天宇中闪亮的星辰。

歌剧《蔡文姬》的创作，在尊重历史真实的前提下对历史上的人和事做了适当的剪裁和艺术加工。本着"大事不虚、小事不拘"的原则，铺展、延伸着戏剧中"艺术的真实"，既不欺世戏说，也不悖于艺术的自由和空灵。

在这部戏的创作中，我坚守两个原则。

首先，保持蔡文姬《胡笳十八拍》诗文内涵、情感与艺术风貌的真实。在剧中，我对《胡笳十八拍》诗文采取了三种处理方式：第一种，在序幕和每场戏的幕间原汁原味地引用《胡笳十八拍》的诗文。这样做的目的在于使观众能真实地感受魏晋时代的文学气息，品味《胡笳十八拍》本来的风貌，增强历史的真实感。第二种，在原胡笳诗语言风格和诗意的基础上，以现代人易于理解的语言方式部分改写原诗，把它变成表达剧中戏剧情感的歌词，这样的改写既不损伤原作内涵又能够让观众感受到诗中原有的情愫，"形易而情不移，语转而神不辍"。第三种，根据胡笳诗意和戏剧情节的需要，用含有古风意蕴的现代歌诗语言改写，这样的做法给剧情的编织与发展、人物内心活动的表达提供了自由、宽松的空间，使得改写后的唱段诗情洋溢、神采飞扬。其实，这部戏的整体框架都是按《胡笳十八拍》的结构梳理调整而成，由于保持了《胡笳十八拍》原诗的风貌和文学品格的真实，这部戏才能具有坚实的艺术之根，才可能开出芬芳的花朵，这也是我心中对中华传统优秀文化的坚守。

其次，保证整部戏历史大背景的真实。本剧以曹操"北征乌桓之战"的真实历史作为背景，表现了曹操北征胜利后对北方游牧民族实施怀柔政策：划出并州、幽州、河套一带大片水草丰美的草场、田园让匈奴人休养生息，最终促成南匈奴融入中华民族大家庭的进步举措。这个真实的历史大背景，也是中华民族几千年来逐渐融合成多民族共存大家庭最典型的缩影。有了这个真实的背景，这部戏就有了灵魂，有了脚下可以依托的大地。在这个基础上拓展、延伸的剧情，都会是合乎情理、合乎于历史真实的故事。

在剧中，我设置了一件令人瞩目的道具——罗裙。这是一件沾满蔡文姬心血和汗水的罗裙，上面抄写有东汉文坛领袖其父蔡邕《东观汉记·十志》的文字。在全剧之中，这件罗裙成了蔡文姬内心情感外化的载体，也成了连接剧中几位主要人物情感和命运的纽带：蔡文姬被左贤王掳走时，把罗裙珍重托付给了董祀，嘱咐他要一生为之守护——十年之后，在北国匈奴庭，董祀把它交还给了文姬，并用这件罗裙唤醒了她继承父亲的心愿续写汉代史书的决心——在离别匈奴回归中原之时，蔡文姬又把它留给了左贤王，就像在匈奴留下了自己的一颗心——而左贤王临终前，又把它交给董祀托孤寄情，寓意绵长——回到中原之后，最终又由董祀把它交还给蔡文姬，完成了他毕生为之付出的心愿……这件罗裙贯穿全剧，它每次的出现都会掀起一层情感的波澜，它每次的去留都会使人为之动容！其间，几番迂回转折，几番魂牵梦萦，处处充满情感，处处沾染血泪！最后，当这条罗裙终于有了归属之时，满台自天而降、写满中华厚重历史的竹简将人们对于中华文明的崇敬之情推向了高潮！辉煌的颂歌浓缩了千年时空，让我们感到中华文明几千年来一脉相传的执着与艰辛。是啊，正是因为有了这样的一群人千百年来自觉地担当起守护、继承、发展中华文化的使命，中华民族文明的长河才会波澜壮阔、千年流淌、奔流不息！这，也正是我通过歌剧《蔡文姬》所要讲述的中国故事……

2017 年 12 月写于北京

千古绝响无觅处，乐天诗中听琵琶

——白居易《琵琶行》音乐描摹小议

时光如江河经地，一泻万里，奔流而去。多少风云人物被历史长河的大浪淘尽，多少沧桑更易被岁月的激流所淹没。但在历史长河中仍有熠熠发光的明珠在闪烁，他们虽历经千年，却依然光彩照人。

白居易的《琵琶行》就是我国古老文学艺术长河中一颗璀璨的明珠，这篇名作从它诞生以来就在人民中广为流传。唐宣宗《吊白居易》一诗中"童子解吟长恨曲，胡儿能唱琵琶篇"的诗句，描绘出了它当时脍炙人口的情景。

琵琶是我国古老的弹拨乐器，它具有高难度的演奏技巧和丰富的艺术表现力。但由于历史久远和科学技术条件的局限，不可能留存音响的痕迹，古代的琵琶曲早已成为千年绝响，无处可以寻觅。但在白居易的《琵琶行》中，我们却从无声的诗句中领略到了唐代琵琶女"犹抱琵琶半遮面，巧手纤纤挡琵琶"的意趣。如见其人，如闻其声，可谓千古第一乐师。

《琵琶行》诗篇的本身具有极强的音乐性，作者以徐疾变化的节奏，音韵铿锵的诗句，绘声绘色地描摹音乐，如"柳浪春莺"，似"惊涛裂岸"，情致曲尽，达到了出神入化的艺术境界，诗中"大弦嘈嘈如急雨，小弦切切如私语。嘈嘈切切错杂弹，大珠小珠落玉盘"的诗句，把琵琶各弦的性能和音色的对比栩栩如生地赋予艺术形象——有疾雨骤至的气势，有私语缠绵的情致，有珠落玉盘的清响……在诗人的笔下，琵琶叮咚脆亮的音响，弹拨乐器特有的清晰的颗粒性，得到了淋漓尽致的描绘，准确生动，极富形象感。琵琶声珠圆玉润的精妙，如黄莺啼鸣的清丽流啭，如冰下流泉的幽咽冷涩，读来令人为之拍案称绝。

诗人对于音乐形象的描写又是多侧面的，诗中"冰泉冷涩弦凝绝，凝绝不通声暂歇"，又揭示出了一种更高的艺术境界，以"此时无声胜有声"的诗句，展示了天涯沦落之人心中被压抑的苍凉悲慨之情。诗人是深得我国古典美学思想之精髓的，老子"大音希声，大象无形"的哲学理论在《琵琶行》中得到了尽善尽美的体现和发挥。在音乐跌宕起伏、曲折盘旋的行进之后几拍无声的休止，却比极速繁复的乐音更摄人魂魄、撼人心灵！在这无声之时有诗意的彷徨，有悲愤的倾诉，有抢地呼天的号喊，有撕心裂肺肝肠俱断的痛楚……一切胸臆间的块垒皆在无言中，恰似蕴蓄天外的惊雷，虽引而不发，但牵人神魂，欲罢不能。

继而，诗人笔锋直下写出"银瓶乍破水浆迸，铁骑突出刀枪鸣"的惊人气势，一波方平又异峰突起，琵琶声中有银瓶乍破的崩裂之声，有铁骑踏踏刀枪相撞的铿锵之声，真可谓刀光剑影、人喊马嘶，令人读来九夏生寒！终于，在琵琶女如裂帛般的一个四条琴弦齐鸣的和声上，戛然终止了这首精妙的乐曲，听者怆然之情不禁溢于形色。诗人以一抹淡淡的笔触描绘了听乐者的心境："东船西舫悄无言，唯见江心秋月白。"没有掌声，没有赞叹，只有无言的交流和心灵的沟通。人们望着寒江水波中那轮惨淡的秋月，悄然无语，清冷、凄怆、砭人肌骨……一幅淡墨的寒江冷月图，一派寂寥静远的秋月清风景，极其静止的形象中寓寄着动荡不宁的情致，以静寓动、情境相生。所谓"浓尽必枯，淡者屡深"便是这个道理。淡远、清冷的意境，却恰恰传递着深邃浓烈的情绪。这大概就是我国古典诗歌所谓的神韵之所在吧。

白居易生活的时代已经过去了一千多年，而《琵琶行》诗篇中琵琶女的琵琶声却以其卓绝的艺术魅力超越历史的时空，拨动着一代代炎黄子孙的心弦，丝丝缕缕，不绝于耳……

漫话《诗经·蒹葭》的艺术特色

寥廓霜天，淡淡烟霞，白茫茫的芦荻花如云似雾、迷蒙幽深，沿着河道伸向远方。晨露凝成的银霜染白了河岸和田野，挟着寒意的秋风充塞在天水之间。秋光萧瑟，烟波万里，撩人愁思。

这是《诗经·蒹葭》开篇伊始即展示给我们的一幅清远动人的画面："蒹葭苍苍，白露为霜"尚未言志，亦已有情。寥寥八个字所勾勒出的境界已使人心荡神驰，于苍茫天水间，一缕淡淡的愁绪不禁油然而生。

绝妙的起兴非常自然地引出了诗篇所讴歌的主旨——"所谓伊人，在水一方"。在这里，诗人旁笔点染，并不道明"伊人"的身份，也不直叙她究竟为何牵动了主人公的情思，使他在这深秋晨光的万里霜天下徘徊踟蹰，而只是用白描的手法勾出了在河的彼岸远方那个身影，她虚幻缥缈，可望而不可即。"所谓"二字可谓妙极、巧极！含而不露，言犹未尽，引人遐思。读至此处，已是令人牵情动心，欲罢不能了。

继而，"溯洄从之，道阻且长；溯游从之，宛在水中央"两句，更是把读者引入到一个扑朔迷离的境界之中。"伊人"的身影在河彼岸，但溯洄、溯游的百般追寻却始终走不到她的身边。那么，诗人所苦苦寻求的"伊人"究竟在哪里呢？——"宛在水中央"。一个"宛"字，堪称神来之笔，它在本就迷茫之处又罩上了一重朦胧的轻纱，在这重纱幕后面，"伊人"的倩影则在河水彼岸的沙洲轻悠飘忽、若隐若现。她那样美好娇媚，却又可望而不可即，这一章读来亦使人满怀惆怅、心绪浩茫了。

那么这美好的"伊人"是缥缈的幻影？是诗人心目中的爱人？还是诗人追求的理想？诗中并未直抒胸臆，而是给人们留下了一个任想象广阔驰骋的天地，让人们去品味所谓"太虚则假，太实则直"的道理。蒹葭的妙处就在这虚实之间，它的美点就在迷蒙之中，这种迷蒙的美正是我们中华民族深沉含蓄的民族心理的体现。

第一章节的八句诗已成绝唱，后两个章节重章叠句式的吟咏就更加耐人寻味，"溯洄""溯游"的多次复沓，则集中凝练地表现出了诗人执着追求的决心。

王国维先生在《人间词话》中指出："有我之境，以我观物，故物皆著我之色彩。"《蒹葭》一诗在以情写物、物著情彩方面堪称佳作。三次重章复沓中对蒹葭则分别用"苍苍""凄凄""采采"来描述，使得蒹葭的形象跃然纸上。荻花秋色赫然在目，且有股凄清之感溢于诗外。而对白露"为霜""未晞""未已"的描写，则把深秋清晨寂寥、肃杀、清冷的景致表现得极为真切，使人仿佛身临其境，字里行间都会使人感到几许霜晨的寒意。这里对蒹葭和霜露的描写既是对客观景色的反映，又带着诗人主观上浓烈的感情色彩，读来感人至深！

《蒹葭》诗中重章叠句的手法，用词极省、极精，每章中仅几个字的变化便使得作品的感情色彩不断深化，感人的力量不断增强。正如刘勰在《文心雕龙·宗经》中所言"约而写真，辞约而旨丰"那样，《蒹葭》以简练的语言表述了诗中的真情和丰富的思想内涵。仅就这点来讲，《蒹葭》也可以称作一个典范。

如果说屈原的《离骚》是中国文学浪漫主义鼻祖的话，那么《诗经·蒹葭》应是在《离骚》之前了，它所创造的深邃悠远的意境，虚实相间，若即若离，情景交融，已经属于浪漫主义的范畴，读过《蒹葭》，我们是否可以说《诗经》中的此篇佳作当是更早见于我国经典中的浪漫主义代表作品之一呢？

西北采风散记

酒泉掠影

  1986年8月30日，我们采风小队登上由兰州西行的火车已是入夜时分，列车穿过兰州市西部狭长工业区的灯火之后便陷入一片茫茫的夜色之中。车轮奔驰的单调节奏令人昏昏欲睡。车经乌鞘岭和河西重镇武威的时候，由于夜色的遮蔽没能够一睹其真颜，实在使人感到遗憾。朦胧中想起唐代诗人岑参"凉州七里十万家，胡人半解弹琵琶。琵琶一曲肠堪断，风萧萧兮夜漫漫"的诗句中所指的凉州便是今天的甘肃武威是也。只是可惜夜色无情，不能让我在此时此地即景击节，领略一下那首断肠琵琶曲的出处了。

  早上醒来撩开窗帘想看一下天色，但车窗外的景象却一下子把我惊呆了！因为列车行进在戈壁滩上，四周没有一点遮蔽物，太阳刚刚露出地平线的瞬间，阳光一下子便把天地间晕染成一个红色与黑色相间的奇异世界。阳光照到的地方是红色，那是怎样的一种红啊！我一生中从未见过这种阳光的颜色，它浓稠得就像流在大地上凝固的血液。而地面上被高低起伏的石块遮挡住的部分和低洼处阳光照不到的地方则是一团团像墨一样暗黑。天地间只有红色与黑色两种色彩交织着，纠葛着，相互映衬着，它们无边无际地延展着，充满了所有的空间。而红黑之间所产生的巨大张力又让人感到莫名的恐惧与惊叹！我屏住呼吸静静地望着车窗外这红黑相间的世界，心中涌动着对戈壁莽原苍茫浩瀚天地的敬畏之情……突然间，太阳像是一下子跳出了地面，天地间瞬间变得明亮起来，戈壁滩现出了它本来的色彩，与列车行进方向平行的祁连山像一条巨大的石龙，由东向西没有穷尽地伸展着黑色的身躯。山脚下云海苍茫，云浓得像是一团团凝固了的乳液，环绕着绵延起伏的山峦。大地由南向北倾斜着，一直延伸到天地相连处。极目望去，远方的山好像是天上的云，天上的云又好像是地上的山，仿佛从那天地相连的地方可以一直走到云蒸霞蔚的天上。广袤空旷的空间里好像在奏鸣着一首辉煌的交响曲。在这望一眼就能把人压缩到渺小如尘芥般的天地之间，我切实地感受到"辽阔"这两个字的真正含义。

平素生活在城市中的人们，把水当成了一种可以随意挥霍的资源，感受不到水的可贵！来到河西走廊才会让你真切地体会到水对于人类的重要。茫茫的戈壁荒原上砾石遍地，极目四方也看不到一棵树的影子。除了低洼处间或可以看到一蓬蓬骆驼刺之外，到处是一片沉闷的灰色。目光可及之处除了砾石还是砾石，找不到一点生命存在的迹象。但只要有了水就有了生命，就有了绿洲。

车行至张掖地区，一条河水从远方流过，在这有水的地方，大自然又向我们展示了河西走廊美丽妩媚的景象。金秋八月正是大地收获的季节，田野上高粱昂首举起燃烧的火炬，谷穗弯腰向大地深情致意，荞花一片紫色，向日葵遍野金黄，所有的生命用自己最美的色彩装点祁连山下这片丰饶的绿洲。只是在这里，依靠了水的恩惠，人们的劳动才得到了丰硕的回报。我衷心地感谢上苍，多么幸运，让我们生存在这个有水的星球上。

黄昏时分列车到达了酒泉车站，车站距酒泉市还有十几里路，当到达我们下榻的招待所时，又已经是夜幕低垂的时分了。推窗仰望，星斗满天，这里的星光似乎格外明亮。在我的想象中，酒泉应该就在离兰州不远的地方,没想到从兰州到酒泉竟用了从北京到上海同样的时间,这条河西走廊真叫长!

　　唐代诗人王翰的《凉州词》中"葡萄美酒夜光杯,欲饮琵琶马上催"的诗句使得酒泉自古以来便闻名于世。它东临弱水,北跨长城,南阳祁连,西倚嘉峪的天然环境,成了丝绸路上通往西域的一座重镇。我对它已向往很久了,此次采风踏上这片历史厚重的土地令我兴奋而欣喜。酒泉是个不大的小城市,一座古老的鼓楼坐落在在市中心,彰显着它曾经辉煌的历史。市里新型的楼房影院和公共汽车站,标志着这个小城也已经进入了80年代,但我所想寻觅的却是它古老的踪影。站在鼓楼前面放眼望去,小城南面的祁连山巍然屹立,现出幽幽深远的蓝色,洁白的雪峰在阳光的照耀下发出刺目的光芒融在蓝天里,整个祁连山仿佛镶嵌在一块巨大的天蓝色的画布之上,使人恍若置身于一个神话的世界之中。古人"色映晶盐迷晓骑,积素凝花尚未消"的描写的确是祁连山面貌真实的写照。

　　酒泉公园坐落在酒泉城东。相传汉武帝时候骠骑大将军霍去病率领三军击退匈奴,皇帝送来了一坛御酒为他庆功。为使全军将士都能喝上皇上所赐御酒,霍去病命人把酒倒入泉水中与众将士共饮。酒泉也就因此得名了。这是一个多么动人的故事啊!

　　走进公园正门,一条葡萄藤覆盖的甬路把我们引向了绿荫深处,藤架上一串串葡萄绿似翡翠、紫如玛瑙,挂在枝头令人垂涎。站在浓荫覆盖的葡萄藤下,不禁又使人想起"葡萄美酒夜光杯"的诗句。转过一个开满花卉的圆形花坛,再穿过一个古典式的大门,便是酒泉的源泉之处了。白色大理石雕的围栏护卫着这眼千年不竭的泉水,倚凭石栏下望,只见一座巨大的石雕酒杯坐落在泉水之中,酒杯中汩汩地向外涌出涓涓清泉,泉水清澈晶莹一尘不染,两三米深的泉湖一眼见底,我不禁掬起一捧泉水一饮而尽。泉水清冽甘甜、沁人心脾，真可谓"可去三夏暑，可洗一路尘"啊！泉水虽然已没有酒味，但真正让我陶醉了……

泉源的背后有两条水渠，把酒泉的水引到湖光可鉴的泉湖之中，这是一个面积不大但却精致小巧的泉湖。走遍大江南北，我曾见过许多的湖泊，太湖以它的浩渺广博闻名于世，西湖以它旖旎秀丽的景色牵人情怀，但泉湖却有着它独特的魅力使人心旷神怡、流连忘返。小小的泉湖就像一颗熠熠闪光的明珠，在祖国大西北的广袤大地上闪耀着奇光异彩。走在泉湖之滨使人仿佛置身于江南水乡精巧的园林之中，依人的垂柳，湖岸边卵石铺就的小路，那蜿蜒伸向湖中的九曲桥，还有那水波里碧绿的水草和水草间自由自在的游鱼，都那么清雅宜人，那么恬淡宁静，而在静谧之中却又充满着一种倔强勃发的盎然生机。有谁能想到，在走过苍苍茫茫的戈壁滩之后，在祁连山下的怀抱里竟然还有着这样一个妩媚动人的泉湖呢？

敦煌抒情

敦煌是我们采风小队此行的重点部分，因为采风队的成员都从事音乐专业，所以在莫高窟期间我们几乎察看了敦煌壁画中每一幅乐舞图和飞天图中所使用的乐器，对乐队中的各种乐器的编制和组合方式以及乐队的排列位置做了比较详细的记录，并对多种乐器的弦数、形制、演奏方法等做了一些猜想。敦煌壁画中乐队组成由五六人至三十几人不等，其中对打击乐器使用的数量较多。从乐队中人员和使用乐器数量来想象，当时乐队的音响效果恐怕也是非常宏大辉煌的，这与中原地区的丝竹雅乐有着较大的区别。

我对壁画中屡屡出现的竖箜篌非常感兴趣，从敦煌归来后又从古代诗词及史籍中查找了一些有关竖箜篌的资料，写成了《漫话竖箜篌》一文，对这种古老乐器从材质、形制、制作、弦数、演奏方法、艺术表现力、演奏曲目等方面还做了一些比较深入的探索，此文亦收录于本书之中。

在敦煌我们还采访了几位把终生献给莫高窟的老艺术家，他们是中国知识分子中热爱中华民族古老文明并对其保护、研究、发扬光大的无私践行者。他们把自己爱情、生活和毕生的喜怒悲欢都融在了对敦煌的情感之中。这种气节、情怀令人肃然起敬、由衷感佩！为了表达对他们的敬意，我特意把他们的情操结合敦煌的地域特点写了一部名为《敦煌抒情》的组曲，出于篇幅考虑，所以对描写这段生活的文字做了些压缩。在这里，仅以这部组曲的歌词部分，作为对这段经历的记录吧。

向着莫高窟跋涉

古老的敦煌在漫漫黄沙中披雨雪冰霜、看日出月落，经风蚀水浸、历天灾人祸，度过了千年寂寞岁月。莫高窟洞开寂寞的眼睛凝望远方，它在默默地等待，等待着月开云破的时刻……终于，有一天地平线上出现了一辆大轱辘牛车，它拖着两道漫长的车辙，在瀚海中艰难地跋涉，敦煌在咿咿呀呀的车轮声中，迎来来了一代莫高窟的守护者。

大轱辘车碾破岁月
向着敦煌顽强地跋涉
载着满腔青春热血
点燃执着的生命之火

啊

蓝天是那么高

骄阳是那么热

风沙是那样狂

戈壁是那样阔

跋涉哟跋涉

跋涉哟跋涉

扑进敦煌的怀抱

依偎在莫高窟干涸的心窝

种下白杨用汗水养活

让绿荫给你安宁和欢乐

沙海中播下真挚爱恋

拂去敦煌千年的寂寞

啊

　洞窟中寻宝藏

壁画上求欢乐

汗水里融爱恋

奉献中得收获

开拓哟开拓

开拓哟开拓

唤醒古老的莫高窟

润开飞天神女含笑的酒窝

千佛洞今昔

千佛洞张大千百只眼睛,注视着如水流年、风雨阴晴,望穿了戈壁瀚海千年时空。它的心中有悲有苦,也回荡着对昔日辉煌的回忆和对未来岁月的憧憬!

岁寒风疾霜满地
铁马叮咚暮色里
千佛洞开千只眼
泪似冷雨滴
往昔伤心事
点点刻心底
长恨绵绵无尽时
岂容宝藏随风去
强盗劫掠可奈何
谁教家国弱无力

彩云翻飞艳阳暖
风吹白杨笑声喧
千佛洞开千只眼
今朝换人间
迎来守护者
菩萨也喜欢
歌娘壁上弹琵琶

乐工画里奏管弦
古老石窟春色娇
飞天衣带舞蓝天

月牙湖的情怀

月牙湖在瀚海里微笑，依偎着莫高窟泛起爱的波涛，就像守护者执着的情怀，终生把莫高窟拥抱。

月牙儿掉在瀚海里了
像船儿在沙浪里摇呀摇
绿翡翠镶在金王冠上了
像一轮弯月在闪耀
噢 月牙湖
瀚海里的明珠
你眼眸晶莹 碧波娇娆
陪伴着莫高窟
度过了多少代多少朝

蓝天落进湖水里了
白云在水波上漂呀漂
月牙湖抿起弯弯的嘴角
向莫高窟绽开深情微笑

噢　月牙湖

泛起爱的波涛

岁岁年年忠贞守望

润开湖畔春花碧草

用无尽的爱恋把莫高窟拥抱

鸣沙山的黄昏

鸣沙山似乎有着鲜活的生命，有时候它也偶尔会向人们吐露自己的心声。朋友，你若想听到沙砾的絮语，不妨在雨后的黄昏来鸣沙山一行。夕阳下，沙漠上吹来湿热晚风，你听！神奇的鸣沙山摇响了悦耳的铃声……

夕阳里　登上鸣沙山顶

迎面吹来沙漠的晚风

神奇的沙砾也仿佛拥有了生命

轻轻摇响串串银铃

丁零丁零　脚步儿轻轻

追赶着夕阳的身影

那是古代将军的马蹄在响？

还是丝绸路上的悠悠驼铃？

那是琵琶竹笛洒落的音韵？

还是飞天神女爽朗的笑声？

丁零丁零　天地也在倾听

和着心儿跳动的节拍

在苍茫瀚海间声声奏鸣……

宕泉从莫高窟前流过

宕泉从莫高窟前淙淙流过,翻滚着层层清波,它像甘甜的乳汁滋润着宝窟干涸的心田,用娓娓的语言讲述着它所经历雪雨霜风、战乱烽火。它见证着历史,向后来人把千秋功过评说……

宕泉的水啊淙淙响

满载深情下山岗

过戈壁　绕沙丘

依偎敦煌不息流淌

水似乳汁甜

润开山花香

浪似慈母心

环抱石窟旁

宕泉哺育莫高窟

情意绵绵水流长

宕泉的水啊淙淙响

波如明镜闪闪亮

历千年　越沧桑

阅尽敦煌风和霜

多少画工泪

泉边洗忧伤

多少民族恨

融进宕泉浪

生死相依守护者

情如宕泉不相忘

宕泉的水啊哗哗响

天地之间放声唱

千佛洞开向世界

敦煌飞天任翱翔

伊犁印象

汽车越过漫漫的戈壁沙漠，眼前出现了一片美丽的平原，皑皑积雪的乌孙山在阳光下圣洁地耸立着，一条条从山间流出的雪水溪涓涓地汇入浩荡的伊犁河，形成枝网状的河道在田野上肆意伸展着柔韧的臂膀，滋润着两岸富饶的土地。在这片土地上生活的日子里，我一直处在一种极度新奇兴奋的心情之中，维吾尔族与哈萨克族的民俗风情让我如痴如醉，特别是维吾尔族十二木卡姆的音乐和哈萨克族民歌让我陶醉其间、欲罢不能。

伊犁河畔硕果压弯了枝条的果园，公路两侧树影婆娑、参天耸立的行行白杨，葡萄架绿荫下的维吾尔族小庭院，还有伊宁街头熙熙攘攘、五彩缤纷的人流，如一条彩色的河流用它充满生机的浪花迷乱着我的目光，裹挟着我的脚步沉浮在这人流的浪涛之间。姑娘们色彩艳丽的花头巾、小伙子头上的小花帽在人流中跳跃浮动;白布棚下烤馕的香味儿和烤羊肉串儿迷蒙的烟气让人醺醺欲醉。市声、喧嚣声中还夹杂着街头艺人踏着舞步、打着手鼓和萨巴依悠扬婉转的歌唱,令人心中不由涌起阵阵激情。

  如果说初到伊犁的观感引起了我的创作冲动的话,那么在尼勒克草原的生活则使这种冲动有了脚踏实地的土壤。在草原上我接触到许许多多淳朴的哈萨克牧民,他们热爱生活,创造生活的精神和热情、豪爽好客的性格,使得我感受到哈族兄弟质朴、真诚、善良的本色。游牧民族居住是非常分散的,在草原上开车走上半天也见不到一户人家。但如果遇到一座牧民的毡房,你就会成为他们尊贵的客人。即便是素不相识、语言不通,也挡不住他们对远方客人由衷的情意。他们会捧来奶茶、奶疙瘩、奶酪和手抓羊肉,用一杯杯马奶酒把你的心烫得暖暖的,直到把你灌醉……

  9月的天山牧场正是秋色如画的季节,一条条雪水河,清澈地现出悠悠的蓝色,那是一种澄静无比、透着雪山寒意的蓝色。河水在嶙峋的鹅卵石河道中湍急地奔流着,泛起白色的浪花。蓝色的河水与洁白的浪花穿行在辽阔的草原上,就像一幅宁静的油画悬挂在蓝天上。河边的白蜡树,像一群身材挺拔的哈萨克少女,在晨风中摇动着手中的纱巾。枝头的叶片在秋风的点染下透出殷红的色彩,夹杂于杉树的浓绿色泽中间,如点点飘动的火焰飘荡在碧色连天的牧场上。草原上的牧草,荡起一层层草浪,秋光把草梢染成了一片炫目的金黄,远远看去,仿佛绿色的水波上泛起层层金色的波浪。山脚下,阿吾勒洁白的毡房,像颗颗银星撒在绿色的草原上,遍地牛羊随着牧人的鞭儿像一团团时刻变幻着形态的云朵在草原上飘荡。牧羊犬追逐着牧民们的马蹄,在草丛中奔跑着,年轻的哈萨克小伙挥动套马杆,在马群中纵横驰骋。清凉的晨风中间或飘来悠扬的牧歌声……

那些日子里，我在尼勒克草原上和牧民们一同放牧，一同挤奶，帮老阿妈搅马奶子酒，向他们学习怎样把羊毛擀成毡片儿。夕阳西下时分，我们在帐篷中烧起撒马玩儿，吃着手抓羊肉，度过一个个寒冷的秋夜。

秋风凉了，该是转场的季节了。这是一年一度从夏到冬逐水草而居的大迁徙。不仅在夏牧场吃足了牧草的牛羊要流转到冬牧场去过冬，牧民们还要带上家人、毡房和所有的生活用具。在温暖避风的冬牧场有羊栏和居住的"冬窝子"在等待着他们去加固和修整，在从夏牧场到冬牧场的转场过程中牧人们要做的事情实在是太多了。

在和牧民们一起的劳作中，我深深体会到他们生活的艰辛，哈萨克老人脸上刀刻般的皱纹，印证着一年年雨雪冰霜在他们生命中留下的印痕。只有亲身经历过游牧民族辛劳的人才能真正体会到他们收获时的喜悦，品尝出每一杯滚烫的奶茶中所蕴蓄的香甜。

牧场上丰富多彩的大自然的景象和牧民们火热的劳动场景使我的创作意念，渐渐变得具体而鲜活，一个个熟悉的人物形象在我心中也变得渐渐丰满而充实……诗意开始不停地在心中跃动，尽管一天的劳动使人感到非常疲倦，但我却抑制不住激动的心情，在夜色中摇曳的油灯下望着毡房天窗上不断眨眼的星星，写下了一页页日记和生活感受。蓦然间，我想到一个具有诗意的形象载体——草原上被秋风染黄的金色草浪，而最先被秋色点染上金黄色彩的则是那一层随风飘荡的草梢！于是"草梢黄了"这个鲜活的生命意象一下子浮上我的脑海："草梢黄了，蝴蝶藏了，树叶红了，秋风凉了"，这是草原季节的转换，是时间无声的脚步；"草梢黄了，野果熟了，牛儿肥了，羊儿壮了，马奶子酒香了"，这是草原丰收的景象；"草梢黄了，马儿驮着毡房，牛儿驮着小巴郎，羊群像白云在飘荡"，这是牧民们转场的场面。这样，使用一个浪漫面而富于画面感的形象，可以概括几个不同内涵（包括时间、空间与人们内心世界）的侧面，使得纷繁复杂的生活景象统一在一个极具包容性的艺术形象之中。对生活的深度观察，在生活中深入思索，是创作者思想升华不可或缺的过程。而对艺术形象与思想内涵载体的选取，则是观察与思索的结果。它们来自生活，但又不是生活的原型，它们或是生活场景的浓缩，或是生活具象的变形。对于创作者来讲，生活始终是第一位的，因为没有了生活就失去了创作的依据和土壤，也就谈不到艺术创造。生活的海洋，是波澜壮阔的，它永远在召唤着我们，激励着我们。

果子沟、赛里木湖一瞥

在北疆大地度过了将近两个月难忘的日子，我们一行人即将踏上归程。闻名于世的果子沟是通向乌鲁木齐的必经之路。汽车行进在蜿蜒曲折的山路上，秋日的果子沟如一位美丽的新娘穿上了五彩斑斓的盛装，它又像一个色彩绚丽的画盘，把世上最美丽的色彩一下子都倾倒在这片山野里。山野间，绿的是松柏、杉树，黄的是布满山谷林间黄绿相间的灌木、野草，红的是错落山间枝头不知名的野果，还有红枫、白蜡、黄栌在山间高低错落随风摇荡，它们或红，或紫，或橙，或黄，或深，或浅，或淡，或浓，或如火焰，或如蝶翅斑斑驳驳，铺展开无数层次的色彩，让人不得不为之感叹，为什么上天独独钟情于这片土地，把这么多美丽的色彩汇集在这一条山谷里……

汽车每转过一个山脚，便会给人一次新的惊喜，每一次视角的转换都是一幅新的图画，美丽的果子沟在我的心中留下了永远难以磨灭的印象。

走出果子沟却丢不下对它的眷恋，还想转身回望它的倩影，但滚动的车轮却无情地载着我们离去。渐渐地，眼前的山路也变得越来越单调起来……

　　新疆这片土地是神奇的，它似乎随时可以带给人意外的惊喜。汽车翻过一道山脊，突然前方不远处出现了一道雾墙，这道雾墙上挂天、下接地，从山坡上的绿草地直直插入九天云际，仿佛像一块硕大无朋的暗黑色幕布把天地间分割成了幽冥两个世界，一边是艳阳高照、风和日丽，一边是暗黑朦胧、神秘莫测，望一眼就会让人生出莫名的恐惧！它似乎携带着大自然无尽的伟力，瞬间把所有的东西吞噬，吞掉阳光，吞掉蓝天，吞掉白云，吞掉山峦、湖泊和土地。车上所有的人霎时悄然无言，默默地注视着这道雾墙无声地慢慢向我们一点点地逼近……来了，它来了！汽车终于逃不过这道笼罩天地之间的雾墙，我们被浓厚的云雾所吞没了！雾气苍茫，一片昏黑，身边的车窗上无声地流下了一道道雨丝……此时此刻，身居其间心中反而没有了方才的恐惧，只是惊叹于大自然的神奇、赞叹它主宰天地万物的浩然伟力！渐渐地，云雾愈来愈淡，汽车脱离开云雾的笼罩，天地豁然开朗，眼前依然是艳阳高照、白云蓝天四野清明。不料抬眸望远之时，一个更大的惊喜又出人意料地展现在眼前——美丽的赛里木湖如一块巨大的彩色翡翠赫然镶嵌在眼前绿野如茵的山峦之间。它的美让人一时间无法言表！我只能说如果有画家想要目睹人间自然色彩的层次，那么，请他一定要来看看赛里木湖的湖水，它美得出尘脱俗，美得让人心生敬畏！远方的湖水是深蓝色的，它就像一泓平静的大海，蓝得蕴蓄内敛、深不可测；稍近处的湖水呈宝蓝色，随着湖水的波动闪烁着幽幽的蓝光；再近一些湖水则呈现出淀蓝、湖蓝、天蓝，然后又铺展开一层层的深绿、浅绿和翠绿……而翠绿湖水临近岸边的部分则又泛起一重重洁白的浪花，它们跳跃着、变幻着不同的形态，就像摇荡飘动的神女裙裾上的花边，把赛里木湖装扮得像一个具有生命的神话中的仙湖。

我的目光越过湖泊的彼岸，投向湖岸边重重叠叠的野山，阳光照耀在所有的山峦之上，给铺满了绿草的山坡镀上了一层绚丽的金色。它们像一层层登天的阶梯，一重高过一重，一直伸延到遥远的天际。而此刻，天上的云海也堆积得像一层层重叠而起的群山，山与云连接在一起形成一片硕大无朋的通天梯。这令人极度震撼的视觉天地，让我似乎产生一种心灵上莫名的冲动，仿佛我可以沿着这通天的阶梯一直走到云天相连的天地无尽处……身边的人们也都被这令人敬畏的大自然美景折服，大家望着近在眼前的赛里木湖忘记了彼此间的存在，也忘记了用语言表达心中的震撼与感叹！也许，我们乘坐的长途车司机看惯了这些奇妙美景，竟然不顾我们的留恋与不舍，毅然驾车离开了这让人终生难忘的赛里木湖。

一路颠簸，汽车途经新疆生产建设兵团在戈壁荒原上建成的石河子新城，稍事停留后便转向通往乌鲁木齐的公路，公路旁边高高耸立着两行绿荫婆娑的白杨树铺开一条绿色的屏障，伸向天边不尽处。那是建设兵团的战士们用双手种下的一棵棵白杨，那是顽强不屈的奋斗者用理想和信念在世间最贫瘠的土地上描画出的人间奇迹。

由于这段历程给我留下的印象太深、太过美好，以至多年以后我依然会时常想起伊宁的集市和爬满葡萄藤的小院，想起巍峨雄伟的乌孙山，想起状如蛛网不息流淌的伊犁河，想起尼勒克草原上秋风染黄的草梢，想起阿肯弹着冬不拉吟唱的歌谣，想起从夏牧场向冬窝子转场的哈萨克牧民和老阿妈搅香的马奶酒，想起色彩斑斓的果子沟，想起赛里木湖畔那遮天蔽日、神秘莫测的云雾，沉醉在那片如梦如幻的天地里……

用戏剧情景再现"花儿"原始鲜活的生命力

——歌剧《飞翔的花儿》的创作初衷

"花儿"是青海、甘肃、宁夏以及三江源地区的回族、汉族、撒拉族、东乡族、保安族、裕固族、蒙古族、藏族等多个民族共同拥有、共同用汉语演唱的一种民歌演唱形式。这种情形在我国民间艺术中并不多见，是我国民歌中一种非常独特的现象。它的历史可以追溯到几百年前的明代。

我曾多次参加高原的"花儿会"。可以说，今天"花儿"在群众中仍然有着强大的生命力。在西北高原，几乎每年都会举办有几千人乃至上万人参加的"花儿会"，参与者在山野间无拘无束、敞开胸怀、竞相赛歌、一展歌喉。身在其间感触良多！参加"花儿会"的歌者们多是为自娱自乐、展示自我、张扬个性而来，他们中许多人的演唱状态与所演唱曲目的内容与情感有时甚至是相互间离的，参加"花儿会"更多的是寻找生活中的快乐。

在采风过程中，我发现其实"花儿"传统曲目中有着许多对封建专制、奴役、压迫具有强烈反抗精神的作品，它们是"花儿"中最具活力、最具情感张力和艺术感染力的部分。明年是"现代花儿王"朱仲禄的百年诞辰。朱仲禄老人毕其一生收集了三千多首"花儿"，堪称"花儿的宝藏"，为"花儿"的收集、整理和传承做出了巨大贡献。老人晚年把这些"花儿的宝藏"传给了他的弟子张朵儿，朵儿在继承老人"花儿"演唱艺术的同时又师从女高音歌唱家靳玉竹研习民族声乐演唱，靳老师帮助她打造了《放歌江河源》和《洒一路花儿香飘天外》等极具"花儿"风格特色的民族声乐作品，在民间地道的"花儿"演唱技法与学院式的民族声乐演唱结合方面做了一些可喜的探索与尝试。朱仲禄老人去世后，朵儿把老人传给她的三千多首"花儿"的手稿和自己多年来在诸多声乐比赛中所获得的"孔雀杯"奖杯和金唱片奖等都捐献给了青海省博物馆。

经过几百年时光，在人们一代代的口头传承之后，今天"花儿"的演唱仍然处于一种质朴的原生态状态。这种状况令人感到欣慰的同时也令人担忧。当前，我们所能听到的"花儿"仍没能走出朱仲禄老人"三千首花儿"的范畴。它虽然保存着自身的生命力，但基本没有更多发展，甚至在自娱自乐的生存状态下失去了它某些原始的野性和倔强的性格张力。目睹这种现状，我产生了一种莫名的创作冲动，我想要用戏剧和艺术的力量塑造一种特定的情境，在戏剧中把"花儿"放回到它当初产生时代的历史情境中，让它在艺术的真实中再现初始阶段鲜活的生命力和性格张力。这是让我萌生创作歌剧《飞翔的花儿》的原因之所在。

故事发生在三江源流域的西北高原上。在剧中我采用有些魔幻色彩的艺术手段，给剧情的发展留有较大的自由度。

剧中主要人物比较集中。

以"花儿王"朱仲禄为原型塑造出歌仙老人的艺术形象，他拥有着装有"三千花儿宝藏"的鹿皮袋，这份宝藏受到恶势力的觊觎。在危难时刻老人把它交给了自己的弟子——土族姑娘阿朵，并嘱咐她这三千首"花儿"只是"花儿宝藏"的一部分，让她一定要到五色土上去寻找"花儿宝藏"另外的一半。

剧中反面角色是象征黑暗恶势力的封建头人——土龙，他用刀枪和皮鞭奴役着高原人民，还想通过霸占"花儿宝藏"来控制高原人民的心灵。

阿朵是歌仙老人的弟子，实现老人心愿的践行者。

尕鹿是勇敢的男青年，阿朵忠诚的伙伴。

……

我设想，这部歌剧的音乐应尽可能地保留一些"花儿"中的经典曲目，如《花儿本是心上话》、《眼泪的花儿飘远了》、《上去高山望平川》、《雪白的鸽子》（呛啷啷令）等，并把它们分别放在各幕戏具有强烈矛盾冲突与戏剧张力的环境之中，以独唱、重唱、合唱等多种声乐艺术手段辅以交响乐队丰满的音乐织体加以演绎和扩展，深刻展示人物内心世界的矛盾与冲突。另外，在推进故事情节进展与叙事部分则可以充分发挥歌剧艺术的多种表现手法，把当前还停留在口头传承的民歌民谣原生状态，发展成为具有强烈戏剧性与叙事抒情能力的艺术表演形态。

更多的设想与想法还是由《飞翔的花儿》剧本来细细展示吧！

诗雨拈花录

下 册

刘麟 ◎ 著

扫码视听

文化艺术出版社
Culture and Art Publishing House

总目录

上 册

歌诗篇 ……1

文论篇 ……213

下 册

歌剧篇 ……391

后记 ……693

附：创作生活写真 ……695

下册目录

歌剧篇 391

歌剧《木兰》...... 392

歌剧《蔡文姬》...... 422

歌剧《盼你归来》...... 471

歌剧《文成西行》...... 513

歌剧《飞翔的花儿》...... 564

歌剧《情暖大凉山》...... 600

服饰情景剧《霞采霓裳》...... 648

音乐歌舞剧《山庄梦华》...... 663

音乐歌舞剧《武当》...... 675

后记 693

附：创作生活写真 695

歌剧篇

歌剧

《木 兰》

人　物：

木　兰　美丽、坚强、女扮男装驰骋疆场的巾帼英雄。替父从军十余载，混迹铁血男儿与刀光剑影之间却又具有着女儿丰富的情感与内心世界，中华民族理想中完美的女性

刘　爽　豪爽的青年将军，在战斗中与木兰结下深厚友谊

四将军　性格爽朗、乐观奔放的铁血硬汉

花　父　木兰父亲，年纪衰迈却壮心不已的老人

花　母　木兰母亲，善良的农家妇女

众将士　……

序　曲

［舞台台口一幅南北朝风格的彩色喷绘纱幕上显现出苍劲有力的隶书体大字"木兰"。

［钟声响起，灯光暗转。

［一缕追光淡淡映出乐队指挥的身影。

［由弱渐强引入极具震撼力的音乐，"和平音乐主题"出现。

［"战争音乐主题"切入，揭示战争的残酷无情。

［纱幕上烈焰熊熊、烽烟滚滚。

［随着音乐的推进，舞台灯光稍起，隐隐显现出乐队朦胧的轮廓，烽火的光影辉映在乐队群体之上。

［战争音乐高潮处混声合唱进入……

［男声合唱诉说着战争的惨烈、生命的无奈：

血色的黄昏刮着血腥的风

血色的天穹上的夕阳血一样的红

是鲜血染红了原野

还是夕阳染红了山峰

一只雄鹰飞过

白桦树睁大了惊恐的眼睛

胜利为什么是血的颜色

英雄的名字为什么用血写成

啊

　　　太阳的血也快流尽了

　　　大地在生死之间沉浮蠕动

〔战争音乐再次响起。

〔女声忧郁的"哀歌"表达着失去亲人的痛苦和对战争的控诉：

　　　你在哪里哟

　　　我的男人　我的弟兄

　　　你在哪里哟

　　　我的男人　我的弟兄

　　　哪一片草丛下是你长眠的坟茔

　　　这殷红的花瓣可是你的鲜血染成

　　　天上飘动的白云可是你的灵魂在飞扬

　　　地上淙淙的流水可是你无言的心声

　　　我问天我问地我问茫茫苍苍的山野

　　　哪里才能找到你的踪影

　　　归来哟　归来哟　我的男人　我的弟兄

　　　归来哟……

〔灯光渐渐转为温柔的暖色调。

〔女人们的歌声，引入乐队演奏的"和平音乐主题"，表达着人性中至真、至善、至美的情感……

〔纱幕上烽火再起。

〔音乐显得更加惨烈而激昂……

〔切光。

第一幕　替父出征

〔温馨、恬美的音乐。

〔灯光勾勒出天幕前第二表演区剪影式的舞台空间：几条斜垂下来的长长布匹、古色古香的窗棂与窗前的织布机形成一个充满诗意的空间。

〔窗外，一株含苞欲放的木兰树在晚风中轻轻摇曳。

〔月光将木兰树的花影投在窗上，映衬出正在织布的木兰姑娘投梭引线的身影，显现出一幅美轮美奂的画面。

〔音乐声中，舞台前部第一表演区中忽然出现了几个游动的光点，它们跳动着，忽聚忽散，煞是有趣。

〔灯光渐起，夜色中走来几个垂髫女童，她们手提着纱灯嬉笑在宁静的乡村之夜。

〔不谐和的音乐预示着战争阴影的降临！

〔木兰闻声停下织机，推开纱窗，焦虑之情溢于言表，窗前的木兰树在风中摇曳，洒落一地光影。

〔画外童声歌谣响起：

　　唧唧复唧唧
　　木兰当户织
　　不闻机杼声
　　唯闻女叹息

……

　　　　　昨夜见军帖

　　　　　可汗大点兵

　　　　　军书十二卷

　　　　　卷卷有爷名

花　父：风云突变

　　　　烽火映长天

　　　　胡马如云动地来

　　　　大地陷入苦难的深渊

　　　　卷卷军书　频频呼唤

　　　　催人奋起　奔赴边关

　　　　啊

　　　　为什么我的脚步这样沉重

　　　　为什么片片云翳遮住我的双眼

　　　　不知塞上青山莽原

　　　　今夜月光是否依然

　　　　苍天啊　请给我力量

　　　　让我再展雄风重返疆场

　　　　苍天啊　请给我力量

　　　　让我扬鞭催马再跨征鞍

　　　　抛洒一腔热血

　　　　保我家国　保我田园

木　兰：马蹄踏踏划破夜的寂静

　　　　长空里传来雁叫声声

　　　　　雁阵匆匆在月光下飞过
　　　　　洒下片片不祥的阴影
　　　　　雁翅飞过　夜空悄然无痕
　　　　　却给我留下无尽的伤痛
　　　　　爹爹年迈　弟弟年幼
　　　　　谁去边关从军出征
　　　　　啊　月亮
　　　　　你阅尽人间悲欢事
　　　　　可知道木兰心中的女儿情

〔灯光照亮舞台的第一表演区，木兰父手执长剑激情难抑，抒发着"烈士暮年，壮心不已"的情怀。

母　亲：昨夜传来军书十二卷
　　　　塞上边关又起了烽烟
　　　　催我夫从军出征
　　　　军情紧急　军令重如山
花父母：（重唱）
　　　　老骥伏枥志在千里草原
　　　　白发人依然心系边关
　　　　我多想乘风起舞挥长剑
　　　　浴血征战保卫万里关山
　　　　怎奈是年纪衰迈英雄气短
　　　　一腔豪情都化作了无尽的伤感

　　　　　怎么办　怎么办　怎么办

〔激情的音乐，花父奋力舞剑力不从心，不禁气喘吁吁……
〔"木兰音乐主题"出现，木兰走到窗前抽出宝剑，仰望长天。月华如水，
　剑光闪烁，木兰蓦然心有所悟。

木　兰：手抚着长剑心潮奔涌
　　　　　我向往旌旗猎猎　缚住苍龙
　　　　　我何不扮作男儿替父出征
　　　　　脚踏塞上冰雪
　　　　　身披万里长风
　　　　　驱敌寇　平战乱
　　　　　做一个顶天立地的巾帼英雄

〔号角声响起，预示着战斗的呼唤……
〔灯光变幻，俏丽柔美的木兰隐去，身着戎装的木兰与父亲、母亲、姐姐、
　小弟等从各自的场景进入木兰树下的同一个时空。
〔木兰树枝干挺拔，朵朵花蕾如剑，在风中摇曳。

众　人：木兰花
　　　　　木兰花
　　　　　女儿一样娇艳
　　　　　男儿一样挺拔
　　　　　木兰花

木兰花

明月一样皎洁

白玉一样无瑕

花蕾似剑

刺破春寒绽红颜

枝干如铁

傲然伫立青天下

为教芳香满人间

随风送春向天涯

［歌声中木兰与家人壮别……

［一声战马的嘶鸣把木兰与家人们从离情别绪中唤醒，骨肉分别在即，众人激情难抑，心如潮涌！木兰跪拜父母后转身疾走登上高台，父母的声声呼唤令木兰再度转身向父母长跪。拜罢，她猛然起身甩开斗篷跃上战马。骏马奋蹄仰天长嘶踏上征程！

［号角声响起，乐队全奏……

［灯光的特写把木兰英武的形象定格在天幕上……

［急切光。

第二幕　塞上风云

［灯光特写突出乐队的演区。
［一队行进的战士。
［充满动感的快板音乐……
［天幕现出一幅与人物行进方向相反的万里关山图，画面依次出现奔涌的黄河、巍巍的黑山、辽阔的草原、险峻的雄关和粗犷的北国山野等景色。

众　　人：朝辞爷娘去

　　　　　暮宿黄河边

　　　　　不闻爷娘唤女声

　　　　　但闻黄河流水鸣溅溅

　　　　　壮士纵马走边关

　　　　　旦辞黄河去

　　　　　暮至黑山头

　　　　　不闻爷娘唤女声

　　　　　但闻燕山胡骑声啾啾……

　　　　　塞上烽烟动九州

刘　　爽：长风萧萧　冷雨霏霏

　　　　　跨越黑山黄河水

　　　　　男儿无畏　英雄无悔

　　　　　驰骋疆场展雄威

众　人：万里赴戎机

　　　　　关山度若飞

　　　　　今朝从军去

　　　　　何日待君归

木　兰：鹰击长空　马踏塞北

　　　　　星河冷落　月西坠

　　　　　去国别家　何须伤悲

　　　　　一腔豪情洒边陲

众　人：万里赴戎机

　　　　　关山度若飞

　　　　　今朝从军去

　　　　　何日待君归

〔合唱与刘爽、木兰的领唱遥相呼应，写意式地表现众将士为了国家安宁不畏生死、告别亲人、毅然奔赴疆场的情景。

〔"战争音乐主题"切入……

〔场景转换，相继展现塞上战场四季的景色，与之同步出现的歌声形象地表达着战争中人的心境与情境。

[战场四季·春]

女声合唱:

　　春天来了　塞上静悄悄

　　残雪下露出断刃的钢刀

　　刀刃旁绽放着一簇火红的野花

　　花儿开得多么娇娆

男　声:一群战马掠过

　　踏破了野花的微笑

　　只留下落红片片

　　随着风儿在飘……

[战场四季·夏]

女声与男声:(哼鸣)

　　雨滴如泪草叶儿也哭了

　　牧羊的女孩失去了她的羊羔

　　疯狂的骑士挥舞着带血的长矛

　　撕毁了她的绣花长袍

　　河水呜咽流过

　　唱着伤感的歌谣

　　朵朵浪花也在

　　为她默默祈祷……

[战场四季·秋]

［流动的音乐，引入男声合唱。

男　声：秋到塞上寒风怒号
　　　　　霜天万里回荡着声声鼓角
　　　　　大路上飘过烟尘和战旗
　　　　　不知哪里才是终止的目标
混　声：天上苍鹰翱翔
　　　　　地上战马萧萧
　　　　　远方的地平线上
　　　　　天空也在燃烧……

[战场四季·冬]

［夜，漫天飞雪。
［篝火旁的刘爽焦急地等待木兰探查敌营归来。

刘　爽：雪是这样的冷
　　　　　风是这样的寒
　　　　　木兰为何还不回还
　　　　　望穿飞雪朦胧了双眼
　　　　　破敌陷阵他奋勇当先
　　　　　倚天挥剑马踏雄关

　　　　今夜晚他深入虎穴探敌营

　　　　只为了迎接最后的决战

　　　　战士们敬他待人亲如兄弟

　　　　将军们敬他战场上智勇双全

　　　　我撕破的战袍是他亲手缝补

　　　　我湿透的衣衫是他悄悄烘干

　　　　他就像这燃烧的篝火

　　　　时刻温暖着我的心田

　　　　木兰啊我的好兄弟

　　　　盼望你快快回到我的身边……

〔木兰银装素裹，披一身雪花上场。

〔刘爽迫不及待地扑向探敌归来的木兰，接过她的斗篷，紧握她的双手。

〔木兰出于女性的本能，急忙躲闪。但看到刘爽关切的目光，便任他将一双
　手紧紧握住，感受着他出自内心对自己的疼爱。稍后，木兰感到自己失态，
　将手轻轻抽回……

木　兰：今夜大雪漫天

　　　　敌营疏于防范

　　　　我已查明进攻路线

　　　　破敌的时机刻不容缓

刘　爽：三军列队擦亮刀剑

　　　　决战决胜就在今晚

木　兰：三军列队擦亮刀剑

    决战决胜就在今晚

〔呼啸的风声，纷扬的大雪。
〔舞台现出古战场残酷而壮烈的情景：倾倒的战车、撕裂的战旗、沾满血迹
 的盾牌、折断的长矛和刀剑。
〔帅旗下，木兰挥动长剑指挥将士们四面出击。

众　人：将军挥剑　鏖战荒原
    血染征衣未下鞍
    壮士横枪　叱咤边关
    铁马冰河刀光寒
    鼙鼓胡笳动地来
    吹角连营震九天
    今日弯弓射天狼
    决战决胜收复好河山

〔歌声中，刘爽与木兰相继出现，以他们的行为展现骁勇善战、身先士卒、
 掩护战友、奋不顾身的形象。
〔将士们的阵列经过几个大幅度的队形调度后，集结在一起，同仇敌忾，步
 步为营，向敌人发起猛烈的攻击！
〔一位战士高举战刀冲向敌阵。
〔敌人猛烈反击，战士身负重伤从山坡上翻滚下来。木兰扑上前去抱住他。
〔天幕上流下一缕殷红的鲜血，鲜血渐渐洇开，整个舞台霎时间变得一片血红。
〔受伤的战士从怀中掏出一顶被鲜血染红的婴儿虎头帽，把它交给木兰，咽

下最后一口气。

〔木兰接过婴儿帽，悲愤地举起长剑。

〔战士们被激怒了，刘爽率领他们勇猛地向敌阵发起进攻。

〔敌军溃败了。欢腾的音乐响起，乐队恢宏的交响奏鸣着胜利的凯歌。

〔木兰激情迎接刘爽，猛然发现残敌中一枝冷箭正向刘爽袭来，她不顾一切飞身上前推开刘爽，冷箭射在了她的肩上！

〔富有激情的音乐……

〔刘爽双手抱住为救自己而身负重伤的木兰，激情难抑，焦急地呼唤着她！

〔木兰昏死在刘爽的怀抱中，众将士齐声呼唤着她的名字。

〔刘爽慨然放歌，咏叹着十年征战与木兰结下的深挚的战友之情。

刘　　爽：啊　木兰　我的好兄弟

　　　　啊　木兰　我的好伙伴

　　　　你可听见我的呼唤

　　　　你可知道我心中的情感

　　　　你不能倒下

　　　　不能紧闭着双眼

　　　　你不能倒下

　　　　让我为你痛彻肝胆

　　　　你看啊　你看

　　　　胜利已降临我们身边

　　　　你看啊　你看

　　　　绚丽的晚霞消融了烽烟

　　　　啊　醒来吧　我的好兄弟

　　　　　　醒来吧　我的好伙伴……

〔舞台暗转，一束追光冰冷地照在木兰身上。
〔忽然，耳边传来田园牧歌风的音乐，使人犹如置身在广袤的大自然之中……
〔灯光再起，舞台在一瞬间变得如梦似幻、云烟缭绕，遍地绿野春花，一条小河淙淙地穿流在无边芳草之间。这是一个梦幻的世界，一个十年沙场征战生活中木兰内心深处向往已久的理想境界……
〔小提琴奏响"木兰音乐主题"……
〔幻境中，身着女儿装束的木兰在绿野春花中穿行，她心中女性的柔情被这动人的乐声唤醒，无字歌的华彩与小提琴动情的旋律互相缠绕、应答，仿佛是她心声的回响。木兰不由得四处张望，寻觅着心声传来的地方。
〔灯光映出独奏小提琴的侧影，木兰用心灵聆听着这如天籁般的音乐所传递的那种动人的情愫，抒发着她内心深处对美好、安宁的田园生活无限向往的情怀……
〔梦幻中，刘爽出现了。他含笑向木兰伸出双手，木兰抑制不住心中隐藏已久的爱情，她的歌声诉说着心中幽幽的情愫。

木　兰：啊　哥哥　我的好哥哥
　　　　我多想亲亲地喊你一声
　　　　啊　哥哥　我的好哥哥
　　　　你可知道木兰心中的女儿情
　　　　我爱这绿野花海
　　　　我爱这流水淙淙
　　　　我爱这草原清风扑面来

　　　　我爱这彩蝶翻飞情意浓

　　　　你听啊　你听

　　　　百灵鸟唱得多么动听

　　　　你听啊　你听

　　　　它也在倾诉着爱的心声

　　　　梦里依偎在你的怀中

　　　　想说爱你却又不能

　　　　这苦涩的滋味啊

　　　　让我的心感到好疼好疼

　　　　我最亲的人啊

　　　　靠近我　让我感受你的温暖

　　　　我最爱的人啊

　　　　拥抱我　让我感受你的激情

　　　　让这绿野鲜花为媒

　　　　让这蓝天流水做证

　　　　我的爱将与你相伴终生

木兰、刘爽：（重唱）

　　　　让这绿野鲜花为媒

　　　　让这蓝天流水做证

　　　　我的爱将与你相伴终生……

［"木兰音乐主题"响起，梦境中的木兰张开双臂敞开心扉，欲上前拥抱这个她心中爱慕的男子汉，却与他交错而过。

［梦境中，刘爽悄然隐没，木兰怅然……

第三幕 巾帼情怀

〔胜利来临后的边塞之夜。

〔粗犷、热烈、欢乐的音乐……

〔军帐旁,将士们点燃熊熊的篝火,饮着美酒,唱起剽悍的"酒歌"。

(合唱)

A1 唱起胜利歌
　　斟满庆功酒
　　十年烽火一时休
　　篝火映笑脸
　　红灯结彩绸
　　壮士举杯情悠悠

B1 一杯酒
　　润开咱的口
　　唱起酒歌有劲头
　　酒如烈火热辣辣
　　丢掉烦恼和忧愁
　　仰天长啸一声吼
　　豪情恰似大江流

B2 二杯酒

    哽住咱的喉

    一把拉住大哥的手

    那天激战黄昏后

    我被围在小山丘

    刀剑丛中你救回了咱

    生死之交最难求

B3 三杯酒

    烫得心发抖

    举杯相望好战友

    当年结伴从军行

    正是青春好时候

    十年岁月风和霜

    白了你我少年头

A2 唱起胜利歌

    斟满庆功酒

    十年烽火一时休

    酹酒洒长天

    豪气冲斗牛

    明朝凯旋雄赳赳

〔身负箭伤的木兰身着披风，踱出帐外。见将士们开怀畅饮欢庆胜利，不由
  触景生情想起家乡木兰花开时的情景。舞台后部空间浮现出一株开满花蕾
  的木兰树。

〔乐队奏响"木兰音乐主题"……

木　兰：木兰花

　　　　木兰花

　　　　女儿一样娇艳

　　　　男儿一样挺拔

　　　　木兰花

　　　　木兰花

　　　　月光一样皎洁

　　　　白玉一样无瑕

　　　　花蕾似剑

　　　　刺破春寒绽红颜

　　　　枝干如铁

　　　　傲然伫立青天下

　　　　为教芳香满人间

　　　　随风送春向天涯

〔木兰拿出藏在行囊中的铜镜，对镜观看自己容颜的变化，不禁慨叹岁月的
　流逝，显露出女性的本色……
〔刘爽前来探望，敲门声打断了木兰纷繁的思绪。她深恐对镜自怜的秘密被
　刘爽察觉，一时不禁手足无措、满面红云。

刘　爽：啊　木兰

　　　　为什么你红云满面

　　　　莫非是箭伤发作痛苦难言

　　　　让我看看你的伤口

　　　　　让它疼在我的心间
　　　　　为了救我你身中敌箭
　　　　　你的情意重如泰山
　　　　　啊　木兰　我的好兄弟
　　　　　若让我为你去死我也心甘
木　兰：就像冬夜里吹来的春风
　　　　　带来他一片至爱真情
　　　　　给了我温暖
　　　　　给了我爱的人生
　　　　　我的心已给了他
　　　　　我的爱已为他播种
　　　　　心中的情想对他倾诉
　　　　　话到嘴边却无法表明
　　　　　无法表明……
刘　爽：今夜木兰为何这样激动
　　　　　眼波流荡　双腮泛红
　　　　　万马军中他驰骋纵横
　　　　　刀箭丛里他无畏英勇
　　　　　为什么此刻
　　　　　却悄悄低下他的眼睛
木　兰：人说酒后吐真情
　　　　　今夜我无酒却也情浓
　　　　　凯旋后我们将各奔东西
　　　　　也许今生再不能相逢

假如我是个女人

你可愿和我相依相伴共度一生

假如我是个女人

我愿为你缝补衣襟

假如我是个女人

我愿与你共享天伦

你的忧伤就是我的痛苦

你的快乐就是我的欢欣

假如我是个女人

我的生命将和你融在一起

假如我是个女人

我愿和你生死相依永不离分

刘　爽：假如你是个女人

我就把你八抬大轿娶进门

要让你——

搽胭脂涂香粉

贴花钿戴金银

再穿上

红袄绿裤绣花鞋

霓裳翠盖石榴裙

到那时威风凛凛的花将军

变成我刘爽的俏夫人

哈哈……

木　兰：大军班师凯旋

　　　　　我就要回归田园

　　　　　你去皇家做官

　　　　　我在乡间耕田

　　　　　到那时

　　　　　你我贫富贵贱天上人间

　　　　　你可还能记得山野里

　　　　　有个兄弟名叫木兰

刘　爽：啊　忘得了地忘得了天

　　　　　忘不了你挂满征尘的容颜

　　　　　忘得了昼忘得了夜

　　　　　忘不了你对我的真情一片

木兰、刘爽：（重唱）

　　　　　十年征战携手并肩

　　　　　十年寒暑朝夕相伴

　　　　　我们的血流在一起

　　　　　我们的心永远紧紧相连

木　兰：凯旋后我等着你

　　　　　等着你　等着你……

〔激情的音乐……

第四幕　和平礼赞

［第一幕舞美再现：盛开的木兰花，写意式的窗棂，古老的织布机，长长的、斜斜垂落的布匹……烘托出人物的心情与欢乐喜庆的气氛。

童　声：爹娘闻女来
　　　　出郭相扶将
　　　　阿姐闻妹来
　　　　当户理红妆
　　　　小弟闻姐来
　　　　磨刀霍霍向猪羊

［木兰回到自己的房中，看着旧时熟悉的环境，心中百感交集。

女　声：开我东阁门
　　　　坐我西阁床
　　　　脱我战时袍
　　　　着我旧时裳
　　　　当窗理云鬓
　　　　对镜贴花黄

〔欢乐的音乐……

〔人声鼎沸,旗幡招展,刘爽与众将官携礼品、礼盒登门来访,木兰父母、姐弟与众乡邻热情相迎。

男　声:（四重唱）
　　　　告别了凯旋大典
　　　　一路上快马加鞭
　　　　庆功宴上少了木兰
　　　　歌舞不美酒不甜
　　　　三军帐前少了木兰
　　　　欢声笑语也暗淡

刘　爽: 告别了凯旋大典
　　　　一路上快马加鞭
　　　　掠过城郭和山峦
　　　　飞越阡陌和田园
　　　　来到这中原小村庄
　　　　看望我久别的木兰

花　母: 马蹄嗒嗒惊醒了乡村小庭院
　　　　凯旋的将士来到门前

花　父: 声声呼唤木兰将军
　　　　一片真情感地动天
　　　　当年木兰从军
　　　　疆场浴血奋战
　　　　她金盔银甲雄姿英发

跃马横枪威震边关

今日将士们来看木兰

却见她罗裙轻衫女儿装扮

十年英雄男儿

一朝变成红颜

怎么说　怎么办

怎么说　怎么办

〔辉煌的音乐，木兰女儿装扮，盛装出迎……众人惊愕！

木　兰：战友们呼唤的声音

暖透了我的心

木兰本是个女儿家

无奈何乔装男儿替父从军

经历了多少鼓角霜晨

送走了多少风雪黄昏

十年三千六百天

我从不敢解开衣襟

只有月亮知道我

心里有多少苦楚多少泪痕

一谢三军好战友

和我并肩杀敌人

二谢兵部众将军

帮我一同度艰辛

　　　　三谢刘爽好大哥

　　　　给了我亲人的关爱和温存

　　　　刘爽啊　我的好哥哥

　　　　你可记得分别前的那个风雪夜

　　　　你说过的那番话

　　　　究竟是假还是真

刘　爽：啊

　　　　是真　是真　是真

　　　　我的话是真

　　　　我的情是真

　　　　我的心是真

　　　　我的爱是真

　　　　不管是花将军还是花小妹

　　　　你都是我最亲最亲的人

刘爽、木兰：（重唱）

　　　　我（你）的话是真

　　　　我的情是真

　　　　我（你）的心是真

　　　　我的爱是真

　　　　你（我）是我（你）最亲最亲的人

男　声：（四重唱，充满阳刚之气、谐谑地）

　　　　两个小兔山下跑

　　　　一个蹦来一个跳

　　　　哪个是雄哪是雌

我们谁也不知道

　　你不知道　我不知道

　　我们谁也不知道

　　木兰从军逞英豪

　　驰骋疆场立功劳

　　她究竟是男还是女

　　我们谁也不知道

　　你不知道　我不知道

　　我们谁也不知道

　　哈哈……

〔众人将木兰与刘爽拉在一起,木兰含笑幸福地倚在刘爽身边。

〔盛大的婚礼,多姿多彩的民俗舞蹈场面。

〔一队女子的"红烛舞"将木兰和刘爽环抱在中间。

〔旋转的红色烛光和巨大的红盖头,使整个舞台空间变成一派红色,如梦如幻。

〔在人生最幸福的时刻,木兰想起了战争中牺牲的战友,她拿出那顶被鲜血染红的婴儿帽,整个舞台顿时变得凝重而深沉。

〔音乐也变得舒缓、深邃,如安魂曲般的凝重。

〔木兰和刘爽沉入对战友的回忆之中……

木　兰:(吟诵)透过这血一样殷红的火焰,我仿佛又看见那个塞外清晨的万里霜天,激战中身负重伤的铁牛兄弟,望着刚刚升起的

　　　　　　太阳轻轻说了一声"太阳真暖"就离开了人间。他走了，长眠
　　　　　在那片寒冷的土地上，但他的话却像阳光一样留在我心里，让
　　　　　我感到光明就在前面！

刘　爽：透过这血一样殷红的火焰，我仿佛又看见草原上那个月光如水
　　　　　的夜晚，我们的小海兄弟强忍着伤痛，让我把他抱出军帐，想
　　　　　再看看月亮、看看蓝天。

木　兰：望着明月他说了十八岁人生的最后一句话："今晚的月亮真美、
　　　　　真圆！"小海走了，带走了那个草原上的月夜，但每当月圆的
　　　　　时候我都会感到月光里还飘荡着他的祝福和祈盼……

〔乐队号角般地奏鸣，引入辉煌的终曲合唱《和平颂》，歌声将思绪升华，
　述说着人们对战争的反思、对和平的赞美。

众　人：热爱太阳的人必将获得温暖
　　　　　因为光明的火种早已埋藏在他的心间
　　　　　热爱月亮的人必将获得安宁
　　　　　因为蓝色的月光抚慰着他的梦幻
　　　　　热爱他人的人必将获得幸福
　　　　　因为别人的爱也环绕在他的身边
　　　　　热爱和平的人必将赢得胜利
　　　　　因为正义之剑定会把战争的魔爪斩断
　　　　　啊　和平之神光辉灿烂
　　　　　把幸福和安宁洒向人间
　　　　　让世界变成爱的天堂

让所有的人心儿相连
没有战火　没有硝烟
没有暴力　没有凶残
没有流血　没有死亡
没有贫困　没有饥寒
让和平的阳光温暖每一个生命
让正义的呼唤在天地之间激荡飞旋

〔剧终。

歌剧

《蔡文姬》

人　　物：

蔡 文 姬	中国一代才女，其父乃东汉文坛巨匠蔡邕。她才华惊世却生于离乱岁月，被掳匈奴十余年后又回归中原，一生命运坎坷。苦难的生活使她写下了名垂史册的《胡笳十八拍》与《悲愤诗》
董　　祀	蔡邕弟子，仰慕文姬才华，倾尽全部心力追寻文姬被掳匈奴后的足迹，终于促成文姬归汉
左 贤 王	南匈奴部左贤王，战乱中与文姬邂逅，将文姬掳到北国结为夫妻，并对她产生真挚的爱恋。二人育有二子后，曹操修书匈奴望文姬归汉使其陷入极度痛苦之中。最终，对文姬的爱让他做出了艰难的抉择
曹　　操	一代枭雄，他采取的怀柔政策对北方游牧民族融入中华民族大家庭起到了积极的作用。为修写汉代史书，他亦是蔡文姬回归中原的推动者
周　　近	曹操帐下书吏，嫉妒董祀与文姬的友情，不惜歪曲事实对其暗中陷害
匈奴单于	匈奴部落的王者
乌桓特使	乌桓游说匈奴的使臣
乳　　娘	忠诚善良的老人，蔡文姬贴身的乳母
贺　　兰	蔡文姬与左贤王之子
狐 鹿 姑	蔡文姬与左贤王之女

众朝臣、乐舞伎、汉军兵士、匈奴兵士

序　幕

〔充满戏剧性的音乐回响在天穹，述说着两千年前中原战乱频仍的大地上一个美丽而智慧的女人——蔡文姬的悲剧故事，激情地奏鸣着她用生命谱写的《胡笳十八拍》，用撼人心灵的旋律，演绎苦难和血泪凝成的雄浑乐章。

〔序曲的适当段落融入蔡文姬《胡笳十八拍》中诘地问天的诗句，她不朽的魂魄乘着苍凉悲怆的乐思，神游在漫漫两千年浩渺时空里……

　　　　为天有眼兮何不见我独漂流
　　　　为神有灵兮何事处我天南海北头
　　　　我不负天兮天何配我殊匹
　　　　我不负神兮神何殛我越荒州

〔序曲音乐引入——

第一幕　烈火诗魂

[台口纱幕熊熊燃烧的烽火间迭出字幕：东汉末年，战乱频仍，诸侯割据，烽烟四起。北方匈奴趁机南下抢掠，百姓陷于战祸离乱之中……

[一群汉代装束的百姓在纱幕前悲慨踏歌而行，吟唱着《胡笳十八拍》第一拍的诗句。

众百姓： 天不仁兮降乱离
　　　　　地不仁兮使我逢此时
　　　　　干戈争兮道路危
　　　　　民卒流亡兮共哀悲……

[字幕：汉献帝软弱，各派力量纷争，蔡文姬之父——文坛一代宗师蔡邕亦因曾被董卓重用而获罪入狱。

[幕启：烈火中燃烧的蔡府。

[众官兵正在奉命查抄蔡邕府邸。

汉　官： 犯臣蔡邕，追随逆贼董卓并与其结为朋党。敕令将蔡邕收监问罪以正法纪朝纲！

[众官兵趁乱争抢蔡家财物，把箱笼、珍宝等什物据为己有，并把一卷卷竹简、

书籍等投入烈火之中……

〔文姬见写有父亲著作的竹简在烈火中燃烧，拼死扑向火场，乳娘死死拉住她。

〔官兵群体暴虐的合唱与文姬、董祀和乳娘的重唱交织在一起。

兵　士：让烈火燃烧熊熊地燃烧
　　　　让烈火燃烧熊熊地燃烧
　　　　让烈火燃烧熊熊地燃烧
　　　　让烈火燃烧熊熊地燃烧……

文　姬：求求你们不要再烧了
　　　　这些竹简都是无价的珍宝
　　　　求求你们不要再烧了
　　　　云在落泪天地也哭了……

董　祀：罪恶的火焰无情地燃烧
　　　　愚昧的罪人毁灭神圣美好
　　　　魔鬼的脚步践踏着文明
　　　　历史的华章在烈火中毁掉

乳　娘：罪恶的火焰无情地燃烧
　　　　善良的心啊在烈火中煎熬
　　　　我的文姬啊你莫要害怕
　　　　上天将惩罚这些万恶的强盗

〔幕后传来惊恐的喊声：匈奴人的马队来了！快跑啊！

〔众百姓纷纷逃离、查抄蔡府的兵士亦仓皇而去。

〔伴随着激烈的音乐声、杂沓的吼喊声，闪闪火光中一队手执盾牌长戟的兵士与战车出现在舞台后区,在火光映照下写意式地演绎激烈的战争场面。
〔乐队引入文姬的唱段。(根据蔡文姬《悲愤诗》改写)

文　姬：烽火燃旌旗
　　　　城头箭飞疾如雨
　　　　金甲耀日光
　　　　马蹄踏破汉家社稷
　　　　胡虏羌兵来
　　　　干戈连天起
　　　　村庄和城邑
　　　　在血泊中哭泣

　　　　飞雪伴胡骑
　　　　随风来复去
　　　　马边悬男头
　　　　马后载妇女
　　　　长驱出西关
　　　　悠悠三千里
　　　　哀叫声摧裂
　　　　亲人会无期
董祀、文姬：(重唱)
　　　　啊
　　　　长驱出西关
　　　　悠悠三千里

　　　　哀叫声摧裂

　　　　亲人会无期

〔一阵乱箭射来，盾牌与战车的队列且退、且转移，画外传来由远及近的马队奔腾声与匈奴士兵狂野的吼喊声。

〔文姬、乳娘与董祀在战争舞蹈阵列间艰难地行进，文姬怀抱着焦尾琴和几卷竹简，跑得气喘吁吁。董祀接过文姬手中的竹简，背在身后。

〔一群匈奴士兵上场，看到文姬顿起歹意。董祀拼死保护文姬，与匈奴兵厮打在一起。一个匈奴兵士扯破董祀背上包竹简的衣服，散落的竹简撒了一地……文姬与乳娘急忙扑过去捡拾。

〔左贤王手执马鞭上台，见文姬惊艳！又见其怀抱的焦尾琴与散落一地的竹简，遂喝止匈奴兵士。

左贤王：（宣叙调）

　　　　住手——

　　　　左贤王麾下的士兵

　　　　难道忘记了我的禁令

匈奴兵众：

　　　　王爷的禁令牢记心中

　　　　不毁庙堂　不烧宫廷

　　　　有字的竹简不能损坏

　　　　不得践踏青苗田垄

左贤王：记住，我麾下的士兵，绝不准违反这些禁令！（转向文姬，看到她手中的琴和竹简，拿过一卷竹简观看）这瑶琴和竹简都是

　　　　你的？敢问姑娘姓名？

文　姬：民女姓蔡，这些都是我的随身之物。

左贤王：姑娘也姓蔡。听说洛阳城有个名叫蔡邕的老人，他上知天文，下知地理，是个有大学问的人。不知姑娘可认识他？

文　姬：实不相瞒，蔡邕便是家父。

左贤王：噢！——（惊奇地上下打量文姬）姑娘莫非就是传说中那个读书万卷，过目成诵，琴棋书画、诗文歌赋无所不精的蔡文姬？！

文　姬：蔡文姬便是民女。

左贤王：（大喜过望）啊，失敬，失敬了！想不到机缘巧合能在这里遇见姑娘。（施匈奴大礼）文姬姑娘受惊了！（肃容审视，对文姬敬爱之情溢于言表）

　　　　穿越刀山剑丛

　　　　我的步伐从容坦荡

　　　　踏过连天烽火

　　　　我的心啊不曾彷徨

　　　　为什么此刻

　　　　却变得这样慌乱迷茫

　　　　啊　草原的雄鹰

　　　　英雄的左贤王

　　　　为何失去了王者的模样

　　　　她清澈的目光

　　　　像一条套马索

　　　　紧紧系在我的心上

董　祀：请阁下的军士闪开，让我们走。

左贤王：（不理会董祀）文姬姑娘，当下兵火战乱，危机四伏。他，保护不了你。你就跟我走吧，我一定全力保证姑娘的安全。（转对随从兵士）呼毒尼，快快把文姬姑娘扶到马车上，小心侍候！

匈奴兵士：遵命！

董　祀：（阔步挡在文姬身前）
　　　　　天上的太阳只能抬头仰望
　　　　　高贵的凤凰怎能落在荒原草莽
　　　　　挥舞的马鞭
　　　　　遮不住太阳的光芒
　　　　　羁绊牛羊的绳索
　　　　　怎能拴住凤凰的翅膀

左贤王：马背上的英雄驰骋四方
　　　　　矫健的雄鹰在天空翱翔
　　　　　穿云破雾搏风击雨
　　　　　我的意志谁也不能阻挡

［匈奴士兵欲强行拉走文姬和乳娘。

董　祀：（再度冲上前用身体挡住文姬）放开她，你们放开她！
　　　　　锋利的钢刀
　　　　　斩不断大河的流水
　　　　　壮士的信念
　　　　　像河水一样百折不回
　　　　　你这恃强凌弱的莽汉

　　　　挥舞刀枪的灵魂却是这样卑微
　　　　来吧　把你的钢刀插进我胸膛
　　　　让迸发的热血唤醒你的蒙昧
　　　　来吧　用我的生命换取你一个承诺
　　　　请放过我这苦难的姐妹

左贤王：把他绑了，拴在我的马尾巴上！

［几个匈奴士兵恶狠狠地抓住董祀。

文　姬：住手！
　　　　草原上的牧人都有一颗善良的心
　　　　毡房里的火塘总是温暖风雪中的人
　　　　为什么要伤害无辜
　　　　在人心里播种仇恨
　　　　若是我的自由
　　　　能够换取他的生存
　　　　请放开他　放开他
　　　　我随你去跨越莽原山林
　　　　倘若他受到伤害
　　　　我的鲜血将染红天上的白云

董　祀：啊　不　文姬
　　　　屈服是弱者的呻吟
　　　　好男儿就当临危挺身
　　　　我决不让你沦落天涯

　　　　陷入万劫不复的命运
　　　　你不能跟他走
　　　　你不能随他走
　　　　此一去前路渺茫山高水深

〔文姬从怀里取出一件写有父亲蔡邕《东观汉记·十志》文稿的罗裙交给董祀。

文　姬：（咏叹调）
　　　　董祀兄
　　　　烈火之中显真金
　　　　危难时更觉情意真
　　　　这一件罗裙交给你
　　　　它薄如蝉翼却重逾千钧
　　　　天下兴亡　家国命运
　　　　礼志文明　世事浮沉
　　　　都写在这缕缕丝帛罗带衣襟
　　　　它是父亲的智慧和心血
　　　　它是历史真实的印痕
　　　　它浸满我夙夜不眠的汗水
　　　　它沾着我寒来暑往的体温
　　　　请珍爱它　保护它
　　　　把它当作你的宿命你的追寻
　　　　让它融进岁月　写进青史
　　　　辉映浩荡神州　千秋风云

左贤王：（对董祀怒喝）滚！

〔众匈奴兵士把董祀推倒在地，将文姬与乳娘裹挟而去。燃烧着烈火的废墟旁，董祀手捧罗裙痛苦地望着匈奴马队离去的方向。

董　祀： 血色染红了夕阳
　　　　烈火燃烧着村庄
　　　　天风吹远了云朵
　　　　文姬啊　你去向何方
　　　　心里的话还没有对你讲
　　　　只留下无尽的思念惆怅
　　　　怎能忘
　　　　那青梅竹马的时光
　　　　清明踏歌曲水流觞
　　　　你琴心剑胆诗文风流
　　　　巾帼女儿胜似男儿情肠
　　　　怎能忘
　　　　月夜读史烛影摇窗
　　　　指点江山评说过往
　　　　你琴歌抑扬如诗如画
　　　　声声字字刻在我的心上
　　　　啊
　　　　捧着这浸透你心血的罗裙
　　　　似看见你期待的目光

肩负着你的嘱托

我告诉自己要坚强

穿云的风啊请给我力量

带我飞越这无边的苍茫

我要追寻她远去的脚步

跨过漫漫草原绵绵山岗

我要追寻她远去的身影

踏遍每一缕朝晖落霞月色夕阳……

〔从天而降撼人心灵的音乐……

〔切光。

第二幕　情满霜天

〔颇具时空感的音乐……

〔视频投影映出：草原上一座毡房、辘轳车旁岁月如梭般的四季景色变化——潺潺春水、如锦夏花、秋草黄叶、皑皑冬雪……

〔一组女声吟唱着《胡笳十八拍》第三拍中的诗句：

　　越汉国兮入胡城

　　亡家失身兮不如无生

　　毡裘为裳兮骨肉震惊

　　羯膻为味兮枉遏我情……

　　鞞鼓喧兮从夜达明

　　衔悲畜恨兮何时平

〔纱幕前，身着蔡文姬同款服饰的舞者和着歌声翩翩起舞，抒发着文姬被掳匈奴后心中的幽怨之情。

〔一位女舞者在两度四季风光变幻情境中表达蔡文姬被掳匈奴后痛苦心声的独舞，突显岁月流逝的时空感……

〔字幕：十年后，北国匈奴庭。

〔幕启：左贤王大帐。

〔文姬在帐前教贺兰与狐鹿姑用木棍在沙地上写字：中原——洛阳——家国……

〔号角声中，左贤王捧着一束鲜花围猎归来。

左贤王： 采一束早春的二月兰

　　　　　清香鲜艳　秀丽恬淡

　　　　　它像文姬的笑容

　　　　　染香我的篷帐　陶醉我的心田

　　　　　愿这迎春的花朵

　　　　　带给她春天的气息

　　　　　愿这美丽的花朵

　　　　　润开她的笑颜

　　　　　文姬，今天去围猎，我为你采了一束二月兰，想你定会喜欢。

文　姬： 多谢王爷。噢，二月兰花开的时候，也是大雁北飞的季节了。

〔空中传来声声雁鸣。

左贤王： 刚说大雁，雁阵就飞来了。文姬，你不喜欢牛羊肉的腥膻，我射一只大雁为你佐餐吧。（张弓搭箭欲射）

文　姬：（忙制止）不要，王爷！看见这南来的雁阵，就让我想起千里之外的中原。它们飞越千山万水，不知经历了多少艰险，让它们自由自在地飞吧！

左贤王： 如此，就依夫人！

〔左贤王说罢揽过一双儿女亲昵地嬉戏，看他们写在沙地上的汉字。

传令兵：王爷，单于请你到大帐议事。

左贤王：知道了。文姬，我让侍女为你煮了中原的粟米粥，这会儿应该快煮好了。我去去就来！

文　姬：谢王爷……（为左贤王的关心体贴而感动，目送他远去的身影，心中百感交集）

　　　　想说爱他却又恨他

　　　　为他漂泊异乡去国别家

　　　　十年生死路

　　　　步步沾泪花

　　　　他是我思乡梦里的烽火胡笳

　　　　想说恨他却又爱他

　　　　塞外的苦寒中

　　　　他给我一个温暖的家

　　　　风雪里他为我猎裘皮

　　　　晨昏时他为我煮奶茶

　　　　对一双身边的小儿女

　　　　也有说不完的悄悄话

　　　　（走近琴案旁，边抚琴边吟唱……）

　　　　北国的风啊催人早生白发

　　　　春草绿时又见一度芳华

　　　　猛回首　马踏暮云归来

　　　　角声中　一抹夕阳落霞

［文姬歌声中，鬓发零乱、衣衫褴褛的董祀上场，他躲在帐旁聆听着文姬的

歌声和琴声。文姬歌罢,董祀按捺不住内心激动,急切地走到帐前。

董　祀：好一个"猛回首马踏暮云归来,角声中一抹夕阳落霞"!夫人的歌诗句句情真意切,催人泪下啊!

文　姬：先生何人?为何潜于帐前偷听他人心曲?(边问边暗暗打量着眼前这个似曾相识的人)

董　祀：为寻故人走过岁月流年
　　　　为觅知音踏遍千里草原
　　　　十年寒暑印满我带血的脚印
　　　　月缺月圆记着我苦苦的思念
　　　　一条心上的琴弦
　　　　日夜不停地回响
　　　　穿过野花染香的春风
　　　　飞越雁翅划破的蓝天
　　　　漫过飞雪城楼边塞雄关
　　　　呼唤我心上的婵娟
　　　　啊
　　　　一件浸透回忆的罗裙
　　　　贴在我胸前整整十年
　　　　它温暖着我的心扉
　　　　给了我力量和信念
　　　　它是阳光　是白云　是春水　是风帆
　　　　引我来到你的面前

文　姬：你——是董祀……

董　祀：文姬！老天有眼，终于让我找到你了！

文　姬：董祀兄！

董　祀：文姬啊，十多年了！我走遍四方打听你的消息。为等这一天，董祀的鬓边已是华发丛生了！

文　姬：（深情注视董祀）是啊，十多年时光在我们身上怎能悄无痕迹……

董　祀：文姬，我曾去狱中看望伯喈先生，按先生提示在家中老宅的枯井里又找到了一批写有先生著述的竹简。

文　姬：父亲还有著作留存于世，真是天大的幸事！

董　祀：文姬啊，当今天下，除了你恐怕再没有人能把它们厘清、续补，来完成先生的心愿了。

文　姬：这也是我此生的夙愿。听说曹孟德已是大汉丞相，我今修书一封烦董兄带给曹丞相，请他体恤我的苦心，早日促成文姬回归中原。

董　祀：找到你，我本想在这里多住些时日，但为了尽早把消息带给曹丞相，请你速速修书，董祀即刻上路！

文　姬：董兄稍等。

〔文姬下场……
〔左贤王归来，惊愕地看到大帐前的董祀。

左贤王：风铃摇响

　　　　何人闯进我的篷帐

董　祀：过路旅人

　　　　但求一碗薄水酒浆

左贤王：（手握胯边长刀、警惕地打量着董祀）

　　　　目光炯炯　气度轩昂

　　　　我们似曾相遇在什么地方

董　祀：十年烽火洛阳

　　　　有条军中禁令让我难忘

　　　　不烧竹简　不毁庙堂

　　　　铁蹄蛮横却治军有方

左贤王：（思索、打量董祀……）

　　　　十年？洛阳？

　　　　你……你是那个差点被我绑在马尾巴上的汉子？

　　　　傲骨铮铮倔强顽强

　　　　（间奏音乐响起……又生猜疑……）

　　　　如今为何又来打扰我的阏氏

　　　　难道你不怕面对死亡

　　　　（从刀鞘中突然拔出半截钢刀）

董　祀：死亡无非呼吸之间

　　　　心怀坦荡死又何妨

　　　　刀剑斩不断男儿的信仰

左贤王：（将钢刀顺手推回刀鞘，仰天大笑）

　　　　哈哈……

　　　　好一个无畏英雄儿郎

　　　　在你的面前我的钢刀也失去了光芒

　　　　阔别十年，难得相见，咱俩得好好喝上几杯！文姬啊，你看谁来了！

文　姬：故人来访　喜从天降

　　　　就像春风吹进我们的篷帐

左贤王：故人来访　奶酒飘香

　　　　摆开盛宴本王为你烹牛宰羊

文姬、左贤王：欢迎你！

董　祀：多谢王爷！董祀也想和你一醉方休。但我急于要赶回中原，这酒宴就免了吧。

左贤王：（略思索后解下腰间玉佩）恭敬不如从命，你若执意要走，本王也需略表心意。

　　　　时光无形　天地有情

　　　　我们曾在战火中相逢

　　　　生死瞬间　刀剑丛中

　　　　你无畏的目光让我敬重

　　　　这枚玉佩镌刻着狼的图腾

　　　　它是我匈奴王族骄傲的象征

　　　　把它带在你的身边

　　　　保佑你一路顺风

董　祀：（接过玉佩）谢王爷厚爱！

左贤王：（从侍从手中拿过酒杯）来，兄弟，干了这杯酒，本王为你送行！

〔二人举杯一饮而尽……

董　祀：谢王爷，董祀就此别过！

文　姬：（将写好的羊皮书交给左贤王）王爷，这是我托董兄带回中原的书信。

左贤王：不看，不看，我又认不得几个汉字！（见董祀衣衫单薄，遂脱下自己身上的皮袍给董祀披上）前途路远，露浓霜重，穿上这件皮袍也可略挡风寒。兄弟，保重！

文　姬：董兄珍重！

董　祀：王爷、夫人珍重！咱们后会有期！

［舞台切光。

第三幕　铜雀传书

〔台口纱幕映现黑红相间铜雀台的剪影。

〔纱幕前，一群人吟唱着《胡笳十八拍》第九拍与第十一拍融合而成的诗句。

众　人： 天无涯兮地无边

　　　　　我心愁兮亦复然

　　　　　怨兮欲问天

　　　　　天苍苍兮上无缘

　　　　　生仍冀得兮重归桑梓

　　　　　死当埋骨兮还家园……

〔幕启：金碧辉煌的铜雀台。

〔歌舞正酣，钟磬齐鸣、鼓乐喧天。队列变幻的队舞、婀娜的长袖舞、舞姿奇巧的鼗鼓舞，汉风古韵，美不胜收。

〔一女舞者伫立于庭间错落排列的鼓面上，跳起令人赏心悦目的踏鼓舞。

〔与舞蹈同步，众歌者演唱改写的古诗十九首中之《今日良宵会》，尽显汉代歌舞的风采。

众　人：今日良宵会
　　　　欢乐难俱陈
　　　　弹筝奋逸响
　　　　新声妙入神
　　　　踏鼓舞窈窕
　　　　长袖拂白云
　　　　浩歌抒壮志
　　　　铜雀花缤纷

〔曹操乘醉击节吟唱《短歌行》，众乐舞伎敲击鼓边与之呼应。

曹　操：对酒当歌　人生几何
　　　　譬如朝露　去日苦多
　　　　慨当以慷　忧思难忘
　　　　何以解忧　唯有杜康
　　　　（仰天狂笑，将杯中酒一饮而尽）良辰美景、金樽杜康，痛快，痛快！
侍　卫：禀丞相，董祀求见！
曹　操：（酒意微醺）噢，董祀？……本相倒是许久没见到他了。
周　近：丞相，董祀这些年来行为怪诞，做事荒唐，他穿胡服、讲胡语，频频出入北疆与匈奴人来往甚密。还听说他私下里盗走了蔡邕先生的好多竹简，真是枉为蔡侍郎的弟子。
曹　操：想不到董祀竟会变成这个样子，不见也罢！

〔场外黄门官高喊：把董祀逐出邺城啊！

〔喊声方落，铜雀台下响起了慷慨悲凉的歌声，董祀击节放歌，唱起蔡文姬所写的《胡笳十八拍》第十拍。

董　祀：城头烽火不曾灭
　　　　疆场征战何时歇
　　　　杀气朝朝冲塞门
　　　　胡风夜夜吹边月
　　　　故乡隔兮音尘绝
　　　　哭无声兮气将咽
　　　　一生辛苦兮缘别离
　　　　我心悲深兮泪成血

曹　操：谁在铜雀台下歌唱？此曲沉雄悲慨、愁苦莫名，委曲之情，动人心扉。快快把唱歌的人带上来！

〔侍卫将身着胡服、须发蓬乱的董祀带上。

（宣叙调）

曹　操：歌者所唱何曲

董　祀：血泪胡笳

曹　操：歌从何来

董　祀：胡风边月塞外霜华

曹　操：歌是何人所作

董　祀：天下第一才女泣血天涯

曹　操：嗯？……天下第一才女？血泪胡笳？……你说的难道是蔡琰？

董　祀：正是，蔡邕先生之女蔡文姬！……丞相啊，你真的认不出董祀了吗？

曹　操：你……你是董祀？（指董祀身上的胡服）怎么穿成这个样子？听说你私下里盗走了伯喈先生的许多竹简，快告诉我，你把它们弄到哪里去了！

董　祀：丞相，我在蔡家故园的枯井中找到了先生留下的一批竹简，虽多有残损，但它们将是复原先生著作的最好依据。

曹　操：苍天有眼，护佑汉家文明！董祀啊，你做了一件天大的好事！我却险些误会了你。

董　祀：丞相，我在塞外匈奴庭找到了文姬师妹的下落。如今，她已是左贤王的阏氏了。

曹　操：此话当真？！

董　祀：文姬饱蘸血泪给丞相写了一封书信。（呈上羊皮书）她日夜都在思念中原、时刻都在惦念着伯喈先生修史未竟的心愿啊！

曹　操：（观看羊皮书信激情难抑，慨然放歌）

　　　　纵览青史　乱云飞渡

　　　　评说过往　英雄无数

　　　　孔子写《春秋》

　　　　丘明书《左传》

　　　　司马撰《史记》

　　　　班固修《汉书》

　　　　而今何人补天

　　　　让雄图霸业流芳千古

啊

我何不让文姬归汉续写青史

在浩茫天宇上描画云起日出

（解下自己的佩剑交与董祀）董祀、周近听令！命你二人为大汉使节，持我的宝剑、印信即刻起程赶赴匈奴，接蔡文姬回归中原！

董祀、周近：遵命！

［舞台急切光。

第四幕　旧怨新愁

［台口纱幕映出七月草原繁花似锦的动感画面。
［纱幕前，一队匈奴女子载歌载舞，在胡笳伴奏下吟唱着《胡笳十八拍》中的诗句。

匈奴女子：

　　东风应律兮暖气多

　　汉家天子兮布阳和

　　羌胡踏舞兮共讴歌

　　两国交欢兮罢兵戈

［幕启：匈奴单于大帐。
［送别乌桓使者的宴会，大帐前烤肉的篝火还在熊熊燃烧，酒桌上杯盘狼藉。

男声合唱：（狂野地）

　　烤肉的火焰

　　狼藉的杯盘

　　含混的语言

　　猩红的双眼

　　桌面上觥筹交错

　　人心里各自盘算

再干一杯　让意乱情迷

把欲望的烈火点燃

啊

誓言在酒杯里沉浮

利益在笑声中回旋

野心在刀锋上磨砺

阴谋和笑脸相伴

这是一个交换的集市

这是一场饕餮的盛宴

（注：这是一段表现乌桓欲联合北方各游牧部落攻打中原和匈奴之间利益交换的场面，单于与使者的座席可安排在一起，并肩而坐，利于二者的表演与交流。突出乌桓使者与匈奴单于之间借醉酒遮掩、勾肩搭背、贴耳密谈的情景）

〔众人狂欢之时，董祀率使团来到单于帐外，发现帐中有客人，遂示意众人后退。

乌桓特使：单于不要忘记，此次河东袁绍二位公子送给你不少珍宝和银两，答应他们的事你可不要食言哟！

单　于：（酒意朦胧）那是，那是！与袁氏结盟之事容本王再……再与各部商议！来，喝酒，喝酒！

乌桓特使：我静待单于的回音！

〔帐外，董祀闻言为之一惊，稍思索旋即咬破手指在袖口上写下密信、转身下场……

乌桓特使：来，干了这杯酒！从今后袁公子与乌桓和匈奴就是休戚与共的朋友了。

单　于：干杯！

〔台侧士兵高喊：大汉使节到！

乌桓特使：（慌忙离席）一切尽在不言中，在下就此别过。

〔乌桓特使匆匆下场。
〔董祀率众随从持旌节、携礼物阔步上场。

单　于：恭迎汉使，请！
董　祀：单于请！

〔宾主落座。

周　近：（念国书）大汉丞相曹孟德闻知汉左中郎将蔡邕之女蔡琰流落匈奴一十二年，为使蔡琰接续其父续写汉书，特遣汉使携黄金千两、白璧十双、丝帛百匹、粟米千斛迎接蔡琰回归故里，请单于允准蔡琰归汉。

单　于：这事好商量，好商量！

〔舞台前区两侧追光下，左贤王、文姬悄然上场，站在单于帐外聆听帐中对话。

董　祀：丞相让我转告单于，他将划出并州、幽州、河套一带大片水草丰美的草场、田园让匈奴各部休养生息，并准备了大量农具、种子、粮食、布帛，让匈奴的民众和关内百姓一样，都能过上温饱安定的日子。

单　于：汉匈和睦，同生共荣，这是上天赐给我匈奴的吉祥啊！

［众文臣、武将皆为之动容。

众　人：曹丞相恩泽广被，为匈奴造福，真是天降吉祥啊……
周　近：请单于尽快允准文姬夫人归汉。
单　于：曹丞相之请，焉有不允之理！只是……只是左贤王与文姬夫妻情深，且已育有一双儿女，此事恐怕还须看左贤王夫妇是何心意。

［单于、董祀演区切光暗转。
［舞台前区两束追光下左贤王与文姬各自吐露心声……

左贤王： 天外传来滚滚惊雷
　　　　我的心在雷声中崩溃
　　　　莫要说铁打的汉子不流泪
　　　　刀扎进胸口才知道心碎的滋味
　　　　难道说她就要离我而去
　　　　心爱的人啊从此远隔南北
　　　　难道说雄鹰也会折断翅膀
　　　　从今后再不能与她比翼齐飞

　　　　　啊
　　　　　她不能离去　她不能离去
　　　　　她是孩子们慈爱的母亲
　　　　　她不能离去　她不能离去
　　　　　她是我左贤王尊贵的王妃
文　姬：雨冷风骤　是去是留
　　　　　世间难觅人长久
　　　　　美酒苦酒　旧怨新愁
　　　　　喜泪伴着悲泪流
　　　　　渴盼还乡续汉书
　　　　　洒尽碧血写春秋
　　　　　当梦幻成真的时候
　　　　　才想到我怎么能说走就走
　　　　　我看见英雄盖世的左贤王
　　　　　突然间变得如此憔悴消瘦
　　　　　让泪水暗淡了他的双眸
　　　　　啊
　　　　　十二年夫妻情深
　　　　　他与我相伴相守
　　　　　我却在他的心上
　　　　　划开一个喷血的伤口
　　　　　对不起　我的夫君
　　　　　我实在迈不开离你而去的脚步
　　　　　原谅我　我的亲人

　　　　万语千言也说不尽我心中的愧疚

　　　　抬望眼风尘滚滚还乡路

　　　　从此一去不回头

　　　　怕只怕这草原上的辘轳车

　　　　载不动我的旧怨叠新愁……

文姬、左贤王：（重唱）

　　　　啊

　　　　旧怨新愁　涌上心头

　　　　难割舍你的关爱温柔

　　　　弃儿别家　断肠时候

　　　　恨长路无情苍天泪流

　　　　王爷（文姬）啊

　　　　十二年相伴　情义无价

　　　　十二度春秋　真情相守

　　　　我们的血脉已融在一起

　　　　走再远也是亲人骨肉

〔舞台灯光复明，文姬、左贤王进入帐中。

单　于： 左贤王啊，曹丞相要接文姬阏氏回中原，这件事既是汉匈之间的国事，也是你的家事，如何处置还得听听你的心意。

左贤王： 蔡文姬是我的阏氏，这里有她的家、她的亲人，她不能走！

董　祀： 王爷，在下深知文姬夫人归汉是让王爷一家骨肉分离的痛事，但接续先师蔡邕续写汉史的伟业，在当今天下唯有文姬夫人能够胜任，请王爷务必体谅曹丞相的一番苦心。

左贤王：曹丞相划给匈奴大片水草丰美的草场和土地，让我的子民们不再岁岁迁徙、颠沛流离，可谓是恩重情深。但接走文姬，却是让我一家妻离子散！你们去问问我那两个年幼的孩子，他们是否愿意让人夺走自己的母亲？！

［乳娘带一双儿女上场，狐鹿姑与贺兰扑进文姬怀里。

贺兰、狐鹿姑：阿妈！

［激情的音乐，引入场上人物的五重唱。

乳　娘：可怜的羊羔在风雪中呼号
　　　　迷途的马驹在暗夜里奔跑
　　　　没娘的孩子像风中的蒲公英
　　　　在寒冷的荒野上飘呀飘
　　　　啊　文姬
　　　　可怜你的一双儿女
　　　　再不能依偎在你温暖的怀抱

左贤王、文姬：
　　　　月缺时节期盼月圆花好
　　　　待到月圆又见风狂雨暴
　　　　此生尝尽了生离死别的滋味
　　　　为何又让儿女再受这般煎熬

　　　　啊　苍天

　　　　为何要把人间的真情

　　　　变成宰割生命的钢刀

董祀、单于：

　　　　这绞肠滴血般的痛楚啊

　　　　像无边的迷雾在天地间缭绕

　　　　草原的清风啊快拂去云的泪滴

　　　　让痴迷的人儿走出情感的困扰

　　　　啊　苍天

　　　　请拨开这漫天的愁云惨雾

　　　　让痛苦的心灵投进阳光的怀抱

贺兰、狐鹿姑：阿妈，你不要走，不要走……

文　姬：（无奈、泣不成声）孩子！娘，娘不走了！

〔董祀见文姬深陷于母子亲情中不能自拔，遂从怀中取出那件写有《东观汉
　记·十志》文字的罗裙。

董　祀：可记得这件浸透血泪的罗裙

　　　　它薄如蝉翼却重逾千钧

　　　　它记录天下兴亡　评说世事浮沉

　　　　它传承礼志文明　牵动家国命运

　　　　这密如蛛网的文字上

　　　　回荡着千年历史回音

　　　　　这墨迹斑斑的衣襟上

　　　　　闪烁着云霓霞彩日月星辰

　　　　　（文姬的心声切入董祀的歌声之中，形成二人的重唱）

　　　　　先师（先父）的嘱托回响在耳边

　　　　　它是我的宿命我的追寻

　　　　　让它汇入历史　融进岁月

　　　　　辉映浩荡神州　千秋风云

文　　姬：（从董祀手中接过罗裙，心情激荡）汉使大人一语惊醒梦中人！当年罗裙犹在，先父宏愿犹存，上天在呼唤我归去！（稍倾转向左贤王）王爷，这件罗裙上有父亲的智慧，也沾满我夙兴夜寐的汗水。今天，我把它交给你，就如同把我的心留给了你。看见它就如同我还在你身边……

〔左贤王颤抖着接过罗裙，贺兰与狐鹿姑又欲扑向文姬。

贺兰、狐鹿姑：阿妈！

〔左贤王伸手将一双儿女紧紧揽在怀中。

左贤王：我是一个草原莽汉

　　　　　却爱上九天神女月里婵娟

　　　　　脚踏苍茫无边的荒野

　　　　　却向往礼仪之邦中原

　　　　　战火中我拥有了你

　　　　　才懂得什么是生活什么叫祈盼

　　　　　总害怕有一天你会离我而去
　　　　　再看不见你明媚的笑颜
　　　　　总害怕有一天梦会醒来
　　　　　留下我一人独自孤单
　　　　　啊
　　　　　当分别真正来临的时候
　　　　　我知道男子汉要挺起腰杆
　　　　　咬碎了离愁强把苦涩咽下
　　　　　哪怕是心海里血浪翻卷
　　　　（脚步踉跄，险些支持不住）

文　　姬：（关切地抢上一步扶住左贤王）王爷……
左贤王：文姬，我知道，十多年来你一直思念着中原……去吧，去走你想走的路、做你想做的事。但贺兰和狐鹿姑必须要留在这里，继承我匈奴人血液中豪情！
文　　姬：王爷……
乳　　娘：文姬，你放心去吧，这里还有我！
　　　　　文姬啊你放宽心
　　　　　我会替你做个好母亲
　　　　　我爱你伴你三十春秋
　　　　　也会把你的儿女抚养成人
　　　　　太久的期待已经熬白了我的头发
　　　　　归去的时刻终于来临
　　　　　莫犹豫　别彷徨
　　　　　雁南飞　梦成真

文姬啊　我最疼爱的人
　　　决断的时候你不要乱了方寸

文　　姬：乳娘！文姬愧对你的恩情……
左贤王：汉使大人，文姬是我的阏氏，大汉和匈奴是血浓于水的亲眷。（从箭袋中抽出一支羽箭）苍天为鉴，今后无论什么人，若犯下有损汉匈和睦的事，我左贤王决不答应！违誓者当如此箭！

〔左贤王奋力折断手中的羽箭，终因心力交瘁，禁不住脚步踉跄。
〔董祀忙上前扶住他，并解下腰间宝剑捧给左贤王。

周　　近：（上前阻拦）汉使大人，曹丞相所赐宝剑意味着什么你不会不明白，你可要三思而行！
董　　祀：（推开周近）副使大人无须多言。一切后果我自承担！（转向左贤王）
　　　断箭盟誓男儿肝胆
　　　一腔热血烈似火焰
　　　为大汉历史流传千古
　　　天大的痛楚你一身承担
　　　这一把宝剑象征大汉的威严
　　　它重于我的生命凝聚着家国期盼
　　　而今我把它送给你
　　　表达我敬重你的情感
　　　让它伴随在你的身边
　　　见证汉匈世代友好的誓言

〔左贤王接过宝剑，与董祀激情相握。

左贤王、董祀：兄弟！

董　　祀：（对周近）周副使，天气已经转凉，你护送文姬夫人先行踏上归程，我在这里暂留些时日，稍后再回邺城复命。（转向文姬，悄悄撕下用血写下密信的袖口）文姬夫人，一路保重！（压低声音）请一定亲手把它交给曹丞相，切记，切记……

单　　于：中原的和风

　　　　　吹过七月的草原

　　　　　塞上驼铃

　　　　　回荡在古道雄关

　　　　　匈奴大汉山水相连

　　　　　烽烟不再喜地欢天

　　　　　各部列队鼓角齐鸣

　　　　　恭送文姬阏氏归汉

众　　人：匈奴大汉山水相连

　　　　　烽烟不再喜地欢天

　　　　　各部列队鼓角齐鸣

　　　　　恭送文姬阏氏归汉

〔灯光变幻，映出远方的草原、白云、蓝天，大帐后的平台上旌旗飘扬、鼓角齐鸣，浩大的送别队列铺展开来。

〔音乐声中飞起文姬《胡笳十八拍》的歌声。（根据原诗改写）

文　姬：别儿弃女回故乡

　　　　旧怨未平新怨长

　　　　日出月落徒然相望

　　　　不得相聚痛断肝肠

　　　　泣血哭诉哟问苍天

　　　　为何让我独自遭受祸殃

众　人：喜泪零落悲泪涟

　　　　去留两难催肠断

　　　　归家又须别娇儿

　　　　喜亦成悲爱成怨

　　　　心踟蹰　行路难

　　　　车不行　马不前

　　　　步步泣血文姬泪

　　　　血色云霞染长天

［充满情感的合唱萦绕在广袤的天地之间……

［切光。

第五幕　文姬归汉

〔纱幕前，一组汉装女子演唱《胡笳十八拍》第十五拍，纱幕映出竹简诗句。

众女子： 再还汉国兮欢心

　　　　　心有忆兮愁转深

　　　　　日月无私兮曾不照临

　　　　　子母分离兮意难任……

〔幕启：铜雀台上，曹操捻长须诵读竹简。

众　人： 壮士长啸　逐鹿中原

　　　　　栉风沐雨　马踏雄关

　　　　　将军挥剑　天下归心

　　　　　铜雀春深　浩歌飞旋

〔周近率众随从上场。

周　近： 启禀丞相，周近出使匈奴迎接文姬归汉，特来复命。
曹　操： 噢，一路辛苦了，文姬可好？
周　近： 一切都好，小臣已将夫人安排在驿馆住下。

曹　操：先让她好生歇息吧。嗯？……董祀呢，为何不见他前来复命？
周　近：董祀——没回来！他说……"将在外君命有所不受"。
曹　操：嗯？此话怎讲？！
曹　操：董祀他不遵丞相将令，对小臣的话更是全然不听，可他和那个匈奴的左贤王却是惺惺相惜。左贤王送给他匈奴王族的玉佩，董祀他……他竟把丞相赐给他的宝剑送给了左贤王！
曹　操：（沉吟自语）如遇非常之事，"将在外不受君命"也或许情有可原？……（忽又陡转心念）嗯——但他身为汉使却和匈奴人拉扯不清，弃我佩剑、藐视本相，越权行事，理法难容！来人哪，即刻命人飞马赶赴匈奴传我的将令：革去董祀汉使之职，让他就地自裁！
侍　臣：遵令！臣即刻命人赶赴匈奴取董祀首级复命！

〔充满戏剧性、紧张不安的音乐……

众　人：霎时间晴空里响起霹雳
　　　　铜雀台传来了惊天消息
　　　　曹丞相要杀无辜的人
　　　　飞马传令十万火急

〔灯光变幻，映亮舞台侧幕前区空间，文姬蓬头跣足上场。

文　姬：来不及梳青丝理云鬟
　　　　顾不上揽长裙踏丝履

　　　　　平日里仪态端庄的蔡文姬

　　　　　就这样蓬头跣足穿过街衢

　　　　　急匆匆闯上铜雀台

　　　　　救生死于倒悬不容迟疑

传令兵：文姬夫人到！

曹　操：啊，文姬回来了！（见文姬蓬头跣足、衣衫不整）什么事把你急成这个样子？（对左右）快快把我的披风给她披上！

文　姬：谢丞相不怪文姬失礼之罪！丞相啊，听说你已飞马传书让人到匈奴去取董祀的首级，此事可当真？

曹　操：董祀他蔑视本相，违我将令、弃我佩剑，身为汉使却滞留匈奴当归不归，这样的人还不该杀吗？

文　姬：丞相啊——

　　　　　十二年胡地霜天

　　　　　有谁愿风餐露宿踏遍莽原

　　　　　十二年铁马冰河

　　　　　有谁愿千里跋涉不畏苦寒

　　　　　董祀他不负先父嘱托

　　　　　重信义守承诺忠心赤胆

　　　　　任汉使赴匈奴他坦诚待人

　　　　　察时机解危难他智慧果断

　　　　　感动了左贤王断箭盟誓胡汉一家

　　　　　回赠他丞相剑彰显大汉威严

　　　　　他发现乌桓使者行踪可疑

　　　　　细察看巧探究虚与周旋

（拿出书信）
紧急时他咬破手指写下书信
叮嘱我面交丞相不可迟延

［文姬将董祀写有血字的衣袖呈给曹操，曹操示意身边侍从读信。

侍　臣：（朗声读信）……臣得知袁绍二子已投奔乌桓，重金贿赂塞外各部族，欲联手共犯中原。经查勘，卢龙塞有秘道可直捣乌桓巢穴柳城，臣暂留匈奴细察动向，详情容后再报！董祀顿首……

曹　操：（从侍从手中夺过信件，激情难抑）如此说来，董祀不仅无罪反倒是功不可没！（转对周近）周近啊，你一叶障目，是非不辨，实在是不堪重用！今日幸亏文姬及时提醒，否则不仅冤枉了董祀，更怕是要贻误老夫的千秋霸业！（阔步走到台前）来人啊，快快派人乘我的千里马，日夜兼程赶赴匈奴收回前番成命，并晋封董祀为河朔屯田都尉，统领并州、幽州、河套地区的全部军政要务！

［乐声中响起由近而远疾驰而去的马蹄声……
［轰鸣的音乐昂扬激荡、撼动着人们的心灵，把情感推向高潮！
［舞台急切光。

第六幕　青史千秋

［纱幕映出竹简上《胡笳十八拍》的诗句。

女声合唱：
　　　　胡与汉兮异域殊风
　　　　天与地隔兮子西母东
　　　　苦我怨气兮浩于长空
　　　　六合离兮受之应不容

［幕启：八年后一个月圆之夜，曹府后园。
［文姬在窗前对月抚琴而歌。（根据《胡笳十八拍》第十四拍改写）

文　姬： 我在这里哟　儿女在那里
　　　　如渴如饥　相思如缕
　　　　春去秋来　花开花落
　　　　别离的愁苦　埋藏在心底
　　　　山高地阔　相见无期
　　　　更深夜阑　梦魂相依
　　　　梦中牵着儿的手悲喜交集
　　　　伤痛的心啊何时才能平息

（切入合唱伴唱）

啊

梦中的那片土地为何变得如此清晰

往事如潮漫过尘封的记忆

那海一样的草浪

那雁翅牵落的云霓

那酒一样醉人的歌谣

还有那马蹄踏破的晨曦

最难忘他用胡笳传递的情意

缠绕心头　如丝如缕

如泣如诉　如诉如泣……

〔幻梦般的月华中现出左贤王的身影，文姬激情趋步向前。

左贤王：（穿越时空的歌声）

踏着月光我来看你

时光是否风干了你的泪滴

乘着秋风我来看你

岁月是否抚平了你的心绪

焦尾琴声是否还在诉说着思念

你的肩头是否披上了寒衣

啊

别了　我最牵挂的人

我将踏着月光归去

莫要说人生最苦是别离

　　我把别离当归期

　　来年草原上二月兰花开的时候

　　我在花丛中深情地等着你

〔左贤王的影像与草原的幻影隐去。

文　姬：王爷，王爷……你不要走！
董　祀：（在月光下走来）左贤王走了，真的走了……前不久，在与汉军联合追击袁绍残部的时候，他的箭伤突然发作从马上跌下来……弥留之际，还一直在喊着你的名字。
文　姬：（悲痛至极）……我知道。他刚刚来过……我感受到了他的气息，就在那片清冷的月光里……
董　祀：（从怀中掏出罗裙）文姬，这件罗裙见证了太多的事情。当年，你在战火离乱中把它交给我。十年后在匈奴我把它还给了你。为了安慰深陷离别痛苦的左贤王，你把这件罗裙留给了他。左贤王在弥留之际又把它交给了我。现在，应该是物归原主的时候了。

〔文姬接过罗裙，轻轻抖开，深情审视，睹物思人，激动得不能自已。

董　祀：文姬，今天我也为你带来了好消息。看，我把谁带来了？

〔两位青年男女，长身玉立，怀抱着曹操的丞相剑，在月光下现身，二人急切扑向久别的母亲。

贺兰、狐鹿姑：阿妈！

文　姬：孩子，我的孩子！因为想你们，娘的心都碎了！

贺　兰：阿妈，父王让我把这把宝剑带回来交给曹丞相，他让我告诉你，他信守了对你和大汉朝的承诺。

文　姬：阿妈知道他的心意……（揽着一双儿女从悲喜交集的心情中渐渐冷静下来，转向董祀）董祀兄，文姬也有好消息相告，我总算完成了父亲未竟的心愿，他留下的书稿已经整理成文。你看！

（挥手指向天幕）

［灯光骤变，顺着文姬手指的方向，天幕上、舞台上霎时现出一排排写有《东观汉记》中有关文字的硕大竹简，这些竹简在舞台上神奇莫测地流动、组合着，形成蔚为壮观的阵列。

［曹操率众人涌上，董祀领着贺兰把丞相剑交还给曹操。

［文姬、董祀、曹操与众人激情游走在写满文明与历史的竹简之间，抚摸着一行行浸透心血、情感与生命的文字……

文　姬：时光在竹简上流淌

　　　　　往事在笔墨间回响

　　　　　抚摸这生命凝成的文字

　　　　　禁不住心潮激荡

　　　　　穿行在历史的字里行间

　　　　　让思绪扬帆逐浪

　　　　　　大风起处彤云飞扬

　　　　　　壮士长啸　横槊大江

　　　　　　江山更迭　天下兴亡

　　　　　　英雄逐鹿　春归何方

文姬、董祀、曹操：（三重唱）

　　　　　　这斑斑墨痕竹简华章

　　　　　　辉映着几多剑影刀光

　　　　　　这行行文字卷卷青史

　　　　　　记录着几度岁月沧桑

　　　　　　多少惊天伟业风流人物

　　　　　　在片片竹简上万古流芳

〔恢宏的合唱再现文姬唱段的副歌，激情地延伸与扩展着这情感的空间……

众　　人：多少惊天伟业风流人物

　　　　　　在这片片竹简上万古流芳

〔众人忘情穿行在竹简阵列、沉浸于欢乐之中的时候，董祀亲切安抚贺兰和
　狐鹿姑并与二人告别，欲悄悄离去……

贺兰、狐鹿姑：阿妈，董伯伯走了！董伯伯……董伯伯！

文　　姬：（激动地分开众人疾呼）董祀兄！

董　　祀：（停住脚步缓缓转身）文姬，看到你们母子团聚，我的心事已了。
　　　　　　身为屯田都尉，我要回去履行我的职责了。

曹　操：噢……看来，是老夫疏忽了！董祀啊，你刚刚回来，怎能让你匆匆就走。

董　祀：丞相，如今正是秋播时节，有许多农具和种子要尽快带去，明天一早车队就要出发，我必须走了……

文　姬：董祀兄，何必这样匆忙！你难道不想带我一同去看看左贤王和乳娘她老人家的坟茔？

董　祀：文姬，先生的著述虽已初步厘清，但大汉史籍的修写还有许多事情等你去做，你的使命在这里！……噢，我忘了告诉你，你写的《胡笳十八拍》已经在北国大地上广为流传。朝霞中、晚风里，牧人们伴着胡笳吟唱的都是你的诗句！

文　姬：……董祀兄，你的心思文姬明白。如今，你又要走了，请容我再写一曲胡笳为你送行！

董　祀：如此，董祀愧领了。我期待在开满二月兰的草原上再听到你新谱写的胡笳……

〔乐队轰鸣交响，文姬抚琴慨然放歌。

文　姬：历尽磨劫兮
　　　　一片痴心总不改
　　　　魂倚青史兮
　　　　望断千古江山兴与衰

众　人：一句承诺兮
　　　　一生真情相守
　　　　泣血为墨兮

　　　　抒不完家国情怀……

〔灯光变幻，天幕上现出行进中浩浩荡荡满载农具、种子的驼马车队。

〔文姬的歌声不断，引入充满情感色彩的终曲。

众　人： 骨肉难分兮
　　　　胡汉一家融血脉
　　　　胡笳声声兮
　　　　离离春草又绿烽火台
　　　　驼马嘶鸣兮
　　　　牛犁划破冰雪
　　　　雁阵报春兮
　　　　云霞似火照塞外

〔董祀走进远行的队伍，文姬、曹操等众人挥手依依相送。

〔恢宏的歌声与乐声无限伸延，饱蘸血泪和情感的吟咏延展着一卷辉煌厚重的史诗……

〔帷幕徐徐落下。

〔剧终。

2018年1月修改于北京

歌剧

《盼你归来》

人 物：

焦裕禄　兰考县县委书记
肖大爷　有经验的庄稼把式
瞎妈妈　善良的老妈妈
王县长　兰考县县长
焦 母　焦裕禄母亲，深谙中国传统美德的老人
徐俊雅　焦裕禄妻子
焦守凤　焦裕禄女儿
老 张　外出乞讨的农民，继焦之父
老张妻　继焦的母亲
种花生妇女、二蛋、大学生、公社干部、众村民……

（串场人）

焦守云　焦裕禄二女儿
杨县长　十八大后兰考县县长
继 焦　老张儿子，焦裕禄继子

序幕　紫色桐花

〔激情、宽广的序曲。
〔台口纱幕映出春风中摇曳的紫色泡桐花海……

众　人：春风吹来　泡桐花开
　　　　荡开一片紫色的海
　　　　紫色桐花　香飘天外
　　　　捧出人间最美的期待
　　　　啊　种树的人儿
　　　　你在哪里（重叠的回声）
　　　　我在春天的路口等你回来
　　　　啊　知心贴心的人啊
　　　　你在哪里（重叠的回声）
　　　　莫让思念的泪水滴穿梦的石阶
　　　　看啊　你看啊
　　　　每一朵花儿都在为你仰起笑脸
　　　　听啊　你听啊
　　　　每一片绿叶都在向你诉说情怀……

［花海中映现焦家那张没有男主人焦裕禄身影的焦家全家福，引入《一张没有爸爸的全家福》。
［三位现代人物——焦守云、杨县长与继焦漫步在泡桐花海中，凝望全家福照片。

杨县长：这是焦书记家保存的唯一一张全家福，但照片上没有男主人焦裕禄的身影……

（三重唱）
焦守云：你是大地　你是父亲
　　　　　每片绿叶都连着你的心
　　　　　仰望焦桐思念亲人
　　　　　每座沙丘都有你的脚印
　　　　　盼你归来　盼你归来
　　　　　再看看妈妈　喊一声小云
　　　　　盼你归来　盼你归来
　　　　　全家福还在等你来临
继　焦：不是亲人　胜似亲人
　　　　　是你给了我生命和温存
　　　　　仰望焦桐　树高恩深
　　　　　你带我走进了年华似锦
　　　　　盼你归来　盼你归来
　　　　　让我尽一次儿子的孝心
　　　　　盼你归来　盼你归来

　　　　　　让我沐浴你慈爱的眼神

杨县长：你是清风　你是甘霖

　　　　　　拂尽尘埃　滋润田野山林

　　　　　　仰望焦桐　栉风沐雨

　　　　　　向人间洒下遍地绿荫

　　　　　　盼你归来　盼你归来

　　　　　　让我靠近你圣洁的灵魂

　　　　　　盼你归来　盼你归来

　　　　　　让后来人追寻你无畏的脚印

焦守云：站在泛黄的照片里等您

　　　　　　风儿把思念吹得花雨缤纷

　　　　　　盼你归来　推开时刻等你的那扇家门

　　　　　　回眸时分　你又走进风雪漫天的黄昏

〔寒风吹过，漫天雪花纷纷扬扬飘落，引入——

第一幕　大雪

［暮色苍茫，狂风呼啸，漫天飞雪，急促肃杀的音乐。
［天幕雪雾上飞出字幕：一九六二年　大雪　兰考。
［灯光渐起，风雪中现出不远处的火车站。
［车站建筑某处挂着"劝阻办"的牌子。
［公社干部率民兵在路口设卡，拦截外出乞讨的村民。

公社干部：县委通告　严禁外出乞讨
　　　　　　兰考的名声　不能毁掉
　　　　　　干部民兵　严防死守
　　　　　　把住每一条村口大道
群　　众：让我们走　让我们走
　　　　　　莫让老人在饥饿中祈求
公社干部：严防死守　把住路口
　　　　　　决不让村民离乡出走
群　　众：让我们走　让我们走
　　　　　　莫让孩子在哭泣中等候
公社干部：严防死守　把住路口
　　　　　　基干民兵不准退后
群　　众：让我们走　让我们走

　　　　　　只剩几口糠与菜

　　　　　　难养一家老和幼

公社干部：严防死守　把住路口

　　　　　　不能让兰考再把脸丢

群　　众：让我们走　让我们走

　　　　　　把苦埋在心底

　　　　　　把家扛在肩头

　　　　　　踏上坎坷乞讨路

　　　　　　在这风雪弥漫的时候……

［村民们突破公社干部和民兵的阻拦，相互扶持走向风雪中火车站铁轨上的车厢旁。

众　　人：（悲怆地）

　　　　　　雪啊　彻骨地冷

　　　　　　风啊　把心吹疼

　　　　　　路啊　通向何方

　　　　　　夜啊　这样迷蒙

　　　　　　狂风黄沙肆虐

　　　　　　荒芜了我们的田园

　　　　　　水涝盐碱无情

　　　　　　夺去了地里的收成

男　高　领：可我们还要活下去

　　　　　　等待下一个春天来临

女　高　领：我们还要活下去

　　　　　　期盼田里的禾苗返青
女 中 领：我们还要活下去
　　　　　　守住灶台里燃烧的火种
男 中 领：我们还要活下去
　　　　　　熬过灾荒岁月打破冰封
众　　人：啊
　　　　　　走向远方　离乡背井
　　　　　　告别亲人　忍辱负重
　　　　　　抛掉倔强和尊严
　　　　　　踏上乞讨的路程……

〔焦裕禄与县干部满身雪花上场。

焦 裕 禄：天低云暗　雪冷风寒
　　　　　　走进兰考风雪交加的夜晚
　　　　　　临危受命　重任在肩
　　　　　　思绪纷纭　心神不安
　　　　　　乡路上　风卷雪雾迷人眼
　　　　　　村落里　柴门紧闭少炊烟
　　　　　　风雪啊像鞭子抽在脸上
　　　　　　饥寒中的百姓让我挂牵
　　　　　　透过漫天纷扬的雪花
　　　　　　我看见一双双茫然的泪眼
　　　　　　走近即将离家的汉子

　　　　　我感到他们的无奈和辛酸

　　　　　喊一声　父老乡亲姐妹兄弟

　　　　　灾难中我们甘苦相连

　　　　　我也是农民的儿子

　　　　　也受过饥寒岁月的熬煎

　　　　　只有守住脚下的这片土

　　　　　才能走出苦难保住家园

县 干 部：乡亲们，这是咱兰考新来的县委书记焦裕禄！

众　　人：（七嘴八舌）新来的县委书记？焦书记……

焦 裕 禄：大家就叫我老焦吧！今天刚到县里就听说有不少乡亲要出远门，我来看看大家。

肖 大 爷：唉……出啥远门？还不是出去要饭！

　　　　　十冬腊月　数九寒天

　　　　　谁愿意离开家人去异乡讨饭

　　　　　你不用劝说也不要阻拦

　　　　　不要嫌俺丢了兰考人的脸

　　　　　风沙内涝盐碱灾荒连绵不断

　　　　　田里颗粒无收　家中断了炊烟

　　　　　为了让一家老小活下去

　　　　　俺只能顶风冒雪去讨饭

　　　　　抛掉男儿心　舍下这张脸

　　　　　饿死了儿孙俺对不起祖先

众　　人：俺不想没志气　俺不愿去丢脸

　　　　　俺也不愿端起这只讨饭的碗

大雪漫天　粮尽炊断

饿死了儿孙（老人）俺对不起祖先

焦 裕 禄： 莲花落的曲调

唱了千年百年

流浪乞讨的歌谣

诉不尽无奈和辛酸

乡亲们跨越灾难的脚步

我不阻拦

天灾无情　粮尽炊断

外出度灾　并不丢脸

扛不住的时候你们就回来

这里毕竟是自己的家园

〔众人相顾点头……

焦 裕 禄：（对村干部和民兵）让大家走吧！（转对众乡亲,心中柔肠百转）
乡亲们，去吧，在外边实在撑不住了就回来。

村 干 部： 焦书记，上级明令通告不准外出乞讨，万一上边怪罪下来，俺可担待不起，不能放行啊！

民　　兵： 俺们也不敢放行。

焦 裕 禄： 青黄不接，家家断粮，总不能把人饿死，出什么事情我来负责！
（转对众乡亲）去吧，上路吧，早点回来，别误了春耕……

〔众人搀扶着相继上路，焦裕禄心绪如潮，目送众乡亲。

焦 裕 禄：明知道放行逃荒以难犯险

可困守家园　怎么熬过这冬天

进亦难退亦难　心头的压力重如山

啊　放一条活路给乡亲们

留一份希望给明天

〔音乐声响起，舞台灯光转换。

〔焦裕禄目送乡亲离去，看到路边一位拄着拐杖颤巍巍的瞎妈妈。

瞎 妈 妈：（对二蛋）孩子，去吧！别惦着娘，老天爷饿不死瞎家雀。

熬过这个冬天就好了。（咳喘不已）

二　　蛋：（对肖大爷）肖大爷，俺走了，家里边俺娘就托给您了……

焦 裕 禄：雪雾中有位老妈妈

寒风吹动她单薄的衣襟

身处逆境　无怨无畏

仰望苍天　祈盼在心

看着她慈祥的面容

似看见家乡年迈的母亲

那亲切的身影

那额上的皱纹

那雪染的鬓发

还有那份倔强和自尊

禁不住强忍泪水喊一声娘

把她冰冷的双手握在手心

娘啊！儿子看您来了！

瞎 妈 妈： 这声娘叫得可真亲！让俺心里热乎乎的……

焦 裕 禄： 娘，来！让儿给您焐焐手。

瞎 妈 妈： ……噢，你把俺的心都焐热了！来，让俺这个瞎老太婆摸摸，看你长得啥模样……

〔焦裕禄靠近，老人颤抖着双手轻轻抚摸焦裕禄的脸庞。

焦 裕 禄： 中，就让娘好好摸摸！

瞎 妈 妈： 额头宽宽　浓眉大眼

　　　　　　鼻梁高高　嘴角弯弯

　　　　　　笑声中透着宽厚和善良

　　　　　　手心里传来亲人的温暖

　　　　　　嘴里头拉的是家常话

　　　　　　一声声喊娘亲透着真挚的情感

　　　　　　噢　还长着密密的头发硬胡茬

　　　　　　是个俊俏的后生好儿男

　　　　　　嗯，这个儿俺认下了！

肖 大 爷： 老嫂子，这可是咱兰考新来的县委书记。

瞎 妈 妈： 哎哟……县委书记！这么大的官管我叫娘？可折煞我老婆子了……（激烈地咳呛起来）

焦 裕 禄： 娘啊，是儿子这个官没当好，让您受苦了！（从口袋里翻找出十元钱，塞到老人手里）这点钱是儿子孝敬您的，娘拿着垫垫心口窝！

瞎 妈 妈：哎哟，这可使不得，使不得！（咳喘不止）

焦 裕 禄：（对大队干部）明天请队里带俺娘去卫生院看看病、拿点药。
（从工作人员手里接过一件棉衣披在老人身上，又把自己的一小袋口粮交到瞎妈妈手里）娘啊，这点粮食不多，待会儿回家生上火熬点粥，您喝了身上就暖和了。

瞎 妈 妈：（双手颤抖地摸着袋中的粮食）焦书记，你让我老太婆说什么好啊！

焦 裕 禄：娘，什么都不说！看着您受苦，我心里难过……
请记住这个风雪夜晚
我老焦对天许下诺言
不靠天地　不靠神仙
就靠咱的双手重整河山
待到来年麦浪压弯田垄的时候
俺和娘一起蒸馍炖肉庆丰年

［切光。
［幕间：当代，党的十八大后兰考继任的杨县长伫立在焦裕禄雕像前。

杨 县 长：老书记，我来看你！想和你拉拉话，听听你的心曲。为什么你来兰考才一年多，就把千年的祸患全都平息？为什么你舍生忘死拼了四百七十天，就让兰考换了新天地？……循着流逝的时光追寻你的足迹，作为后来人，我想知道是什么力量让你创造了这样的人间奇迹？

［灯光变幻，引入——

第二幕　立春

〔风声呼啸、弥天黄沙……焦裕禄带领由技术人员、县干部、老农民、大学生组成的除"三害"勘察队在沙丘间艰难地跋涉。

〔这是一段回旋曲式结构的诗剧，演员们在风沙中阵列的变化，形成充满阳刚之气的抒情段落，舞台与天幕随着歌声的内容变幻场景。

A（主部）

众　人：（进行曲、可根据舞台需要反复、扩展）
　　　　踏着漫漫流沙
　　　　追赶狂风的踪影
　　　　在风与沙的呼啸声中
　　　　我们挽起臂膀慷慨前行
　　　　踏沙追风　踏沙追风
　　　　用脚步丈量公仆的人生

B（插部1）

〔舞台背景：黄河烟波浩渺，滚滚东流……河滩里芦花飘摇，岸边是被流沙掩没倾倒的房屋和荒芜的田园。

焦裕禄：黄水长　黄水流

流在百姓梦里头

一条大河头上悬

涛声夜夜使人愁

我看见

黄河岸边盐碱窝

十年播种九不收

我看见

黄河滩上黄沙洲

愁得芦花白了头

冬春风沙夏秋雨

遍地碱花漫沙丘

大河奔流涛声疾

风波浪里度春秋

两岸百姓的苦和泪

飘在黄河浪里头

抬望眼

断头河水无处去

积水成患毁田畴

淹了麦收淹秋收

连年内涝恨不休

我何不在此建起控水站

挖渠引水向东流

打通积水断头河

直下山东过曹州

　　　　　牵着蛟龙入东海

　　　　　扫尽百姓苦和忧

［音乐声响起，焦裕禄指点技术人员在天幕上的图纸上记下断头河道的位置。

［舞台变幻，映现曙色、晨星、流云……呼啸的风声……

A（主部）

众　人：（昂扬地行进节奏）

　　　　　翻越重重沙丘

　　　　　日月伴我同行

　　　　　在朝与暮的边缘上

　　　　　我们迎接黎明送走寒星

　　　　　踏沙追风　踏沙追风

　　　　　热血铸剑　锁住黄龙

C（插部2，咏叹与叙事）

［舞台变幻，映出焦裕禄在沙丘上迎风眺望的身影，众人在沙丘下注视着他。

女大学生：风吹来　沙飞来

　　　　　　挡不住希望的花朵盛开

　　　　　　掬一捧黄沙寻觅千古风流

　　　　　　指缝间流过桑田沧海

　　　　　　勇敢的心啊在风沙中磨砺

　　　　　　每一步跋涉都热血澎湃

　　　　只因为瀚海里引路的那个人
　　　　牵来了太阳的光彩
　　　　脚踏荒原唱一支黄沙歌
　　　　呼唤春风化雨染绿田野山崖

[灯光再变，沙丘上现出一抹摇曳的绿色光影，一棵小泡桐树随风摇曳，显得那样醒目、那样耀眼！

众　　人：一棵树　　一棵小树……
焦裕禄：干涸的沙丘上
　　　　　有一个顽强的生命
　　　　　阳光照着它挺拔的身影
　　　　　举起一簇绿色叶片
　　　　　昂然伫立　　潇洒从容
　　　　　挺枝干抖落沙尘
　　　　　扬绿叶傲视苍穹
　　　　　迎风起舞　　无惧无恐
　　　　　向风沙发起不屈的抗争
肖大爷：早年间这片河滩
　　　　　曾经是泡桐树的家园
　　　　　年年春来桐花开放
　　　　　满河飘香牛羊撒欢
　　　　　"大跃进"炼钢铁伐树烧炭
　　　　　这一片泡桐林也没能幸免

　　　　　劫后余生的老树桩啊

　　　　　也渴望看到开花的春天

大学生：（重唱）

　　　　　是消融的雪水唤醒它的梦幻

　　　　　枯木逢春　萌发绿色叶片

　　　　　一个崭新的生命

　　　　　在沙海里扬起风帆

　　　　　沐浴着太阳的温暖

　　　　　用生命的颜色描画春天

〔歌声中，焦裕禄把小树扶正、栽好，双手叉腰欣赏着这个顽强的生命。

学生甲：（端起挂在胸前的相机高喊）焦书记，看这里！

〔焦裕禄转身，相机咔嚓一声拍下了这个历史瞬间。

〔天幕映出焦裕禄在小泡桐前的照片，激情的音乐响起……

学生乙：焦书记，在学校我们学过，泡桐树，落叶乔木，玄参科、泡桐属，繁殖方法：根生。一条老树根就能育出几十棵小树苗。

肖大爷：这娃说得对，泡桐树不怕盐碱、能挡风沙、长得快，老话说"一年是根杆，两年粗成碗，三年能锯片"。

焦裕禄：说得好！咱们就在这里种上它几千棵泡桐，像孙悟空把定海神针扎在沙丘上，再翻出淤泥给它贴上膏药，这沙丘就闹腾不起来了！

众　人：对，咱们千军万马齐上阵，给沙丘扎针贴膏药！哈哈哈哈……

A（主部）

众　人：河道荒滩沙丘

　　　　漫漫五千里程

　　　　寻找百年灾难根源

　　　　缚住盐碱内涝沙龙

　　　　踏沙追风　踏沙追风

　　　　让岁月记住勇士的身影

［灯光、场景变幻，几位老人担菜粥上场。

老　妇：大伙歇歇儿吧！喝口菜粥添补点力气。

［众人一哄而上，争着分食菜粥。

老　妇：（端菜粥给焦裕禄）焦书记，队里实在没啥能吃的东西了，只能让您和俺们一起吃这讨饭要回来的百家饭……

焦裕禄：端起这碗盛满苦涩的百家饭

　　　　黑黄相间还漂着绿色的霉斑

　　　　我的心啊就像泡在卤水里

　　　　禁不住让泪水模糊了双眼

　　　　这些乞讨得来的残羹剩饭

　　　　撑起了一个不屈的精神家园

　　　　　它温暖着依偎大地的灵魂

　　　　　脚踏荒沙向灾难宣战

　　　　　望着一张张憨厚的面庞

　　　　　我就有了拼搏的信念

　　　　　握住一双双长满老茧的手掌

　　　　　我就找到了力量的源泉

　　　　　王县长，就这样让乡亲们饿着肚子拼命也难以撑到麦收。我想拿出一部分扶贫款去外地富裕地区买些南瓜、薯片等代食品，让乡亲们以工代赈填饱肚子熬过这个春天。

王县长：不行，去外地买代食品？风险太大了！

　　　　　买粮赈灾　知难犯险

　　　　　有人会说　咱踩了政策的底线

　　　　　大灾当前　人心纷乱

　　　　　流言如水　政令如山

　　　　　非常时期　事事都要谨慎

　　　　　一步走错　脚下就是深渊

［充满危机感的音乐，隐隐的雷声。

［舞台变幻，光影迷蒙，这是一个展现焦裕禄内心情感的空间。焦裕禄手按腹部站在沙丘上陷入思索，远处是一片朦胧的小泡桐林。

焦裕禄：天上飘着云

　　　　　地上刮着风

　　　　　乍暖还寒时候

迟来春风扑面冷

　　饥馑岁月　炊断粮尽

　　乡亲受苦　让我心疼

　　统购统销　国家法令

　　国法民生如何权衡

　　做错了事　覆水难收

　　走错了路　就将悔恨终生

　　情理之间　思虑重重

　　冒险犯难　如履薄冰

　　请告诉我　风中的小泡桐

　　我该怎样抉择　何去何从

〔众背景合唱：

　　山雨欲来　四野迷蒙

　　多想站在身边为他遮雨挡风

　　拂去他鬓边的汗水

　　帮他驱走难忍的病痛

　　望着他消瘦的身影

　　愿为他分担肩头的沉重

〔又一阵肝部剧痛袭来……

焦裕禄：日渐加剧的病痛在提醒

留给我的时间已不再从容
心中的挂牵还有太多太多
且抛下千般思虑风雨兼程
心海里那面镰刀斧头的旗帜
告诉我誓言和坚守重于生命
那些饥寒中的百姓
是我的亲人　我的父老弟兄
为他们解危难得失功名等闲看
保他们得安康抛却生死济苍生

〔切光。

第三幕　夏至

［阴云、闪电、雷声，预示着不期而至的政治风云……
［县委办公室前。
［广播：今日午后河南、陕西等地将有大到暴雨，请有关地区做好防汛抢险
　　准备……
［干部群众从四面八方拥上，聆听着暴雨即将到来的消息。
［县委办公室中，急促的电话铃声响起……

王县长：（从窗口外接起电话）喂，我是县办老王。
电话中：地委接到举报，说你们焦书记竟然派人到外地去采购粮食，这
　　　　是什么性质的问题！地委决定，暂停焦裕禄同志工作，兰考的
　　　　工作暂由你来主持。
王县长：这事是我们俩共同决定的，兰考离不开他，要处分的话就处分我吧！
焦裕禄：（接过电话）喂，我是焦裕禄……作为一名党员，我服从组织
　　　　的决定。但是在治理兰考"三害"的关键时刻，我不能停下工
　　　　作的脚步。
电话中：你的脚步究竟要往哪里走啊？这是方向性的问题。同志，凡事
　　　　都要讲政治。
焦裕禄：我的良心告诉我，大灾当前不饿死一个人，才是最大的政治！
电话中：焦裕禄同志，你好自为之吧！

〔电话咔地挂断，雷声响起，雨哗啦啦降下……

众乡亲、干部们：（合唱）

    云来了　雾来了

    雷声伴着雨来了

    风来了　树摇了

    磨盘压在心上了

    啥是孬　啥是好

    百姓心中最明了

    谁贴心　谁操劳

    谁苦谁累俺知道

肖大爷：风雪中他把贴身的毛衣脱给俺

    空心的棉袄他自己穿

群众甲：断粮时冰冷的灶坑是他点燃

    让俺家吃上了活命的饭

群众乙：他半月的工资都掏给了俺

    送俺爹看病住医院

瞎妈妈：瞎眼的婆婆他不嫌

    一声声喊娘亲暖透我心田

群众合：狂风起时他上沙丘

    暴雨倾盆他走河岸

    尝尽了盐碱的苦滋味

    双脚踏遍了兰考县

    他是俺们贴心的人

　　　　　他是天下最好的官

〔一声惊雷炸响、疾雨骤至……

焦裕禄：风雨无边　暮色苍茫
　　　　　惊雷阵阵在耳边回响
　　　　　遥望风雨如晦的村庄
　　　　　聆听大地脉搏跳荡
　　　　　谁家小儿　饥饿哭闹
　　　　　谁家母亲　叹息惆怅
　　　　　谁家无柴　谁家断粮
　　　　　寥落炊烟　牵我情肠
　　　　　啊
　　　　　为民解危难　赈灾度饥荒
　　　　　胸怀济世情　我心自坦荡
　　　　　假如让我再一次选择
　　　　　我依然会迎着风雨朝前闯
　　　　　乡亲们，这场雨来得太猛，黄河一旦溃堤，河滩里几千亩即将收获的麦子都将付之东流！老王，执行地委指示，你留在这里主持工作。乡亲们，带上工具跟我上河堤！

王县长：老焦！……

〔霹雳炸响，风雨大作，焦裕禄抓起雨衣冲进漫天风雨。

众　人：走，跟着焦书记上河堤！

［场景变幻，雨雾中的黄河大堤，暴雨如注，河水暴涨，激浪奔涌！

众　人：暴雨　惊雷　闪电
　　　　惊涛　激浪　飞湍
　　　　河水像一条狂暴的巨龙
　　　　冲击着颤抖的河岸
　　　　冲击着颤抖的河岸

焦裕禄：激流滚滚　洪波涌起
　　　　浊浪拍岸　十万火急
　　　　且按下千般思绪万般焦虑
　　　　踏着雷声冲上河堤
　　　　雷电挟着暴雨
　　　　从九天扑向大地
　　　　惊涛拍打堤岸
　　　　奔腾呼啸一泻千里
　　　　村庄在风雨中飘摇
　　　　麦田在风雨中哭泣
　　　　堤坝在风雨中颤抖
　　　　堤坝下面
　　　　有我的父老乡亲姐妹兄弟
　　　　啊
　　　　我不挺起身躯　谁来挡风雨

　　　　我不挥臂奋起　谁来举战旗

　　　　我不跳进激流　谁来堵决口

　　　　我不下地狱　谁下地狱

［汹涌奔腾的河水掀起惊天巨浪拍岸而来，冲开一处缺口，河水漫过堤坝倾泻而下，情况万般紧急！

［焦裕禄抱起一根木桩奋不顾身跳进滚滚激流，特效灯光映出暴雨雷电激流中焦裕禄率领乡亲们与洪水搏斗惊心动魄的场面。

［众人跟着焦裕禄纷纷跳进激流，抱着木桩组成人墙挡在即将决口的堤坝处。岸上的人流迅速地向河水中投送沙袋、石块。

众　人：啊　啊　啊……

　　　　闪电啊撕破天宇

　　　　暴雨啊冲刷长堤

　　　　黄河哟掀起巨浪

　　　　浪里的人啊挽起手臂

　　　　啊　啊　啊……

　　　　闪电之间　风波浪里

　　　　有一个身影在激流中屹立

　　　　像一座巍峨的山峰

　　　　在水天之间抚平无边风雨

　　　　他是百姓的主心骨

　　　　他是风雨中一杆旗

　　　　他是战胜灾难的定盘星

他是俺们的焦书记
　　跟着焦书记
　　冲破风和雨
　　跟着焦书记
　　齐心护长堤
　　跟着焦书记
　　众手缚蛟龙
　　跟着焦书记
　　生死无畏惧

［激流、惊涛、巨浪、雷声、涛声、吼声、激扬飘飞在茫茫天水之间……
［切光。

［幕间，焦守云的心声：爸爸病了，病得很重很重，他对奶奶的思念也越来越浓。因为我从小就被放在奶奶身边，所以第一次见到爸爸时我还感到有些陌生。记得那天爸爸笑着向我招手，我却躲在奶奶身后没有开口叫他一声。长大后，我曾千百次想再喊他一声爸爸，无奈却已是天人永隔、云山万重……这件事成为我此生最大的憾恨，它是我心中永远的痛。
［引入——

第四幕　立秋

〔焦家，焦裕禄在桌前边批阅文件边参看墙上的兰考地图，画出红圈、红线。
〔徐俊雅注视着他的身影，几度想劝他休息却欲言又止。

徐俊雅：工作是你的呼吸
　　　　一刻也不停息
　　　　百姓是你的牵挂
　　　　捧在睡里梦里
　　　　晨露打湿你走过的乡路
　　　　炊烟缠着你暖心的话语
　　　　月光伴着你疲惫的身影
　　　　晚风拂过你疼痛的汗滴
　　　　这就是你　这就是你……

〔焦裕禄肝区阵阵剧疼，于是用刷子顶在藤椅上压住肝部继续工作。

徐俊雅：老焦，疼得又厉害了？我去给你拿药。
焦裕禄：……俊雅啊，不知怎么了，这些天我特别想咱娘，太想她老人家了……
徐俊雅：我也想娘了，要不请几天假我陪你一起回去一趟。

［突然，焦裕禄顶在腹部的刷子撑破藤椅掉在地上，人也疼得晕过去、趴在书桌上。

徐俊雅：（焦急地）老焦，老焦！！！你怎么了？

［切光，黑暗的舞台上回荡着徐俊雅的呼喊声：老焦！老焦……
［时空转换，焦裕禄超时空的梦境，满天灿灿星河……
［故乡老屋前，母亲与儿子坐在台阶上数星星：这颗是北斗星、那颗是牛郎星、天河那边的是织女星……

焦　母：天上一颗星
　　　　　地上一个丁
　　　　　一首古老的歌谣
　　　　　飘在苍茫夜空
　　　　　天上的星是儿的魂灵
　　　　　守望银河波万重
　　　　　地上的丁是儿的身影
　　　　　铁骨铮铮有担承
　　　　　忠孝仁爱男儿心
　　　　　但为人间送真情

［母亲与少年隐去，现出归家的焦裕禄站在门外凝望母亲在灯下纳鞋底的身影。
［看见焦裕禄，老人放下针线，顺手拿起笸箩里的小笤帚，起身迎接归来的儿子。

焦　　母：禄子啊，你咋有空回来？

焦裕禄：娘，儿子想你了……

焦　　母：在娘跟前别藏着掖着的，是身体不舒坦了，还是碰上烦心事儿了？

焦裕禄：……没事儿，就是想你了。

焦　　母：（用小笤帚轻扫着焦裕禄的衣襟、肩头）没事儿？你的心事都写在脸上呢，瞒谁也瞒不过娘。来，说给娘听听！

焦裕禄：（谐谑地）

　　　　小喜鹊　尾巴长

　　　　累了饿了想亲娘

　　　　展翅飞到娘身边

　　　　老窝里睡觉格外香

焦　　母：（嗔怪地）禄子啊，跟娘说实话！

焦裕禄：兰考遇灾荒　百姓饿断肠

　　　　我用扶贫款买回瓜薯代口粮

　　　　一封告状信捆住了飞翔的翅膀

　　　　路坎坷又遇上无形罗网

焦　　母：噢，娘明白了——

　　　　脚正行天下

　　　　什么都不怕

　　　　天地之间啥最重

　　　　人为贵　民为大

　　　　百姓就是爹和娘

　　　　干啥都要想着他

　　　　岳飞把精忠报国刺在脊背上

你要把百姓记在心洼

　　（从笸箩里拿出一双布鞋给焦裕禄……）

　　啊　走吧　回去吧

　　家里的事情莫要牵挂

　　兰考百姓在等米下锅

　　你肩上挑的是家国天下

　　啊　走吧　回去吧

　　家里事小　国家事大

　　穿上娘做的踏山鞋

　　你挺直了脊梁朝前跨

焦裕禄：娘，你说的话我记下了！

〔焦裕禄依依不舍，松开母亲的手，一步三回头……

〔母亲扬起手中的小笤帚与焦裕禄挥手告别。

焦裕禄：娘，你多保重！等治好了兰考的"三害"我再回来看你！

〔切光。

〔徐俊雅焦急的呼唤声：老焦，你醒一醒！你醒醒……

〔舞台灯光渐渐复明。

焦裕禄：（缓缓醒来）……俊雅，我刚刚做了个梦，梦见咱娘了……和娘说了会儿话，心里舒坦多了。

徐俊雅：你呀，吓死我了！你这病不能再耽误了，咱们去医院吧。

焦裕禄：最近的事情太多，忙过这几天再说吧。

徐俊雅：这把破损的藤椅知道

你忍受了多少痛楚煎熬

这张负重的书桌知道

你送走了多少长夜拂晓

窗前的镜子知道

你增添了多少白发皱纹

我的心深切感到

你渴盼踏平灾难的心跳

怕只怕疾病无情人生无常

千里马累了也要歇一歇脚

想劝你却不知如何开口

我知道你在和时间赛跑

夜以继日　争分夺秒

只为实现乡亲们向往的目标

我知道啊我知道

你在用生命描画春天的兰考

焦裕禄：悄悄擦掉痛楚的汗水

轻轻拭去妻子眼角的泪

相知相伴红颜渐生白发

蓦然相望我心已醉

焦裕禄、徐俊雅：（二重唱）

啊

半生转战　天南地北

　　　　坎坷路上　有你（我）把我（你）伴随

　　　　风里雨里　不辞劳累

　　　　你（我）为我（你）为家把心操碎

　　　　感谢你　我的亲人

　　　　你的爱时刻温暖我的心扉！

　　　　你（我）是妻子是伴侣是战友

　　　　伴我（你）栉风沐雨无怨无悔

　　　　你（我愿）是春雨是和风是阳光

　　　　为我（你）洗尽征尘催我（伴你）奋飞

〔二人深情相望，焦裕禄抚摸着妻子鬓边早生的白发……

〔焦守凤拿着毕业证书边跑边喊上场。

焦守凤：爸，妈！我拿到毕业证书了！还有好多的好消息！

焦裕禄：（喜看毕业证书）噢，什么好消息？快说给爸爸听听。

焦守凤：好消息太多了，我一时说不清该怎么告诉你们。

焦裕禄：小丫头，学会给爸爸妈妈卖关子了。

焦守凤：那——我就一件件告诉你们吧！

　　　　春风送我走出校园

　　　　面前的道路五彩斑斓

　　　　也许我会做个打字员

　　　　工作在县委机关

　　　　也许我会当一名老师

　　　　走上学校的讲坛

　　　　　也许我会当个话务员

　　　　　驾驭电波把信息来传

　　　　　也许我会走进图书馆

　　　　　遨游在知识的蓝天

　　　　　啊

　　　　　好消息就像漫天飘飞的花瓣

　　　　　纷纷扬扬迷乱了我的双眼

　　　　　同学们羡慕我

　　　　　朋友们祝福我

　　　　　面对来自四面八方的邀请

　　　　　不知道我该怎样挑选

焦裕禄：守凤啊你可想过

　　　　　为什么幸运偏偏降临在你的身边

　　　　　因为"书记的女儿"是你头上的光环

　　　　　你是爸爸的女儿应该理解我的心

　　　　　幸福的未来你要靠自己实现

徐俊雅：咱不去学校也不去机关

　　　　　不去邮电局也不去图书馆

　　　　　爸爸想安排你去酱菜厂

　　　　　做一个劳动者到基层锻炼

焦守凤：为什么不能去校园机关

　　　　　为什么好工作与我无缘

　　　　　我不愿腌酱菜翻缸倒罐

　　　　　女孩子卖酱菜多么丢脸

焦裕禄： 生活离不开柴米油盐

　　　　工作没有高低贵贱

　　　　用汗水为人间酿造甘甜

　　　　才是人生最美的心愿

焦守凤：（嗔怪地）爸爸！

　　　　别人家父母为儿女腿都跑断

　　　　托人情找关系心血耗干

　　　　我不怕吃苦也不图清闲

　　　　读了书就不该甘于平凡

　　　　有知识有文化胸怀理想

　　　　找一个好工作理所当然

徐俊雅： 难道你希望爸爸也做那样的人

　　　　为女儿找工作倚仗特权

焦守凤： 妈！——你知道，我不是那个意思！

焦裕禄： 若是书记的女儿就该拥有美好明天

　　　　农家的孩子只能世代归于平凡

　　　　那么生活是否还有公平公正

　　　　我们的理想和追求是否已经改变

　　　　任窗外风声雨声飘落阶前

　　　　我焦家人永远不准享有特权

　　　　如果因为我是书记让你迷失了自己

　　　　我宁愿摘掉这顶乌纱帽回家种田

[激愤之下焦裕禄一掌拍落桌上，剧烈的肝痛发作，他双手强行撑住身体，

仰望长天，一声惊雷从天而落！乐队奏鸣充满激情、撼人心灵的音乐……
〔切光——

〔幕间，焦裕禄陵园墓碑前。
〔焦守云的心声：爸爸的话像警钟回响在焦家每个儿女心间，它让我们警醒，让我们自律，让我们恪守着清廉的家风……继焦是我家第七个孩子，是爸爸从鬼门关上抢回来的一条小生命。父亲去世后也留给他一份和我们同样的遗产，面对无以回报的爱，这个七尺男儿的誓言掷地有声……
〔继焦的心声：爸，我活了你却走了，匆忙得没等我长大学会叫你的姓名。你走了我却活了，承受着你天高地厚的恩情。阿爸呀，儿子只有一句话：你给了我生命，我要一生为你守灵！

第五幕　谷雨

[沙丘上，焦裕禄肝痛剧烈发作，县干部扶他坐下休息，把水壶递给他。

县干部：焦书记，咱下午的日程取消吧，我找个车送你回去休息。
焦裕禄：谷雨前后正是农忙的季节，哪有时间休息！我歇会儿就好了。

[沙丘下边老张夫妇正用茅草箩筐准备埋葬濒死的儿子小徐州。

张　妻：孩子啊，要知道日子这么难，娘就不该生下你啊！
众　人：嫂子，你俩口子别难过了！谁让咱赶上这灾荒年月。
张　妻：讨饭路上　数九寒冬
　　　　　孩子就生在田间瓜棚
　　　　　起名小徐州让他记住出生的地方
　　　　　盼他长大走出乞讨的噩梦
　　　　　恨只恨这荒年灾月祸不单行
　　　　　又让他染病昏迷不醒
　　　　　我叫天不应　喊地不灵
　　　　　小徐州啊我的孩子
　　　　　娘愿用自己这条命换你重生

〔焦裕禄走上前拨开盖在孩子身上的茅草，抱起小徐州，把耳朵贴在他胸部仔细地聆听着。

〔定音鼓模拟孩子微弱的心跳，缓慢、微弱地在寂静的空间中响起：怦……怦……

焦裕禄：哦，还有心跳，还有心跳！孩子还活着！快，送县医院！

〔焦裕禄抱起孩子在沙丘上步履艰难地向县医院方向跑去，老张夫妇和众人跟在他后面一起奔跑……

〔舞台影像呈现动感的扑面而来的树木、云絮……

焦裕禄：且忍下腹中的剧痛

　　　　任汗水模糊了眼睛

　　　　奔跑在坎坷的乡路上

　　　　为了一个幼小的生命

　　　　焦急的心啊仿佛就要跳出胸膛

　　　　蹒跚的脚步啊为何变得如此沉重

　　　　快一点再快点跑　恨不得脚下生风

　　　　快一点再快点跑　向死神夺回生命

〔剧烈的疼痛让焦裕禄体力不支，他一个趔趄跪倒在沙丘上。

〔一个年轻姑娘从他怀中接过孩子，问道：焦书记，你……

〔焦裕禄取出笔记本，费力地扯下一张纸匆匆写着。

焦裕禄：去县医院找张院长，就说是我老焦说的，一定要把这孩子救活！
县里没条件就送到省里，尽最大努力救活他！

〔老张妻子与几个青年人抱小徐州急促跑下。

老　张：焦书记，这孩子要是还能活下来，我就给他改名叫继焦，你就
是这孩子的再生父母！

〔老张给焦裕禄深深鞠了一躬，追着妻子的脚步跑去。
〔过度奔跑让焦裕禄肝部更加疼痛难忍，他感到生命即将走到尽头。望着孩
子离去的方向，他扶着路边的泡桐树深沉诉说心中的情感。

焦裕禄：孩子啊　生命之花多么灿烂
明天的太阳会照亮你的笑脸
让人生拥有幸福和尊严
通向未来的路啊在你脚下伸延
我多想再走进田野抚摸麦浪
我多想再闻一闻飘香的炊烟
我多想除尽"三害"实现诺言
把我的心愿写在天……地……间……

〔焦裕禄轰然倒向身边的泡桐树，如一尊雕像倚在树干上深情凝望兰考大
地……音乐激情地奏鸣……
〔狂风摇动泡桐树林，漫天花雨纷落……

众　人：（拥上惊呼）焦书记！你怎么了？焦书记，焦书记！！

（激情地）

啊　啊　啊……

焦守云、杨县长、继焦：（三重唱，重唱音乐同序幕，可加入合唱哼鸣）

桐花纷飞　花雨如泪

莽原呜咽　天地同悲

沙丘肃立　白云低回

公仆离去　百姓心碎

盼你归来　盼你归来

再绘蓝图铺开青山碧水

盼你归来　盼你归来

鼓荡两袖清风带我们振翅奋飞

［人们从四面八方涌上舞台，在漫天纷飞的桐花泪雨中用歌声诉说对这位人民公仆的呼唤！

尾声　紫色桐花

〔紧接前场，圣洁的音乐声中，人们崇敬地仰望高耸云天的泡桐。
〔舞台变幻，天幕映出激浪奔涌的黄河和春风里无边无际的紫色泡桐花海。
〔合唱《紫色桐花》恢宏再现。

众　人：春风吹来　泡桐花开
　　　　荡开一片　紫色的海
　　　　紫色桐花　香飘天外
　　　　捧出人间最美的期待
　　　　啊　种树的人儿
　　　　你在哪里（重叠的回声……）
　　　　我在春天的路口等你回来
　　　　啊　知心贴心的人啊
　　　　你在哪里（重叠的回声……）
　　　　莫让思念的泪水滴穿梦的石阶
　　　　看啊　你看啊
　　　　每一朵花儿都在为你仰起笑脸
　　　　听啊　你听啊
　　　　每一片绿叶都在向你诉说情怀

〔歌声中天幕现出春风中摇曳的紫色泡桐花海,花海上叠化出那张全家福照片。

〔焦裕禄登上天幕平台,缓缓走进全家福照片中……继焦也随他走进全家福照片(画面定格)。

〔镜头穿过花海推向田野中接天的麦浪、摇铃的棉田、规整的河道、奔流的渠水、崭新的村落……

〔硕果挂满枝头的果园,大棚中琳琅满目的果蔬……

〔排队放学的孩子、笑眯眼的老人、时尚的青年姑娘、端着热腾腾饭菜的农家主妇。

〔新兰考平地而起的工业园区、全国知名企业的 logo 标牌。

〔兰考市区宽阔平展的街道、楼房,夜色中华灯初上的兰考美景。

〔歌声中焦裕禄阔步走在大河畔、沙丘上、麦浪里、花丛中、林海间。他站在紫色泡桐花海中深情地凝望着兰考大地……身后屹立着那棵巍峨入云、枝繁叶茂的焦桐……

〔剧终。

歌剧
《文成西行》

人　　物：

文成公主　赴吐蕃和亲的大唐公主，藏族人民心中的绿度母女神
唐 太 宗　大唐盛世一代明君
长孙皇后　文成公主母后
李 道 宗　江夏郡王，送文成赴吐蕃和亲的使节
兰　　儿　文成公主侍女
乳　　母　文成公主亲随
后宫众公主，文武众大臣，龟兹、波斯、天竺、突厥众舞者

禄 东 赞　吐蕃大论、求亲使节
塞乳恭顿　吐蕃副论、主战派阴谋家
松赞干布　吐蕃赞普
卓　　玛　藏族女奴、刺客
扎　　布　卓玛之弟，牧羊少年
和亲使团众随从、众军士

（注：剧中地名"逻些"为古代对"拉萨"的称谓，读音为 Ra—sa）

序幕　向往

[序曲：宽广柔美带有浓郁中原色彩的旋律与雄劲的藏族音乐主题交织在一起……

[台口纱幕上映现出青藏高原澄澈的蓝天、飘飞的白云、雄伟的峡谷、奔腾的江水与巍峨的雪峰，给人以强烈的视觉冲击。

[一只鼓满春风的彩蝶风筝飞翔在蓝天白云之间……风筝叠化，映出古长安城的宫阙、灞桥的流水、唐蕃古道上浩浩荡荡进藏的车队、旗幡、日月山、倒淌河、巍峨的雪山、丰收的青稞田、一队队的牦牛、羊群、大昭寺前的公主柳、释迦牟尼十二岁等身觉阿佛像、雄伟的布达拉宫……

合　　唱：（恢宏地）
　　　　　有一份姻缘　跨越万水千山
　　　　　有一分情感　能把太阳之火点燃
　　　　　有一分爱恋　挽起汉藏两个民族
　　　　　有一份嫁妆　是农具种子医药和佛教经典
　　　　　有一个故事　千年百年流传
　　　　　有一个名字　写进历史融进诗篇
　　　　　有一个女人　化作圣洁的绿度母女神
　　　　　有一位赞普　把文明和爱情　迎进了雪域高原

〔灯光渐起,现出盛唐长安大明宫御花园的景色:太湖石、荼蘼架、雕栏玉砌、绿柳宫墙……文成公主坐在花丛中的秋千上,几个宫女手牵丝线放飞着一只七彩的蝴蝶风筝。

文成公主: 生在皇宫深院

却向往辽阔的蓝天

蓦然一阵清风

把我的心啊　放飞在云端

那晴空里飘飞的风筝

牵动着我的憧憬　我的梦幻

风儿悄悄掠过耳边

我听见有个声音在远方向我呼唤

(接过宫女手中的线轴,扯断丝线任风筝随风飘去……)

啊　飞吧　风筝

飞向遥远的天边

啊　飞吧　风筝

天上的太阳很暖很暖

带上我的心　去寻找生命的绿洲

哪怕云天万里山高水远……

〔舞台映现雪域高原景色:皑皑雪山、湛蓝天空、悠悠白云,一道彩虹横跨天际如梦如幻,一只雄鹰在云天里翱翔……松赞干布身着披风站立在山岩上遥望远方。

松赞干布： 生在雪域高原

　　　　　　却向往中原文明灿烂

　　　　　　雄鹰飞翔的翅膀

　　　　　　把我的心带到遥远的长安

　　　　　　那里有纵横的阡陌　巍峨的宫殿

　　　　　　那里有丝绸闪光　稻菽香甜

　　　　　　我梦中的新娘在那边

　　　　　　等我把她迎进雪域高原

　　　　　　啊　飞吧　雄鹰

　　　　　　飞过万里云天

　　　　　　啊　飞吧　雄鹰

　　　　　　天上的太阳很暖很暖

　　　　　　带上我的心去寻找生命的绿洲

　　　　　　哪怕云天万里山高水远……

〔灯光变幻，两个景别相映出现。彩虹两端文成公主与松赞干布二人遥遥相
　望……

第一幕　长安

第一场　鞠场求婚

〔长安，唐贞观十四年，大明宫含光殿击鞠场观众席。汉白玉围栏后观看的人群分为"大唐官员、皇室眷属"与"各国使节"两大营垒。看台上五色旗幡招展，观者服色鲜艳，各国使节身着特色服饰，一派盛世景象。

〔石栏前两侧站着两个身着红、黄服饰的侍卫，手执红、黄两色旗帜，代表两支击鞠队伍。

〔热烈欢腾的音乐与合唱……

〔合唱台面向观众席，天幕上映现蹴鞠场情景。

众　　人：纵马击鞠场
　　　　　健儿逞刚强
　　　　　扬鞭显身手
　　　　　吼声震四方
　　　　　鞠球滚动黄尘里
　　　　　马队驰骋似大江

　　　　　来如一阵风
　　　　　去似一重浪

　　　　　　蛟龙云里飞
　　　　　　猛虎下山岗
　　　　　　大唐天子好风采
　　　　　　文治武功美名扬
唐宫观众：大唐的马队过来了
　　　　　　马蹄奔涌似海涛
　　　　　　天子跃马轻挥杖
　　　　　　鞠球飞旋上九霄
　　　　　　快快快　冲上前
　　　　　　飞马击鞠入网巢
各国使臣：吐蕃的马队过来了
　　　　　　好似雄鹰云中飘
　　　　　　纵马扬鞭显身手
　　　　　　列队阻击人如潮
　　　　　　快快快　冲上前
　　　　　　雪域男儿逞英豪
领　唱　甲：天子扬眉展雄威
　　　　　　纵横驰骋马啸啸
　　　　　　吐蕃勇士不退让
　　　　　　马术精湛本领好
　　　　　　笑声低　吼声高
　　　　　　马蹄踏破青青草
领　唱　乙：啊
　　　　　　好危险　好危险

　　　　　　一个莽撞的骑手
　　　　　　跌倒在场边的围栏
　　　　　　失控的马儿横冲直撞
　　　　　　冲向大唐皇帝身边
　　　　　　惊马嘶鸣　狂奔飞旋
　　　　　　情况危急　刻不容缓
唐宫观众：霎时间　一声喊
　　　　　　一位吐蕃勇士
　　　　　　危急时刻飞马上前
　　　　　　他疾如流星快如闪电
　　　　　　推开惊马　力挽狂澜
　　　　　　镫里藏身　轻抒臂膀
　　　　　　把大唐皇帝托上马鞍
众　　人：击鞠场上欢声如潮
　　　　　　吐蕃勇士人人称赞
　　　　　　忘却了击鞠场上的胜负
　　　　　　忘却了声浪起伏的呐喊
　　　　　　忘却了滚滚如潮的蹄声
　　　　　　忘却了龙争虎斗的场面
　　　　　　只有一个临危不惧的英雄
　　　　　　雪域高原的使者禄东赞

〔看台转动，现出大明宫内景。

〔唐太宗手执球杖携禄东赞上场，观看击鞠的文武百官与各国使节亦随着看台转动进入大明宫内。

唐 太 宗：好一个吐蕃大论禄东赞
　　　　　骑术精湛　智勇双全
　　　　　击鞠场上你挺身而出
　　　　　制服惊马　力挽狂澜
　　　　　只听说击鞠马术出吐蕃
　　　　　今日方知名不虚传
禄 东 赞：禄东赞不远万里来长安
　　　　　只为代吐蕃赞普倾诉心中的期盼
　　　　　松赞干布愿执子婿之礼睦邻和亲
　　　　　与大唐公主结成姻缘

〔塞乳恭顿引卓玛献上哈达。

李 道 宗：大唐吐蕃远隔万水千山
　　　　　雪野冰峰行路艰难
　　　　　公主柔弱怎禁得远道跋涉
　　　　　联姻和亲岂能轻言笑谈
禄 东 赞：唐蕃和亲决非笑谈
　　　　　它是赞普多年的夙愿
　　　　　松赞干布盼望公主降临
　　　　　犹如寒夜里期待太阳的温暖
　　　　　他焦急地等着我的消息

　　　　　　望断了唐蕃路上的冰峰雪山
　　　　　　只要获得陛下恩准
　　　　　　赞普将迎接公主在扎陵湖畔
唐　太　宗：禄东赞言辞恳切谈吐不凡
　　　　　　带来了吐蕃赞普的真情一片
　　　　　　请告诉我松赞干布是个怎样的人
　　　　　　他为何会有这样的心愿
禄　东　赞：松赞干布睿智果断
　　　　　　雄才大略志向高远
　　　　　　他平定叛乱统一吐蕃
　　　　　　像雄鹰翱翔在雪域蓝天
　　　　　　他向往大唐灿烂的文明
　　　　　　向往长安城美丽的容颜
　　　　　　向往中原纵横的阡陌
　　　　　　和翻滚着金色麦浪的田园
　　　　　　他愿用彩虹连起逻些和长安
　　　　　　让文明之光照亮雪域高原
唐　太　宗：听到你的话语
　　　　　　我知道了吐蕃赞普的心愿
　　　　　　看见你的目光
　　　　　　我感到松赞干布的期盼
　　　　　　大唐向天下敞开胸怀
　　　　　　愿和所有的邻邦共享平安
　　　　　　各国使者都想与我大唐和亲

　　　　　　但只有一个人能赢得这份姻缘

　　　　　　谁若想娶走我的女儿

　　　　　　必须要闯过我设下的重重难关

各国使臣：我们愿与大唐和亲

　　　　　　赢得这份美好的姻缘……

禄　东　赞：禄东赞接受陛下的考验

　　　　　　定要把尊贵的公主迎回雪域高原

第二场　文成请命

〔后宫，一群不愿远嫁的公主们聚在一起纷纷议论。

〔嘈杂、喧闹的背景合唱：

　　　　一群女人　叽叽喳喳　唠唠叨叨　议论纷纷
　　　　吵吵嚷嚷　嘟嘟囔囔　慌慌张张　乱了方寸
　　　　躲躲闪闪　恓恓惶惶　畏畏缩缩　花容失色
　　　　哭哭啼啼　悲悲切切　抽抽泣泣　抱怨命运

〔唐太宗与长孙皇后上场，众公主顿时鸦雀无声。

唐　太　宗：各国使臣不远万里前来和亲

　　　　　　求一位公主永结同心

　　　　　　这桩婚姻可保我大唐边陲安宁

　　　　　　关系着江山社稷家国命运

长孙皇后：大唐皇帝骨肉情深

　　　　　　用五道难题诘问各国使臣

　　　　　　唯有吐蕃使臣坦坦荡荡从容应对

　　　　　　闯过了重重难关智慧超群

　　　　　　你们的父皇已经应允了吐蕃的婚事

　　　　　　看哪个皇儿愿当此重任

公 主 甲：我有体弱多病的身

公 主 乙：我有朝夕痛楚的心

公 主 丙：我的容貌不好

公 主 丁：我的身材蠢笨

公 主 戊：我经不起长路漫漫

公 主 己：我受不了舟车劳顿

公 主 庚：我耐不住高原的苦寒

公 主 辛：我……我　我　我根本就不想嫁人

众 公 主：（七嘴八舌）

　　　　　　吐蕃遥远　山高水深

　　　　　　为什么偏要来我大唐求婚

　　　　　　我们贵为金枝玉叶

　　　　　　怎能嫁给异域番邦的陌生人

〔太宗震怒，皇后气极，不由悲从中来。

长孙皇后：你们　你们

　　　　　　一个个言语乖张让我痛心……

唐　太　宗：紧要关头畏惧退缩
　　　　　　辜负了我皇家祖训
　　　　　　说什么金枝玉叶身价尊贵
　　　　　　不过是一群庸庸碌碌的不肖子孙

［辉煌的音乐，文成公主上场。

文成公主：父皇、母后……
　　　　　　雁叫长空志在追逐高天流云
　　　　　　鱼游江海期待投身激流翻滚
　　　　　　父皇开创了大唐伟业
　　　　　　铸成了盛世风华四海归心
　　　　　　江山社稷情　家国兴亡事
　　　　　　像重重霜雪染白了你的双鬓
　　　　　　儿恨不得替父分忧愁
　　　　　　怎奈我却是闺中女儿身
　　　　　　远不能驰骋疆场保安宁
　　　　　　近不能上朝议政抚黎民
　　　　　　今天啊今天
　　　　　　儿愿以自己的肩膀
　　　　　　担起这和亲安邦的重任
唐　太　宗：文成的话像春风又像利刃
　　　　　　暖在胸怀却刺痛我的心
　　　　　　我最疼最爱的女儿哟

　　　　　　巾帼情怀胜过男儿胸襟

　　　　　　若不是为了四海清平江山固

　　　　　　怎舍得让你离别爹娘去和亲

　　　　　　我也怕你从此一去难相见

　　　　　　再不能骨肉相依度晨昏

长孙皇后：你若远去

　　　　　　谁为我弹琴作画读诗文

　　　　　　谁与我讲经说佛话禅心

唐 太 宗：你若远去

　　　　　　谁伴我闻鸡起舞挥长剑

　　　　　　谁与我煮茶对弈论古今

太宗、皇后：（二重唱）

　　　　　　最怕是元宵中秋对明月

　　　　　　疼煞了寂寞深院的白发人

文成公主：巾帼女儿也渴望建立功勋

　　　　　　为和亲哪怕路途遥远骨肉离分

　　　　　　那松赞干布统一吐蕃

　　　　　　雄才大略胆识过人

　　　　　　他不远万里出使中原

　　　　　　睦邻友好和亲求婚

　　　　　　这位开明旷达的君王

　　　　　　值得皇儿为他托付终身

　　　　　　啊　我的心向往远方

　　　　　　我的情像飘飞的白云

　　　　　　让我去吐蕃　　让我去和亲
　　　　　　传送父皇母后友好的音讯
唐 太 宗：啊　　文成　我的女儿
　　　　　　父皇一生失去了无数亲人
　　　　　　再不愿暮年白发别儿孙
　　　　　　明知道送儿远去无归期
　　　　　　却偏要强颜欢笑让你离家门
　　　　　　明知道女儿柔弱行路难
　　　　　　却偏要把你推向漫漫长路无穷尽
　　　　　　为天下让你为我分担家国事
　　　　　　为社稷让你离乡背井别亲人
　　　　　　啊
　　　　　　天下事难遂心　　常教英雄泪沾襟
文成公主：儿知道　　去国离家天涯远
　　　　　　别时容易见时难
　　　　　　儿知道　　远嫁吐蕃千万里
　　　　　　相思只能梦中圆
　　　　　　此一去唯惦念父皇母后年迈的身
　　　　　　儿不能再日夜侍奉在膝前
　　　　　　带上布帛菽粟　　让儿时刻感到家乡的温暖
　　　　　　带上诗书礼乐　　弘扬我大唐的风范
　　　　　　带上工匠营造　　筑起汉家房舍
　　　　　　带上中原医药　　教人远离病患
　　　　　　带上农具种子　　让山野麦浪翻滚

　　　　　　带上释伽造像佛家经典

　　　　　　让佛光普照雪域高原

　　　　　　愿母后为儿扎一只风筝

　　　　　　把放飞的线儿留在你的身边

　　　　　　儿像风筝飘向远方

　　　　　　无论远隔千山万水天涯路远

　　　　　　那一缕牵魂的线儿永远系在儿的心间

长孙皇后：（将文成公主揽入怀中，拿出心爱的日月宝镜）

　　　　　　这面宝镜辉映着日月光芒

　　　　　　它曾朝夕陪在我的身旁

　　　　　　如今让它伴儿远行

　　　　　　日夜照着你远行的方向

唐　太　宗： 太阳是父皇慈爱的眼睛

　　　　　　时刻注视着你的欢乐　你的惆怅

长孙皇后： 月亮是母亲温柔的双手

　　　　　　轻轻为你抚平眼中泪水　心的创伤

太宗、皇后：

　　　　　　想家的时候看一看它

　　　　　　就像看见疼你爱你的爹娘

太宗、皇后、文成公主：（三重唱）

　　　　　　日月宝镜像父母深情的目光

　　　　　　它日夜陪伴在你（儿）的身旁

　　　　　　啊　文成　我的好女儿

　　　　　　（啊　父皇　啊　母亲）

　　　　　我们日夜为你祝福

　　　　（愿你们日夜为儿祝福）

　　　　　时刻把你挂在心上……

　　　　（时刻把儿挂在心上……）

第三场　智识公主

［大明宫麟德殿，文武众大臣与各国使节分列两旁。吐蕃大论禄东赞站在众人之前。

各国使节：和亲的消息像三月的春风

　　　　　沸沸扬扬传遍了长安古城

　　　　　都说是文成公主才华盖世

　　　　　美丽的容颜倾国倾城

　　　　　太宗皇帝设下了重重难关

　　　　　各国使节束手无策劳而无功

　　　　　只有吐蕃大论智慧超群

　　　　　一路闯关接连取胜

　　　　　今天他将面临最后的难关

　　　　　禄东赞要想取胜并不轻松

唐 太 宗：禄东赞虽然闯过了关隘重重

　　　　　今天若一步走错也将功败垂成

　　　　　三百仕女个个如花似玉

　　　　　从中找到公主　你将完成和亲的使命

　　　　　　若是你找不到公主

　　　　　　从今后莫要再提和亲的事情

禄 东 赞：谢陛下隆恩浩荡谆谆提醒

　　　　　　禄东赞一定牢记在心中

[音乐声中，一队队身着各种服饰的少女踏着舞步穿插走过，展示着曼妙的风采。

[禄东赞注视着令人眼花缭乱的队伍。

[舞台一明显位置，身着藏族服饰、即将走进舞队中的文成公主与乳娘悄悄耳语，乳娘避开人们的视线走到禄东赞身边。

乳　　娘：禄东赞大人切莫要看花了眼睛

　　　　　　哪个是公主你可要认清

　　　　　　公主常在百花丛中眠　花香伴她一路行

　　　　　　要切记"彩虹架桥蝴蝶来引路"

　　　　　　莫让你的心血变成一场空

禄 东 赞：彩虹架桥　莫非是我藏家的七彩衣襟

　　　　　　花香盈袖　定会有蜂蝶伴她同行

　　　　　　多谢老人家悉心指点

　　　　　　禄东赞定不辜负公主殿下天高地厚的一片情

[悠扬而富于动感的音乐……一队宫妆女子走过，其中一人以折扇掩面靠近禄东赞。

禄 东 赞：折扇　折扇　雾遮云山
　　　　　姑娘新妆虽美　却与公主无缘

〔禄东赞一言出口，殿上大臣一片哗然。
〔一队水乡打扮女子走来，其中一人手执红莲，欲献禄东赞。

禄 东 赞：红莲　红莲　哄我东赞可怜
　　　　　虽不是公主　但感谢姑娘婉言相劝

〔殿上人群频频颔首赞叹。
〔一队乡村装扮女子走来，其中一人手执簪花竹篮献给禄东赞。

禄 东 赞：竹篮　竹篮　竹篮打水空手而还
　　　　　不是公主　不是公主　收下竹篮必受阻拦

〔殿上观者气氛更趋热烈。
〔一队红色戎装女子英姿飒爽走来，其中一人手执长剑，环绕舞于禄东赞身前。

禄 东 赞：长剑　长剑　利刃割断情缘
　　　　　不是公主　不是公主　和亲岂能以刀剑相见

〔唐太宗与殿上众大臣更加叹服禄东赞的智慧。
〔一队身着各族服饰的女子款款走来。禄东赞蓦然发现窗外飞来几只蝴蝶，他循
　着蝴蝶飞行的方向亦步亦趋地走进身着各族服饰的队列，穿行在十几个身穿各

族服饰的姑娘之间。只见几只彩蝶在文成公主的肩头、鬓边飞来飞去，禄东赞欣喜地走向文成公主。公主从藏服七彩袍袖中抽出一条金色的哈达捧在手中，向他轻施一礼道一声"扎西得勒"！

〔禄东赞接过哈达，胸有成竹地撩起长袍，跪倒在文成公主面前。

禄 东 赞： 臣禄东赞拜见公主殿下！

〔文成公主含羞还礼，转身离去，殿上文武众大臣一片惊叹！

禄 东 赞： 一条彩虹连起了吐蕃和大唐
　　　　　　公主就是那辉映彩虹的太阳
　　　　　　这位姑娘就是尊贵的文成公主
　　　　　　一声"扎西德勒"给吐蕃带来幸福吉祥

唐 太 宗： 吐蕃赞普胸怀宽广
　　　　　　远道和亲真情坦荡
　　　　　　朕允准吐蕃赞普和亲的请求
　　　　　　让我的文成公主成为他的新娘

众　　人： 一位美丽的公主　挽起吐蕃和大唐
　　　　　　一个智慧的使臣　架起和亲的桥梁
　　　　　　一条金色的哈达　传递真挚的情感
　　　　　　一个美好的故事　乘春风四海传扬

〔切光。

第二幕　旅途

第一场　折柳别家

〔长安西行的大道，灞桥畔柳丝初萌，摇曳着淡淡柳烟。

〔唐太宗、长孙皇后与文武众大臣等送别文成公主与禄东赞一行。

〔唐太宗满怀深情折下一条新绿初萌的柳条送给文成公主，文成公主跪拜，接过柳枝。

〔长孙皇后将一只蝴蝶风筝交到文成公主手中，文成公主强抑别情，掩面登上车辇。

〔大道上车仗如云，旗幡招展。

众　　人：送娇儿　别家园
　　　　　几多慷慨　几多心酸
　　　　　大唐有女如文成
　　　　　江山固　盛世兴　艳阳天

太宗、皇后：（二重唱）
　　　　　柳丝长　牵衣衫
　　　　　折柳相送　天涯路远
　　　　　忍痛洒泪别亲人
　　　　　为社稷　舍骨肉　强欢颜

文成公主： 别长安　离家园
　　　　　车轮沉沉马不前
　　　　　原想潇洒别家去
　　　　　待到行时举步难
　　　　　想给亲人留下一个笑脸
　　　　　止不住的泪水却像珍珠断了线
　　　　　忧伤的云雾啊
　　　　　朦胧了我的双眼
　　　　　最难忘大明宫里清秋节
　　　　　依偎慈母看月圆
　　　　　最难忘轻罗小扇扑流萤
　　　　　牡丹花间带醉眠
　　　　　最难忘曲江池畔采莲藕
　　　　　荼蘼架旁荡秋千
　　　　　最难忘一卷诗书捧在手
　　　　　竹影窗前弄管弦
　　　　　啊
　　　　　折一枝依依难舍的灞桥柳
　　　　　掬一捧淡淡柳烟藏心间
　　　　　此一去漫漫孤旅天涯远
　　　　　何时再见亲人面
　　　　　奴去也
　　　　　且按下离愁别绪千万缕
　　　　　看前路云卷云舒风雨变幻

众　　人：别长安　离家园
　　　　　　车轮沉沉马不前
　　　　　　原想潇洒别家去
　　　　　　待到行时举步难

〔舞台一侧，吐蕃副论塞乳恭顿将一包毒药与一把匕首交给藏族侍女卓玛。

塞乳恭顿：啊　卓玛　你可知晓
　　　　　　为什么带你踏上这条长安道
　　　　　　你的阿爸就死在松山战场
　　　　　　他的鲜血曾染红我的战袍
　　　　　　我们要阻止这场愚蠢的婚姻
　　　　　　莫让唐蕃和亲的鬼话迷住心窍
　　　　　　收起这包夺命的毒药
　　　　　　藏好这把杀人的刀
　　　　　　等待时机为你阿爸报仇
　　　　　　决不让这个汉家女人踏过雅砻河的波涛
卓　　玛：接过这夺命的毒药杀人的刀
　　　　　　仇恨的烈火在心头燃烧
　　　　　　相信我　塞乳恭顿大人
　　　　　　卓玛的杀父之仇一定要报

〔切光。

第二场　西行苦旅

［具有极强音乐性的组曲《风雨兼程》将"风雨兼程""夕阳古道""雪山苦旅"三个乐段有机地连缀在一起，以路途中景色、季节与气候的变化，描写文成公主在历时两年漫漫西行路上的艰难，以及她向往广阔天地，追求真爱，为国分忧、以身和亲的决心。（每个乐段的时长，视音乐需要决定，唱词可适当反复）

1．风雨兼程

［打击乐与激烈的音乐以惊心动魄的力度，表现着两种势力的对抗，揭示文成公主进藏之路的艰难。

［天幕上是狂暴的电闪、雷鸣。耳边传来呼啸的风声、雨声。

［舞台上暴雨如注，西行的车队艰难地行进在驿路上……

［撼人心魄的音乐……

众　　人：暴雨倾盆
　　　　　电闪雷鸣
　　　　　看不见路在何方
　　　　　找不见村落的踪影
　　　　　霎时间天河倾倒大地迷蒙
　　　　　分不清山川河岳南北西东
　　　　　马儿停下了脚步
　　　　　车轮停止了转动
　　　　　只听见雨在呐喊雷在轰鸣

伴着心儿怦怦跳动的回声

天也茫茫　地也冥冥

西行的车队哟

踏过坎坷泥泞　一路风雨兼程

2．夕阳古道

[舞台背景：长空万里，秋光萧瑟，落叶飘零，血红的夕阳照在唐蕃古道坎
　坷的路面上，和亲的车队在秋风中寂寞地行进。

[咿咿呀呀车轮转动般的固定节奏，合着琵琶清冷、萧瑟的旋律与歌声，诉
　说着漫漫长路上寂寥与孤独的情怀……

女声合唱：夕阳　古道　驼铃

长天　落叶　秋风

和亲的车队走过了春夏

在秋日的怀抱里寂寞前行

花儿凋谢了笑脸

草儿枯萎了生命

萧瑟秋光　红颜痴情

都付与漫漫长路关山万重

弹一曲昭君的琵琶

远方的你可在倾听

羽调缠绵婉转凄清

女儿心曲恰似江河流水淙淙

宫调激扬大吕黄钟

巾帼情怀胜过千古须眉英雄

啊　可听见　你可听见

我花季年华的一颗心

在唐蕃古道上日夜为你跳动

3．雪山苦旅

[天幕现出冰峰雪岭，无垠的雪野，车队碾过的道道车辙一直通向天边无尽处……

[漫天飘飞的雪花与呼啸的风声，风雪中坚韧行进的车队。

[定音鼓坚定、冷峻的低音与乐队坚韧的进行曲风的旋律，展示着文成公主面对艰险不屈不挠的意志和力量。

男声合唱：满天飞雪　朔气扑面冷似铁

　　　　　冰封河岳　雪压千山鸟飞绝

　　　　　走不尽　风狂雪猛青藏路

　　　　　望不断　雪山冰峰与天接

　　　　　凝固了林涛的咆哮

　　　　　冻僵了号角的呜咽

　　　　　回首身后　雪野万里

　　　　　瞻望前程　寒风凛冽

　　　　　可看见姑娘风雪中的身影

　　　　　谁知道她心中的感觉

　　　　　只有冰峰下一道道车轮的轨迹

　　　　　记得她走过的风雪岁月

〔狂暴的风雪中，乳娘困难地大口喘着气，从行进的车上跌下，文成公主跳
　下马车把她紧紧抱在怀里。

文成公主：　风啊　你不要这样猛
　　　　　　雪啊　你不要这样冷
　　　　　　莫要冻坏我的乳娘
　　　　　　莫要让她再忍受这样的苦痛
　　　　　　乳娘啊　我的好妈妈
　　　　　　请睁开你的眼睛
　　　　　　再看看你疼爱的文成
　　　　　　忘不了你含辛茹苦十七年
　　　　　　用爱的乳汁哺育着我的生命
　　　　　　忘不了你温暖的怀抱慈爱的吻
　　　　　　忘不了你伴我度过的少女梦
　　　　　　晨曦里你伴我诵经读书写诗文
　　　　　　夜空下你和我沉香亭畔数星星
　　　　　　你给我捕捉的那些萤火虫
　　　　　　至今还飘飞在我的心海中
　　　　　　啊　乳娘　你醒一醒
　　　　　　你不能离我而去
　　　　　　让你的女儿只身一人孤苦伶仃
　　　　　　为什么命运这样残酷无情
　　　　　　偏让我在这弥漫的风雪里
　　　　　　忍受生离死别的苦痛

乳　　娘：朦胧中看见公主的面容

　　　　　为什么泪水充满了你的眼睛

　　　　　莫让这狂暴的风雪　吹乱你的头发

　　　　　快躲进我的怀抱　让我为你遮雨避风

　　　　　我多想再为你煮一杯香茶

　　　　　驱走你旅途的疲惫

　　　　　我多想再为你整一整鬓发

　　　　　在你眉间贴一片花钿殷红

　　　　　我多想伴着你走进那座阳光之城

　　　　　看你穿上嫁衣时美丽的笑容

　　　　　可是……可是……我的生命已走到尽头

　　　　　让我的祝福伴你一路前行

［风雪交加，音乐声大作，乳娘在文成公主的怀里死去……

众　　人：（激情地）

　　　　　啊

　　　　　巾帼有爱　女儿情浓

　　　　　绞肠滴血　驼马悲鸣

　　　　　生离死别　山河呜咽

　　　　　泪飞雪野　情满征程

第三场　拜月抒怀

［高原之夜，天上一轮圆月、数点寒星。
［夜空中不时飞过几点闪闪的萤火。
［文成公主大帐外，侍女兰儿手捧香炉服侍公主走出帐房拜月，卓玛闪在帐后注视着二人的行动。

文成公主：星河寥落月空蒙

　　　　　　云淡风轻看流萤

　　　　　　仰望长天念亲人

　　　　　　似看见

　　　　　　我的七皇兄那亲切的笑貌音容

　　　　　　（叙述地）

　　　　　　那年他塞上从军行

　　　　　　十八岁葬身疆场埋荒冢

　　　　　　马革裹尸无觅处

　　　　　　只有大野黄沙伴英灵

　　　　　　（渐激动）

　　　　　　有多少汉家儿女成冤鬼

　　　　　　有多少吐蕃武士尸骨横

　　　　　　我恨这连年不断的血与火

　　　　　　毁掉了天下百姓的团圆梦

　　　　　　（转快板）

　　　　　　今夜我拜月诉心声

祈盼着家国兴旺月常明
就让这长空皓月来做证
文成我愿以此身铸和平
愿唐蕃从此无争战
亲如一家世代得安宁

［文成公主拜月伊始，躲在帐后的卓玛接过兰儿给公主端来的茶水，趁兰儿回身将塞乳恭顿给她的毒药倒进茶杯……渐渐地，当她听到文成公主也在战争中失去亲人的悲痛诉说之后，深为她博大的情怀所感动，禁不住心乱如麻，进退两难……

卓　　玛：原以为卓玛心中的仇比海洋深
　　　　　谁知她心中也有滴血的伤痕
　　　　　我只想汉人杀死了我的阿爸
　　　　　谁知她战火中也曾失去了亲人
　　　　　同是塞上伤心客
　　　　　一样悲伤两样胸襟
　　　　　恭顿大人说她会迷惑赞普
　　　　　可眼前的她却是这样温柔善良让人可亲
　　　　　想杀她　却找不到理由
　　　　　不杀她　我又如何面对恭顿大人
　　　　　天上的星星啊　请告诉我
　　　　　莫让卓玛迷失了灵魂

〔看见站在冷风中的卓玛，文成公主向她走去，欲接过她手中的茶杯，卓玛一惊，假借失手将茶杯掉在地上摔得粉碎。

卓　　玛：啊　公主请你原谅
　　　　　原谅我的行为鲁莽
　　　　　卓玛是个卑贱的奴隶
　　　　　玷污了公主脚下的草场

〔文成公主扶住惊慌失措跪在地上的卓玛。

文成公主：不要说卑贱　不要说原谅
　　　　　我还要感谢你一路上为我奔忙
　　　　　请握住我的手　挽着我的臂膀
　　　　　让我们一起分享这美丽的星光

〔公主将卓玛拉起来，卓玛羞愧难当。

文成公主：在这片洒满星光的土地上
　　　　　埋藏着我的思念我的忧伤
　　　　　我亲爱的七皇兄
　　　　　就战死在这塞外的疆场
　　　　　不知道他的尸骨
　　　　　如今长眠在哪个地方
　　　　　我乞求天上的星星

　　　　　告诉我他的坟茔在哪里
　　　　　让我掬一捧坟上的黄土
　　　　　把他的灵魂送回故乡……

〔卓玛深受感动，文成公主拉着她的手，发现她浑身都在颤抖，忙把自己的
　披风给她披在身上。

文成公主： 啊　卓玛
　　　　　为什么你的心这样激烈地跳荡
　　　　　为什么你的手这样冰凉
　　　　　莫非是草原夜来寒露重
　　　　　你劳累过度沾染了风霜
　　　　　快穿上我的披风暖暖你的手
　　　　　你穿上汉家的衣裳也很漂亮
　　　　　啊　卓玛笑一笑　说一声"扎西德勒"
　　　　　愿你每天都快乐健康

〔激情的音乐，卓玛心潮翻滚，不能自已，转身跑去……
〔切光。

第四场　抛镜断情

〔阳光下现出苍凉旷远的青海高原，巍巍的日月山，奔腾的倒淌河。
〔山野里远远传来青海"花儿"的歌声：
〔画外歌声：

　　　　上去这高山望平川
　　　　平川里有一朵牡丹……

文成公主：上去高山望平川
　　　　几度回首
　　　　却望不见我思念的长安
　　　　走过了八千里路云和月
　　　　翻越了关山万重霜天寒
　　　　经历了生离死别人生苦
　　　　前路上依然是青山漫漫望不断
　　　　熬瘦了春夏拖累了秋
　　　　为什么总也看不见
　　　　我渴望的那片地平线
禄 东 赞：公主殿下　莫要忧烦
　　　　翻过这座山　涉过这条川
　　　　山那边就是吐蕃的大草原
　　　　赞普曾与我郑重相约
　　　　他将迎接公主在扎陵湖畔

文成公主：（急切地）

　　　　　　啊　山那边就是吐蕃的土地

　　　　　　我就要走进松赞干布的家园

　　　　　　人道是长风破浪会有时

　　　　　　莫非远行的旅程就快要走到了终点

　　　　　　不知我吐蕃的家会是什么模样

　　　　　　不知道真实的他

　　　　　　是否和梦中一样让我依恋

塞乳恭顿：踏上吐蕃大草原

　　　　　　就是另外一重天

　　　　　　道路难寻人烟少

　　　　　　只有牛羊来做伴

　　　　　　公主你若是想长安

　　　　　　赶快回头看几眼

　　　　　　过了这座纳喇萨喇山

　　　　　　这辈子你再也难回还

文成公主：塞乳恭顿的话像一把利剑

　　　　　　深深地刺进我的心坎

　　　　　　虽然不流血却让心受伤

　　　　　　虽然伤无形却让情迷乱

　　　　　　啊

　　　　　　乡关在何方　亲人在哪里

　　　　　　且捧出日月宝镜再看看家乡的容颜

　　　　　　那曲江池中的莲花可已含苞待放

那灞桥边的杨柳可又是飞絮满天

那荼蘼架旁的秋千是否还在风中悠荡

我白发的母后啊是否正在窗前把我惦念

啊　看不见　看不见

只看见眼前这座云遮雾障的山

只看见这条呜咽倒流的河水激浪翻卷

前路漫漫何处是终点

我何不　我何不勒转马头回长安

一路乘风把家还

〔背景合唱：

不如归去　回到故乡的田园

不如归去　回到亲人的身边

不如归去　走出这凄风苦雨霜天万里

不如归去　告别这雪野冰峰长路漫漫

文成公主： 啊　不能

啊　不能

不能忘记我向往远方的憧憬

不能忘记我对父皇许下的诺言

（激情地）

抛却了秋千架下的女儿梦幻

抛却了千丝万缕亲人的牵念

　　　　　　抛却了这日月宝镜割断乡情
　　　　　　将一腔大爱化作巍峨高耸的日月山

〔文成公主毅然将母后赐给她的日月宝镜投向云雾缭绕的山峦，一片金光闪耀处，云开日朗，现出巍峨高耸的日月山！

众　　人：（辉煌地）
　　　　　　抛却了秋千架下的女儿梦幻
　　　　　　抛却了千丝万缕亲人的牵念
　　　　　　抛却了这日月宝镜割断乡情
　　　　　　将一腔大爱化作巍峨高耸的日月山

第三幕　雪域

第一场　雪夜危机

[柏海（扎陵湖）畔险峻山口前，阴云密布，狂风呼啸，暴风雪即将降临。
[江夏郡王李道宗与禄东赞等人止住车队行进的脚步。

李　道　宗：阴云遮天狂风呼啸

　　　　　　一场暴风雪就要来到

　　　　　　柏海峡谷唐蕃边关

　　　　　　怎不闻吐蕃赞普迎亲的号角

禄　东　赞：郡王阁下莫要心焦

　　　　　　天气突变出人意料

　　　　　　赞普对公主仰慕渴盼

　　　　　　他定会信守诺言如约来到

塞乳恭顿：大论，我们不须等了！

　　　　　　前几天我已派人回程禀报

　　　　　　请赞普在逻些等候公主车轿

　　　　　　我们还是快马加鞭速速前行

　　　　　　赶在风雪之前通过这峡谷险道

　　　　　　若是大雪漫山冰封山路

　　　　　　只怕要明年春来才能雪融冰消

禄 东 赞：塞乳恭顿！
　　　　　　赞普的决定岂容擅自取消
　　　　　　你越权行事让前路吉凶难料
　　　　　　暴雪将至谷中风云莫测
　　　　　　我怎能让公主置身峡谷险道

塞乳恭顿：禄东赞如今为何这般胆小
　　　　　　你我生在雪域看惯了雪飘
　　　　　　大唐的车队闯不过一个小小的山口
　　　　　　岂不让天下人睥睨耻笑

李 道 宗：江夏郡王不怕耻笑
　　　　　　只怕风雪无情误入圈套
　　　　　　车仗停步　扎下营盘
　　　　　　公主帐前　不得惊扰

众 军 士：遵命！

〔塞乳恭顿愤然离去，躲在暗处悄悄察看。
〔文成公主走出车轿，凝望险峻山谷与风云变幻的长天。

文成公主：冰峰锁不住向往的心
　　　　　　风雪挡不住相知的人
　　　　　　时光浓缩着思念的情
　　　　　　长路磨砺了执着的魂
　　　　　　一枝故乡的柳啊沾满泪痕

　　　　　一条和亲的路啊漫长艰辛

　　　　　任前路冰峰万仞霜漫天

　　　　　任长空狂风如刀雪纷纷

　　　　　山高水远路迢迢

　　　　　吓不倒文成无畏的心

禄 东 赞：不惧风狂不怕雪暴

　　　　　却需要提防异常的警号

　　　　　车队里昨日流言突起

　　　　　暗流涌动　人心浮躁

　　　　　我坚信赞普是个遵守诺言的人

　　　　　他定会亲临柏海迎接公主架金桥

　　　　　郡王啊我暂去前路察看消息

　　　　　你务必保护公主等我的喜报

李 道 宗：江夏郡王纵横天下

　　　　　何惧明枪暗箭豺狼虎豹

　　　　　你前路察看速去速回

　　　　　公主的安危我自一身担保

〔舞台一侧塞乳恭顿阴险地定下决心。

塞乳恭顿：啊

　　　　　松赞干布即将来到

　　　　　情况紧急迫在眉梢

　　　　　关键时刻不容犹豫

　　　　　　　刺杀公主的行动就在今宵

〔暗转。
〔暴风雪如期降临了！飞雪漫天，狂风怒号，天地一片苍茫。
〔文成公主大帐前，军士们在风雪中发现了一个被冻僵的藏族牧羊少年。

众 军 士：（重唱）
　　　　　　茫茫高原狂风呼啸雪满天
　　　　　　枯草丛中忽听有人在呼唤
　　　　　　风寒雪冷冻僵一个牧羊的少年
　　　　　　他浑身颤抖生命垂危倒在草莽间

〔听到喧闹的人声，卓玛也来到人群外。

卓　　玛： 一个身影这样熟悉牵动着我的心
　　　　　　莫非是对小扎布的思念让我看花了眼……
文成公主： 快快把他抬进我的帐房
　　　　　　为他煮一碗滚热的姜汤
　　　　　　盖上棉被　点燃火塘
　　　　　　再拿些粥饭肉脯和干粮
　　　　　　可怜的孩子饥寒交迫
　　　　　　身上道道鞭痕让人心疼哀伤

〔扎布在公主照看下缓缓醒来，但神智依然朦胧。

扎　　布：床是这样的暖

　　　　　　火是这样的旺

　　　　　　莫非我回到了阿妈的毡房

　　　　　　汤是这样的热

　　　　　　饭是这样的香

　　　　　　莫非是扎布我走进了天堂

　　　　　　温馨的抚慰　和善的目光

　　　　　　暖透了我的心房

〔卓玛分开人群，发现这少年正是自己的小弟弟扎布，不禁热泪奔流，急切地扑在扎布身上。

卓　　玛：扎布！

　　　　　　看见你的模样　让阿姐痛断肝肠

　　　　　　上天垂怜　把你送到我的身旁

　　　　　　快看一看阿姐　让我紧紧拥抱着你

　　　　　　快喊一声阿姐　让我为你抚平创伤

扎　　布：阿姐！

塞乳恭顿：卓玛　谁让你私自乱闯

　　　　　　竟然闯进公主的篷帐

　　　　　　扎布丢失了王爷的羔羊

　　　　　　在风雪里冻死也是应当

　　　　　　滚出去　快快离开这里

　　　　　　让你做的事情是否已经遗忘

〔卓玛畏怯地站起来，跌跌撞撞跑出帐外……

扎　　　布：阿姐！
文成公主：卓玛……

〔大帐外的风雪中，塞乳恭顿愤怒地责骂卓玛。

塞乳恭顿： 我带你远赴东土大唐
　　　　　　让一个奴隶走进了天堂
　　　　　　我给了你复仇的机会
　　　　　　为什么迟迟听不见回响
　　　　　　你已经忘记了杀父的仇恨
　　　　　　被那个汉家女人迷乱了心房
卓　　玛： 啊　不　啊　不……
　　　　　　不是卓玛忘记了仇恨
　　　　　　不是卓玛迷乱了心房
　　　　　　只因为……只因为……兰儿终日守候在她的身旁
塞乳恭顿： 松赞干布赞普很快就要到来
　　　　　　不能让这个汉家女人玷污他的荣光
　　　　　　为了保护伟大的赞普
　　　　　　卓玛你果断出手不要彷徨
　　　　　　（从卓玛腰间抽出匕首，狠狠地塞进她手中）
　　　　　　行动的时间就在今晚
　　　　　　背叛我的后果你要好好思量……

〔听见公主帐内有响动，塞乳恭顿急忙溜走，卓玛手持匕首徘徊在帐外，陷入极大的痛苦与矛盾之中……

〔文成公主走出帐外，见卓玛瑟缩地站在寒风之中，遂轻轻走向她，躲在暗处的塞乳恭顿见机不可失，跳出来将卓玛推向公主，卓玛无奈地举起了匕首……

〔穿越风雪赶来柏海迎接文成公主的松赞干布与禄东赞上场。正看见卓玛举起匕首的身影，禄东赞急忙上前以身体挡住卓玛，松赞干布则迅速扑向文成公主把她揽在怀中，江夏郡王李道宗也持剑在手护在公主身前。惊魂甫定，他们才发现卓玛并未将利刃刺向公主，而是将匕首刺进了自己的胸膛。

禄 东 赞：啊　卓玛
　　　　　为什么这把匕首会在你的手中
　　　　　刀上的花纹我并不陌生
　　　　　告诉我　是谁蒙住了你的眼睛
　　　　　让你落进罪恶的泥坑

塞乳恭顿：一个奴隶做出这种事情
　　　　　大逆不道　罪孽深重
　　　　　让她死吧　去见她的阿爸
　　　　　让我来结束这个卑贱的生命

〔塞乳恭顿抽出腰刀欲杀死卓玛灭口，被李道宗以长剑架住他的腰刀。

卓　　玛：（怒不可遏）你！你！……
　　　　　是塞乳恭顿点燃罪恶的火种

　　　　　　是他把仇恨深埋在我的心中
　　　　　　他给我毒药　给我钢刀
　　　　　　让我刺杀公主阻止和亲的路程
　　　　　　但公主殿下却像天上的太阳
　　　　　　她的温暖和抚慰让我无地自容
　　　　　　啊　让我用生命洗雪我的罪孽
　　　　　　卓玛九死也难报答公主的恩情……

文成公主：卓玛　不要再做傻事情
　　　　　　一路上我感受到你对我的感情
　　　　　　卓玛　珍惜你的生命
　　　　　　我还等你陪我去看雪莲花盛开的冰峰

〔随行的太医将卓玛抬进帐房救治……

塞乳恭顿：英明的赞普
　　　　　　奴隶卓玛罪孽深重
　　　　　　请相信塞乳恭顿对你的忠诚
松赞干布：把他押下去！

〔吐蕃军士押塞乳恭顿下。
〔松赞干布向执旌节的李道宗执子婿之礼。

松赞干布：松赞干布参见郡王殿下。
　　　　　　长安逻些八千里路程

　　　　　　一步一步都用黄金铺成

　　　　　　和亲的车队踏平了风霜雨雪

　　　　　　日月星辰都在为它做证

　　　　　　公主殿下万里跋涉

　　　　　　带来了大唐灿烂的文明

　　　　　　她是雪域高原的太阳

　　　　　　她是吐蕃尊贵的赞蒙

　　　　　　唐蕃一家　天下归心

　　　　　　青山巍峨　万古传颂

众　　人：她是雪域高原的太阳

　　　　　　她是吐蕃尊贵的赞蒙

　　　　　　唐蕃一家　天下归心

　　　　　　青山巍峨　万古传颂

〔众人退下，大帐里只留下文成公主与松赞干布，二人四目相视、心灵相通，仿佛已经相识了很久很久……

〔文成公主与松赞干布的心声共鸣引入二人的重唱。

文成公主：是你吗　陌生又熟悉的容颜

松赞干布：是你吗　心海里那片杏花天

文成公主：是你吗　云山万里诉相思

松赞干布：是你吗　蝶翅挑落琵琶弦

文成公主：是你吗　无言相望情相牵

松赞干布：是你吗　执手更觉相见恨晚

（二人动情地重唱）

文成公主： 生在皇宫深院

却向往辽阔的蓝天

蓦然一阵清风

把我的心啊放飞在云端

那晴空里飘飞的风筝

牵动我的梦幻

风儿悄悄掠过我的耳边

我听见远方有个声音

在向我呼唤

啊　飞吧　风筝

飞向遥远的天边

啊　飞吧　风筝

天上的太阳很暖很暖

带上我去寻找生命的绿洲

哪怕云天万里山高水远

松赞干布： 却向往富庶中原

雄鹰的翅膀

把我的心啊带到遥远长安

那里有繁华的城市

和巍峨的宫殿

那里丝绸闪光稻菽香甜

我梦中的新娘

为我拨响琴弦

啊　飞吧　雄鹰

飞向遥远的天边

啊　飞吧　雄鹰

天上的太阳很暖很暖

带上我去寻找生命的绿洲

哪怕云天万里山高水远

第二场　高原婚庆

［布达拉宫，盛大的藏式婚礼场面，宫中张灯结彩，藏号声声、鼓乐齐鸣。

［身着婚礼盛装的文成公主与松赞干布上场。

［李道宗率护送官员行礼致贺，献上礼物。

［禄东赞等向李道宗献哈达。

［松赞干布与文成公主抓起宫女盘中的青稞向空中撒下。

［宫女们捧上美酒，松赞干布、文成公主与李道宗等举起金杯。

众　　人：（欢呼）扎西德勒！

［热烈的踢踏和弦子将欢乐的气氛推向最高潮！

［灯光变幻，现出辽阔的田野与布达拉宫的远景。

［田野中传来悠远高亢的藏族长调：

哎……

金色的太阳照耀着珠穆朗玛

欢乐的雪山哟捧起了洁白的哈达

[悠远的长调后,引出一领众合、欢快激扬的《牛犁歌》。

拉索
贞观三月谷雨后
索索　呀拉尼索
彩虹挂在雪山头
索索　呀拉尼索
一张犁铧破冻土
高原从此走耕牛
向阳坡上种青稞
河边新插公主柳
植桑养蚕纺织忙
唐卡氆氇似锦绣
呀拉索

拉索
贞观九月酿新酒
索索　呀拉尼索
哈达挂在雪山头
索索　呀拉尼索
牧场欢歌牛羊壮
走出毡房盖新楼

百草银针治疫病

冶炼造纸写春秋

油菜花黄映雪峰

春种秋收乐悠悠

呀拉索

［与歌声同步的舞蹈场面展现着文成公主带来的汉族工匠在教藏民冶炼、纺纱、织布、扶犁、锄地。文士们在教孩子写字、读书。医士们在为人治病。宫女们在新盖的房门上贴对联、窗花……

［切光。

尾声　忠魂

〔宽广、深沉的音乐……
〔布达拉宫某殿堂，一尊佛头造像充满舞台的天幕。
〔钟声和诵经声中，白发苍苍的文成公主在松赞干布的像前摇着转经筒默默地祈祷着，身后墙上挂着那只已经残旧了的彩蝶风筝。
〔画外音：公元650年，文成公主嫁到吐蕃的第九个年头，松赞干布去世。20年后，唐高宗有感于文成公主和亲的功德，深恐她远居高原、老年孤独，派大将军尚凯到逻些准备接她回长安颐养天年，被文成公主婉言拒绝……

文成公主：我生在中土长安
　　　　　　却远嫁雪域高原
　　　　　　长安是我的故乡
　　　　　　逻些是我的家园
　　　　　　两个家都在我心头
　　　　　　让我魂萦梦牵
　　　　　　每个夜晚我都会梦回故里
　　　　　　回到儿时熟悉的庭院
　　　　　　看那些荼蘼架　那些翠竹林
　　　　　　还有那悠荡着我少女欢乐的秋千
　　　　　　当太阳升起的时候

朝霞映红圣洁的雪山
它告诉我我的归宿就在这片高原
因为这片土地上
留下了我太多的爱和情感
那家家户户的织布声
那山野间翻滚的青稞田
那僧侣们声声祈祷的经文
那寺庙里袅袅的香烟
还有那春风中摇曳的公主柳
和布达拉宫金色的廊檐
到处都有我生命的印迹
到处都有我的心血和挂牵
我的灵魂和身体
将永远留在这里
留在我的亲人松赞干布身边
(文成公主颤颤巍巍地起身摘下墙上那只风筝,深情地抚摸着,望着窗外的天空)
啊
我的风筝已融进这片蓝天
我的心儿已属于这片雪域高原

〔灯光变幻,纱幕上映出雪山、冰峰、奔腾的江水、巍峨的布达拉宫和文成公主、松赞干布的塑像,以及序幕中蓝天上的彩虹、雄鹰,还有那只在春风中悠悠飘飞的蝴蝶风筝……

〔逻些的民众——老人、妇女、孩子、僧侣、官员、士兵敬仰地凝望着文成公主和那只飞翔的蝴蝶风筝。
〔序幕中《向往远方》的歌声再次响起:

    有一份姻缘 远隔万水千山
    有一分情感 能把太阳之火点燃
    有一分爱恋 挽起汉藏两个民族
    有一份嫁妆 是农具种子医药和佛教经典

    有一个故事 百年千年流传
    有一个名字 写进历史融进诗篇
    有一个女人 化作了圣洁的绿度母女神
    有一位赞普 把爱情和文明迎进了雪域高原

〔剧终。

歌剧

《飞翔的花儿》

(文学脚本)

人　　物：

阿　　朵　美丽的土族姑娘，执着、坚韧的"花儿"传人
尕　　鹿　勇敢、机智、风趣的汉族青年，阿朵的仰慕者
歌仙老人　巍峨、不屈的高原之魂，"花儿"的一代宗师
阿　　妈　心地善良、温柔的土族妈妈
土　　龙　妄图夺取"花儿"宝藏称霸高原的阴谋家，邪恶势力的代表
江河源地区回、汉、藏、土、撒拉、保安、东乡等各民族群众
中华大地各民族青年
土龙随从、众乡丁……

序幕

〔序曲：恢宏博大、花儿风的音乐……
〔乐声中，台口纱幕上掠过流动的广镜头画面——青藏高原风光：蓝天白云下辽阔的牧场、蔚蓝色的青海湖、巍峨的日月山、玛尼堆上飘动的经幡、漫山遍野金黄的油菜花、无边的原始森林……

序曲合唱： 有一朵花儿开在高原
　　　　　云是衣衫霞是笑脸
　　　　　有一朵花儿开在心田
　　　　　情是花蕊爱是花瓣
　　　　　八个民族一种语言
　　　　　诉说美好的希望和心愿
　　　　　八个民族携手并肩
　　　　　花儿是连心的锁链
　　　　　可看见岁岁春来花儿开
　　　　　漫过滔滔江河源
　　　　　可看见年年高原六月天
　　　　　多情花儿伴少年

第一幕　黑森林困住了歌仙

［灯光变幻，从纱幕上映出的景象缓缓往森林深处推进，明暗变幻的光线、扭曲倒伏的枝干及一棵棵参天大树怪异的枝丫错落掠过，把观众引入一个幽暗、神秘的舞台空间。

［幕启：急促、紧张的音乐……

［纱幕隐去，舞台天幕上电闪雷鸣。

［弯曲的山路上现出一行火炬形成的游动火光。

［舞台上屹立着两棵参天白杨，白杨树干上一只硕大的"眼睛"凝望着苍茫的山野。

［阿妈和女儿阿朵站在白杨树下，望着远方渐渐逼近的火光。

［乐声中，充满动感的合唱交织在一起，叙述着歌者目光所及之处所看到的情景。

众人合唱： 乌云遮住蓝天

　　　　　风雨挟着雷电

　　　　　马蹄踏踏掠过

　　　　　远方的山路上火光闪闪

　　　　　高原的风啊为何这样不平静

　　　　　是谁惊扰了鸟儿的梦幻

　　　　　高原的夜啊为何这样喧闹

　　　　　　是谁把邪恶的火把点燃

阿　　妈：山路上传来声声吼喊

　　　　　　游动的火把照亮了群山

　　　　　　一位老人在艰难地行进

　　　　　　土龙的马队在疯狂地追赶

阿　　朵：啊

　　　　　　那是智慧的花儿王

　　　　　　高原儿女心中的歌仙

　　　　　　为什么土龙这样疯狂

　　　　　　向他射出罪恶的弓箭

众人合唱：万能的山神啊

　　　　　　请阻止马队疯狂的脚步

　　　　　　呼啸的山风啊

　　　　　　请吹灭那疾驰的火焰

　　　　　　让星光不再闪烁

　　　　　　保佑老人逃出危难

〔精疲力竭的歌仙老人怀抱一个鹿皮袋急促上场，阿妈与阿朵忙扶着老人靠在白杨树下。

歌仙老人：高原上最凶恶的是豺狼

　　　　　　阴险的土龙比豺狼更疯狂

　　　　　　为称霸高原

　　　　　　他挥舞带血的刀枪

    为征服各族儿女的心

    他妄想夺取花儿宝藏

    这个装着三千花儿的鹿皮袋

    凝聚着我毕生的心血和向往

    一首首花儿啊

    记录着高原儿女的欢乐和忧伤

    闪烁的星光啊　请给我智慧

    巍峨的雪山啊　请给我力量

    保佑这高原儿女的珍宝

    阻止土龙称霸高原的妄想

阿　　妈： 白杨树叶沙沙响

    巍巍挺立在山岗

    它是威严的山神

    它是正义的屏障

    时间紧迫不容彷徨

    土龙的马队已翻过山岗

    请把这无价的珍宝

    放在白杨树洞里保藏

〔在一束追光照耀下，白杨树神奇地眨动起眼睛，树身上露出一个神秘的树洞。阿妈将歌仙老人的鹿皮袋放进去，树洞悄悄地合上。

众人合唱： 快快离去　土龙的马队已跨过山岗

    快快离去　出鞘的刀剑闪烁着寒光

　　　　　　快快离去　让白杨树藏住这个秘密
　　　　　　快快离去　高原的风啊也会守卫这些宝藏

〔杂沓的马蹄声与刀剑碰撞声中，土龙率众随从、乡丁持火把、刀枪上场，将歌仙老人团团围住，乡丁们在老人身上和白杨树周围搜查，一无所获。

土　　龙：刀剑是杀人的恶魔
　　　　　　花儿是拴心的绳索
　　　　　　我用刀剑夺取权力和威严
　　　　　　再用花儿征服所有的村落
　　　　　　让每一个人每一颗心都匍匐在我的脚下
　　　　　　让高原上所有的民族都仰望我的巍峨
　　　　　　可恨这个瘦弱的老汉
　　　　　　却拥有着三千首花儿三千支歌
　　　　　　我要占有这些宝藏
　　　　　　再给他戴上莫须有的罪名和枷锁
　　　　　　哈哈哈……

歌仙老人：三千首花儿三千支歌
　　　　　　那是高原儿女心中的火
　　　　　　唱着它
　　　　　　耕耘播种放牛羊
　　　　　　唱着它
　　　　　　孕育光明和欢乐
　　　　　　唱起它

兄弟姐妹一条心

唱起它

不怕豺狼和恶魔

血可以流　志不可夺

舍却了生命也舍不下歌

花儿是高原不屈的魂魄

它们就埋藏在我的心窝

剖开我的胸膛你看一看

这一颗心啊

也跳荡着不屈的脉搏

土　　龙：我是高原的天

我是地狱的火

顺者昌　逆者亡

不顺从我就要惹灾祸

把你囚禁在魔法的森林

用诅咒锁住你的歌

让风霜雨雪把你抽打

让毒蛇猛兽把你折磨

把他丢进黑森林，戴上最重的镣铐、枷锁！

〔沉闷的雷声滚过大地，舞美背景变幻成阴暗的魔法黑森林。乡丁们用铁链锁住歌仙老人，把他推进黑森林。

〔土龙挥手，一道闪电掠过，歌仙老人被锁进幽暗的黑森林。

〔音乐声中，天幕上显现撼人心魄的狂风暴雨和霹雷闪电！

〔切光。

〔幕间：舞台前侧，一位花儿歌者唱起《花儿本是心上的话》，质朴无华的歌声诉说着高原人民生命中最真挚的情感以及对花儿的依恋之情：

    花儿本是心上的话
    不唱是由不得自家
    刀子拿来头割下
    不死就是这个唱法……

〔灯光渐起，引入——

第二幕　花儿本是心上话

〔伴着呼啸的风声，天幕上现出高原寒冬的肃杀景象：冷峻的冰山闪着寒光，幽暗的黑森林被厚厚的白雪覆盖。
〔落尽叶片的两棵白杨树枝丫上也积满了雪，唯有树干上那睿智的白杨树"眼睛"仍在风雪中凝望着苍茫高原。
〔白杨树旁边是阿妈的小木屋，她和阿朵日夜关注着黑森林中歌仙老人的命运。
〔阿朵与阿妈推开小木屋的房门，遥望着黑森林，阿妈把挂在房檐下的灯笼点燃，阿朵趁看守的乡丁不备，悄悄把一件长袍挂在黑森林边一棵大树的枝丫上。

阿　　朵：高原的风啊
　　　　　不要吹得这样猛
　　　　　飞扬的雪花啊
　　　　　不要这样无情
　　　　　风雪里的羊群
　　　　　还能躲在山岩下
　　　　　黑森林里的老人啊
　　　　　怎能挨过这凛冽的寒冬

阿　　妈：缝一件长袍
　　　　　让它为你抵御寒风
　　　　　点一盏灯笼

　　　　　　为你送去一点光明

　　　　　　愿这微弱的灯火

　　　　　　温暖你那冻僵的心灵

合　　唱：缝一件长袍

　　　　　让它为你抵御寒风

　　　　　点一盏灯笼

　　　　　为你送去一点光明

　　　　　愿这微弱的灯火

　　　　　能温暖你那冻僵的心灵

〔歌声中，尕鹿带着一群男青年从多个方向接近黑森林，乡丁无法一一阻挠，只能色厉内荏地呼喊：不准靠近黑森林！

〔在众青年掩护下，尕鹿将那件长袍悄悄抛进森林深处。

〔黑森林中远远传来歌仙老人的回应。

歌仙老人：冷的是风雪

　　　　　　暖的是情哟

　　　　　　灯花花暖着心哩

　　　　　　我把白杨树的大眼睛哈想着……

〔特效灯光映照着藏有花儿秘密的白杨树的"眼睛"。

乡　　丁：土龙大人有令，各族人等不得走近黑森林！

［舞台场景转换，阿朵和尕鹿穿行在茂密难行的树丛中，黑森林里浓荫遮天，幽暗、阴森、恐怖而令人畏惧。
［天幕上现出土龙披着黑斗篷的巨大身影，他发现了闯入者，黑森林中响起土龙阴险的歌声。

土　　龙：我是高原的天
　　　　　我是地狱的火
　　　　　顺者昌　逆者亡
　　　　　不顺从我就要惹灾祸
　　　　　快快退出这黑森林
　　　　　违抗我的人啊
　　　　　性命难活

阿　　朵：天是高原的天
　　　　　火是燎原的火
　　　　　一只疯狂的土龙
　　　　　怎能挡住奔涌的大河
　　　　　花是高原的花
　　　　　歌是不屈的歌
　　　　　清清亮亮的好花儿
　　　　　是永远盛开的花朵
　　　　　歌仙老人是播种花儿的使者
　　　　　为什么把他禁锢在黑森林
　　　　　给他戴上沉重的枷锁
　　　　　听啊　你听啊

　　　　　天边吹来了过山风

　　　　　奔腾呼啸从山野掠过

　　　　　白云飘飘霞满天

　　　　　铺开高原好春色

　　　　　看啊　你看啊

　　　　　油菜花开金灿灿

　　　　　金浪滚滚流成河

尕　　鹿：高原的花儿锁不住

　　　　　它是自由飞翔的歌

　　　　　放开善良的花儿王

　　　　　驱除魔法　砸碎枷锁

土　　龙：狂妄的后生听我说

　　　　　高原上一切都属于我

　　　　　若不把花儿宝藏交出来

　　　　　谁也不能从我的魔法中逃脱

　　　　　让黑暗的使者惩罚你

　　　　　让它吸干你们的血

　　　　　哈哈哈哈……

〔狂笑中土龙的身影隐去。

〔灯光变幻，阿朵与尕鹿置身一个幽暗阴森的巨大溶洞中，到处是四处翩飞闪着荧光的蝙蝠，天幕深处的洞口上倒挂着一只硕大的蝙蝠，挡住了阿朵、尕鹿的去路。

蝙 蝠 们：在幽暗的洞窟里展开翅膀

　　　　　　高傲地穿梭来往

　　　　　　我们是神奇的魔法师

　　　　　　用声音探测方向

　　　　　　不爱朝霞和太阳

　　　　　　不爱月光和星光

　　　　　　只愿在夜色里吱吱歌唱

　　　　　　传播流言　造谣诽谤

　　　　　　黑暗是我们的天堂

蝙 蝠 王：这是哪来的声响

　　　　　　脚步轻盈心儿激荡

　　　　　　这是哪来的气息

　　　　　　充满力量飘洒芬芳

　　　　　　莫要让它踏进我的王国

　　　　　　阴谋和肮脏是我们不变的信仰

　　　　　　阻挡他们的脚步

　　　　　　拉开黑暗的屏障

[一声声蝙蝠的尖叫和一道道流窜的荧光，将阿朵和尕鹿压缩在一个狭小的空间里。

[天幕上蝙蝠王挥舞巨大的翅膀向二人迅疾扑来，危急时刻，尕鹿点燃了手中的火炬。

尕　　鹿：来吧　你这黑夜之王

　　　　　来吧　你这阴暗的魔障

　　　　　熊熊燃烧的火炬

　　　　　让丑恶无处躲藏

阿　　朵：来吧　你这肮脏的小丑

　　　　　来吧　你这阴暗角落的蟑螂

　　　　　炽热的火光

　　　　　把通向前方的道路照亮

阿朵、尕鹿：（二重唱）

　　　　　燃烧的火炬啊

　　　　　把黑暗一扫而光

　　　　　心儿和光明在一起

　　　　　谁也不能把我们阻挡

〔歌声中，尕鹿将火炬投向洞窟深处，天幕上燃起熊熊大火，火光中黑暗洞窟轰然垮塌！

〔土龙的身影再次出现，他挥舞手臂，无数怪异的藤蔓像扭动的毒蛇从舞台深处蜿蜒而来，它们伸延着相互缠绕，结成密密的藤网，向阿朵和尕鹿挤压而来。

土　　龙：翻滚的乌云啊

　　　　　遮住天上的星辰

　　　　　犀利的闪电啊

　　　　　打开通向地狱的门

　　　　　毒蛇一样的藤蔓

　　　　　织成无边的罗网

　　　　　茫茫的黑森林

　　　　　困住叛逆的灵魂

　　　　　两个乳臭未干的小辈

　　　　　真是不自量力

　　　　　闯进我的黑森林

　　　　　就难逃覆灭的命运

〔密密的藤网从空中压下来，把阿朵和尕鹿逼到一个黑暗狭小的角落，情势危急万分。

阿　　朵：啊，尕鹿，

　　　　　这黑森林里好冷好暗

尕　　鹿：握住我的手

　　　　　让我们相互温暖

阿朵、尕鹿：（二重唱）

　　　　　热血啊一起奔涌

　　　　　心儿啊紧紧相连

　　　　　手挽手肩并肩

　　　　　让我们共同面对艰险

　　　　　在这无边的黑暗里

　　　　　寻觅光明的彼岸

　　　　　啊

　　　　　为什么看不见你的面容

　　　　　　脚下的路啊知向谁边

〔一束追光下，现出森林深处被铁链锁住的歌仙老人，他仔细地聆听着陷入
　黑暗与困惑中的阿朵和氽鹿的动静。

歌仙老人：胸怀向往就能望穿黑暗
　　　　　　心有火种就能驱走风寒
　　　　　　希望的路啊就在脚下
　　　　　　向前走地阔天宽
阿　　朵：黑暗隔不断连心的语言
　　　　　　寒风吹不灭智慧的火焰
　　　　　　那是我日思夜想的花儿王
　　　　　　高原儿女心中的歌仙

〔阿朵与氽鹿循着老人的声音四处寻觅。

土　　龙：森林中传来的歌声让我心颤胆寒
　　　　　　为什么我的话失去了往日的威严
　　　　　　难道是可怕的时刻就要来临
　　　　　　黑森林的魔法就要化作云烟
歌仙老人：啊　阿朵
　　　　　　敞开你的歌喉
　　　　　　呼唤你的伙伴
　　　　　　让花儿化作飞翔的鸽子

　　　　　让歌声化作正义的利剑
　　　　　携手并肩冲破土龙的魔法
　　　　　划破长夜的黑暗
阿　　朵：歌仙老人话像明亮的星光
　　　　　穿过黑夜照亮阿朵的心房
　　　　　让花儿化作飞翔的鸽子
　　　　　凝聚起高原正义的力量
　　　　　（以花儿《呛啷啷令》的音乐引入《飞翔的鸽子》……）
　　　　　高原的花儿吗哎哟
　　　　　春风里开呀吗哎嘿
　　　　　像飞翔的鸽子
　　　　　噼哩哩哩啪啦啦啦仓啷啷啷朴噜噜噜飞
　　　　　无呀么无阻挡

［远远传来众乡亲的合唱，它们一层层叠加，伴着整齐的步伐声声，声音越来越强，拥上舞台。

众人合唱：高原的花儿吗哎哟
　　　　　春风里开呀吗哎嘿
　　　　　像飞翔的鸽子
　　　　　曾楞楞楞仓啷啷啷劈哩哩哩哩啪啦啦啦飞
　　　　　曾楞楞楞仓啷啷啷劈哩哩哩哩啪啦啦啦飞
　　　　　曾楞楞楞仓啷啷啷劈哩哩哩哩啪啦啦啦飞
　　　　　曾楞楞楞仓啷啷啷劈哩哩哩哩啪啦啦啦飞

　　　　无呀么无阻挡

〔歌声轰鸣回荡……在乡亲们的歌声中，尕鹿浑身充满力量，他挥刀砍断身边藤蔓的网罗，与阿朵一起冲向森林深处被锁在大树下的歌仙老人。
〔乡亲们踏着歌曲节拍走上舞台，在众人愤怒的歌声中，土龙狼狈逃离。
〔舞台变幻，歌仙老人抛掉枷锁跟跟跄跄仰望着自由的蓝天，在众人簇拥下走向那棵长着"大眼睛"的白杨树。
〔老人已经耗尽心力、奄奄一息，他将阿妈从白杨树洞中取出的鹿皮袋交到阿朵手中，深情地唱起生命中最后的歌。

歌仙老人：花儿本是心上的话
　　　　　　不唱是由不得自家
　　　　　　刀子拿来头割下
　　　　　　不死就是这个唱法
阿朵、尕鹿、阿妈：（三重唱）
　　　　　　花儿本是心上的话
　　　　　　不唱是由不得自家
　　　　　　刀子拿来头割下
　　　　　　不死就是这个唱法
歌仙老人：花儿是上天播下的种
　　　　　　在人心深处把根扎
　　　　　　它是各族儿女的爱
　　　　　　强权也不能占有它
　　　　　　唱起它

人心和睦得安宁

唱起它

风调雨顺暖万家

唱起它

兄弟姐妹手挽手

唱起它

真情大爱满心洼

这鹿皮袋中的三千支歌

期待着飞翔在蓝天下

好花儿唱出咱心里的话

字字声声情无价

阿朵啊

带上这鹿皮袋中三千支歌

沿着大江走天涯

放飞花儿诉真情

在五色土上寻觅大爱展芳华

众人合唱： 沿着大江走天涯

五色土上展芳华

江河源头儿女情

花儿就是咱心里的话

〔切光。

第三幕　眼泪的花儿飘远了

〔宽广、悠扬的青海风音乐声中，阿朵背负歌仙老人和乡亲们的重托，准备踏上走向远方寻找五色土上的大爱真情的道路。

〔汲鹿来到阿朵身旁，把放有三千首花儿的鹿皮袋装进行囊和她一道远行。

〔阿妈和乡亲们为两个勇敢的年轻人送行，身着回族、藏族、汉族、撒拉族、土族、东乡族、保安族、裕固族服饰的青年们跳起欢乐的歌舞。

众人合唱： 抓一把家乡的青稞装进行囊
　　　　　摘一朵高原的山花插在耳旁
　　　　　斟一杯浓香的美酒盛满祝福
　　　　　捧一条洁白的哈达挥洒吉祥
　　　　　远行的人儿登路程
　　　　　唱起了好花儿　送你去远方
女声合唱： 索罗罗索罗罗
　　　　　安召索罗罗
　　　　　最美的花儿数阿朵
　　　　　她是高原上最美的歌
　　　　　拉金锁毡帽遮笑脸
　　　　　挽着一个好小伙
　　　　　来来来俏阿朵

　　　　　　良辰美景莫错过

　　　　　　新酿的美酒斟一杯

　　　　　　甜甜蜜蜜两人喝

　　　　　　索罗罗安召索罗罗

男声合唱： 索罗罗索罗罗

　　　　　　安召索罗罗

　　　　　　今天数谁最快乐

　　　　　　笑弯了眼睛在人群里躲

　　　　　　有一个少年叫尕鹿

　　　　　　他摘到了天上的白云朵

　　　　　　来来来　尕鹿哥

　　　　　　良辰美景莫错过

　　　　　　痛饮三杯壮行酒

　　　　　　送你翻山过大河

　　　　　　索罗罗安召索罗罗

阿朵、尕鹿：

　　　　　　一曲花儿万人和

　　　　　　字字声声暖心窝

　　　　　　一曲花儿万般情

　　　　　　姐妹兄弟爱如火

　　　　　　八个民族同声唱

　　　　　　唱起花儿多快乐

　　　　　　喝了这杯壮行的酒

　　　　　　一路春风路宽阔

〔土龙扮作一个满脸胡须的瘸腿老人出现在为阿朵送行的人群里。

土　　龙：黑森林的魔法已经失灵
　　　　　失败的滋味让我痛不欲生
　　　　　邪恶的欲望像野草在心头生长
　　　　　无价的珍宝只能属于我土龙
　　　　　那个装着我野心和欲望的鹿皮袋啊
　　　　　让我为它癫狂为它发疯
　　　　　追踪他们的脚步
　　　　　盯紧他们的行程
　　　　　假装软弱骗取同情
　　　　　（转对阿朵和夵鹿）
　　　　　我是一个可怜的人
　　　　　到远方寻亲无人照应
　　　　　可怜我这年迈的老人吧
　　　　　带上我和你们一路同行
阿　　朵：夵鹿，我们带上他吧。
夵　　鹿：好啊，有个老人同行，还可以帮我们指引路程。

〔颇具时空感的音乐……
〔舞美变幻，天幕上现出茫茫沙海，阿朵、夵鹿与土龙假扮的老人在沙海中跋涉。
〔趁夵鹿不注意，土龙悄悄用匕首扎破水囊偷换下夵鹿存水的皮囊，妄图用断水阻止他们前进的脚步。

土　　龙：什样锦把子的尕刀子
　　　　　　暗地里拔出刀鞘
　　　　　　刀尖对着善良的羊羔
　　　　　　沙海里跋涉的双峰驼
　　　　　　黄风把眼睛迷了
　　　　　　模糊了前方的大道

阿朵、尕鹿：
　　　　　　水干了　嘴也裂了
　　　　　　灼人的阳光像杀人的刀
　　　　　　汗干了　脚也疼了
　　　　　　前方是走不尽的黄沙道
　　　　　　腿软了　心也慌了
　　　　　　瀚海苍茫长风呼啸
　　　　　　望着天边的地平线
　　　　　　一步一步苦苦煎熬

土　　龙：牦牛皮缝成的尕水囊
　　　　　　把甘泉水漏了
　　　　　　希望埋在沙海里了
　　　　　　沉重的行囊压弯了腰
　　　　　　鹿皮袋变成累赘了
　　　　　　不如把它给丢掉

〔尕鹿把鹿皮袋紧紧抱在怀里。

阿　　朵：丢得下行囊丢不下它

　　　　　鹿皮袋是无价的宝

　　　　　丢得下性命丢不下歌

　　　　　鹿皮囊比生命还重要

　　　　　它是高原儿女的心和魂

　　　　　生死和我们在一道

尕　　鹿：忘不掉仇恨丢不下爱

　　　　　丢不下花儿的歌谣

　　　　　流尽了热血丢不下情

　　　　　花儿的歌声在心头缠绕

　　　　　丢不下牵心的鹿皮袋

　　　　　为了它哪怕水长山又高

〔土龙无奈，将尕鹿恨之入骨，恨恨地跟在二人身后艰难地向前跋涉。

土　　龙：阿朵啊，我知道有一条路可以尽快走出沙海，让我在前边给你们引路吧。

阿　　朵：老爷爷，那就辛苦您了！

〔天渐渐黑下来，怪石嶙峋的魔鬼城。

〔呼啸的风声在怪石间肆虐穿过，发出凄厉的声响，阿朵发起高烧，浑身发抖。尕鹿把她扶到一个石崖下，把仅剩的一点水捧在她嘴边。

尕　　鹿：阿朵，你在发烧，喝口水，等天亮了咱们再走。

阿　　朵：我们迷路了，这点水留在最艰难的时候用吧。

土　　龙：这风刮得天昏地暗的，我老头子也找不见路了。我看咱们还是回去吧，俗话说退一步海阔天空，干吗非得自讨苦吃？

尕　　鹿：要回你自己回！

土　　龙：噢……那你们先歇着，我去四处看看。

阿　　朵：别走远，注意安全……

〔土龙悄悄爬到二人所处的石崖顶上准备把一块巨石推下去。

土　　龙：咬人的狗悄不作声

　　　　　吸血的蝙蝠在暗夜里出动

　　　　　为了夺取花儿宝藏

　　　　　我只能孤注一掷拼上老命

　　　　　谁叫你们毁了我称霸高原的美梦

　　　　　我让你们死在这月黑风高的魔鬼城

〔土龙挪动石块微小的声音惊动了机警的尕鹿。

尕　　鹿：耳边悄然掠过一缕寒风

　　　　　为何让我感到心惊

　　　　　没有鸟雀　没有生灵

　　　　　崖顶上为何有沙砾流动

　　　　　魔鬼城处处危机四伏

　　　　　我必须让阿朵远离险境

阿朵，快离开这座石崖！

〔阿朵刚刚离开，一块巨石从崖顶轰然落在她刚刚坐着的地方。从暗影里走出的土龙装作也受到惊吓，假意关怀阿朵。

土　　龙：阿朵啊，你没事吧？这魔鬼城太可怕了！咱们还是赶快离开这个不祥之地。早早回去吧。咦，尕鹿呢？他不会被石头砸在下边了吧？

尕　　鹿：（从石崖旁走出）你是在盼着我死吗？

土　　龙：这后生，咋把人想得这么坏！我还指望着你能带我走出这个鬼地方呢！

〔充满戏剧性的音乐……
〔舞台再次变化：三人来到高山下的一条大河畔，四周是开满野花的原野，阿朵和尕鹿急切地捧起河水畅饮，尕鹿把水囊储满清水。
〔阿朵采摘着七彩野花，她要带着花儿的芬芳一道远行。

阿　　朵：采一束沾满晨露的山花
　　　　　把芬芳带向天涯
　　　　　唱一曲飘香的花儿
　　　　　把爱恋融进心洼
　　　　　采一束金色的野菊花
　　　　　托起天边朝霞
　　　　　摘一簇紫色的木槿花

撩开晨雾轻纱

捧一把红色的山丹花

辉映艳阳似火

蘸一抹蓝色的月亮花

描绘草海如画

七彩的花儿引路程

铺开大道通天下

[土龙一直在伺机寻找盗取花儿鹿皮袋的机会。

[他引尕鹿来到悬崖边,要他去崖上采下一朵最美的山花送给阿朵。

土　　龙：嘿,傻小子,你看!

　　　　悬崖上有一丛美丽的花朵

　　　　昂首吐蕊　娇艳似火

　　　　摘下它送给你的姑娘

　　　　带给她意外的快乐

　　　　噢……

　　　　你若是胆小不敢爬上去

　　　　就当我老汉什么也没说

尕　　鹿：这朵花儿倔强执着

　　　　美丽娇艳　占尽春色

　　　　抓住我的腰带帮我翻过悬崖

　　　　摘来鲜花驱散她的苦累寂寞

［夽鹿把花儿鹿皮袋交给阿朵，让瘸老人抓住他的腰带，一步步攀向山峰边缘。瘸老人假装跌倒，松开了拉住夽鹿腰带的手，夽鹿从崩塌的山崖上跌落进湍急的大河。
［天幕与台口的纱幕映现出"高山崩塌"撼人心魄的情景。
［阿朵狂奔到悬崖边，只看见滔滔奔流的大河，却找不见心爱的夽鹿。
［撼人心灵的音乐……

阿　朵：（焦急呼喊）夽鹿！夽鹿！——
　　　　　远了远了
　　　　　眼泪的花儿飘远了
　　　　　泪花里飘走了夽鹿哥
　　　　　飘走了我的挚爱
　　　　　飘走了我的生命和欢乐……
　　　　　你在身边的时候
　　　　　就是幸福在陪伴着我
　　　　　失去了你的瞬间
　　　　　太阳也藏进了云朵
　　　　　天地变得昏暗阴沉
　　　　　花朵也失去了美丽的颜色
　　　　　远了　远了
　　　　　眼泪的花儿飘远了
　　　　　泪花花涨满这滔滔江河
　　　　　带走了我的爱和牵念
　　　　　带走了我的心一颗

远了　远了
　　眼泪的花儿飘远了
　　飘远了……

〔暗转。

第四幕　花儿在五色土上开了

〔月光下，山野中的石崖前，悲痛欲绝的阿朵抱着尕鹿留下的鹿皮袋陷入失去亲人的迷茫。背景合唱与哼鸣表达着她心中无限的悲哀之情。

众人合唱： 指甲连肉离开了
　　　　　　大羊离开了
　　　　　　小羊羔没吃的奶了
　　　　　　月亮躲进云彩了
　　　　　　我的尕鹿哥离开了
　　　　　　尕鹿离开了
　　　　　　泪花花把眼模糊了
　　　　　　风儿躲进深山了
　　　　　　乌云把天遮黑了
　　　　　　钢刀子把心割碎了
　　　　　　……

土　　龙： 远了　远了　飘远了
　　　　　　死去的再也回不来了
　　　　　　山高水远　前路迢迢
　　　　　　何必认准这一条道
　　　　　　回头看　家乡在望

　　　　　高原上　草海林涛

　　　　　回去吧　回去吧

　　　　　你的阿妈　你的同胞

　　　　　在等你回到家乡的山坳

〔阿朵不为所动，朦胧的泪眼中，她仿佛看见歌仙老人希冀的目光，仿佛看到大江奔流的平川上盛开的牡丹花……

〔灯光映照下，歌仙老人在舞台深远空间的花丛中出现……唱起了花儿《上去高山望平川》。伴随着老人歌声的旋律，舞台渐转明亮，天幕上现出大河沿岸春回大地的美丽景象……

歌仙老人： 上去高山望平川

　　　　　平川里有一朵牡丹

　　　　　……

阿　　朵： 望穿了迷雾和风雨

　　　　　似听见歌仙老人在呼唤

　　　　　砍不断的信念挡不住的春天

　　　　　漫过了江河盖满了山

　　　　　似看见梦中那片五色土

　　　　　花儿与百花在竞相争妍

　　　　　那是花儿向往的地方

　　　　　那是高原儿女的心愿

　　　　　踏平脚下坎坷路

　　　　　风雨艰险不能阻拦

〔歌声开阔了阿朵的心胸，手中的鹿皮袋更坚定了她肩负的使命，她决心强抑悲痛，踏上寻觅理想的行程。

〔土龙见悲痛也难以阻挡阿朵实现歌仙老人心愿的脚步，便扯下假发抽出钢刀，露出了凶狠的面目。

土　　龙：阿朵啊，那个舍了命也要保护你的人死了，尕鹿他死了！快，马上把你手中的鹿皮袋给我！

阿　　朵：（惊愕地）你？——你是土龙！

土　　龙：对　我就是土龙

　　　　　是你永远也翻不过的那座山

　　　　　既然忘不了那个少年

　　　　　不如让你们去另一个世界做伴

　　　　　把花儿的宝藏交给我

　　　　　它是属于我的财产

阿　　朵：花儿是高原儿女的心愿

　　　　　邪恶和强权不能把它霸占

　　　　　花儿是自由飞翔的鸽子

　　　　　乌云怎能遮住蓝天

　　　　　你若是胆敢伸出魔爪

　　　　　我就把鹿皮袋扔进这峡谷深渊

土　　龙：阿朵啊，土龙老爷的脾气可不太好，你还是别惹我生气！快，把鹿皮袋给我。

〔土龙一步步逼向阿朵，阿朵环顾四周，一步步把土龙引向悬崖。趁土龙不备，突然她转变方向与土龙相向而立，二人一同站在了悬崖边上。

［土龙急忙伸手抓向阿朵手中的鹿皮袋，阿朵将鹿皮袋抛向了天空。

［天幕上，慢镜头映现鹿皮袋落下悬崖在空中缓缓翻滚打开的画面，那些歌仙老人的手稿化成了一只只飞翔的鸽子，伴着鸽哨声声飞旋在洒满阳光的蓝天上。

土　　龙：（气急败坏地吼喊）花儿，那是我的花儿！——它们是我的，是我的呀！——

［歌声起，晴空里响起《飞翔的花儿》的合唱：

　　　　大河的浪花吗哎哟
　　　　打石崖呀吗哎哟
　　　　 雪白的鸽子吗
　　　　曾楞楞楞楞仓啷啷啷啷劈哩哩哩啪啦啦啦地飞
　　　　飞呀么飞天外呀
　　　　鸽哨子响来吗哎哟
　　　　百鸟儿唱呀吗哎哟
　　　　满天里的花儿
　　　　清凌凌凌凌红澄澄澄澄蓝英英英红艳艳地飞
　　　　春呀吗春风里来呀

［土龙吼喊着"它们是我的！是我的呀……"踉跄扑倒，滚下山崖。

［歌声与音乐激情伸延……

[阿朵仰望天空里飞翔的那群白鸽,鸽群在音乐声中起落飞旋。

[飞翔的鸽群引来各种羽毛色彩鲜艳的鸟雀在蓝天白云间翩翩飞舞。

[天幕变幻,从航拍飞翔的鸽群推向波澜壮阔的大河,画面愈来愈近,现出水面上一只逆流而上开满七色百花的小船,船头上站着被水乡渔姑救起的尕鹿。

[舞台与天幕影像再变,漫天是飞翔的鸽子与七彩的花朵。

[那只开满百花的小船载着身着多民族服饰的歌者从天幕前驶上舞台,站在船头的尕鹿唱起动情的"花儿"……

尕　　鹿:山崖上有一条登天的路

　　　　　　过山的风

　　　　　　追不上奔跑的尕鹿

　　　　　　阿妹的真情像火炉

　　　　　　暖和着哩

　　　　　　时刻把尕鹿儿呵护

众人合唱:阿妹的真情像火炉

　　　　　　暖和着哩

　　　　　　时刻把尕鹿儿呵护

阿　　朵:大地上有一条清亮的河

　　　　　　绿浪金波

　　　　　　流淌着百花飘香的歌

　　　　　　花丛里看见(者)尕鹿哥

　　　　　　心疼着哩

　　　　　　泪花花把你捧着

众人合唱：花丛里看见（者）尕鹿哥

　　　　　心疼着哩

　　　　　泪花花把你捧着

〔天幕背景转换成中华大地五色土上百花盛开的景象。

〔一队身着各民族服饰姑娘组成的舞队在悠扬的音乐声中载歌载舞，迎接来
　自江河源头的阿朵。

众人合唱：背负花儿行囊

　　　　　怀揣美好向往

　　　　　从江河源头

　　　　　走到江河入海的地方

　　　　　脚踏五色土

　　　　　心儿也芬芳

　　　　　花儿像洁白的鸽子

　　　　　在蓝天里展翅飞翔

　　　　　歌仙老人的心中的花儿

　　　　　在五色土上盛开怒放

　　　　　啊　飞翔　飞翔

　　　　　曾楞楞楞仓嘟嘟嘟嘟劈哩哩哩啪啦啦啦地飞

　　　　　用同一种语言

　　　　　诉说共同的理想

　　　　　啊　飞翔　飞翔

　　　　　曾楞楞楞仓嘟嘟嘟嘟劈哩哩哩啪啦啦啦地飞

冲破束缚心儿的罗网

自由自在地飞翔

让花儿在温暖的阳光下绽放

曾楞楞楞仓啷啷啷啷劈哩哩哩啪啦啦啦地飞翔……

〔剧终。

写于 2010 年 9 月 18 日

歌剧

《情暖大凉山》

（文学脚本）

人　　物：

刘伯承　　红军司令员
肖　诚　　中央红军红一师一团团长
小叶丹　　彝族沽基部落头人
贡　嘎　　彝族罗洪部落头人
阿木日果　彝族罗洪部落少女，贡嘎之女
阿　罗　　彝族沽基部落青年，小叶丹之子
阿　妈　　阿木日果之母

黄树良　　国民党岔罗区民团团长
歪脖子　　副官
沽基部落众老者和众勇士、彝族男女青年群众、民团团丁若干……

序　幕

〔台口纱幕上火光闪闪。

〔随着激烈的戏剧性音乐，纱幕上推出"情暖大凉山"五个苍劲有力的大字。

〔纱幕上滚动现出如下字幕：

　一九三五年春

　大凉山彝族地区

　中国工农红军突破国民党数百万大军封锁，挥师北上，奔赴抗日战场。

〔随着灯光的变幻，舞台不同位置相继出现几个不同时空的场景。

〔场景一〕

〔激烈的音乐声中，夹杂着刀枪的撞击声、嘶哑的吼喊声、沉重的喘息声。

〔舞台灯光亮起，现出纱幕后彝家沽基、罗洪两个部落之间打冤家的惨烈情景。

〔男人们狂野地相互厮杀，不断有人在械斗中倒下。

〔场景二〕

〔音乐转为苍凉、悲慨的广板。

〔打冤家场面暗转，灯光照亮天幕前的平台，踏着音乐的节奏，平台上走过一队身着丧服、牵着孩子的妇女和老人……

女声合唱：活着打冤家

　　　　　死了哭冤家

　　　　　冤家埋在青山下

　　　　　男人倒下了

　　　　　女人活守寡

　　　　　血也飘洒　泪也飘洒

　　　　　同是凉山彝家人

　　　　　为何世代打冤家……

〔场景三〕

〔女人们的场景暗转，灯光照亮舞台一侧的高平台，红一师一团团长肖诚率红军先遣队尖刀班战士在平台上出现。

肖　　诚：突破围困万千重

　　　　　红军挥师展雄风

　　　　　北上抗日歼敌寇

　　　　　借道凉山出奇兵

　　　　　踏近大凉山，一路情况异常。大家提高警惕，乔装进入岔罗区！

众战士：是！

〔切光，肖诚与红军战士隐去。转——

〔场景四〕

〔灯光转而照亮台口前区，岔罗区国民党民团团长黄树良手执剿总密电，口中念念有词。

黄 树 良：红军一部已突破我重兵围剿之防线，正向大凉山一线逃窜。久闻凉山彝家对汉人甚为仇视，望兄不惜手段假红军之名在凉山挑起事端，煽动彝汉仇恨，阻挡红军去路。近日剿总将派专员专程前往为兄颁发嘉奖令……哈哈！我黄树良的机会来了！

〔黄树良转身抖开一件彝家披风将自己紧紧裹起来，灯光骤收，黑暗中只留下黄树良两只贼溜溜眼睛的特写。

〔切光。

第一幕

第一场

〔纱幕升起,舞台上再次现出彝家两部落打冤家的惨烈场景。
〔厮杀愈益激烈,不断有人受伤倒下。

众　　人：刀在闪光　血在流淌
　　　　　　怒火燃烧满胸膛
　　　　　　为何毁掉我出山的路
　　　　　　为何抢走俺活命的粮
　　　　　　为何打伤我山寨的人
　　　　　　为何烧毁我的茅草房
　　　　　　彝家男儿铁铮铮的汉
　　　　　　为何不敢露出你真模样

〔黄树良身着披风蒙面站在一块突出的岩石上,注视着两部落厮杀的情况。
〔他跳下山岩,在披风的掩盖下,混迹在两部落中间,不断制造着双方的误会,
　挑拨着两部落的仇杀。
〔沽基部落头人小叶丹与罗洪部落头人老贡嘎凶狠地搏杀在一起。

贡　　嘎：小叶丹，平时我敬你是条汉子，处处让你几分。今天，为什么你纵容手下人勾结汉人毁掉了我罗洪部落出山的路？！

小 叶 丹：明明是我沽基部落的房屋被烧、粮食被抢，你却反咬一口，还伤了我的弟兄。老贡嘎，你不配做彝家人！

［二人更加凶狠地打斗在一起。
［黄树良渐渐接近两位头人，从披风下掏出手枪瞄准了小叶丹。
［枪响了，但小叶丹与贡嘎在搏斗中陡然互换位置。子弹击中了老贡嘎的手臂。

小 叶 丹：什么人？！

［小叶丹听见枪响，陡然清醒，遂转身扑向蒙面人，黄树良仓皇逃走。小叶丹手疾眼快一把扯掉了他的披风，现出他汉族人装束的背影。
［黄树良将一顶红军军帽丢在山岩下，匆匆逃离械斗的现场。
［枪声警醒了两部落的彝家人，两位头人望着黄树良远去的身影，挥手制止了这场械斗。

小 叶 丹：贡嘎，不要打了！
青　　年：那是个汉人！他披风下穿的是汉人的衣裳。
老　　人：彝家寨打冤家，怎么来了汉人？

［小叶丹捡起那顶红军军帽，陷入沉思。

小 叶 丹：彝家寨没有扎紧篱笆墙

	大凉山溜进了豺狼
贡　　嘎：	毒雾迷惑了山鹰的眼睛
	乌云飘过咱彝家山乡

小叶丹、贡嘎：

这顶汉人的军帽来自何方

它是暴风雨来临的征象

它是灾祸降临的警示

彝家山寨将要面对带血的刀枪

众　　人：（七嘴八舌地）乌鸦的羽毛黑，不如汉人的心黑；吸血的蚂蟥坏，不如汉人的心肠坏。

小　叶　丹：手捧着军帽心如潮涌

似看见满山烽火血雨腥风

为什么挑动彝家部落打冤家

为什么蒙面人鬼鬼祟祟藏在暗中

这是威胁还是警告

不由得让人疑云满胸

彝家人不能让豺狼踏进家门

我必须安鹿砦封锁路径

传我的号令，各部落紧闭寨门，安放鹿砦，切断进山路径，决不让汉人官兵踏进大凉山！

贡　　嘎：扎紧篱笆墙

扯起吊脚桥

紧握矛和枪

擦亮砍山刀

小叶丹，今天的事情不算完，咱们的账随后再算！彝家寨谁要和汉人来往，就是这个下场！

［老贡嘎手起刀落，一棵碗口粗的树被他齐腰砍成两截。
［众人环顾四周，警惕地退场。
［切光。

第二场

［凛冽的风声。
［远方传来的隆隆枪炮声，天幕上时而闪现一道道火光。
［急促的音乐。
［肖诚率先遣队悄然上场。
［舞台后侧的山峰上战士们顺葛藤滑下。
［凌乱的、兵器破空的声音。
［突然，一支锋利的响箭射在肖诚身边的大树上。
［肖诚拔下响箭，陷入沉思。

彝族小战士：团长，按我们彝家的风俗，这支响箭代表着明显的敌意，是不许咱们走近彝家山寨的信号。

［远方的炮声再次响起，更加清晰、迫近，山林中夜鸟惊飞。

肖　　诚：手捧响箭心潮难平

听后方追兵急枪炮声声

前路上彝家人

又来阻挡前进路径

白匪军在凉山烧杀横行

彝家人受迫害怒火满胸

将天下汉族人都视为敌人

放利箭阻挡我前进的路程

恨不能插双翅飞越险峰

困难时更需要沉着冷静

临危不乱巧用兵

咱们先遣队刚刚到来，但大凉山却有人似乎早已听到了风声。同志们，出发前刘伯承司令员指示我们，多年来这一带彝族群众，深受白匪军和国民党民团的迫害，对所有的汉族人都充满了敌意，此次红军通过大凉山必将遇到重重障碍。我们一定要依靠党的民族政策，取得彝族人民的信任，争取尽快打通红军北上的道路！

众 战 士：是！

肖　　诚：注意掩护，继续前进！

［天幕上映出红军战士们雄鹰一样矫健的身影，他们从两山间的溜索上鱼贯滑向前方的山峰。

［幕落。

第二幕

〔雾气迷蒙的清晨。
〔晨雾中,舞台现出两座对峙的山峰,两山中间是一道深深的峡谷,峭壁危崖,开满野花,条条野藤垂挂在悬崖边。
〔山那边是彝家沽基部落的山寨,山这边的是彝家罗洪部落阿木日果姑娘的家。
〔大青树下露出阿木日果家木屋的一角。
〔轻快的音乐声中闪现着鲜明的彝族音乐元素,美丽的彝家姑娘阿木日果从大青树后走来,向着对面山崖轻轻地拨响口弦。

阿木日果:彝山翠竹青又青
　　　　　风摇竹林心也动
　　　　　山那边有我的心上人
　　　　　拨响口弦传深情
　　　　　叮叮咚　叮叮咚……
　　　　　阿哥若是有情人
　　　　　快把山歌唱几声

〔随着阿木日果的口弦与歌声,清脆的月琴声从远方传来。一声口弦,一声月琴回应;又一声口弦,又一声月琴回应。琴声越来越近,身披黑红两色斗篷的沽基部落青年阿罗出现在对面山崖上。他拨开崖边的花树向着阿木日果唱起情歌。

阿　　罗：月琴响哟口弦轻

　　　　　阿妹的歌声最动听

　　　　　山再高　谷再深

　　　　　风再猛　雾再浓

　　　　　高山深谷隔不断

　　　　　我对阿木日果的一片情

〔阿罗把月琴背在身后，抓住山间野藤飞越峡谷来到阿木日果身边。

阿木日果：阿罗哥，谁让你到山这边来啦！要是让我们罗洪人看见你，咱们两个部落又得打冤家，闹得鸡犬不宁了。

阿　　罗：打冤家，打冤家，打来打去还不都是彝家人打彝家人。

阿木日果：我和小姐妹们也都恨死了打冤家。要不是因为打冤家，咱俩的事早就该告诉我阿妈了！

阿　　罗：阿木日果，你说阿妈能同意咱俩的事吗？

阿木日果：阿妈最疼我了，只要我想做的事，她都会同意，就是怕阿爸他……

〔俩人说话之间，茅屋后传来阿妈叫阿木日果的声音。阿木日果急忙拉着阿罗藏在大青树后面。

阿　　妈：阿木日果，阿木日果……

〔阿木日果悄悄绕到阿妈背后，猛然将一枝鲜花伸在她面前，把阿妈吓了一跳。

阿木日果： 阿妈！

阿　　妈： 这孩子，总也长不大！

阿木日果： 谁说我长不大？我都行过"沙拉洛"换裙礼了！

　　　　　穿上了百褶裙多么漂亮

　　　　　花头帕银耳环闪闪发光

　　　　　跳起了摆裙舞飘飘洒洒

　　　　　阿木日果变成了金色凤凰

阿　　妈： 凉山的妥底玛依花开了，我的阿木日果也长大了。阿木日果啊，行过"沙拉洛"换裙礼，穿上摆裙，你就是大姑娘了！这些天呐，上门为你提亲的媒人都快把咱家的大门挤破了！

　　　　　阿木日果像鲜花吐露芬芳

　　　　　不由得老妈妈喜在心上

　　　　　说亲的媒人们踏破了家门

　　　　　阿妈我正为你赶做嫁妆

阿木日果： 菁竹林离不开山坡，白浪花离不开小河。阿木日果离不开阿妈，就像银项圈紧贴着心窝。阿妈，我不出嫁！我要守着您过一辈子！

阿　　妈： 傻丫头！女孩子哪有不出嫁的。阿妈若是老把你留在身边，山寨里的后生们就都要戳着后脊梁骂我这个老太婆了！

阿木日果： 不嫁，人家就是不嫁嘛！

阿　　妈： 不嫁？

阿木日果： 不嫁！

阿　　妈： 真的不嫁？

阿木日果：真的……不……不嫁！

阿　　妈：阿木日果说不嫁真真假假

　　　　　笑脸上红云飞骗不过妈妈

阿木日果：老阿妈一双眼看穿心事

　　　　　倒教我急切间无言回答

　　　　　莫不如将实情细说端详

　　　　　榕树后叫出来我的那个他……

〔阿木日果羞涩地呼叫阿罗，阿罗甩开斗篷，从榕树后的山崖上跳下，二人一起来到阿妈面前。

阿木日果、阿罗：阿妈！

阿　　妈：山崖上飞来了一片红霞

　　　　　原来是阿木日果引来冤家

　　　　　沽基人罗洪人同在彝山

　　　　　两部落结冤仇世代仇杀

　　　　　今日里他二人同来拜望

　　　　　倒教我费思忖心乱如麻……

阿木日果：阿妈莫要愁满面

　　　　　天大事儿我承担

　　　　　沽基罗洪本一家

　　　　　世代仇杀为哪般

阿　　罗：彝寨山水紧相连

　　　　　漫山竹林根相牵

　　　　　我与阿木日果情意真
　　　　　只盼结成好姻缘
　　　　　同心连起彝家人
　　　　　永保凉山得平安
阿　　妈：孩子啊，阿妈的心你们应该知道。你俩这事儿，咱们再一起想想办法……

〔突然，幕后传来嘈杂人声，岔罗区国民党民团团长黄树良带领众团丁持枪上场。

黄　树　良：中央军来密电加封加赏
　　　　　　夸奖我黄树良智谋高强
　　　　　　打冤家播迷雾假扮红军
　　　　　　点燃起彝家人怒火满腔
　　　　　　早听说阿木日果多情漂亮
　　　　　　今日里来提亲了却我日思夜想
歪　脖　子：好一个阿木日果野花飘香
　　　　　　枉生在彝家寨僻壤穷乡
　　　　　　黄团长有权势风流倜傥
　　　　　　做他的四姨太多么风光
黄　树　良：歪脖子，不准对阿木日果姑娘无礼！

〔阿木日果厌恶地避开黄树良。
阿木日果：癞皮狗咬不着天上月亮

　　　　　白日里做美梦一枕黄粱
　　　　　彝家人和汉人水火难容
　　　　　想娶我彝家女痴心妄想
黄 树 良：我黄某在凉山辛苦驻防
　　　　　建民团为桑梓造福一方
　　　　　今日里来山寨求亲联姻
　　　　　为的是保彝家世代安康
　　　　　听说是从南方来了红军
　　　　　要扫荡彝家寨占山为王
　　　　　共产党举红旗"共产共妻"
　　　　　阿木日果嫁给我就有了保障
　　　　　咱民团有枪有炮兵强马又壮
　　　　　我黄树良保凉山固若金汤
阿　　妈：黄树良今日里假装善良
　　　　　笑脸下包藏着蛇蝎心肠
　　　　　汉家人欺凌我彝家父老
　　　　　一笔笔血泪账记在心上
　　　　　我岂能让阿木日果身陷虎口
　　　　　彝家人骨头硬不畏豪强
黄 树 良：来人啊，送上彩礼！
团 丁 甲：一坛美酒，两床花被，三箱衣裳。
团 丁 乙：四匹花布，五匹绸缎，六只肥羊。
团 丁 丙：七条火腿，八只山鸡，九对蹄髈。
团 丁 丁：十全十美，彩礼周全，喜气洋洋。

歪　脖　子：老太婆，如今咱们黄团长兵强马壮，你家丫头嫁过来，这罗洪部落贡嘎头人和黄团长可就是一家人了，咱不光不怕红军，下次再打冤家，那小叶丹他就是咱们民团的对头。有黄团长为你们撑腰，我看这大凉山啊，今后该是罗洪部落老贡嘎的天下了！我说老太婆，快收下彩礼，送姑娘上路吧！

阿　　妈：彝家不和汉人通婚，更不敢高攀您团长大人，黄团长，您请回吧！

歪　脖　子：给脸不要脸是不是？只要我们团长看上哪个姑娘，还没有人敢说半个不字。来人，给我抢！

〔阿罗由树后跳出，拔出腰刀挡住众团丁。

阿　　罗：见此情不由人怒火万丈
　　　　　　狗强盗白日里竟敢逞凶狂
　　　　　　为阿木日果甘抛洒一腔热血
　　　　　　舍生死救亲人刀劈豺狼

〔阿罗挥刀劈向黄树良，与众团丁搏杀在一起。
〔老阿妈拿起一根竹杖挡住众团丁，向阿木日果二人高喊。

阿　　妈：阿木日果，阿罗，你们快走！
阿木日果、阿罗：阿妈，你……
阿　　妈：阿罗，快走，我把阿木日果交给你了！快，快走！

〔阿罗抓住山崖边的藤条,先让阿木日果飞过山谷,待藤条悠回,自己正欲再次飞越峡谷时,却被黄树良一枪击中,摔下山崖。

阿木日果:(在山崖对面惊呼)阿罗!

〔众团丁把老阿妈打倒在地。

阿木日果:阿妈!

〔阿木日果抓住藤条飞回来营救阿妈,众团丁一拥而上抓住了她。

歪 脖 子:不识抬举的老东西!

〔在黄树良示意下,歪脖子恶狠狠举刀劈向阿妈,阿妈倒在血泊中。

阿　　妈:(含恨倒下)……我们彝家人……决饶不了你!
阿木日果:(悲愤地)阿妈!

〔众团丁抓阿木日果下场。
〔黄树良拿出一只红军袖标,蘸上阿妈的鲜血,悄悄丢在尸体旁,转身下场。
〔急切光。

第三幕

〔岔罗区，国民党民团驻地。

〔腾腾烟雾中，众团丁正在喝酒、划拳、推牌九、掷骰子，屋子里一片乌烟瘴气。

〔黄树良被他的三个姨太太围着，一杯接一杯地喝着酒。

团 丁 甲：六六六啊，八仙寿啊，

团 丁 乙：五魁首啊，全都有啊，

团 丁 丁：七个巧啊，全来了啊！喝，喝……

黄 树 良：想当年诸葛亮计谋高强

怎比我黄树良威震四方

八百里大凉山彝民强悍

引他们打冤家我乱中为王

抢阿木日果杀阿罗一箭双雕

种仇恨阻红军让他两败俱伤

但愿这小姑娘顺从归降

饮佳酿拥美人遂了我的心肠

歪脖子，再拿几顶红军帽和红军袖标给兄弟们备着，到四乡催粮讨米时戴上，一定要打着红军的旗号。

歪 脖 子：黄团长真是老谋深算，这红军还没在岔罗镇露面，咱先就让他们臭名远扬了！（拿两顶伪造的红军帽给团丁）来，来，

　　　　　　拿着，拿着！

〔舞台一侧的铁窗中，满面血痕的阿木日果摇撼着铁窗高喊。

阿木日果："黄鼠狼"，你放我出来！放我出来！
黄 树 良：小美人，要放你也不难。只要你答应做我的四姨太，咱们来个彝汉联姻，我黄树良就成了罗洪部落头人老贡嘎的乘龙快婿。到时候，我保证让你风风光光地回到罗洪山寨……
阿木日果：呸！彝家人死也不嫁给你这样黑心的汉人！
歪 脖 子：敬酒不吃吃罚酒不是？让你吃一顿鞭子，你才知道老子的厉害！

〔一个团丁气喘吁吁地跑上。

团　　丁：报，报……报告团长，有一支队伍进到街里，咋也拦不住。我和二狗子的枪都让他们给下了。
黄 树 良：敢下咱民团的枪？他吃了熊心豹子胆啦！
团　　丁：咳，人家根本不把咱民团看在眼里。那个领头的官儿派头大得吓人，他身边有个大个子，手提着盒子炮，俩眼一瞪像丈二金刚，吓得我腿肚子直转筋！我看八成是国军的正规军。
黄 树 良：噢，一定是剿总李司令派人给我送嘉奖令来了！弟兄们，赶快收拾残局，开门迎客！

〔众团丁扔掉牌九、酒瓶，抓枪支，穿鞋，戴帽，乱作一团。歪脖子匆忙间戴上了伪造的红军帽子。

〔突然间,大门忽地一下被推开,肖诚率红军先遣队乔装走进大厅。

肖　　诚:过群山越险峰沐雨餐风
　　　　　来到这岔罗镇探查敌情
　　　　　人说是黄鼠狼蛇蝎心肠
　　　　　我倒要施巧计请君入瓮

黄 树 良:长官远道而来,有失远迎。不知长官是哪个部分的?来到本区有何贵干?

肖　　诚:军事机密岂是你能过问的事情!

黄 树 良:剿总李司令来电说,半月之后红军残部有可能逃窜到大凉山一带,要我民团加强戒备,黄树良不能不防。

肖　　诚:你就是黄树良?

黄 树 良:正是在下。

歪 脖 子:我……我是黄团长的副官,李副官。

肖　　诚:(看见歪脖子戴的红军帽)噢,李副官什么时候当了红军?!

歪 脖 子:这,这是假的……是我们黄团长布下的迷魂阵,干坏事的时候就戴上这红军的帽子。哎,我歪脖子对党国可是一片忠心啊!

肖　　诚:就冲你这份忠心,待会儿我一定大大地奖赏你!

歪 脖 子:多谢长官……

肖　　诚:黄团长,岔罗镇民团共有多少人,多少支枪?

黄 树 良:(沉吟地)这个嘛……

歪 脖 子:(抢着献媚)这个我清楚!

　　　　　(数板)

　　　　　镇口上一个班值勤站岗

　　　　　二狗子李阿猫四处瞭望

　　　　　街里边两个班严密设防

　　　　　老套筒汉阳造威震八方

　　　　　小六子腿脚快联络传信

　　　　　还有咱黄团长的亲兵队坐镇中央……

　　　　　吃军饷的总共28个人。至于枪嘛，不怕您长官见笑，能打响的有13支，外加几根吓唬人的铁铳和梭镖，咱黄团长还有一支美国造的勃朗——啊——宁。

肖　　诚：看来，李司令眼力不错，黄团长的民团真是兵强马壮啊！

〔黄树良听肖诚话锋，不禁从旁暗暗察看肖诚一行的举动。

黄 树 良：观此人仪表堂堂一语双关

　　　　　不由得雾里看花方寸缭乱

肖　　诚：黄树良寡言少语行为阴险

　　　　　布疑阵定要让他真假难辨

黄 树 良：他那里声声询问令人胆寒

　　　　　我必须小心应对察看周全

肖　　诚：我这里探查敌情仔细盘问

　　　　　摸情况巧周旋让他口吐真言

黄 树 良：李副官，摆桌子开酒筵，给长官接风！

歪 脖 子：是，摆桌子开酒筵，给长官接风啊——

肖　　诚：且慢，好酒不怕开瓶迟。请问黄团长，要过这百里大凉山哪条路是捷径，一路上有多少关隘险阻？

〔黄树良沉吟片刻，下定决心危言耸听、惑人耳目。

黄 树 良：这个嘛……长官且听我慢慢道来
　　　　　说起这大凉山让人胆寒
　　　　　山涧上独木桥万丈高悬
　　　　　走一步颤三颤脚步难移
　　　　　望一眼心发抖气也难喘
　　　　　深山里路崎岖林木接天
　　　　　猿猴叫野狼嚎毒蛇盘旋
　　　　　密林里积满了百年的枯木落叶
　　　　　晨昏时候雾色迷蒙瘴气弥漫
　　　　　孔明寨八卦阵怪石丛生
　　　　　若是陷进去啊——
　　　　　百万兵也难免命丧黄泉

肖　　诚：照你这么说，这大凉山是过不去了？
黄 树 良：话也不能这么说，当地的彝家人倒是熟悉路径，可要想让这些刁民领路，更是比登天还难！
阿木日果：（在铁窗里呼喊）"黄鼠狼"，你放我出来……
黄 树 良：你看，这里就有个彝家小妞，不信你问问她。李副官，把那个小妞拉出来！

〔歪脖子打开铁锁，将被捆绑着的阿木日果从侧屋中推出来。

黄树良：阿木日果啊，好好回长官的话，话回得好，长官高兴了，我重重有赏！

阿木日果：呸！

〔肖诚看见被绑的阿木日果，关切地走向她，阿木日果充满仇恨地躲开。

肖　　诚：小阿妹受鞭笞血透衣衫
　　　　　　不由人心头怒火翻卷
　　　　　　狗民团仗权势欺压百姓
　　　　　　彝家人受欺凌恨满心间
　　　　　　关键时我必须当机立断
　　　　　　惩匪徒救姑娘逃脱苦难
　　　　　　小妹妹，你受苦了！

阿木日果：（自卫地）别过来，你们汉人没有一个好东西！

〔歪脖子举起皮鞭，抽向阿木日果，肖诚急步上前，扼住他的手腕，夺过皮鞭。

肖　　诚：住手！

歪脖子：长官，对这些刁民不能手软。让她尝尝鞭子的滋味，打她个皮开肉绽，才知道马王爷三只眼！

肖　　诚：打死她，谁给我带路通过凉山呐？

黄树良：长官息怒，长官息怒，李副官不懂事，长官别和他一般见识。

歪脖子：噢——我该死，该死！长官初到凉山，一路辛苦！为您接风的酒席已经备好，黄团长还等着您颁发剿总李司令的嘉

　　　　　　奖令呢！

肖　　　诚：我带来的不是什么嘉奖令，而是八百里凉山彝汉人民对你们
　　　　　　的清算！

黄 树 良：长官，你——？

肖　　　诚：我就是让你们心惊胆战、日夜寝食不安的红军。

众 战 士：不许动！

黄 树 良：（惊呼）弟兄们，咱们上当了！抄家伙，扯乎！

　　［一场近距离的激烈搏杀。
　　［战士们分别夺下众团丁手中的枪支，并将其一个个打翻在地，歪脖子欲逃
　　　跑，被一位战士击毙。
　　［混战中，肖诚紧盯着黄树良，黄树良抓住尚被绳索捆绑着的阿木日果挡在
　　　身前，肖诚投鼠忌器，不敢贸然开枪。
　　［黄树良猛然将阿木日果推向肖诚，从窗口跳出，仓皇逃走。众战士鸣枪追击。
　　［肖诚扶起被黄树良推倒在地的阿木日果，为她解开绑在身上的绳索。

肖　　　诚：小妹妹，不要害怕，我们送你回家。

阿木日果：回家？你们放我回家？

肖　　　诚：是啊，送你回家！小妹妹，黄树良虽然逃跑了，但我们一定
　　　　　　会抓住他，为你报仇雪恨。

阿木日果：你们是——？

肖　　　诚：我们是中国工农红军，咱们老百姓的子弟兵。

阿木日果：红军？前两天挑起我们彝家两个部落打冤家的也是一个红军！

肖　　　诚：这些坏东西栽赃陷害，真是卑鄙无耻！告诉你小妹妹，在我

们之前，红军从没有到过这里，我们是踏上大凉山的第一支红军队伍。红军有严明的纪律，我们决不会做伤害彝家的事，因为红军和天下的老百姓是一家人。

阿木日果：红军和俺彝家也是一家人？

肖　　诚：是啊，红军和彝族兄弟姐妹也是一家人！

阿木日果：那你们是不是汉人？

肖　　诚：小妹妹！

　　　　　中华民族大家庭

　　　　　各族人民皆平等

　　　　　红军里也有彝家人

　　　　　汉人里也有千千万万好弟兄

　　　　　五湖四海到一起

　　　　　血脉相连心相通

　　　　　兄弟姐妹手挽手

　　　　　同为人间除不平

彝族小战士：阿姐，我叫岩松，也是彝家人。他是我们红一军的肖团长。

〔肖诚和小战士摘下包头，露出八角帽上的红星，阿木日果望着红星，脸上露出了笑容。

阿木日果：红军大哥，你们千万别放过"黄鼠狼"这个大坏蛋！这些年，他们可把彝家人害苦了！走，我给你们带路，咱们去追"黄鼠狼"！

肖　　诚：谢谢你，小妹妹！（转身对红军战士）同志们，一排留在岔罗镇开仓放粮，赈济百姓。二排加强警戒，严防民团余孽趁火打劫、制造事端。三排向乡亲们收买稻草，做好迎接大部队在户外宿营的准备。记住，一定要严守纪律，不准惊扰当地彝族群众的正常生活。尖刀班，随我整队出发！

众战士：是！

〔切光。幕急落。

第四幕

〔入夜,彝家沽基部落山寨。

〔在明亮的火把照耀下,彝族头人小叶丹与部落的长老们枕戈待旦,以火把节之夜为掩饰,密切注视山下风雨欲来的动向。

〔欢快的彝族音乐……

〔小叶丹来往于各组人群之间,不时与几位长者耳语。

〔外面不时有手执矛戈、枪刀的青年在暗中巡逻。

〔群体的彝族舞蹈。

〔小伙子们弹着月琴,姑娘们拨响口弦,舞台上一派浓郁的彝族风情。

女声合唱:圆月亮高挂在大凉山上
　　　　　火把节点燃了满天星光
　　　　　赛思赛　赛思赛……
男声合唱:阿哥的月琴声淙淙流淌
　　　　　阿惹妞口弦响拨动心房
　　　　　赛思赛　赛思赛……

〔男女青年们跳起轻快的舞蹈,场上一片欢乐之情。

小　叶　丹:山寨里欢歌起舞脚踏月光

　　　　　为的是点亮火把照亮山岗

　　　　　大凉山布下了天罗地网

　　　　　彝家人枕戈待旦谨防豺狼

〔突然，此起彼伏的牛角号声从山下传来，一声吼喊打破了欢乐的气氛，青年甲手持砍山刀，押着身着彝族服装、粘着满脸胡须的黄树良上场。

小 叶 丹：猛听得山门外警号鸣响

　　　　　不由人一阵阵心意彷徨

　　　　　究竟是哪方的人哟哪方的客

　　　　　深夜里闯山寨是何心肠

青 年 甲：小叶丹头人，豺狼的脚步惊扰了孔雀的舞蹈，乌鸦的聒噪打断了杜鹃的歌唱，这个山外汉子鬼鬼祟祟闯进彝寨，踩脏了我们火把节的月光。

小 叶 丹：阁下何人？为何深夜闯进我彝家山寨？

黄 树 良：莫要让山歌声醉了心房

　　　　　莫要让摆裙舞遮住目光

　　　　　大凉山已经是灾难临头

　　　　　风满山云满天祸起萧墙

小 叶 丹：几片乌云遮不住月亮

　　　　　乌云散了月亮依然挂在天上

　　　　　彝家人不怕山林里野兽猖狂

　　　　　豺狼来了我们有自卫的刀枪

　　　　　你究竟是什么人，竟敢来这里扰乱彝家节日的欢畅？

黄树良：我当然是彝家人的朋友，不然的话怎么会冒着生命危险夜闯山寨。尊敬的头人，你可知道，在你们沽基部落踏着火光尽情歌舞的时候，罗洪部落的人已经引着汉人官兵踏进了大凉山！

小叶丹：（凛然一惊）噢，此话当真？！

黄树良：句句是真！

小叶丹：是你亲眼所见？

黄树良：我亲眼所见！

小叶丹：分明是挑拨离间、一派胡言！我与罗洪部落虽然不和，但我却知道老贡嘎绝不会把汉人的官兵带进大凉山。大敌当前，谣言惑众，把他拉下去砍了！

黄树良：都说是小叶丹头领精明过人，今天看来也不过是个凡夫俗子！杀我容易，但汉人的军队马上就要来血洗你的沽基山寨了！尊敬的头人啊，快让您的武士们拿起刀剑阻止他们踏进彝山吧，再晚可就来不及了！

小叶丹：他的话不由人暗暗思忖
　　　　言语间藏利剑弦外有音
　　　　他为何冒生死夜上彝山
　　　　又为何对彝家如此挂心
　　　　真与假难分辨切莫鲁莽
　　　　这其中必然有意外原因

〔黄树良见小叶丹似乎心生疑惑，不由得心中暗喜。
〔又一彝家青年急步上场。

青 年 乙：报告头人，一队汉人官兵已经来到山脚下。

小 叶 丹：人有多少？

青 年 乙：夜色黑，山路窄，草莽间看不清人有多少。

小 叶 丹：何人带路？

青 年 乙：带路的女人好像是罗洪部落头人老贡嘎的女儿阿木日果。

黄 树 良：（见有机可乘急忙插话）怎么样，我的话不假吧？罗洪部落早就和汉人官兵暗中勾结，他们要踏平沽基山寨，独霸凉山！

小 叶 丹：老贡嘎欺人太甚！

彝山陡然起风云

教人怒火燃在心

罗洪部落太不该

引狼入室勾汉人

凉山本是彝人家

岂容他人来侵吞

来来来

且布下刀丛剑树风云阵

点燃起松明火把照山林

看我彝家好儿女

长刀梭镖保家门

沽基山寨的勇士们，准备好刀箭、梭镖、长矛、火铳，听我的号令，咱们誓与汉人官兵决一死战！

众 人：誓与汉人官兵决一死战！

［随着小叶丹的命令，山寨里顿时松明火把如昼，矛剑刀枪如林。

〔青年丙急步上场。

青 年 丙：报告，外面有个汉人长官要来拜见小叶丹头人！
小 叶 丹：来得好快啊！看来，今天我彝家人是躲不过一场血雨腥风的厮杀了！
黄 树 良：小叶丹头人啊，千万别让他进寨！那家伙可是心狠手辣、诡计多端，让他进寨就好比虎入羊群啊！
小 叶 丹：噢，你莫非认识他？
黄 树 良：……啊，不，不！我是说切不可轻信汉人……

〔小叶丹沉吟片刻，猛然昂头挥手。

小 叶 丹：云来雨要落，祸来躲不过。勇士们，笑对刀剑丛，迎接远方客！

〔小叶丹话音方落，彝族青年勇士们立即手握腰刀向两旁闪开一条通道。
〔肖诚在阿木日果引领下气宇轩昂地上场。

肖　　诚：（对台侧红军战士）同志们，没有我的命令谁也不准踏进彝家山寨一步！不准惊扰百姓，不得损坏凉山的一草一木！
众 战 士：是！不惊扰百姓，不损坏凉山的一草一木！

〔肖诚转身心怀坦荡地从彝族青年勇士们刀枪列成的通道中走上舞台。

肖　　诚：眼望着彝家山寨刀光影

更感到肩头责任千斤重
今日里满怀真情进彝寨
笑微微昂首阔步闯刀丛
谨记住司令员谆谆叮咛
坦荡荡消融仇恨化坚冰
一腔热血一腔爱
洒向彝山育花红

阿木日果： 小叶丹阿叔，红军的肖团长来看您来了！

〔走过刀剑丛，肖诚满面笑容、潇洒地解下腰上的皮带和手枪，交给身旁的彝族青年。
〔小叶丹与众老者对肖诚此举颇感愕然。

长 者 甲： 这位长官，不知你来到大凉山，对我彝家人这等迎客的盛情有何感想？

肖　　诚： 望着漫山火把松明
似看见彝家人坦荡的心胸
望着山寨闪光的刀剑
我感到勇士们的无畏英勇
朋友相见　最贵真诚
我愿和你把酒临风论英雄
来得匆忙，我没有准备什么礼物。但为了表达红军对您的敬意，我把这支随我闯过无数枪林弹雨的手枪送给您，作为我们初次见面的礼物，请小叶丹头人务必收下。

小 叶 丹：（本能地拒绝）哎——小叶丹怎能无功受禄！（对持刀剑围
　　　　　住肖诚的众勇士）退下！

〔随着小叶丹挥手示意，勇士们收起刀剑，虎视眈眈分列两旁。

长 者 甲：（悄声对小叶丹）我看此人气宇轩昂、落落大方，行为举止
　　　　　与一般汉人大不相同。礼物虽轻，可情意深重，这礼物么，
　　　　　不能推辞不受。

〔小叶丹轻轻点头，似为长老甲言语所动。

黄 树 良：不可，不可！小叶丹头人，千万别上这家伙的当！利器脱手
　　　　　乃兵家大忌，他心爱的随身佩枪若是落到您的手里，将会是
　　　　　他血洗沽基彝家山寨的最好理由啊！

小 叶 丹：（倒吸一口凉气）这个……

阿木日果：（似乎认出黄树良）这个人的声音好熟啊……他？小叶丹阿叔，
　　　　　不要相信这个人！

黄 树 良：（一惊，急忙镇静下来用披风遮住半边面孔）不要相信我，
　　　　　难道让小叶丹头人相信你？如果没有你这个彝家的叛逆领路，
　　　　　汉人军队怎么能深夜闯上沽基山寨？

阿木日果：（急切间一时语塞）你，你……

黄 树 良：你说，你说啊！哈哈……

肖　　诚：（从言语间感到此人颇为可疑）这位朋友看来不是彝家人，
　　　　　但你对彝汉民族之间的恩怨似乎了如指掌，嗯——我们好像

　　　　　　见过面？

黄 树 良：（再次遮掩面孔）哪里，哪里，我与阁下素昧平生，从不相识。

［一时间，场上出现了僵持不下的局面。
［音乐声中，小叶丹、肖诚、阿木日果、黄树良四人各怀心思，心中暗暗筹
　谋着对策。

肖　　诚：看此人假装好心藏头遮面
　　　　　　我必须巧分辨细细察看
阿木日果：这个人言语间狡诈阴险
　　　　　　还想要挑拨离间加深仇怨
黄 树 良：心也惊胆也战　我只能乱中求生
　　　　　　暗地里搅浑这池水一潭
小 叶 丹：霎时间山寨里迷雾一团
　　　　　　他三人是敌是友实难分辨

［肖诚见局面复杂，急忙出面打破僵局。

肖　　诚：小叶丹头人……
　　　　　　国民党围追红军挑起内战
　　　　　　全不顾日寇横行国土沦陷
　　　　　　这一次红军队伍借道凉山
　　　　　　为的是北上抗日逐鹿中原
　　　　　　久听说彝山首领小叶丹

　　　　　有谋略明大义英雄肝胆

　　　　　盼望你胸怀坦荡开大路

　　　　　帮助红军借道北上保卫家园

小 叶 丹：（满怀疑虑地）贵军此次来到彝山，难道仅仅是为了借路通行？

黄 树 良：是啊，为什么放着通衢大路不走，火车轮船不坐，那么多的队伍却偏偏要远道绕行凉山彝寨，穿越这常人难以通行的荒山野岭？

众 老 者：（七嘴八舌）是啊，那么多条大路不走，为什么偏偏要从我们凉山通过？！

肖　　诚：兵法云，兵贵神速，出奇方能制胜。国民党反动派为了阻挠红军北上抗日费尽了心思，他也以为我们一定会走通衢大道，可红军却要剑走偏锋，反其道而行。

小 叶 丹：贵军从何处而来？

肖　　诚：越嵩、冕宁。

小 叶 丹：何时来到凉山？

肖　　诚：今日刚刚到达。

小 叶 丹：长官说要以诚相见，为何却又不敢直言以待？

黄 树 良：小叶丹头领此话有理！

小 叶 丹：据我所知红军的密探早已到了我大凉山！他们混迹在百姓中间，四处兴风作浪、挑起事端！（从怀里掏出黄树良丢在械斗现场的那顶军帽）贵军这顶军帽，几天以前就已经出现在我们彝家山寨了！

肖　　诚：哦，竟然有这等事？请让我看一看。

〔一青年将军帽递在肖诚手中，肖诚细细查看。

黄 树 良：小叶丹头人，红军的密探早已经偷偷地和罗洪部落勾结在一起了。那天，就是他们事先埋伏在黑风崖，劫走了沽基山寨的皮草和山货，挑起了两个部落打冤家的械斗。不然的话，他们的军帽怎么会丢在械斗的现场？！

阿木日果：呸，你胡说！红军根本就没到过罗洪部落！

黄 树 良：你不是刚刚受你参老贡嘎的指使把红军领进彝寨吗？如果不是和红军早有勾结，你怎么会和他们这么亲热，还处处帮他们讲话？

阿木日果：你……你，你血口喷人！

肖　　诚：噢，听阁下这么一讲，好像你亲身经历了那场械斗。

黄 树 良：没有，没有，我可没去！大凉山的老百姓都这么说呢！

小 叶 丹：戴这顶军帽的人，前几天已经在彝家山寨的一场械斗中显过身手，我差一点就死在他的枪口之下。

黄 树 良：红军密探挑起械斗，铁证如山！

肖　　诚：是骗子终会原形毕现

　　　　　是豺狼藏不住害人的嘴脸

　　　　　这顶军帽是洋布细纱

　　　　　我的军帽却是土布粗线

　　　　　这顶军帽崭新平展

　　　　　我的军帽汗浸血染

　　　　　哪个是真　哪个是假

　　　　　分明是嫁祸红军挑拨离间

黄 树 良：铁证面前还如此狡辩，除了红军，别人哪里会有这样的军帽？

肖　　诚：有啊，岔罗镇国民党民团的团部里就有人曾戴着它祸乱乡里、嫁祸红军。

［黄树良倒吸一口冷气，赶忙掩住面孔。

黄 树 良：民团的事与我无关……我只听说红军在国军的围剿之下已成惊弓之鸟，四处逃窜！我看，此次你们来到彝山，借道通行是假，占地掠土、血洗彝山才是真！

肖　　诚：国民党虽然拥兵百万

　　　　　不抵抗掉枪口挑起内战

　　　　　狗民团欺压百姓横征暴敛

　　　　　欺男霸女鱼肉乡里为害彝山

　　　　　你若是没有鬼魅心肠

　　　　　何必要躲躲闪闪藏头遮面

　　　　　摘下你的包头　抖开你的披肩

　　　　　让我们坦坦荡荡彼此相见

　　　　　阁下，此时此刻，你究竟是什么人，也应该向小叶丹头人讲清楚了吧？

黄 树 良：（忙压低头上的包头）你，你不要信口雌黄！我和你并不认识。我，我……我是彝家人的朋友！

肖　　诚：哈哈哈哈！阁下真会装扮自己，今天下午你的手下还挥舞着鞭子，强迫这个彝家少女（指阿木日果）做你的第四房姨太太，怎么转眼之间竟又变成了彝家人的朋友？！

黄 树 良：你，你你你……（转向小叶丹）小叶丹头人，千万别听他的胡言乱语！只因为我发现了罗洪部落勾结汉人军队要踏平你们沽基山寨的秘密，他，他就想借刀杀人，置我于死地！

阿木日果：（终于认出黄树良，遂趁其不备，扯下他的假胡须，露出本来面目）"黄鼠狼"，你这个禽兽不如的东西！我让你颠倒黑白、血口喷人！

肖　　诚：堂堂的黄树良，黄团长，怎么此时此刻却不敢亮出你国民党岔罗镇民团团长的身份了？

众　　人：（惊呼）啊，他就是那个无恶不作的"黄鼠狼"？

〔黄树良见不能再继续掩盖身份，便公然换了一副面孔。

黄 树 良：（对小叶丹）我是黄树良不假，但为了向你报告罗洪部落勾结汉人官兵攻打沽基山寨的消息，我不顾山高路险、林深草密，连夜跑来彝寨送信。现在，红军兵临城下，彝山情势万分危急。小叶丹啊小叶丹，大敌当前，你总不至于连这一点也看不明白吧？

小 叶 丹：这个……

阿木日果：小叶丹阿叔啊！

切莫轻信"黄鼠狼"

胡言乱语装善良

他抢亲血染罗洪寨

我阿妈在他刀下一命亡

阿罗哥中枪命垂危

　　　　　　生死不明跌落在山岗

　　　　　　红军途经岔罗镇

　　　　　　解救我脱离苦海出魔掌

　　　　　　他们杀民团　开粮仓

　　　　　　帮穷人　灭豪强

　　　　　　一路追踪"黄鼠狼"

　　　　　　阿叔你刀山剑树迎红军

　　　　　　是非不分不应当

小　叶　丹：阿木日果，你此话当真？

阿木日果：侄女以性命担保，绝无半句虚言！

小　叶　丹：（走下座位步步逼近"黄鼠狼"）你，你杀了我的阿罗！

黄　树　良：（一步步后退）这……这……

〔紧急时刻，青年甲再次急步上场。

青　年　甲：小叶丹头人，罗洪部落的老贡嘎带着几百人，拿着刀枪火把，来到我们沽基山寨门前。

〔激烈、充满戏剧性的音乐……

合　　　唱：蓦然间　风云突变

　　　　　　疑云起　浓雾迷漫

　　　　　　大凉山　降下腥风血雨

　　　　　　彝家人　又将要骨肉相残

［小叶丹猛然转身，血脉偾张。

小 叶 丹：风满天　云满天

　　　　　　内外交困　情思迷乱

　　　　　　彝家人世世代代求平安

　　　　　　难道我大凉山就要毁于一旦

　　　　　　血在涌　心不甘

　　　　　　烈火在胸　痛彻心肝

　　　　　　昔日的彝家汉子贡嘎兄弟

　　　　　　难道要引来汉人毁我凉山

黄 树 良：（捞到救命稻草）怎么样？小叶丹，我的话不假吧？

　　　　　　罗洪和汉人沆瀣一气

　　　　　　内外呼应困住了你

　　　　　　今夜晚大兵压境危在旦夕

　　　　　　你仍然偏听偏信一味痴迷

　　　　　　红汉人手段高明一箭双雕

　　　　　　你小叶丹中了他们的阴谋诡计

小 叶 丹：没想到老贡嘎这么性急，难道他真要借汉人的手，流彝家人的血？

黄 树 良：杀了他　杀了这个汉人切莫犹豫

　　　　　　杀了他　我保你当上凉山的土皇帝

［几个性格鲁莽的长老抽出刀剑一拥而上，将肖诚团团围住。

肖　　诚：一触即发情势紧急
　　　　　前波未平后浪又起
　　　　　罗洪部落来到寨前
　　　　　恰好似火上浇油增添危机
　　　　　我必须戳穿敌人的离间计
　　　　　驱散这漫天迷雾腥风血雨
　　　　　小叶丹啊　我的好兄弟
　　　　　你定要擦亮眼睛看一看
　　　　　谁是朋友谁是仇敌
　　　　　红军队伍来到凉山
　　　　　秋毫无犯守法遵纪
　　　　　我们开粮仓　放粟米
　　　　　打民团　伸正义
　　　　　你看那石条路旁的茅草堆
　　　　　那是我红军战士给自己安排的宿营地
　　　　　这样的军队这样的兵
　　　　　怎会把枪口对着彝家百姓姐妹兄弟
　　　　　小叶丹头人，一进山寨，我的枪就已经送给了你，我们的枪口决不指向朋友。红军与国民党民团谁个优、谁个劣，谁是敌，谁是友，你心中应该分得清。

〔罗洪部落头领老贡嘎率一众彝民手持刀枪呼喊着冲上场。
〔沽基山寨众勇士亦是刀出鞘、枪在手，怒目而视。场上顿时剑拔弩张，气氛紧张得令人喘不过气来。

贡　　嘎：（四处寻找）阿木日果，阿木日果！我的阿木日果在哪里？！
　　　　　小叶丹，你还我女儿！

阿木日果：阿爸！

〔父女二人紧紧相拥在一起。

小 叶 丹：老贡嘎啊
　　　　　你勾结汉人黑了心肝
　　　　　敌我不分　是非不辨
　　　　　我小叶丹胸中尚有一腔血
　　　　　大不了和你拼个鱼死网破血染山川
　　　　　贡嘎啊　难道你真要毁了我大凉山
　　　　　让天下人笑看我彝家山寨毁于一旦

贡　　嘎：小叶丹啊，如果你再分不清好人和豺狼，那才要真正贻笑千古呢！

小 叶 丹：此话怎讲？

贡　　嘎：你看！

〔一个红军女战士与彝族青年扶着身负重伤的阿罗上场。
〔黄树良见状，一步步后退欲溜走，被肖诚逼住，无奈地停住脚步。

小叶丹、阿木日果：（惊呼）阿罗！——

〔二人扑上前扶住阿罗。

阿　　罗：阿爸！阿木日果！——

　　　　　　"黄鼠狼"去抢亲打死了阿妈

　　　　　　我中了他的枪弹跌下山崖

　　　　　　多亏了贡嘎老爹红军姐

　　　　　　舍生死救阿罗情义无价

〔闻听此言，小叶丹猛然转身，目光如电搜寻着黄树良。

〔此时，黄树良悄悄从怀里掏出手枪，把枪口对准了小叶丹。

小 叶 丹："黄鼠狼"，现在，我就让你血债血偿！

黄 树 良：小叶丹，让我走我还可以放你一马。要是想让我死，你也别想活！

小 叶 丹：（仰天大笑）哈哈哈哈……

　　　　　　小叶丹虽然生性鲁莽

　　　　　　却把那爱恨情仇记在心上

　　　　　　是朋友同生共死心不变

　　　　　　是仇敌横眉冷对举刀枪

　　　　　　今天我甘洒一腔血

　　　　　　也要刀劈恶贼斩豺狼

〔小叶丹抽出佩刀的同时，黄树良已经拿出手枪扣动了扳机，肖诚见状扑上前，用身体保护了小叶丹，他左肩中弹，一个踉跄险些跌倒。小叶丹急忙上前扶住了他。

贡　　嘎：“黄鼠狼”，你这个恶贼！我这就送你上西天！

〔黄树良匆忙逃跑，老贡嘎怒目喷火，几个彝族青年与他同时掷出手中的长矛，几支长矛将黄树良穿身而过，黄树良一声惨叫，扑倒在地，死在当场。
〔小叶丹一手挽住为掩护自己负伤的肖诚，一手挽住老贡嘎，激情难抑。

小　叶　丹：兄弟，我的好兄弟！
　　　　　　危难中擦亮眼认清敌友
　　　　　　生死情重如山天高地厚
贡　　嘎：救亲人出虎口父女团聚
　　　　　　消融了两部落世代怨仇
阿木日果：打碎了铁锁链扬眉吐气
　　　　　　彝家人见天日喜在心头
肖　　诚：大凉山歼顽敌大路畅通
　　　　　　军和民鱼水情民族和睦
众　　人：点松明燃火把天欢地笑
　　　　　　迎红军进彝寨并肩携手

〔激情的合唱声中，幕徐徐落下。

第五幕

［群山中美丽的海子边，百花盛开，绿草如茵。
［海子边一张供桌上摆着香烛、酒坛和酒碗。
［欢快热烈的音乐。
［阿木日果、阿罗与身着盛装的彝族姑娘和小伙子们伴着音乐的节奏互相嬉戏、翩翩起舞。
［红军战士在群众的队伍中，与民同欢同乐。
［红军司令员刘伯承身披大衣与肖诚、小叶丹、贡嘎等一起站在高处，喜悦地望着欢乐的人群。

肖　　诚：乡亲们，今天，我们的刘伯承司令员特意赶到凉山，来看望彝家的各位父老乡亲！

［群众欢呼……

小 叶 丹：挺拔的云杉树倚仗着高山才能耸立在云端，彝家人有了红军这样真诚的朋友才能挺直腰杆。今天，红军就要离开这里北上抗日，我要用彝家的美酒为红军送行！
刘 伯 承：小叶丹头领的坦荡和正直让人终生难忘，大凉山父老乡亲们的深情厚谊将永远记在红军战士们的心上。今天我要和小叶丹头领结成兄弟，彝家人永远是红军的好兄弟、好朋友！

［群众情绪沸腾……

刘 伯 承：（捧出一面红旗）这是我从中央苏区出发时从毛委员手中接过的一面红旗，今天，我要把这面红旗和一些枪支、粮食送给小叶丹头领，让红旗永远飘扬在大凉山，让红军战士的心和彝家兄弟姐妹的心永远连在一起！

　　这红旗曾飘扬在中央苏区
　　寄托着革命者的理想希冀
　　它召唤百万工农齐奋起
　　求解放黑手高举农奴戟
　　它指引战士们突破围剿
　　穿越过征途上急风暴雨
　　这面旗满载着红军情意
　　留给我大凉山彝家兄弟
　　走千里走万里心系凉山
　　情相牵心相连生死相依

小 叶 丹：乡亲们，举起酒杯！让大凉山做证，让谷麻海子做证，彝家人和红军生死与共，永不变心！

［青年们抱起酒坛，斟满一个个酒碗，又将一只公鸡的血滴在碗中。
［刘伯承司令员、肖诚、小叶丹与老贡嘎等众人含笑举杯："兄弟，干杯！"
［刘伯承、肖诚、小叶丹、贡嘎与场上群众共同端起酒碗一饮而尽！

众　　　人：哈哈哈哈……
肖　　　诚：饮一碗连心酒心潮激荡
　　　　　　一点点一滴滴情深谊长
　　　　　　彝家人爱红军真情似酒
　　　　　　如烈火似岩浆炽热滚烫
　　　　　　放眼看大凉山百花吐艳
　　　　　　军和民心连心笑迎朝阳

〔欢腾的音乐引入合唱与舞蹈。

小　叶　丹：山做证水做证山高水长
贡　　　嘎：天有情地有情地老天荒
阿木日果：酒也浓情也浓血脉交融
肖　　　诚：泼洒在天地间万世流芳
阿木日果：山起舞水起舞山欢水唱
小　叶　丹：风起舞云起舞风云激荡
刘　伯　承：大凉山红军路绵延万里
众　　　人：向北方奔赴那抗日战场

〔小伙子们剽悍的"长刀舞"。
〔姑娘们舒展的"摆裙舞"。
〔热烈奔放的"黑彝舞"。
〔欢乐的"阿细跳月"……
〔歌舞高潮时，响起了嘹亮的军号声，红军队伍集合，整装待发。

肖　　诚：（向红军战士发命令）立正！同志们，向彝家父老乡亲们敬礼！

刘伯承：乡亲们，抗战胜利以后，我和肖团长再回大凉山看望大家，那时候我们再一起共饮胜利的美酒！（对小叶丹、贡嘎）好兄弟，再见！

小叶丹、贡嘎：红军兄弟，一路顺风！

合　　唱：山做证水做证山高水长
　　　　　天有情地有情地老天荒
　　　　　大凉山红军路绵延万里
　　　　　向北方奔赴那抗日战场

〔红军队伍在彝族人民的歌舞欢呼声中出发。
〔剧终。

2002 年 12 月　初　稿
2008 年 6 月　修　改
2018 年 8 月　再修改

服饰情景剧

《霞采霓裳》

序幕　奇幻时空

奇幻空灵的音乐无尽地扩展、伸延着，引人遐思……

舞台上，云雾缭绕、烟霭迷漫，展现出一个幽远而神奇的时空。

灯光虚幻明灭，迷蒙的空间里，不时飘飞、闪现出一组组身着历代服饰的人物：从清代、明代、元代、宋代一直到盛唐、秦汉，就像历史长河中一条霓虹般绚丽的彩色飘带，把人们的思绪带向历史的纵深……

古老文明的呼唤中，一对现代青年男女从乐池深处缓缓走来，他们仿佛受到魔法诱惑，身不由己地走进一重重幽远、深邃的历史之门，徜徉在色彩斑斓的时空中。

突然，一切都消失了！时光也仿佛停滞了，像一个宇宙中深不可测的黑洞。

于无声处，忽而爆发出激扬亮丽的音乐，天幕上星光灿烂，整个舞台幻化成一个宝石花般晶莹剔透的世界。历代精美的服饰在这个晶莹神奇的天地里熠熠生辉，铺展开《霞采霓裳》绚丽的序篇……

第一幕　梨园锦绣（清）

第一场　满汉群舞

舞台深处隐现层层楼台亭阁，曲径回廊。水榭旁花木扶疏，风摆荷叶，水中荷花亭亭玉立，一派清代园林绮丽景象。

悠扬的音乐声中，一队身着清代宫廷服饰，梳旗头，足蹬花盆底鞋的女子在花径中款款而来。

众旗装女子跳起仪态万方的团扇舞，灵巧而富有情趣的女子跳起独舞——《鼓上舞》，花丛中闪出一队汉装女子婀娜多姿的荷花仙子舞。

满、汉两队女子的舞蹈时而交融，时而分开，形成两个美的群体。

旗装女子队舞引出身着龙袍的幼年溥仪。

小溥仪藏进荷花仙子舞队中，幻化成中年便装的溥仪。

第二场　鬼狐戏钟馗

中年溥仪再次隐进荷花仙子舞队之中，幻化出身着红袍的钟馗。

钟馗与两个女子舞队相映起舞。

舞兴正酣时，钟馗施展绝技，吐出一团团烈火，火光中又幻化出"聊斋"故事中一群美丽的鬼狐神仙。

美丽的女鬼狐仙们身披轻纱，体态妖娆。她们舞姿飘忽，玄秘奇诡，施展各种手段与钟馗周旋,对他进行诱惑,形成"鬼狐戏钟馗"的有趣场面。

第三场　京剧印象

　　钟馗再次施展吐火绝技,舞台上又出现四个小钟馗。

　　五个钟馗一起吐出熊熊烈火,女鬼和狐仙们消失了,火光中幻化出一组身着京剧服饰的人物:身扎大靠的武生,戎装华服的女将军和皇帝、皇妃、贵妇、儒臣等,舞台上缤纷炫目,流光溢彩……

　　这是一段京剧最华丽的代表性服饰的展示。

　　演员们翩翩起舞,表演与服饰有关的舞蹈。

　　锣鼓声、音乐声与演员们的表演交织在一起,掀起一个色彩绚丽的高潮。

第二幕　市井俚歌（明）

第一场　仕女彩蝶

娴静、典雅的音乐，传递着一种人间的温馨与宁静……

夜幕低垂，华灯初上，正是一年一度灯节时分。

舞台上到处悬挂着各式各样的灯笼，于繁华中透着安详平和的气氛。台口两侧两个硕大的走马灯中与纱幕后，透出几个仕女身姿各异的倩影。

一群身着明代仕女服饰的青年女子和数尊披着轻纱的人体模特姿态优雅地间杂混合在一起，在幽暗柔和的灯光下显得神秘莫测，使人真假难辨。她们高低错落，或坐或站，或正或侧，静止地出现在舞台各个不同的部位。一个个娴静如娇花照水，婀娜似弱柳扶风。

序幕中的那对现代青年男女走在这些明代仕女之中，被她们端庄娴雅的风采吸引，痴迷地徜徉其间，整个舞台上流荡着明代民间服饰散淡、潇洒而又落落大方的动人韵致。

现代女青年欲为一位仕女披好肩头的纱巾，那女子却侧转身，变换了一种更为优雅的姿态，使她感到由衷的惊叹。

男青年追逐着女伴的行踪，被一个仕女挡住视线，当他要绕过这位仕女的时候却发现"她"原来是一尊没有生命的模特。

虚虚实实，亦真亦幻，舞台上展现给人们的是一个历史与现实交错的时空、一个真实与虚幻相融的境界……

忽然，随着一阵流水般玲玲淙淙的音乐律动，花丛中飞出了各种色泽艳丽的蝴蝶。静止的仕女们都变得有了生命，舞台上灯光闪烁，五彩缤纷，到处春意盎然，充满青春的活力。

仕女们或三两结伴，或踽踽独行，或遥遥相呼，或挥扇扑蝶，翩翩起舞。那对现代青年男女则悄悄隐没，消失在这多彩的历史空间之中……

第二场　市井音画

仕女们色彩斑斓的舞队似一阵清风吹过，呈现在人们面前的是一幅明代市井生活的画卷：一对卖唱的父女，拉着胡琴，敲着花鼓，唱起了《凤阳花鼓》，"说凤阳，道凤阳，凤阳本是个好地方，自从出了朱皇帝，十年倒有九年荒……"

《凤阳花鼓》的音乐延伸着，几个女孩子敲着碟儿，在乐声中起舞。

街市上卖小吃的、卖糖葫芦的、摆卦摊的、变古彩戏法的、练武术耍钢叉的、练二鬼摔跤的、跑旱船的、耍背阁的、舞段龙的，抖擞起精神各显其能。乐声、歌声、人喊声、马嘶声与杂沓的市声交织在一起，热闹非凡，展现出一派升平景象。

在纷繁多彩的市声中，一群身着明代服装的儿童，手持各种各样的蜡烛、小灯笼欢跳着拥下舞台，跑向台下的客人中间，把灯笼和纪念品送给他们。

第三场　浪漫蝶舞

当舞台下面的儿童与观众交流的瞬间，舞台上通过现代灯光技术映出了各式各样色彩斑斓的蝴蝶，与台上的盏盏灯笼交相生辉。

一对硕大的蝴蝶翩然起舞,"梁祝"音乐主题的影子闪现在浪漫而辉煌的音乐声中,赞美着永恒的爱情……

第三幕　大漠烽烟（元）

音乐疾起，如暴雨骤至，似万马奔腾。琵琶与乐队的交响声中似闻金戈相撞，人喊马嘶，撼人心魄！

天幕上，一件饱经战争烽火的元代战袍在北国飒飒的罡风中飘摇，象征着成吉思汗至高无上的武威和战争的残酷。

一望无际的黄土地上是连绵起伏的大片军帐，军旗猎猎，烽烟滚滚，悲风飒飒，战马萧萧。

两军阵前，铁马冰河，军帐前，成列闪着寒光的刀枪剑戟。

一队男武士奔驰而去。

一队身着戎装的女军士风驰电掣而来。

男武士列队、布阵。

女军士列队、布阵。

两军交战，杀声震天，金戈相向，刀光剑影。

战斗愈来愈激烈，音乐如狂涛巨澜，声震九天！

一名将军挥刀刺中敌军一个剽悍的武士，武士应声倒下，天幕溅上一缕殷红的鲜血，看后令人触目惊心。

随着这一缕鲜血的迸射，轰鸣的音乐戛然而止，整个战场突然变得鸦雀无声，所有的武士都雕像般地凝固在这一悲壮的瞬间。

大地上，只有风声在呼啸，卷起漫天的黄沙，从浩浩天穹掠过……

风声中，一名雕像般的武士轰然倒下。

稍过片刻，又有一名武士倒下。

随即，顷刻之间，所有的武士们像多米诺骨牌似的相继颓然扑倒在这片惨烈无比的战场上。

风声更加狂暴，天幕上那一抹武士的血迹渐渐洇晕、扩展，幻化成漫天如鲜血般殷红的残阳……

天幕上那件硕大无朋的战袍在狂风中飘摇，风无情地将它撕裂成一条条。随着音乐的进行，系战袍的绳子突然折断，战袍的残片掉落在血染的战场上，渐渐随风飘散，化为一团团飞扬的灰尘。

风声依然在呼啸，诉说着这段逝去的时光……

灯光渐隐，幕徐徐落下。

音乐紧接下一场的雨滴声。

第四幕　天上人间（宋）

第一场　春雨江南

雨丝如织，柳烟迷蒙，滴滴答答，春雨声声。

天幕上满眼是撩人的绿色，令人赏心悦目。

水车的咿呀声与雨滴声交叠在一起，一个骑在牛背上的青年牧人笛声悠扬，牵出一段江南情调的抒情音乐，与满眼新绿缠绕在一起，浑然天成。

舞台深处，临水傍岸，一位老渔翁正在悠然垂钓。

水田畔，三两个农夫身披蓑衣、头顶竹笠，随着田歌有节律地踏着水车。

一队插秧的女子，身姿婀娜，在水田里结伴劳作。

侧台的滑车上，推出两架织布机，伴着织机声声，织布的女子长梭飞舞。

天幕前的平台上一队采桑女手持箩筐，左采右摘，嬉笑追逐。

暮色四合，天穹深处一轮明月冉冉升起，银辉流泻，天地间充盈着浓浓的温情与诗意。

晚归的牧人吹起阳春曲，笛声嘹亮，声声含情，笛声飞上天宇，打动了月宫中思凡的仙女们……

第二场　春江月华

月亮也似乎受到人间美景和牧人笛声的诱惑，在宽广舒展的音乐声中，月宫的大门敞开了，七位美艳绝伦的仙女从月宫中翩然下凡，走向美好人间。

仙女跳起了轻曼优雅的仙女舞。

月下春江之滨，众仙女脱去遮体的轻纱，在江水中沐浴、洗发、嬉戏，尽情地享受着人间生活的乐趣与恬美温馨的韵致。

年轻的牧人依然沉浸在他自己的笛声中。

一位仙女似乎深为笛声感染，看见年轻的牧人后，更为他的清纯与质朴所动，她痴痴地望着青年牧人，被众仙女发觉。

众仙女间亲昵地调笑、打趣。

牧人被笑声惊动，发现突然来到身边的仙女，不禁被她的绝色美貌惊呆了。

在众仙女的环绕下，牧人与仙女两情相悦，牵手相望，延展开一段缠绵的双人舞。

真挚的爱情终于冲破了人神间的隔膜，牧人与仙女相爱了，他们结成了一对幸福的爱侣，尽享着天上人间难以寻觅的快乐。

人们为这一对有情人深深祝福，农夫、村姑、仙女与儿童环绕着他们，撮土为香，祭拜天地，为他们举行热闹的婚礼。

婚礼上，有人唱起了苏轼《水调歌头》中的词句："明月几时有，把酒问青天，不知天上宫阙，今夕是何年？我欲乘风归去，又恐琼楼玉宇，高处不胜寒，起舞弄轻影，何似在人间……但愿人长久，千里共婵娟。"

第三场　情爱人间

婚礼过后，众仙女脱掉月宫中的霓裳，换上了农妇们耕织田稼劳作时的布衣，寻觅自己的意中人，走进人间平凡、现实的生活之中。

布机声声，两位仙女坐在布机前，拿起了长梭。

水车咿呀，三位仙女走近田埂，与众人一起踏起了水车。

田歌悠扬，两位仙女走进插秧的人群，插起了稻秧。

月照中天，清光四射，大江边，老渔翁依然茅蓑竹笠，独钓春江，陶陶然，悠悠然。

一曲渔歌飞起，赞美着天上人间宁静的田园生活……

第五幕　盛世风华（唐）

第一场　华庭盛宴

恢宏宽广的音乐响起……

唐代宫廷，一派金碧辉煌，富丽堂皇，整个舞台充盈着金色与红色的基调。

幕启时，一朵占满大半个舞台的色彩艳丽的牡丹花抖动着，放射着灼灼光华。

围绕着牡丹，色彩缤纷的人流熙熙攘攘，为即将开始的盛宴做着准备。

太监和宫女们忙忙碌碌，有点宫灯的、端礼品的、端吃食的、拿拂尘的、拿团扇的，个个穿梭来往，行色匆匆。

各国来华使节也在这熙攘的人流之中，其中有罗马使臣、波斯商人、天竺艺人和东瀛高僧。他们的出现，更为这即将开始的盛宴增添了几多热烈的气氛。

唐明皇在华盖和文武扇的簇拥下出现在天幕前的高台上。

众人回身注目着这位一代风流天子。

抖动闪光的大牡丹突然散开，幻化出一群身着牡丹舞裙的宫廷侍女，牡丹花心处，四名勇武剽悍的武士扛起一块圆盘，盘上一位妙龄少女正在翩翩起舞。

欢快的音乐又相继引出各种各样色彩缤纷的唐代宫廷舞蹈，诸如柘枝舞、剑器舞、胡旋舞、天竺舞等。

唐明皇由高台上走下来，四方巡视着，寻觅杨贵妃的身影。

走到台前的唐明皇忽然听到远方传来水的声音，他猛然回转身向舞台正中纵深处望去……

第二场　贵妃出浴

就在唐明皇转身的瞬间，舞台上所有人的目光全部集中到舞台正中纵深处。

灯光暗转，只在天幕纵深处留下一束明亮的追光。

光照下，一朵透明的彩色牡丹纱幕后面现出了华清池。

透过纱幕，可见华清池畔烟云缭绕、雾气蒸腾，水中杨贵妃若隐若现、玉肌冰骨，尽显绝代芳华。

池水周围数十名侍女手捧锦衣玉饰，金花宝簪侍奉左右。

杨贵妃从池水中站起，出浴，透过漫漫雾气，可见贵妃娇娜慵懒之态。诚如白居易《长恨歌》诗中所言："春寒赐浴华清池，温泉水滑洗凝脂。侍儿扶起娇无力，始是新承恩泽时……"

侍儿扶持，一层层为其穿衣着装。

由出浴直到盛装，灯光愈来愈为明亮，最后侍儿为贵妃披上一件色彩斑斓、雍容华贵的大披风。

唐明皇上前迎接贵妃，在众人簇拥之下，帝妃二人同坐于华堂之上。

第三场　霓裳羽衣

盛宴开始，大殿中灯火灿烂辉煌，乐声庄严，钟鼓齐鸣，舞姿翩跹。

各国使节与僧俗人众朝见唐明皇与杨贵妃。

各种官阶的贵胄、命妇着盛装上场。华服美女，歌舞升平，觥筹交错，人声鼎沸。

明皇示意，杨贵妃脱去披风，独作《霓裳羽衣舞》。舞姿娇媚妖娆，尽态极妍，观者无不动容。

舞至高潮之处，侍女再次为贵妃披上一件更为华美的披风，贵妃舞至台前，众人为她扯开衣襟，成为一只展翅欲飞的七彩凤凰，彩色的衣襟布满整个舞台。

此时，歌声、乐声、钟鼓声、赞美声不绝于耳，融成一片辉煌的交响，尽显盛唐风华！

众舞女手捧燃着的香烛，走下舞台，向座上的观众献上问候与礼品。此时，整个剧场中烟云缭绕，弥漫着浓郁的香气，把人们引向一个圣洁的境界。

尾声　佛光普照

　　杨贵妃急回身朝向天幕，众人亦随之转身相望，天幕上灯光映出了一尊圣洁庄严的佛像，佛光闪耀，普照天下。

　　乐声大作，钟磬齐鸣，撼人心魄，久久回荡于这礼佛圣地的宏大空间之中。

　　众人虔诚称颂、顶礼膜拜，香气升腾，使人如临胜境。

　　序幕中那对现代男女青年亦夹杂在人流之中，向佛祖顶礼膜拜。

　　天幕上佛光闪闪，众人载歌载舞，群情沸腾。

　　各朝的代表性服饰再次出现，齐集于这盛大的庆典之中，灯火辉煌，服饰灿烂，七彩斑斓，光耀中华！

　　歌声起："霓裳舞彩虹，佛光照九重，笙歌赞中华，盛世颂太平。"

　　乐声中幕徐徐落下，剧终。

1996年7月27日写于北京

音乐歌舞剧

《山庄梦华》

[舞台上有一块与剧场四壁连为一体的立体雕塑幕,雕塑幕峻峭的石壁上绘有各种形态古朴、稚拙的岩画……一派古老、苍茫的气象。

[钟声响起,舞台前区一侧,一束幽暗的灯光点亮,朦胧映出一个尘封已久的神秘角落:堆积拥挤、奇形怪状的古老书柜上摆满了各种巨大的线装书。

[神秘的音乐响起……伴着奇诡的音效声,从书籍的缝隙中忽然神奇地挤出一个装扮怪异的人。他又薄又扁的身体就像一页纸,整个人色彩偏黄闪金,古老而怪异的衣服上、脸上和手臂上到处写满了汉、满、蒙古、藏各种书体的文字。我们姑且把他叫作"书之精灵"。这个精灵似的神奇人物将作为本场演出的串联者,出现在晚会各个场次中间,起到提纲挈领的作用。

["书之精灵"以神秘奇诡的动作翻开一本古老的书卷,念起一首文白相间、虚幻而空灵的诗句:"咿吁兮!天地之间,有一个人间乐园,这里有山、有水,还有莽莽草原……极目四野,但见河流纵横,阔野起伏。昂首长天,但见山岳耸峙,林涛翻卷。身居其间,常闻猿啼山野。行于草莽,时有麋鹿相伴。呜呼!磬锤插天,遥指人间仙境!热河长流,载着神奇故事世代流传……呜呼呀——美哉,妙哉!"

[随着最后诗句的节奏,舞台雕塑幕石壁上的石屑纷纷剥落,显现出以劲健字体书写的晚会标题——《山庄梦华》。

["书之精灵"挥手指向石壁,随着强烈的音效声和炫目的闪光,雕塑幕石壁整个炸裂开来!与此同步,台口纱幕上映现出多媒体投影的雄奇瑰丽的画面,引入——

序幕　热河传说

［辉煌、激荡的音乐，台口纱幕上多媒体投影映现出波涛浩瀚的大海以及日月轮转、昼夜更替的奇幻景象。

［奇幻的音效声中，一颗硕大的流星突然如电光石火般掠过天穹，落入大海汹涌的波涛，激起漫天水花。

［水花散去，波涛渐趋平静，现出承德地区沧海桑田的巨变，巍峨的磬锤山兀然升起在灿烂阳光下。

［镜头推近，磬锤山下，草原苍茫、山野滴翠。

［一只带有闪光长角的梅花鹿从天空飞落。

［激荡的音乐声中，梅花鹿奋起四蹄在山岩旁刨出了热雾升腾、喷涌四溅的热河泉，泉水汹涌奔流，铺满整个屏幕……

［序幕之后的景别直接引入——

第一幕 木兰秋狝

（这是一段类似小舞剧的优美、抒情篇章）

[绿色的山林间，流水潺潺，羽毛美丽多彩的鸟雀们在枝头欢歌跳跃，鸟鸣声中小鹿们奔跑在树林里，各种小动物们自由自在地生活在这片美丽的土地上。
[可爱的梅花鹿跳跃过场。
[绿色的精灵们手攀藤条悠荡在林间，绿草地上精灵们快乐地跳起舞蹈。
[小猴子们活泼地表演起杂技"绳技"，高超的技巧令人为之瞠目！
[明媚的阳光下，小动物们表演起赞美大自然的歌舞，鸟鸣般的情景"口技"展示着动物们之间饶富情趣的《森林里的爱情》中的欢快段落。

小动物：嘀哩哩哩嘀哩哩天空多美丽
　　　　森林里的好朋友欢乐来相聚
　　　　嘀哩哩哩嘀哩哩花儿吐芬芳
　　　　喜鹊爱上花鹦鹉向他表情意
喜　鹊：你的羽毛真鲜艳　歌声多神奇
　　　　我要爱你　爱你　爱你　和你在一起
鹦　鹉：你的嘴巴尖又长　说话头点地
　　　　翘着尾巴　摇来　摇去　谁能相信你

小动物：啊哈哈哈　啊哈哈哈　千万别泄气

　　　　　喜鹊大哥　努力　努力　再努一把力

　　　　　鹦鹉姑娘羞答答　脸上笑眯眯

　　　　　森林里的果子熟了　爱情也甜蜜

〔突然，哨鹿声由远而近传来，小动物们惊慌散开，一个个悄悄隐藏在树丛之中，察看着远方即将到来的狩猎队伍。

〔随着由远而近的马蹄声（环绕立体声音效）观众席上空突然现出一排排弯弓搭箭的弓箭手，他们奋力把箭射向舞台，一束束利箭瞬间扎在舞台台面上。

〔皇家狩猎队显赫登场，队列中飘扬着正黄、镶黄、正红、镶红、正白、镶白、正蓝、镶蓝清八旗的旗帜，八旗队列在皇帝指挥下演绎起雄壮威武的"狩猎舞"，以彰显清代帝王通过木兰秋狝达到"国家武备，不可一日废弛，怀柔藩部，展示武德"的良苦用心。

〔蓦然间，皇帝发现山岩上站着一只神鹿，遂拔箭向它射去，神鹿衔住箭羽，翻身变成了一个美丽的少女。士兵们惊叹于她的美丽，一个个相继晕倒在地。

〔舞台上只剩下皇帝和美女，二人由此展开了一段如梦如幻般的浪漫爱情舞蹈。

〔随着音乐与灯光的变幻，神鹿仙女也在不断变换着服饰的色彩和样式，皇帝不禁被她的美丽和神奇、魔幻弄得目眩神迷。

〔通过舞台特技展现皇帝与神鹿仙女由地面诗意延伸到空中的爱情场景，二人表演空间的相互移动与穿插大大拓展了艺术想象的空间，令人看来美不胜收！

[突然，晴空一声巨响，士兵们从迷幻中惊醒，也被神鹿仙女的美丽所倾倒，纷纷围上前去。

[神鹿仙女见士兵们醒来，把一张绘制在鹿皮上的地图送给皇帝，让他按地图上的方位去寻找传说中的人间乐园。随即，神鹿仙女乘着一道闪电般的光芒腾空而去。皇帝与众军士捧着地图迷惑地遥望着神鹿仙女离去的方向。

[皇帝命八旗军士整肃军容，列队待发。他带领众军士向着神鹿仙女指示的方向进发。

[远方山峦上传来清脆歌声……阳光照耀下，神鹿仙女和小鸟以及众精灵们在山顶上向皇帝一行雀跃招手。皇帝与八旗军士急切地向着他们奔去。

[一个硕大、镂空的太阳喷薄升起。初升的太阳中，通过多媒体技术，由朦胧到清晰渐渐显现出避暑山庄与外八庙的影像，皇帝带着众将领们向着太阳和神鹿仙女们指引的方向走去……寓意上天让神鹿仙女把清代帝王引领到避暑山庄这块美丽的"风水宝地"。

[第一幕结束。

[幕间：串联者"书之精灵"出现，他以怪异的舞姿翻开古老的线装书……

[纱幕多媒体投影及时映现朝鲜学者朴趾源随其兄出使承德时写下的《热河日记》的封面。

[视频《热河日记》翻页，现出书中的有关章节。"书之精灵"的声音与之同步：
　　"嗟夫！既入热河，宫阙壮丽，左右市廛，连亘十里。商贾辐辏，酒旗茶旌，辉映相望，里闾栉比，吹弹之声，彻夜不休，热河繁华，不减皇京……呜呼呀——壮哉，盛哉！"

[引入——

第二幕　山庄情韵

[多媒体投影叠画现出香烟缭绕的外八庙与避暑山庄的外景、皇帝手书的匾额与装饰朴素的大门……

[画面从大门缓缓推入山庄内景……

[灯光变幻，现出山庄夜景：繁星点点的夜空，波光粼粼的湖面，竹影婆娑的湖边小轩窗上映出乾隆皇帝挥毫赋诗的剪影。

[乐声悠扬，水声潺潺，服饰华美的香妃从水中的小桥上缓缓步入，婀娜起舞，抒情地展示一段带有思乡情怀的维吾尔族风格独舞。

[乾隆皇帝发现香妃在园中起舞，从殿中走出，与香妃在月下的园中追逐、嬉戏，演绎起"游龙戏凤"的欢快舞段。

[香妃四处躲闪，乾隆皇帝追逐而不得。紧迫时刻，香妃机敏地跳进园中青花瓷的荷花缸，乾隆急切地上前寻找。

[引入魔术《变人》的表演……众目睽睽之下，从低矮扁平的青花瓷荷花缸中竟然陆续变出了十二个维吾尔族女郎，但都不是香妃，这不禁让乾隆皇帝大失所望！

[远方传来淅淅沥沥的水声，灯光映照下，舞台深处的纱幕后面现出香妃入浴的舞蹈，画面朦胧诗意、美妙绝伦……

[乾隆皇帝踏着音乐步入纱幕后，灯光变幻，引入一段情景性、若即若离的乾隆、香妃与维吾尔族女子的群舞。

[小太监推出一个神秘的小箱子，开箱后，跳出一个圆圆的、体型怪异的夜

明珠人，他以魔术手法献给乾隆皇帝一颗硕大的夜明珠。

[心中充满爱意的乾隆皇帝遂将夜明珠赐给了香妃。

[灯光瞬间变幻，舞台后区的升降台升起群体时装化的"夜明珠舞"。舞者们LED材质特制的服装上珠光闪烁，满台明珠女舞姿婀娜，色彩斑斓，令人赏心悦目！

[激情的舞者将一顶级满缀闪光珠贝的王冠献给皇帝，舞台画面定格。

[第二幕结束。

[幕间：舞台前区一角，"书之精灵"通过舞台特技突然出现在观众面前，他身穿一本透明的古线装书似的衣服，用怪腔的异调诉说着塞上民间风情："予观夫塞上风华尽在坝上草原，塞外水乡胜过三月江南。菱花带雨，摇荡荷塘碧波。莲花初绽，捧出绿萼红裙一片……走进坝上，但见民风质朴，人心淳厚。漫步其间，但闻俚曲声声，动人心弦。这一边，皮影花灯相映成趣。那一边，高跷秧歌锣鼓喧天。良宵佳节灯火如昼，好一幅北国风俗画卷！呜呼呀——乐哉，悠哉！"

[引入——

第三幕　塞上风华

〔舞台前区的小山坡突然开裂，现出一条山间蜿蜒流淌的河流。随着音乐与音效声的介入，从舞台侧区的高处，涌出一条湍急的瀑布奔流而下，使观众为之震撼！与瀑布同时倾泻而下的干冰犹如云雾般铺满台下的河道中，无数片硕大的荷叶在干冰的波涛中漂移而来，整个舞台如仙境般美丽……

〔抒情的音乐声中，荷叶上升起的莲花缓缓开放，从绽放的莲花中现身的莲花仙子如大梦初醒，舒展婀娜身姿，分外美丽妖娆。引入杂技《莲花仙子与柔术》的表演。

〔灯光变幻，淅淅沥沥的雨水从天空悄然飘落，舞台深处的小桥上走来一队少女，她们一边挥动着手中的团扇，一边唱着根据乾隆皇帝的诗《菱花歌》编写的歌曲。

少　　女： 菱花菱实满池塘
　　　　　谷口风来拂棹香
　　　　　何必江南绮罗月
　　　　　请看塞北水云乡……

（这是一段载歌载舞的满族女子舞段，极具阴柔抒情的美感）

〔在一旁偷偷观看姑娘们起舞的男青年们瞬间涌上舞台，跳起颇具阳刚气质的"簸箕舞",舞步与阴柔唯美的《菱花歌》形成强烈反差,他们或敲击、或刮奏着手中绘有虎头形象红色簸箕,诉说着祝福,祈盼着生活的和谐吉祥。

［一对对青年男女双双手捧荷灯放入舞台上流淌的河水中,随着河里小灯的流动,舞台上又现出一盏盏硕大移动着的灯笼,男女青年们惊喜地注视着这些硕大的、飘移而来的灯笼。

［灯笼突然亮了！ 映现出灯笼里舞动的皮影,一段充满塞上民间风情、美轮美奂的"皮影舞"如诗如画般展现在观众面前。

［看皮影的青年载歌载舞投入观灯人流之中,形成欢乐的群舞《看花灯》。

［灯光变幻,漫天飞雪飘落,笼罩着转动的走马灯,寓意着季节的转换、年关的到来。在特效紫外光灯的映照下,舞台上涌出一幅幅荧光闪烁的大型剪纸,欢乐地跳起"大剪纸舞"。

［剪纸的队列往来穿插,由民间传统剪纸图案变换出各种武术招式的图案,十八个金面金身罗汉造型的金人突然出现,引入气势磅礴的民间武术表演。

［四个传统装扮的孩子手执风车上场,以充满童趣的舞蹈引入崭新风格的"高跷秧歌",把演出推向高潮！

［孩子们调皮地点燃爆竹,巧妙引发多媒体画面上漫天绚丽的焰火！

［第三幕结束。

〔幕间：随着一声怪异的吼喊，串场者——"书之精灵"出现在剧场观众席侧上方的一个空间，他拿起一本书，一页页仔细地观看着，翻出清代宫廷画师郎世宁的画像后，就指着手中的书本，以郎世宁为话题与观众交流："谁认识清宫画家郎世宁？你？你？还是你？"

〔"书之精灵"撕下一张画抛向舞台，纱幕上随即映出了郎世宁的画像："这个金发碧眼的意大利人，打从二十岁来到中国，五十一年间侍候了康熙、雍正、乾隆三位大清皇帝。就是这个郎世宁，用他的画笔留下了大清朝一幅幅波澜壮阔的历史画卷。呜呼呀！——幸哉，幸哉！"

〔"书之精灵"再次撕下书中的一张画并抛向舞台。霎时间舞台纱幕上映现出清代画师郎世宁所绘的《乾隆万树园赐宴图》。油画质感的图画上一个个人物栩栩如生，壮观的场面令人震撼！

〔与画面同步，台侧字幕映现如下文字：《乾隆万树园赐宴图》，记录了乾隆十九年蒙古族土尔扈特部三位策凌和蒙古族辉特部首领阿睦尔撒纳归顺大清，乾隆皇帝在避暑山庄万树园赐宴时的盛大场景……

〔引入——

第四幕　盛世太平

〔随着纱幕画面的出现，庄严而凝重的音乐响起，灯光瞬间照亮剧场观众席两侧的通道，从通道和观众席的多重演区中走来了蒙古族土尔扈特部三策凌、达什达瓦之妻所率部族，以及土尔扈特东归部族等前来朝觐的队伍。

〔朝觐的队伍规模宏大，其中有骑着马匹、骆驼，以及拿着各类贡品和穿着各种服饰的各色人物。与此同步，画外音娓娓介绍着各部归来的历史史实。

〔随着朝觐的人流涌向舞台，纱幕上的多媒体画面敞开宫廷的大门，辉煌的灯光映照下，现出舞台上各部族觐见皇帝的宏大场面。

〔各部首领归座，一队身着带有满族传统服饰的姑娘向各部首领献礼物，演绎起颇具满族风情的《旗装舞》。

〔剽悍的男青年跳起《单鼓舞》。单鼓的敲击声与表演者身上晃动的腰铃声交织在一起，充满欢乐的气氛。

〔一队宫廷乐师与舞娘演绎《宫廷弹乐舞》。

〔服饰奇异的各部族女子敬献皇帝的《水果舞》。

〔充满阳刚之气的蒙古族男子表演起《筷子舞》与"布库"。

〔头顶酒杯、技巧高超、盘旋起舞的蒙古族女子跳起向人们敬酒的《盅碗舞》。

〔风格迥异的各部族的风情组舞接连上演。

〔在法号庄严的轰鸣声中，舞台前区两侧现出颇具宗教色彩的两排巨大法号，引入盛大的宗教仪式，六世班禅觐见乾隆皇帝的场景辉煌再现。

〔皇帝颁布谕旨，隆重册封八世达赖。

〔庄严的画外音：尔达赖喇嘛乃宗喀巴之法嗣，根敦噜布八转世身也……兹特依前七辈达赖喇嘛之例，奉尔为西天大善自在佛所领天下释教普通瓦赤喇怛喇达赖喇嘛，改授册命。望尔弘扬佛教，施予众生幸福，精进不息。

〔画外音朗读谕旨之后，台侧字幕映出如下文字：公元1780年，乾隆皇帝在六世班禅到承德为他祝贺七十寿辰之际册封八世达赖喇嘛之举，妥善地解决了达赖喇嘛的辈次问题。此举使得清中央政府进一步赢得了蒙藏广大佛教信徒的拥护，加强了清廷与西北少数民族的团结，筑起了坚固的民族长城……

〔满台宫灯游动闪烁，分散、聚拢，众人起舞欢唱《太平歌》，引入服饰华丽、场面盛大的《太平歌舞》，多媒体投影则适时映出"太平盛世""国泰民安"等字样。

〔根据清代宫廷宴乐"什榜"音乐文史资料编写的《太平歌》的歌声响起：

  大海之水不可量
  良朋和睦益八方
  万家灯火今宵盛
  国泰民安颂吉祥
  天地和 四海归
  盛世太平乐无疆

〔辉煌宽广的音乐、纷飞飘落的花雨、闪烁变幻的灯光、激情飞扬的歌舞，彰显着大清太平盛世，将演出推向最高潮！

〔剧终。

2010年4月写于北京

音乐歌舞剧

《武当》

这是一部为道教圣地武当山撰写的具有浓郁道家色彩的世俗文艺脚本，它融"道"于"艺"，却不拘泥于"道"的义理。作者从人间俗世的角度入手，以"武"抒怀、以"艺"释道。通过一对年轻人从企图盗取武当秘籍到折服于武当武术的博大精深、真心皈依武当门下的心路历程，生动地揭示道家"只要功夫深，铁杵磨成针"的朴素哲学教义。

"人法地，地法天，天法道，道法自然"是《道德经》中"天人合一"理念的核心。而道家的"太极""阴阳五行"与"九宫八卦"等所推崇和讲求的，则是天地间万物的和谐。这台武术音乐歌舞《武当》的编创紧扣"天人合一"的理念，突出一个"和"字，以"五行"金、木、水、火、土相生相克的"道"之玄机作为依托，铺展开相互关联而又相对独立的"金""木""水""火""土"五幕，形成这台晚会的基本结构。这种结构方式既具有鲜明的道家文化特色与中华民族深邃的传统文化蕴涵，又有着空灵、洒脱的意象，使艺术表演拥有广阔的自由驰骋的空间。

在这里，有一个创作理念是必须申明的，那就是作为这台演出总体结构的"金""木""水""火""土"五幕并不是严格意义上"五行"的含意，而是采用"艺术结构手段"来诠释这些深奥的内涵。这种艺术结构的方法，力求将圣殿上严肃庄重的"道"，寓于平易近人的世俗生活之中，把"道之玄机"通俗化、平民化，艺术化地向来到武当的游人们展示"道"之真谛。

晚会拟把武当武术，包括太极拳、武当剑、太乙五形拳、拂尘、八卦铜人阵、七星剑阵等巧妙融入节目之中。把道家某些代表人物的故事、传说以虚拟化、人格化的方式世俗地展示在舞台上，给"神仙"注入"人"的情感。与此同时，还拟适当地展示处于楚文化中心地域的武当山"楚人好巫"的民风、民俗。当然，上述所有内容都离不开对武当山自然风光，包括山川风物、宫观、庙堂楼宇等地域文化的展示。

第一幕　金

　　此幕以武当金顶为背景，借用"五行"中"金"的意蕴，以"金殿""八卦铜人阵""真武大帝铜像""武当七星剑阵"等与"金"有关的意象铺展开围绕着世人瞩目的"武当秘籍"所发生的故事。以盗秘籍者心悦诚服皈依武当的故事，展示太极的玄妙和武当武术的深厚博大。

［幕启：舞台上烟云缭绕，天地混沌，阴阳未开，恢宏的音乐与表现宇宙的音效声中，舞台前的纱幕上浮现出飘浮、旋转着的太极图。

［炸裂般的声效与音乐声中，纱幕瞬间消失，混沌初开，清气上升为天，浊气下降为地。舞台后部天幕渐渐映现出天地初始，日出月落，朝霞夕晖，云蒸霞蔚的天空。

［乐声中，纱幕上出现航拍的武当山七十二峰朝金顶的壮观景象……

［灯光变幻，舞台转为武当山"金殿"的夜景：一弯新月挂在金殿檐角上方的夜空中，烟云弥漫的夜色中不时响起神秘、诡异的声响，一个发光的太极图形的大门以投影的方法隐现在金殿阶前升腾的烟云雾气之上。

［身着红衣的"梅"与身着一身白衣的"岩"手持长剑夜闯武当，从金殿檐角上飞身飘落（此处可以威亚技术营造二人"飞檐走壁"的特效）。

［"岩"在山石背后隐秘处找到开启金殿太极门的机关并轻轻按动，金殿前飘动烟云上隐现出的太极图裂成两扇大门隆隆开启。

［地宫中缓缓升起一个平台，在追光灯的映照下平台上显现出一个金光闪烁

的宝匣，宝匣里面放着武当派珍视的武学秘籍。

["岩"与"梅"欲走进太极门盗取匣中秘籍，那隐现在烟云上的太极门从立面变为与地面平行旋转的一股强大气旋，将"梅"与"岩"环抱其中，二人在这强大的气旋中挣扎着，相互帮助，费了很大力气才脱出气旋的围困。

[一波未平一波又起，震耳欲聋的轰鸣声响里，云烟中涌出八尊如国际象棋般铜铸神像的舞阵，他们左围右堵、前后夹击，"岩"与"梅"二人险象环生，被围困在威力强大的"八卦铜人阵"之中。

["岩"与"梅"施展身手脱出"八卦铜人阵"，闯阵过关，再次扑向金殿，欲盗取秘籍。

[太极门轰然关闭，变成一个悬浮在空中的太极图，发出七彩光芒护住宝匣。

[云烟中现出铜铸的脚踏龟蛇的真武神像，武当众弟子环绕太极图展开剑气森森的"武当七星剑阵"。

["岩"与"梅"游走于剑阵中间，以超凡的武艺力排剑阵欲再次扑向太极门后的金殿。

[一位戴着金色面具的道长衣袂飘飘伫立于金殿阶前，以静制动，用简洁的太极推手轻松击落"梅"与"岩"手中的宝剑。

["岩"与"梅"不服，道长示意二人捡起掉在地上的宝剑再次交手，他们手中的剑一次又一次地被道长那看似"无形之力"轻松击落在地上，"岩"与"梅"拜服，跪在地上诚心皈依武当。

第二幕　木

　　此幕拟以武当山的树木花草在春、夏、秋、冬四季中不同的形态和色彩作为舞美表现手段的主体。紧扣"五行"中"木"的意蕴，着意营造"以木为魂"的舞台意境，将故事的内涵有机地融汇其间，从而生动展示道家"天人合一"的理念与武当武术"师法自然"的深厚渊源。

〔幕启：一棵参天大树枝繁叶茂地挺立着，盖满整个舞台。（本篇中春、夏、秋、冬四季不同景色的变幻皆以这棵大树作为依托）

第一场　春

〔舞台为粉色与鹅黄色的基调：灼灼其华的桃林，艳红淡粉的桃花，淡绿鹅黄的迎春花，漫天飘飞的花雨……
〔"岩"与"梅"二人在桃林中沐浴着飘飞的花瓣，面向东方初升的太阳习练拳术。
〔见"梅"辛苦习练，"岩"跃上山崖用葫芦为她汲来泉水。
〔"梅"深为所感，深情地望着"岩"，为他拭去汗水。
〔悠扬的音乐……
〔桃林深处涌出一群身着粉红色长裙的桃花仙子，她们携手相伴、踏歌而行，在桃林中翩翩起舞。

[桃花仙子们的舞队环绕着"岩"与"梅",变幻着各种队形,引得二人不由得融入其间,以武当拳术穿行在桃花仙子的队列之中。

[一只可爱的小花鹿与两只仙鹤出现在桃林中,它们或奔跑腾跃,或展翅起舞,相互嬉戏,鹿鹤同舞,充满勃勃生机。

["岩"与"梅"注视着小鹿与仙鹤舞蹈的形态细心揣摩,在桃花仙子的环抱中,将它们的辗、转、腾、挪融入自己演练的拳法之中。

第二场　夏

[灯光变幻,舞台转为幽深的绿色调,那棵挺拔的大树变得浓荫蔽日、绿叶婆娑。树叶间垂落着一条条弯曲遒劲的古藤。

[两只调皮的小猕猴攀着古藤轻盈地在树林中悠来荡去,煞是自由快乐。

["岩"与"梅"飞身跃上枝头追逐着两只小猕猴,在绿荫间与它们玩耍、嬉戏。(使用威亚技术)

["岩"悄悄夺走小猕猴手中的桃子,小猕猴又急又气,"梅"与小猕猴一起追赶"岩",将"岩"困在大树梢头,"岩"无奈地将桃子还给小猕猴,小猕猴得意地羞辱"岩","岩"顿感到自己功力不如"梅",心中隐生不快之感,为此后萌生去意打下伏笔。

第三场　秋

[灯光变幻,那棵挺拔的大树挂满了殷红的枫叶,舞台上一派红艳艳、金灿灿的烂漫秋光。

〔灿灿红叶丛中,"岩"与"梅"二人折枝为剑、相偕比武。

〔"岩"攻势凌厉,"梅"以武当剑法巧妙应对,借力打力,轻灵地挫败"岩"的攻势,"岩"有些气馁,但看到"梅"娇俏可爱的神态,就忘记了刚刚的失意。

〔一对鹊鸟飞来,姿态矫健俊美,"岩"与"梅"被鹊鸟飞翔的姿态吸引,展开双臂,尾随其后细心地揣摩着它们的各种姿态。

〔忽然,草丛中游出一条硕大的花蛇,欲攻击那对翩翩飞舞的鹊鸟,鹊鸟发现花蛇的企图,遂与其斗智斗勇。"岩"与"梅"观看鹊蛇之间惊心动魄的争斗,各自模仿着鹊与蛇攻击与防卫的动作,将其融入自己的拳术之中,演绎出一段鹊蛇相斗的拳法。

第四场　冬

〔急促的音乐、呼啸的风声裹挟着漫天雪花飘然而降。

〔舞台上那棵大树缀满了白雪与树挂。

〔漫天飞雪中,"岩"与"梅"在演练拳法。

〔一群"雪之精灵"身着白色纱裙翩然而至,她们以奇妙的阵列将"岩"与"梅"环抱其间,二人被风雪所困,难以从雪的阵列中脱身。

〔凛冽的风声中,"雪之精灵"的舞蹈愈来愈强烈,她们舞队的圈子越来越小,"岩"与"梅"被逼得背靠在那棵挂满冰凌的大树旁,陷于危难之中,"岩"毫不犹豫地以身体护住"梅"。

〔大树后忽然现出一位须发皆白的老人,教二人以太极拳的阴柔绵长对抗风雪的刚猛凛冽,破解险境。

〔"岩"与"梅"静下心来,按照老人的指点以静制动,用太极拳绵长的拳势阻住了"雪之精灵"的舞阵,"岩"与"梅"感到惊喜。

["雪之精灵"的舞阵再次发力,"岩"与"梅"又陷入被动之中,老人再次从树中现身,教二人新的太极招式,二人按老人指引再度由被动转为主动。

[《天下太极出武当》歌声起:

  水之阴　山之阳
  天下太极出武当
  有极无极成太极
  一缕真气胸中藏
  四两拨千斤
  三寸取一丈
  人生取舍静中动
  世间进退柔克刚……

[待二人控制住局面转身欲谢老人的时候,老人却已隐身在大树之中,"岩"与"梅"知是祖师指点,遂向空跪拜。拜毕复起身,以太极拳的律动推动并掌控了"雪之精灵"的舞阵,歌声中"雪之精灵"的阵列与二人的太极拳融合成一个美妙无比的和谐空间,形象地展示太极与天地山川万物息息相通的意理。

["岩"与"梅"相视而笑,二人猛力发功,"雪之精灵"的舞队随之飘然消逝,漫天飘落下纷纷扬扬的雪花。

第三幕　水

"上善若水，水利万物而不争。"——老子《道德经》

"水性至柔，柔能克刚，滴水穿石，功到事成"是道家苦修之道。

此幕中，众道家弟子雨中练武，"岩"与"梅"水边"观鱼论道"，"岩"落水蒙羞，经过姥姆点化、暴雨洗礼后幡然领悟"铁杵磨针"痛苦修炼的"道"之真谛。

本篇的舞美拟以竹林细雨、山间溪水、水中游鱼、舞台前区的池水以及滂沱大雨对"岩"的洗礼等与"水"有关的场景展示"水"深邃的哲理。

〔淅淅沥沥的雨声，漫天雨丝潇潇洒落。
〔灯光渐起，舞台上现出雨中翠绿的竹林，竹林间蜿蜒曲折的小路……缓慢移动的转台巧妙地变换着竹林中小路的方向，以强化观众视觉的变化与舞台的动感。
〔穿过雨帘，"梅"与俗家女弟子们在旋转变幻的竹林中嬉戏、比武。
〔灯光变化，舞台上现出一条潺潺流淌的溪水，"岩"与乾道们在溪水上演练"登萍渡水"。
〔溪水旁坤道们跳着轻灵飘逸的《拂尘舞》。
〔灯光再变，舞台山岩的立面上现出一个透明的水池，池水中游动着武当山日池中色彩变幻的五彩鱼。
〔"岩"在山岩旁的池水边打坐修行。

〔几片树叶悄然飘落在池水中，池中的游鱼由青黑色变为金黄色。

〔风儿吹送纷飞的花瓣飘落在池水中，池中鱼由金黄色变为红色。

〔"梅"悄悄出现在"岩"的身后，将一粒小石子蓦然投入池中，池中鱼又由红色变成五彩斑斓的色彩。

〔画外响起根据庄子《秋水篇》中"鱼之乐"的意境编写的歌曲《观鱼问道》。

女声：鱼儿鱼儿我喜欢你变幻的颜色

我多想和你一起分享你的快乐

男声：你不是鱼儿　怎知道它在想些什么

你不是鱼儿　怎知道它是否快乐

女声：你不是我　怎知我不懂鱼儿的快乐

它的快乐　恰似那翻滚的水波

男声：我不是你　怎会了解你的心意

你不是鱼　也不会知道鱼的快乐

女声：坐而观鱼　不如问道天下

只有和鱼儿共舞才能感受它的快乐

〔"梅"脱去道袍，纵身跃入池中。灯光映照下，透明的池水映现出水中人鱼共舞美轮美奂的场面。

〔听到"梅""悟道"的心声，"岩"顿觉自己愚笨，道行浅薄，不禁满面羞愧。

〔众乾道演练太乙五行拳，从岸边、石磴上直打到水里。

〔当乾道们欲从溪水中上岸的时候，遇到坤道们调皮地阻拦。于是，在岸边与溪水中展开了一场众坤道与乾道们比武的宏大场面，比武中趣事连连，充满了谐谑的生活情趣。

〔比武高潮处引出"岩"与"梅"二人武功的较量。

〔舞台前区一侧高处空间伸出一个类似"龙头香"的摇臂，"岩"与"梅"愈打愈加兴起，他们辗转飞腾，从溪水岸边打到山岩峭壁，又打斗到"龙头香"的绝顶处。"梅"在绝顶险峻处欲借机吻"岩"，"岩"羞涩躲避，"梅"不退让，将"岩"逼至"龙头香"尽头，"岩"险象环生，以"地门子倒板"特技倾向悬崖外。

〔"梅"欲将"岩"拉起，却在无意间失手将"岩"击落悬崖。"梅"心中后悔不已，"岩"落至水面以剑划水飞身而去。

〔"岩"丢尽颜面，在滂沱大雨中愤然下山。"梅"深悔自己失手，四处追逐寻找，却不见"岩"的踪影。

〔暴雨倾盆，恰似"岩"的心情，"岩"在暴雨中的山路上疾走。

〔灯光变幻，舞台上现出雨雾中的磨针井，一位头戴竹笠的老媪正冒着暴雨在井边安然地研磨着铁杵。

〔"岩"来到井畔，不解地看着这位行为举止怪诞的老人。

〔幕外响起回声悠远的画外音。

岩：　老妈妈，你在做什么？

姥：　磨针。

岩：　磨针做什么？

姥：　绣花。

岩：　你当真要把这样大的一根铁杵磨成绣花针？这是不可能的事情！

姥：　世上无难事，只怕有心人，只要功夫深，铁杵也能磨成针。

回声：磨成针，磨成针，磨成针……

［姥姆话语的回声久久地在空中回荡，"岩"蓦然心有所悟，遂激情跪拜在姥姆面前。当他抬起头来的时候，磨针的老人已消失得无影无踪，只有一缕追光照在磨针井边那根硕大的铁杵上。

［密密的雨丝……

［恢宏的音乐……

［歌声响起：

    滴水穿石沙砾金
    以柔克刚道理真
    日出月落星河转
    沧海桑田只一瞬
    莫叹人生岁月短
    珍惜青春好光阴
    只要功夫深
    铁杵磨成绣花针

［暴雨如注，洗刷着"岩"的灵魂，他幡然悔悟，痛下决心，冒雨返回武当。

［激情澎湃的音乐……

第四幕　火

　　此幕以天地间雷火炼金殿的雷电天火、金殿中数百年不熄的长明灯的道之灯火、山路上进香朝拜的人间烟火与荆楚大地民风民俗中的"灯舞""火凤凰"等与"火"有关的形象，展示"岩"与"梅""精神的升华"与他们"悟道"的心灵之路。

〔音乐更趋激烈、紧张，极富戏剧性。
〔乐声中回荡着轰鸣的、震耳欲聋的雷声。
〔天幕上闪过一道道耀眼的、划破夜空的闪电。
〔天柱峰顶的金殿在雷暴闪电和狂风骤雨中巍然屹立。无数道闪电汇集在金殿的金顶与飞檐之上，炸开夺目的光焰，展现"雷火炼金殿"的壮观景象，令人惊心动魄，屏气凝神。
〔"岩"浑身透湿脚步踉跄来到金殿前，在雷雨中目睹大自然中阴阳二气相聚的强大威力和雷火炼金殿的壮观景象，在天地之间深切感悟"道法自然"的真谛，禁不住在雷电暴雨中翩然起舞，将身心与天地自然融为一体，并发誓要历尽磨难、潜心修道。
〔"梅"深悔自己一时争强好胜，无意间造成对"岩"的伤害，她冒着暴雨追"岩"，也来到金殿前，见"岩"在雷雨中起舞，心中不禁百感交集。
〔"岩"发现"梅"的到来，心中深感羞愧，无颜见"梅"，遂转身躲进大殿。
〔"梅"追进殿中，发现"岩"藏身处，遂敲击殿中的"响铃杉"传递真挚的情意。

［笃笃的敲击声充满情意，回荡在大殿广阔的空间里。
［"岩"感受到"梅"的真情，也敲响"响铃杉"表明心迹，他们敲击的节奏融合在一起，在激情的节奏中，二人的手握在一起，他们的情感也和好如初。
［"岩"与"梅"一起仰望殿中长明灯经年不熄的火焰，受到启示，从"雷电天火"与数百年不熄的"道之灯火"中悟出道的真谛。
［画外歌声起：

  灯火长明
  照亮迷茫人生
  大千世界
  有多少虚妄幻梦
  任雷火闪电惊醒痴迷
  让狂风暴雨洗净心灵
  俯仰天地
  但求无为清静
  留一盏灯火燃在心中……

［歌声中，天幕上映出山路上移动的、连绵不断进山朝拜的"人间香火"。
［音乐声中融入钟磬的敲击声与善男信女们呢喃般的诵经声，山路上移动的香火与天上的星光渐渐融在一起，形成瑰丽奇妙的景象。
［灯光渐变，天幕由星光夜色变为满天霞光，进山朝拜的人流中出现各大门派的武林高手，他们久闻武当武术盛名，欲以武会友、拜山竞技。

〔画外音：久闻武当盛名，武林各门派以武会友、特来拜山！

〔《笑傲江湖》歌声起……

〔歌声中，各门派所展示的刀、枪、剑、戟、斧、钺、钩、叉、锤、棍、索、镖等十八般武艺，皆败于武当太极拳以柔克刚、四两拨千斤博大精深的拳法之下。(此段的编排可展示多种舞台武术技巧，诸如弹床、威亚、地门子、绸吊等)

〔一些不服输者仍欲闯武当山门。

〔身着红、白二色服饰的武当弟子摆开变幻莫测的七星剑阵。

〔七星剑阵忽而如云卷涛涌，忽而如山峙渊渟，欲闯山门者皆被武当七星剑阵所困。

〔画外音：以武会友，旨在切磋技艺、光大发扬中华武术，武当大开山门，恭迎天下武林朋友！

〔画外音未落，山门即已大开，一位须发皆白的道家长者手持拂尘伫立于山门前，七星剑阵分列山道两侧迎接各门派武林高手进山。

〔众武林人士与朝山进香的众香客拥入山门，他们手捧香火投入硕大的香炉，香炉中燃起旺盛的烟火。

〔激情澎湃的"火之舞"。

〔天幕上现出古代楚人的"凤鸟"图腾，"岩"与"梅"扮成一对美丽的凤凰从火中升腾而起，长长的凤尾布满整个舞台！

第五幕　土

　　此幕以道家祭拜山川土地、祈禳丰收的仪式与"牛犁舞""打春牛""傩舞"等民间舞蹈，辅以年画式"连年有余""五谷丰登"等与"土"有内在关联的舞美背景，营造出充满神圣仪式感的舞台艺术氛围，并在此氛围中揭示武当秘籍"铁杵磨针"的道之真谛。

〔钟鼓齐鸣，恢宏的道家音乐。
〔天幕上现出老子《道德经》中的语句："人法地，地法天，天法道，道法自然。"
〔宏大的祭拜土地山川、祈禳丰收的道场。
〔"牛犁舞"与充满民间气息的"打春牛""连年有余""五谷丰登"舞。
〔戴面具的、颇有神圣仪式感的"傩舞"。
〔音乐变得神圣而庄严，"岩"、"梅"、众道人、众武林人士一起参加由老道长主持开启"武当秘籍"。
〔阴阳鱼大门缓缓打开，从门隙间射出地宫中的万道光芒。喷薄的烟云中，升起一个黄绫包裹着的宝函。
〔画外音：武当秘籍久为世人向往，今朝欣逢盛世，风和雨谐，四海升平，今日开启秘籍弘扬道之真谛，以飨天下！
〔老道长捧起装着秘籍的宝函，庄严地将一层层黄绫、玉函、银匣、金匣逐一打开。
〔在人们充满期待的目光中，最后一层镶满珠宝的黄金宝函打开了，老道长从中取出一枚光芒闪烁的金针。

［老道长把金针高高举起，庄严地交到"岩"与"梅"的手中，整个舞台光芒四射，揭秘武当秘籍"只要功夫深，铁杵磨成针"的道之真谛。

［姥姆"铁杵磨针"的音乐与歌声再现：

  滴水穿石沙砾金
  以柔克刚道理真
  日出月落星河转
  沧海桑田只一瞬
  莫叹人生岁月短
  珍惜青春好光阴
  只要功夫深
  铁杵磨成绣花针……

［舞台后区祥云缥缈的天际里现出手执铁杵的姥姆，她慈祥地向"岩""梅"和众人招手。

［"岩"与"梅"激情难抑，向姥姆跪拜！在众人的注视下，姥姆渐渐隐去，只留下一朵飘飞的祥云在武当山天柱峰顶闪耀着七彩光华。

［"铁杵磨针"的歌声反复吟唱着：

  只要功夫深
  铁杵磨成绣花针……

［歌声引入整场晚会的大谢幕。

〔金、木、水、火、土各场中的主要演员依次上场向观众致意,最后众目所向处,云端里又现出姥姆的形象。

〔漫天花雨洒落人间,八百里武当沐浴在灿烂的霓虹霞彩之中……

〔幕落,剧终。

后　记

时光如水，岁月如流，时间在我的人生中仿佛总是过得太快！

回首来路千回百转，往事历历犹在眼前。

20世纪60年代初，我从学校毕业进入中央民族乐团，心中充满了对前途和未来美好的憧憬。但一场"文革"浩劫却让我和我的同龄人沉浮其间，蹉跎了十多年宝贵的青葱岁月。待到真正能够开始与专业有关的工作的时候，我却早已跨过了而立之年！

是党的拨乱反正和改革开放的春风驱散阴霾，让中国焕发出勃勃生机，让我们拥有了在青春时候就应该自由驰骋的艺术天地。对于这来之不易的金色岁月，我倍加珍惜。我愿用自己手中的笔去热情地讴歌、赞美这个让心灵和激情放飞的伟大时代！

于是，我投身到生活的海洋之中，去寻觅和发现那些让心灵感到激动和震撼的人和事。我去过工厂、矿山、农村、海岛、渔家深入生活；去过边关、哨所慰问解放军战士；去过全国各地，包括云南、贵州、甘肃、新疆、内蒙古等地区采风，从人民群众丰富多彩的生活中感受美好和真挚的情愫；去过汶川地震灾区，亲身体验我们的国家和民族面对巨大灾难时万众一心、坚毅顽强的民族精神。我用一行行的歌诗与文字记录着这些生活赋予的和涌动于心海的灵感。

就这样一路走来，虽然脚步匆匆，却也留下了一些让自己回首时候还能感到激动的歌词、剧诗和文章。

生活是美好的，真情和关爱总会带给我由衷的喜悦。让我深感安慰和激动的是，在我已经退休、离开工作岗位20年之后，我曾工作生活过的中央民族乐团依然没有忘记我这个老成员，乐团领导班子对我的这部文集给予了全方位的关心与支持，他们依然把我这些用人生足迹和心血凝成的作品视为乐团共同的财富，使我在耄耋之年依然拥有着"心有所依、情有所寄"的家一样的温暖与感动！

刘　麟

2022年新春

附：创作生活写真

左页　歌剧《木兰》在南京歌剧节

右页　歌剧《蔡文姬》首演

| 左页 | 歌剧《盼你归来》首演 |

| 右页 | 靳玉竹演唱《大海一样情深》 |

左页	澳门回归时在大三巴牌坊前	在大理古城
	香港回归时在维多利亚港	
	在朱仲禄故居	
右页	在侗寨风雨桥	

左页

在雷公山头	在延安毛泽东旧居
交响合唱《中国梦随想》首演	参加全国文化工作会议
在山东焦裕禄故居	

右页

参加第三届中国歌剧节

在贵州岜沙枪手部落

左起：羊鸣、刘麟、郭兰英、王祖皆、乔佩娟

左页	心随长城逐白云
	在玉龙雪山
	在拉卜楞寺
右页	青海听"花儿"
	江西叶坪采风

左页

南昆列车演出

在伊犁草原

为战士歌唱

右页

参加庆祝中华人民共和国
成立50周年晚会"祖国颂"

与王志信在宁夏采风

左页	汶川抗震
	在桐城六尺巷
	在围县文姬故里
右页	团聚时刻

左页

| 在长征渡口 | 喝一口红井水 |

汶川
抗震

右页

刘麟夫妇与王志信、邹文琴
在签名售书仪式上

在宁夏西夏王陵

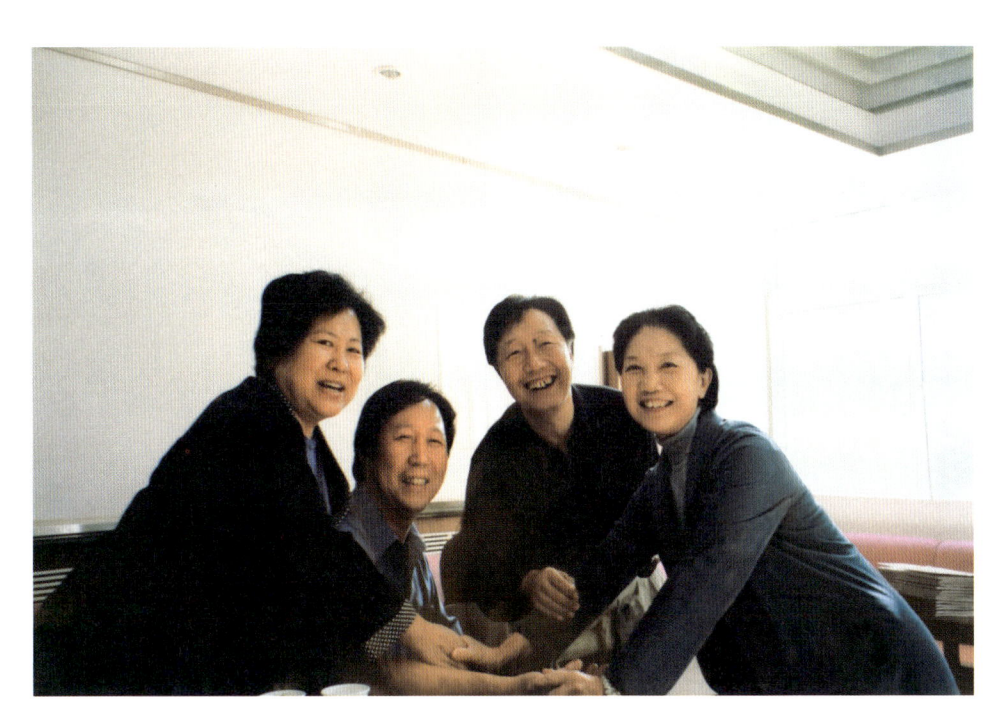

左页	在悉尼歌剧院	在朝鲜街头
	在罗马古竞技场	在越南街头
	在巴黎 圣母院	
右页	在林肯艺术中心	
	在莫斯科克里姆林宫	

左起：和五、沙晓岚、高牧坤、刘麟、奇克（格莱美奖评委）、关峡、姜金一、周虹、苗培如

左起：徐丽桥、沙晓岚、陈维亚、孟晓驷、何利山、刘麟、唐文娟

	左页	在卢浮宫	莫斯科红场前
		芬兰西贝柳斯像前	
		在维也纳国家歌剧院	
	右页	参加俄罗斯"中国年"活动	

左页	在美国大都会歌剧院
	歌剧《木兰》东京新闻发布会
	在维也纳街头
右页	全家福

左页	与作曲家关峡	与作曲家王志信
	与作曲家刘文金在中原油田	
右页	与词界泰斗乔羽	
	与词作家张藜	
	与田丰、凯传、关峡	

左起：刘麟、田丰、凯传、关峡

图书在版编目（CIP）数据

诗雨拈花录 / 刘麟著.—北京：文化艺术出版社，2022.9
ISBN 978-7-5039-7281-2

Ⅰ.①诗… Ⅱ.①刘… Ⅲ.①中国文学－当代文学－作品综合集 Ⅳ.①I217.2

中国版本图书馆CIP数据核字(2022)第145846号

诗雨拈花录

著　　者	刘　麟
封面题字	乔　羽
责任编辑	刘锐桢
数字编辑	李岩松
责任校对	董　斌
书籍设计	顾　紫
出版发行	文化藝術出版社
地　　址	北京市东城区东四八条52号（100700）
网　　址	www.caaph.com
电子邮箱	s@caaph.com
电　　话	（010）84057666（总编室）　84057667（办公室） （010）84057696—84057699（发行部）
传　　真	（010）84057660（总编室）　84057670（办公室） （010）84057690（发行部）
经　　销	新华书店
印　　刷	国英印务有限公司
版　　次	2023年3月第1版
印　　次	2023年3月第1次印刷
印　　张	44.5
字　　数	540千字　图片50余幅
开　　本	787毫米×1092毫米　1/16
书　　号	ISBN 978-7-5039-7281-2
定　　价	198.00元（全两册）

版权所有，侵权必究。如有印装错误，随时调换。